DÉLIT D'INITIÉ

DU MÊME AUTEUR

Le Krach de 79, Belfond, 1997.
La Panique de 89, Grasset, 1987.

PAUL ERDMAN

DÉLIT D'INITIÉ

traduit de l'américain
par Henry Bernard

l'Archipel

Ce livre a été publié sous le titre
The Set-Up
par St. Martin's Press, 1997.

Si vous désirez recevoir notre catalogue et être tenu au courant de nos publications, envoyez vos nom et adresse, en citant ce livre, aux Éditions de l'Archipel,
4, rue Chapon, 75003 Paris.
Et, pour le Canada, à
Édipresse Inc., 945, avenue Beaumont,
Montréal, Québec H3N 1W3.

ISBN 2-84187-137-1

PREMIÈRE PARTIE

1

La nuit tombait en ce samedi soir lorsque l'avion se posa sur l'aéroport international de Bâle-Mulhouse. Charles Black jeta un coup d'œil à la vingtaine de passagers qui débarquaient avec lui. Une fois encore, il était le seul Américain. Il y était habitué. En quatre ans, c'était sans doute la cinquantième fois qu'il faisait le même trajet : la première classe (avec champagne) du vol de la TWA Washington-Paris, les deux heures de correspondance à Roissy puis le jus d'orange offert gracieusement par Air Inter au-dessus de l'Alsace. Et cela, toujours un samedi.

En débarquant, Black savait ce qui allait se passer : il se dirigerait vers la partie suisse de l'aéroport, franchirait la douane, récupérerait sa valise – de quoi se changer pour deux jours – puis monterait dans la limousine qui l'attendait à la sortie. Le chauffeur le déposerait à l'hôtel Euler, près de la gare centrale. Dix minutes plus tard, la même voiture l'emmènerait au restaurant Schützenhaus, un ancien pavillon de chasse médiéval, désormais haut lieu de la gastronomie helvète. Là, l'un après l'autre, les dix hommes les plus puissants du monde de la finance – les gouverneurs des banques centrales des dix pays les plus industrialisés de la planète – prendraient place dans la salle à manger privée du second étage. Ils seraient seuls, sans leur épouse, sans leurs conseillers, sans leurs gardes du corps. Les propos qu'ils tiendraient autour de la table seraient officieux, personnels et hautement confidentiels. Bref : top secret.

Les affaires officielles courantes seraient, elles, traitées dès le lendemain matin dans la salle de conférence de la Banque des règlements internationaux, place de la Gare, juste en face de l'hôtel Euler. Ils passeraient sans doute la journée à déterminer les futurs taux d'intérêt des principaux pays et le cours des principales monnaies du monde, le dollar, la livre sterling, le Deutsche Mark, le franc suisse et le yen.

Ensemble, ces dix hommes représentaient la tête de la finance mondiale. Quiconque aurait connaissance de leurs décisions serait en mesure de prédire l'évolution des marchés financiers pour les jours, les semaines, les mois à venir.

Pendant quatre ans, Charles Black, en tant que président de la Réserve fédérale américaine – la Fed pour les initiés –, avait été le chef incontesté de ce groupe, tout comme, avant lui, Paul Volker ou Alan Greenspan. Tous tenaient leur pouvoir du dieu dollar, de ses taux d'intérêt et de change ainsi que de la valeur des obligations d'État américaines. La moindre fluctuation du billet vert se répercutait sur le prix du brut au Koweït ou au Texas, sur le prix de l'or à Londres ou à Zurich, sur la Bourse de New York ou de Tokyo.

Mais pour Charles Black, tout cela appartenait désormais au passé : quatre mois plus tôt, il avait décidé de démissionner de ses fonctions. Ce soir, il ne devrait pas assister au dîner.

En fait, le nouveau président des États-Unis, élu en novembre, ne l'avait pas obligé à se retirer. Mais des « fuites » savamment orchestrées lui avaient fait comprendre qu'il avait le choix entre faire baisser les taux d'intérêt ou démissionner.

Black n'avait pas encore été remplacé. Le vice-président de la Fed qui avait été chargé d'expédier les affaires courantes n'ayant pas assez d'expérience au niveau mondial, Black avait accepté de représenter les intérêts américains à Bâle auprès de la Banque des règlements internationaux. Mais, à cheval sur le protocole et non dépourvu d'esprit d'indépendance, Charles avait refusé d'assister aux trois derniers dîners privés du samedi.

Pourtant ce soir-là, curieusement, il n'avait pas eu à décliner l'invitation : personne en fait ne l'avait convié.

C'est tout de même étrange, pensa Black en s'approchant du guichet de la douane. Je me demande ce qui a pu arriver.

La réponse lui éclata au visage.

2

– Vous êtes seul, monsieur Black ? lui demanda le douanier suisse.

– Je ne comprends pas.

– Votre femme n'est pas avec vous ?

– Non, je voyage seul.

Au cours des deux précédentes années, Sally l'avait souvent accompagné, mais elle était cette fois trop occupée par leur installation dans leur nouvelle maison à San Francisco. En ce moment, elle était en Californie.

– Pourquoi me posez-vous la question ? s'enquit Black.

Le fonctionnaire fit la sourde oreille et changea de sujet :

– Vous avez des bagages ?

– Oui, une valise.

– Voulez-vous me montrer le ticket d'enregistrement ?

Il était agrafé au billet d'avion de Charles. Celui-ci le jeta sur le comptoir.

– Vous risquez d'être déçu.

Un second fonctionnaire vint rejoindre le douanier. Son uniforme était différent. Son attitude également. Cela tenait peut-être au revolver qu'il portait à la ceinture. Il s'empara du passeport et du billet d'avion.

– Suivez-moi, aboya-t-il en anglais, d'une voix gutturale.

– Où ? demanda Black.

– Venez avec moi, ordonna-t-il en saisissant le bras de Black et en le guidant fermement le long d'un couloir. Il le fit entrer dans une petite salle de réunion.

Deux hommes en civil attendaient à l'intérieur. Ils se levèrent lorsque Black entra. Le plus jeune des deux prit la parole le premier :

— Je suis le lieutenant Paul Schmidt. J'appartiens à la police de la ville et du canton de Bâle.

— Que me voulez-vous ?

— Vous ne tarderez pas à le savoir.

— Savez-vous qui je suis ? C'était moins une question qu'un mouvement de colère de la part de Black.

— Nous savons parfaitement qui vous êtes, monsieur Black, lui répondit l'autre civil.

— Et vous, qui êtes-vous ?

— Rolf Wassermann, répondit-il. Je suis le *Staatsanwalt,* ou procureur général de la commune et du canton de Bâle. Je m'occupe des crimes et délits.

Affaires criminelles ? Procureur général ? Charles Black sentit un frisson glacial descendre le long de sa colonne vertébrale. A quoi était-il mêlé ?

— Voyons, dit-il, il doit y avoir une erreur. Malgré vos affirmations, je ne suis pas certain que vous sachiez exactement à qui vous avez affaire. Je suis un haut fonctionnaire du gouvernement des États-Unis. Vous n'avez pas le droit de me retenir, au cas où vous en auriez l'intention. D'ailleurs, je m'en vais.

Charles se tourna vers le policier en uniforme.

— Rendez-moi mon passeport et mon billet d'avion, je vous prie.

— Asseyez-vous, monsieur Black. Nous aimerions nous conduire en gens civilisés.

— Vous n'en prenez pas le chemin !

— Asseyez-vous donc et nous allons pouvoir parler calmement. Nous aussi, nous préférerions être ailleurs.

— Serai-je ensuite libre de m'en aller ?

— Bien sûr. Mais d'abord, vous allez répondre à quelques questions très simples. Je vous en prie, prenez un siège.

Black obtempéra. Ses interlocuteurs s'assirent à leur tour. Le policier en uniforme qui s'était tenu derrière Black remit le passeport et le billet d'avion à son supérieur et quitta la pièce.

Le lieutenant Schmidt sortit deux feuilles de papier blanc d'un dossier et les posa sur le bureau.

– Vous avez un stylo ? demanda-t-il à Black.

– Bien sûr !

– Soyez assez aimable pour apposer votre signature sur ces feuilles.

– Pour quoi faire ?

– Écoutez, plus vite on en aura fini et plus vite on pourra tous rentrer chez soi.

Black fouilla dans la poche intérieure de son veston et en retira un vieux stylo Parker.

– Où dois-je signer ?

– N'importe où. Sur chaque feuille.

– Quoi d'autre ?

– Votre adresse – celle de votre domicile. Vos numéros de téléphone et de fax. Votre numéro de sécurité sociale. Tout ça sous votre signature. Oui, deux fois.

Black hésita trente secondes avant de s'exécuter. Satisfait, le procureur prit les deux feuilles puis ouvrit un volumineux dossier. Pendant la minute suivante, tandis que Wassermann comparait méticuleusement les signatures de Black avec celles figurant dans le dossier, un silence total régna dans la pièce, où seuls parvenaient les bruits étouffés des moteurs à réaction. L'opération terminée, il parut satisfait.

– Êtes-vous en relation d'affaires avec un avocat de Zurich du nom de Zwiebach ? Maître Hans Zwiebach, pour être tout à fait précis ?

– Oui. Ça remonte à des années...

– Combien d'années, diriez-vous ?

– Au moins dix ans.

– Détenez-vous un compte à la Banque générale de Suisse à Zurich ?

– J'en avais un. Mais c'est du passé.

– Veuillez répéter.

– J'avais un compte là-bas, c'est exact, dit Black.

15

Il réfléchit un instant.

— En y repensant, ajouta-t-il, il n'est pas impossible que ce compte existe toujours. Toutefois, je n'y ai pas touché depuis au moins dix ans.

— Je vois. maître Zwiebach a-t-il une forme de procuration sur ce compte ?

— Oui. C'est ce que vous appelez un «compte B». Il a été ouvert à nos deux noms. Il peut l'utiliser.

— Vous en êtes cependant toujours le seul titulaire ?

— Techniquement, oui.

— Vous êtes donc d'accord...

— Oui, c'est bien mon compte.

— Vous vous souvenez de son numéro ?

— Non.

Le procureur général retira une chemise du dossier.

— Voici la photocopie de la signature que vous avez déposée en ouvrant ce compte. Il porte le numéro J 747-2239. Vous devez en avoir conservé une copie.

— Sûrement. Elle doit être aux États-Unis, avec mes papiers personnels.

— Vous devez aussi détenir un exemplaire du contrat que vous avez passé avec maître Zwiebach.

— Sans doute. Mais comme je vous l'ai dit, je n'ai pas utilisé ce compte depuis dix ans. Aussi, tous les documents qui s'y rattachent doivent être enfouis au fond de mon coffre.

— Quel moyen de communication utilisiez-vous pour entrer en relation avec maître Zwiebach ?

— Je lui téléphonais.

— C'est ainsi que vous lui donniez vos instructions pour faire fonctionner votre compte ?

— Entre autres, oui.

— Je vois. D'où lui téléphoniez-vous ?

— Tout dépendait du lieu où je me trouvais.

En fait, songea Black, il n'avait pas été le seul à utiliser ce compte. Sally, sa femme, s'en était aussi servi. Ils avaient signé ensemble le contrat avec Zwiebach et ils l'appelaient l'un et l'autre de temps en temps. Mais c'était de l'histoire ancienne. En tout cas, mieux valait la laisser en dehors de cette affaire.

Black se mit à réfléchir à toute vitesse, s'efforçant d'anticiper les questions. Ils avaient sûrement quelque chose à lui reprocher, mais quoi ? Cela datait sans doute de l'époque où il travaillait pour une banque d'affaires, avant d'être nommé à la Fed. La SEC (commission des opérations de Bourse américaine) avait-elle découvert des transactions illégales ? Ses anciens associés voulaient-ils lui en faire porter le chapeau ? Mais pourquoi l'impliquait-on *maintenant* ? Et pourquoi en Suisse ?

— Par exemple ?

— Par exemple quoi ?

— Les coups de téléphone.

— Vous n'allez tout de même pas me demander de me souvenir de communications qui ont eu lieu voilà dix ans ?

— Vous avez raison.

Le procureur ouvrit à nouveau le dossier, feuilleta quelques pages.

— Je vous pose donc la question concernant un appel bien plus récent. Depuis l'hôtel Savoy à Londres. C'était en janvier de l'année dernière. La communication a débuté à 10 h 45 GMT, le lundi 13 janvier. Elle a été passée de la chambre 507. Votre chambre.

— Je vous répète que ce compte est resté en sommeil depuis dix ans.

— J'ai bien entendu. Mais qu'avez-vous à me dire sur cette autre communication, depuis l'aéroport de Bâle-Mulhouse, un lundi, une fois encore ?

Black se leva d'un bond.

— Ça suffit comme ça ! Je veux pouvoir téléphoner avant de répondre à vos questions.

— Pourquoi appeliez-vous toujours Zwiebach un lundi ?

— Ces soi-disant appels, c'est de la pure invention !

— Allons, monsieur Black. Ce ne sont pas les seuls. Tous les appels ont été dûment répertoriés par la secrétaire de maître Zwiebach.

— Qu'est-ce que cela prouve ?

— Ce sont des faits matériels qui laissent supposer que vous ne nous dites pas toute la vérité.

— C'est ridicule ! J'insiste pour avoir accès à un téléphone. Tout de suite. Sinon, je vous préviens, vous allez le sentir passer.

— Nous voulons éviter à tout prix d'en arriver là, non ?

— Ne me prenez pas pour un con !

— Pour une fois, je ne relèverai pas. Mais c'est la dernière fois, je vous préviens, monsieur Black, reprit Wassermann en le fixant droit dans les yeux. Vous êtes dans *mon* pays, dans *mon* canton. Ici, c'est moi qui fais la loi. Compris ?

Black soutint le regard glacé du procureur. Ce dernier détourna enfin les yeux.

— Je vais faire apporter un téléphone, concéda Wassermann d'une voix pincée en faisant un signe au lieutenant de police.

Paul Schmidt quitta la pièce pour revenir quelques minutes plus tard avec un téléphone portable. Il le tendit à Black.

— Je vous accorde dix minutes, lui dit Wassermann. Appelez qui vous voulez.

— J'ai l'intention de téléphoner à l'étranger...

— Comme vous voudrez. Si vous avez besoin de passer par les renseignements, faites le zéro.

Sur ces mots, il laissa Black seul, emmenant avec lui le policier.

Dès qu'ils furent partis, Black composa son propre numéro, à San Francisco. Il laissa sonner douze fois avant de se décider à raccrocher.

«Quelle barbe !», songea-t-il. Il était dix heures du matin au bord du Pacifique et Sally avait dû sortir faire des courses pour leur nouvel appartement.

Il composa le numéro de la Réserve fédérale, à Washington. Aussitôt, une annonce enregistrée lui fit savoir que les bureaux étaient fermés jusqu'au lundi suivant, huit heures.

«Un avocat, il faut que je me trouve un avocat.» Qui, alors ? S'il appelait son vieux copain Dan Lash, un brillant homme de loi, il tomberait sur son répondeur. S'il tentait de le joindre à son domicile et qu'il l'obtenait, que pourrait faire Dan ? Rien avant plusieurs jours. Comme ce procureur de malheur le lui avait précisé, il était en Suisse et il devait jouer selon leurs règles.

Ah, justement ! Il connaissait un avocat suisse à la hauteur : Hans Zwiebach lui-même, tout simplement.

Mais non, fausse piste ! Vraiment la pire. Les autorités avaient déjà dû entrer en contact avec lui et, de toute façon, il semblait déjà bien trop mêlé à cette histoire. Zwiebach leur avait fourni un registre d'appels téléphoniques, c'était lui qui l'avait fichu dans le pétrin. Et tout cela pour quelle raison ?

Black consulta sa montre. Quatre minutes s'étaient écoulées en pure perte. Que se passerait-il lorsqu'il aurait utilisé le temps imparti ?

La solution sembla jaillir des aiguilles du cadran. Il était dix-neuf heures. Ses collègues devaient arriver en ce moment même au restaurant pour leur dîner privé. Or, Black avait besoin de soutien, quelqu'un qui aurait d'excellentes relations avec les autorités, quelqu'un de suffisamment de poids pour le sortir de là. Ensuite, il serait temps de songer à un avocat.

Un nom lui vint aussitôt à l'esprit : Samuel Schreiber, le président de la Banque nationale suisse. Il était de notoriété publique que la Suisse était entre les mains de quelques hommes qui avaient tous fréquenté les mêmes universités, décroché des postes élevés dans l'armée, épousé de riches filles de famille et jouissaient d'une position sociale et financière à toute épreuve. Ils étaient devenus des industriels puissants, des avocats redoutés, des hommes politiques renommés. Enfin, ils avaient tous un point en commun : ils avaient tissé des liens étroits avec les trois principales banques suisses. Sans ces relations privilégiées, pas question d'entrer dans la haute société suisse. Car les banquiers, en détenant le nerf de la guerre, contrôlaient le gouvernement, l'armée, la justice.

Et à la tête des banques se trouvait un certain Samuel Schreiber.

Charles Black composa le 0 pour obtenir les renseignements.

– Le restaurant Schützenhaus s'il vous plaît, demanda-t-il à l'opératrice.

– 26-19-35, répondit-elle en allemand.

Black nota le numéro. Ses connaissances en langue teutonne remontaient à ses études à l'université de Georgetown.

Ce fut le maître d'hôtel qui décrocha.

– Charles Black, à l'appareil, le banquier américain. Vous vous souvenez de moi ?

– Bien sûr. Vous serez en retard pour le dîner ?

– Non. Il ne s'agit pas de ça. Voyez, s'il vous plaît, si M. Samuel Schreiber est arrivé. J'ai à lui parler personnellement.

– Je vais vérifier et lui demander de vous rappeler. A quel numéro ?

– Je préfère attendre. C'est extrêmement urgent.

Deux minutes plus tard, une voix aboya dans le combiné :

– Schreiber !

– C'est toi, Samuel ?

– *Ja.*

– Charles Black, à l'appareil.

– Je sais. On me l'a dit.

– Écoute, je suis à l'aéroport et pour une raison que je n'arrive pas à saisir, j'ai été arrêté par la police suisse. J'ai besoin de toi. Peux-tu venir ici ? Ou au moins parler au responsable. Il s'appelle Wassermann, je crois. Je vais te le passer.

– Je suis désolé.

– Comment ?

– Ce n'est pas de mon ressort.

Schreiber raccrocha.

Quelques instants plus tard, le lieutenant, flanqué d'un policier, pénétra à nouveau dans la salle de réunion.

– Veuillez me suivre, monsieur Black !

– Où m'emmenez-vous ?

– Vous verrez bien.

– Je refuse de bouger tant que je n'ai pas joint mon ambassade.

– Vous pourrez le faire plus tard. En attendant, soit vous venez de votre plein gré, soit on vous passe les menottes. Il me semble que vous avez tout intérêt à coopérer.

L'Américain se rendit compte qu'il n'avait pas le choix. On le fit monter à l'arrière d'un fourgon de la police.

Black s'interrogeait. *Ce n'est pas de mon ressort...* Qu'avait voulu dire Schreiber ?

3

Vingt minutes plus tard, alors qu'on relevait les empreintes digitales de Charles Black à la Lohnhof, la prison centrale de Bâle, neuf des dix gouverneurs des grandes banques centrales s'apprêtaient à faire un excellent repas. Au menu : foie gras frais d'Alsace accompagné d'un riesling de la région d'Ammerschwihr, puis gibier de la Forêt-Noire arrosé d'un pommard.

Au moment du dessert (un vacherin glacé, spécialité de la maison), Samuel Schreiber fit appeler le maître d'hôtel et lui murmura quelques mots à l'oreille. Les serveurs quittèrent la salle à manger après avoir minutieusement fermé la porte derrière eux. Aussitôt, Schreiber tapota de son couteau le bord de la flûte à champagne qu'il remplirait bientôt de dom pérignon. Il se leva.

Debout, du haut de son mètre soixante, il ne paraissait guère plus grand qu'assis. Mais il compensait sa courte taille par des mines suffisantes et des vêtements de grand deuil. Il portait une frêle moustache et s'exprimait d'un ton saccadé dans un anglais parfait.

— Messieurs, commença-t-il, c'est un fait sans précédent, depuis les six années que j'ai l'honneur de présider nos dîners, qui m'oblige à interrompre vos conversations pour parler de nos affaires. Je crains que nous ne devions faire face à une situation douloureuse.

Il se fit un silence vaguement intéressé.

— Parmi nous se cache un Judas.

L'intérêt de chacun redoubla.

– Il n'est pas ici ce soir. Il n'a pas été invité. Il ne le sera plus jamais. Il est apparu que notre collègue a abusé de ses hautes fonctions – dans son pays, mais aussi par l'entremise de la Banque des règlements internationaux – à son profit personnel. Les bénéfices qu'il a retirés au cours de ces quatre dernières années de l'exploitation d'informations privilégiées s'élèvent à des sommes astronomiques. On parle d'un demi-milliard de dollars.

On aurait entendu un billet vert voler. Schreiber continua :

– Sir Robert Neville, de la Banque d'Angleterre, fut le premier à se douter qu'il se passait quelque chose de bizarre. Il s'en est ouvert à moi. Je lui ai demandé de faire procéder à une enquête complète et de me rendre compte. Elle a été rapidement menée, au début de cette semaine. Sir Robert vous communiquera en détail le résultat de ses investigations lors de notre réunion de demain matin. Pour le moment, laissez-moi vous préciser que le scandale a éclaté lorsque sir Robert, entouré de son équipe, a remarqué une série de transactions hautement suspectes sur le marché à terme des eurodollars* et sur le marché des changes de Londres. Les ordres émanaient du siège zurichois de la Banque générale de Suisse. Son président, *Herr* Lothar Zopf, a exceptionnellement autorisé sir Robert à consulter les documents bancaires relatifs à ces transactions. Comme vous le savez tous, la Suisse observe des règles très strictes concernant le secret bancaire. Cette entorse, rarissime, n'a pu avoir lieu qu'en raison des liens personnels que j'entretiens avec M. Zopf.

– Quel sinistre crétin, celui-là ! murmura entre ses dents le gouverneur de la Banque des Pays-Bas.

– Sir Robert, continua Schreiber, a très vite découvert que toutes les transactions frauduleuses émanaient d'un compte privé. Il va sans dire que ni M. Zopf ni ses associés n'étaient au courant de ces agissements. D'ailleurs, la banque ignorait

---

* Masses de dollars détenues par les Européens.

la véritable identité de ce client malhonnête. Elle a été la victime, comme nous tous, d'un homme corrompu.

— J'aimerais bien connaître son identité, demanda le gouverneur de la Banque de France.

— Voilà seulement une heure, j'aurais hésité à vous répondre, de peur de faire du tort à un innocent. Mais je viens d'être informé par le procureur général de la ville de Bâle que l'individu en question a été arrêté. Il est actuellement détenu à la prison du Lohnhof. Il sera accusé de fraude et d'utilisation d'informations confidentielles à des fins d'enrichissement personnel.

— Qui est-ce ? insista l'un des convives.

— L'ancien président de la Réserve fédérale américaine, notre ami Charles Black !

— C'est impossible, s'écria le gouverneur de la Banque du Canada. Je connais parfaitement Charlie, peut-être mieux que la plupart d'entre vous. Je peux affirmer que j'ai rarement rencontré un homme aussi honnête et intègre. Vos accusations me laissent froid. Et il faudrait des preuves réellement inattaquables pour que je change d'avis.

Rouge de colère, montant sur ses grands chevaux, Samuel Schreiber lui répliqua :

— Quand vous en aurez connaissance, demain matin, vous serez convaincu.

4

Le dîner de Charles Black fut bien plus frugal que celui de ses anciens collègues.

Il se déroula dans le décor sordide de sa cellule, étroite, humide et faiblement éclairée. Le matelas taché sentait l'urine. Black n'avait pas touché au plateau repas qu'on lui avait glissé par le guichet aménagé dans la porte en fer. Il l'avait simplement posé sur la petite table. Les deux grosses tranches de pain, le morceau de gruyère, le gobelet à moitié rempli de café au lait ne l'avaient guère inspiré.

L'heure précédente n'avait été qu'une suite ininterrompue d'humiliations, ce qui était nouveau pour Black. Jusque-là, la vie ne l'avait pas préparé à de telles mésaventures. En général, on le respectait. A l'université, il avait toujours été premier et si, malgré son mètre quatre-vingts, il n'avait pas été retenu dans l'équipe de basket, il était considéré comme le meilleur nageur de Georgetown. A Stanford, où il avait décroché son doctorat d'économie sous la tutelle de deux prix Nobel, il s'était ensuite mis à la boxe. Au cours de sa carrière professionnelle, il avait volé de succès en succès.

Après un an à la Maison Blanche, où il fut chargé de différentes études, il avait rejoint à New York la First National Bank, qui l'avait envoyé successivement à Londres et à Hong Kong. A 41 ans, il avait été pressenti pour prendre la présidence de la banque. Il avait préféré changer d'air et avait rejoint l'une des banques d'affaires les plus importantes des États-Unis, Whitney Brothers & Pierpont, où il avait supervisé l'international à Londres puis à New York. A cinquante ans, il avait décroché le poste envié de président de la Réserve fédérale américaine et s'était alors installé à Washington. L'élection du nouveau président des États-Unis l'avait un peu plus tard décidé à mettre fin à sa brillante carrière. En effet, plutôt que de mener un combat politique perdu d'avance, Charles Black venait de démissionner. Il avait choisi de résider à San Francisco et de visiter l'Europe en touriste. Et aujourd'hui, il s'y retrouvait derrière les barreaux.

Il n'avait pas encore digéré sa nouvelle situation : il se sentait perdu et sonné.

Le trajet depuis l'aéroport avait duré vingt minutes. Arrivé à destination, deux policiers en uniforme avaient ouvert les portes du fourgon et l'avaient sorti de là sans ménagements. Il s'était retrouvé dans une cour pavée fermée par de hauts murs. Face à lui s'élevait un bâtiment massif de trois étages construit en grès rouge. Black apprendrait plus tard qu'il s'agissait d'un ancien monastère transformé en prison au XVIIIᵉ siècle. On n'y avait plus touché depuis.

L'intérieur de la prison était encore plus sinistre que l'extérieur : un dallage usé, des murs épais recouverts d'un crépi gris écaillé sous l'effet de l'humidité. Trois gardes armés de pistolets et de matraques avaient surveillé l'admission de Charles Black, qui avait été rapidement conduit dans une petite pièce occupée par une unique table derrière laquelle un fonctionnaire en blouse blanche semblait l'attendre.

– *Bitte !* dit-il en lui saisissant la main droite pour la tirer vers la table. Il prit les empreintes du prisonnier, doigt après doigt. Puis, muni d'un Polaroid, il fit six photos de Black, de face et de profil.

– *Hände hoch, bitte !* ordonna-t-il en lui faisant signe de lever les mains. Il entreprit de le fouiller, lui retira son portefeuille, ses clés, sa ceinture.

L'étape suivante conduisit Black le long d'un couloir bordé de portes de fer jusqu'à la cellule 17. Sa chambre pour la nuit.

«Bon sang !», murmura Black une fois enfermé. Il se rendit compte qu'il n'était pas certain de ne passer qu'une seule nuit en prison. Même s'il arrivait à joindre Sally, elle serait matériellement incapable de le faire sortir de ce trou avant lundi. Mais on ne savait jamais ! Il n'allait pas baisser les bras.

Il s'approcha de la porte métallique et se mit à tambouriner. Tout d'abord rien ne se produisit. Puis, un coup de sifflet, un cri. Un autre prisonnier commença lui aussi à faire du raffut. Black tapa encore plus fort, jusqu'à ce qu'un gardien vienne se coller à l'œilleton.

– Ça va pas ? demanda-t-il à travers la porte.

– Je veux parler au chef. Appelez-le.

– Pas de chef.

– Quand ? insista Black.

– *Montag*. Lundi.

– O.K., dit Black, maintenant résigné. Après tout, ce sous-fifre n'y était pour rien.

– Vous arrêtez votre boucan ?

– Oui.

– Bon, j'apporte des couvertures.

Le maton ouvrit la porte et lança sur le lit deux couvertures de laine qui parurent à Black étonnamment propres.

– Vous mangez pas ? demanda le gardien en montrant le plateau.

– Non.

– Américain ?

– Oui.

– Vous êtes le seul Américain.

Black haussa les épaules.

– Dormez maintenant. C'est mieux.

Il sortit en emportant le plateau, claquant la porte derrière lui.

La prison devint silencieuse. Black vit qu'il était 21 heures (on lui avait laissé son bracelet-montre) quand le plafonnier s'éteignit. Il déploya l'une des couvertures, s'allongea dessus tout habillé et glissa l'autre sur lui. On ne lui avait fourni ni draps ni oreiller.

Aucune importance. Charlie Black n'avait nulle intention de dormir. Il voulait réfléchir. Quelqu'un l'avait piégé, et dans les grandes largeurs. Un coup si énorme que même Schreiber avait eu peur d'intervenir.

Qui donc avait pu le monter ? et pourquoi ? Le mobile était facile à deviner : l'argent. Mais pourquoi opérer sous le couvert de son compte à la Banque générale de Suisse ? D'après ce qu'il avait deviné, seul quelqu'un appartenant à l'élite de la finance aurait pu se livrer à des transactions internationales aussi sophistiquées. Toutefois, là encore, pourquoi avait-on eu besoin d'utiliser son nom ? Sans doute parce que Charlie avait la réputation d'être un type à la hauteur, quelqu'un à qui l'on pouvait faire entièrement confiance.

Le revers de la médaille, c'est qu'il faisait lui-même confiance aux autres. Il n'était pas du genre à vérifier en permanence ses comptes, ne passait pas sa vie à soupçonner Pierre, Paul ou Jacques. Ce qui faisait de lui le pigeon idéal pour des gens malhonnêtes.

Il n'avait pas toujours été ce « brave type ». Le président de la succursale de Londres de la First National s'en était aperçu à ses dépens vingt ans plus tôt. La banque était alors entre les mains de l'un de ces insupportables Anglais sortis de Cambridge, qui pensait pouvoir se la couler douce. Il avait recruté trois autres anciens élèves d'Oxford et de Cambridge partageant sa philosophie. A eux quatre, ils s'occupaient si bien de la banque qu'elle perdait chaque jour un peu plus d'argent. Le siège, à New York, décida d'envoyer Charlie Black. Au début l'Américain laissa faire. Il se contenta d'observer, de sentir le vent.

Malgré la présence de Black, le président, un nabot grassouillet, n'avait, ainsi que ses petits copains, rien changé à ses habitudes : ils arrivaient à dix heures, sortaient à midi pile pour un déjeuner bien arrosé, rentraient un peu éméchés à leur bureau et en repartaient fort tôt, à temps pour être rentrés à dix-sept heures chez eux, quelque part dans le Surrey ou le Buckinghamshire.

Charlie se rendit vite compte que jamais aucun client n'était présent à ces soi-disant déjeuners d'affaires. L'addition était salée : quatre repas à deux cents livres, cinq fois par semaine. Quand ces messieurs voyageaient, la situation n'était guère plus économique. Ils réservaient des billets de première classe, volaient en classe touriste et empochaient la différence. La plupart du temps, l'objet de ces voyages était fictif. Entre eux, ils appelaient ça «bricoler». Charlie qualifiait plutôt cela d'arnaque.

Un beau jour, il leur annonça sa décision : leurs fonctions prendraient fin à l'issue de la semaine. Après l'avoir en vain menacé d'un procès, le vendredi, leur chèque en poche, ils pénétrèrent de force dans son bureau.

– On va vous casser la figure, lui déclara l'ex-président.

Sans se démonter, Charles le saisit par le col et le reconduisit jusqu'à l'ascenseur. Il referma la porte palière et fit redescendre la cabine. Lorsqu'il regagna son bureau, les trois acolytes avaient déguerpi. Après leur départ, le personnel se remit au travail et la banque retrouva un rythme normal d'activité. Ce qui s'était passé dans le bureau de Black cet après-midi-là, nul ne le sut. Et personne ne posa de questions.

Ainsi, lorsque Black commença à travailler à New York pour Whitney Brothers, sa réputation de «brave type» était intacte. Pourtant, à la tête de l'international, il ne tarda pas à montrer qu'il pouvait être féroce. En examinant les comptes du bureau de Hong Kong, un détail le chiffonna. Les résultats étaient toujours excellents, et même bien trop bons pour être vrais. Mois après mois, Hong Kong n'était jamais dans le rouge.

Black décida d'aller passer une semaine dans la colonie anglaise. Le lundi de son arrivée, il demanda à rencontrer Sammy Lee, le chef du département étranger. Dès leur première réunion, Charlie eut la certitude que Sammy le prenait pour un imbécile, un de ces Américains que la maison mère lui envoyait de temps à autre et qu'il roulait dans la farine. Mais Charlie connaissait bien Hong Kong : il y avait travaillé quelques années plus tôt pour la First National. Il se renseigna auprès de ses anciennes relations au sujet de Sammy. Ce qu'il apprit alors confirma ses soupçons. Lee vivait dans une maison trop luxueuse. Sa Jaguar était trop chère pour lui. Il jouait trop gros à Macao, où il emmenait de trop jolies filles.

A la veille du week-end, juste avant la fermeture du bureau et alors que Sammy était rentré chez lui, persuadé d'être débarrassé de Charlie, celui-ci convoqua le chef comptable. N'obtenant aucune réponse à ses questions, Black perdit patience. Il saisit le comptable par le revers de la veste et le plaqua contre un mur.

– Si tu ne me dis pas la vérité, espèce de salopard, je te réduis en bouillie.

Les deux hommes passèrent les vingt-quatre heures suivantes enfermés dans la banque à examiner les comptes. Charlie ne quitta pas l'employé des yeux. Il lui interdit de s'approcher d'un téléphone et il l'accompagna chaque fois qu'il devait se rendre aux toilettes.

Lentement mais sûrement, la vérité se fit jour.

Depuis dix-huit mois, Sammy Lee inventait des transactions fantômes qui avaient généré un quart de milliard de dollars de bénéfices bidons. Le comptable était au courant, mais Sammy avait généreusement acheté son silence.

Charlie disposa du relevé complet de ces transactions imaginaires le samedi à vingt-trois heures – dix heures du matin dans le Connecticut, là où se trouvait la maison de campagne de son patron. Il lui téléphona aussitôt, insistant pour que celui-ci envoie sur place dès le lundi une équipe d'auditeurs financiers. Auparavant Black avait prévenu la police de Hong Kong. Une heure plus tard, Lee et son complice étaient sous les verrous.

Pour éviter un scandale, le patron de Charlie annonça à l'ouverture de Wall Street qu'il avait détecté un problème sur Hong Kong et qu'aucun investisseur ne serait lésé. Il passa sous silence le rôle de Black dont la réputation de «brave type» demeura entière.

Pressenti par le président des États-Unis pour diriger la Fed, Charlie dut subir le feu des questions du comité des finances du Sénat avant d'être officiellement investi. Assisté de son avocat Dan Lash, Black s'en tira à merveille, jusqu'à ce que le sénateur du Nevada décide de bloquer sa nomination.

– Si mes renseignements sont exacts, commença-t-il, vous êtes un expert des produits dérivés, n'est-ce pas ?

– C'est exact, je connais ce genre d'investissements.

– En tant que banquier, vous êtes-vous souvent livré à ces opérations ?

– Cela m'est arrivé.

– Vous souvenez-vous de ce qui s'est passé au printemps 1994 ?

– Pas précisément.

– Je vais vous rafraîchir la mémoire. A l'époque, Alan Greenspan dirigeait la Fed. Sans crier gare, il a commencé à augmenter les taux d'intérêt à court terme. Les opérateurs qui jouaient sur les fonds d'État se sont fait prendre. Surtout ceux qui manipulaient les contrats à terme en Europe.

– Ah, cela me revient, oui ! Si certains opérateurs ont été pris par ce changement de politique, je n'étais pas du nombre.

– En effet. Je vous suis reconnaissant d'en parler aussi librement, monsieur Black.

– Je n'ai rien à cacher.

Dan Lash s'était penché vers son client et lui avait murmuré à l'oreille : «Sois prudent, Charlie !»

– Nous verrons, reprit le sénateur. N'est-il pas exact qu'un des plus grands spéculateurs de notre temps, George Soros, fut du nombre ?

– C'est ce que j'ai lu dans les journaux.

– Selon la presse, combien a-t-il perdu ?

– On a parlé de six cents millions de dollars.

– Ce chiffre vous semble-t-il plausible ?

– Plus ou moins.

– Ce qui veut dire ?

– J'ai pensé qu'il avait dû perdre davantage.

– Monsieur Black, n'étiez-vous pas mieux placé que quiconque pour savoir quelle somme exacte avait perdu M. Soros ?

– J'ignore où vous voulez en venir, sénateur !

– Calme-toi, Charlie, intervint l'avocat.

– La raison en est simple, reprit le sénateur. Quoique la presse n'en ait jamais parlé, je sais que vous étiez de l'autre côté de la barrière. De plus, je sais que, dans les opérations de produits dérivés, pour chaque perdant, il y a un gagnant. Ainsi, lorsque la Sicav de George Soros a perdu six cents millions de dollars, la banque de Charles Black en a gagné autant. Plus ou moins. Plutôt plus que moins. Sans doute près de un milliard. Et je me suis laissé dire que c'est vous qui aviez dirigé personnellement les opérations, du début à la fin.

– J'y ai pris une grande part. Et l'on s'en est bien sorti. Très bien.

– Vous semblez en être fier.

– Vraiment ? Je ne vois pas pourquoi je m'en excuserais.

– Vous devriez, pourtant.

– Pourquoi ?

– Parce que ce que vous avez fait, c'est tout simplement de la pure spéculation. Je ne crois pas qu'un joueur ait sa place à la tête de la Réserve fédérale.

– Le monde financier appelle cela autrement : de la gestion de risque.

– J'appelle ça du jeu et je le condamne.

– Voilà qui me surprend.

– Et pourquoi ?

– Vous êtes, après tout, le sénateur du Nevada. Votre État encourage fortement le jeu. Cela conduit les gens, surtout ceux qui peuvent le moins se le permettre, à jouer leurs économies dans des machines à sous et à finir, pour beaucoup, par rentrer chez eux ruinés. Cela n'a rien à voir avec ce que je fais et ce que font les banques d'affaires. Nous aidons les gros investisseurs – pas les plus riches du monde, cependant – à gérer leur argent. Ils connaissent parfaitement les règles du jeu : parfois ils gagnent, parfois ils perdent. En 1994, certains ont gagné de l'argent, d'autres en ont perdu. En tout cas, personne à ma connaissance n'a dû vendre son yacht.

A ce moment, le président du comité intervint. Les sénateurs passèrent au vote et la candidature de Charles Black fut approuvée par onze voix sur douze. Seul l'homme du Nevada avait voté contre.

En tant que président du conseil de la Réserve fédérale, Charlie Black en surprit plus d'un. De prime abord, le monde de la finance supposa qu'il serait, à l'image de ses prédécesseurs, un homme de dossiers, un économiste distingué, un banquier revenu au sérail. Et puis quelqu'un du sérail justement se mit en tête de lui donner des leçons. Black n'était en poste que depuis trois mois que des fuites se produisirent. Le *New York Times* publia le résultat de tractations supposées rester secrètes. Si Black était visé, le but était atteint. Quand cela se produisit pour la troisième fois, Charles convoqua le conseil de la Fed et prévint les administrateurs que si de telles indiscrétions se répétaient, il procéderait à une enquête interne et le coupable serait limogé.

Pendant six semaines, il eut la paix. Puis cela se renouvela.

Quelques jours plus tard, alors qu'il quittait l'immeuble de la Fed pour rentrer chez lui, il fut accosté par la secrétaire du vice-président, qui demanda à lui parler en privé. Charles l'emmena boire un café non loin de là.

Elle lui avoua détester son supérieur. Il ne cessait de peloter toutes les filles du service, à commencer par elle. Lorsque les fuites s'étaient produites, elle avait remarqué que son patron téléphonait un peu trop souvent au responsable des pages financières du *New York Times*. La dernière fois, elle avait écouté la conversation. Le vice-président avertissait le journaliste que Black avait l'intention de relever d'un demi-point le taux des emprunts d'État, malgré l'avis de la majorité du conseil. Une information strictement confidentielle.

Fort de ces renseignements, Charles convoqua le coupable dès le lendemain matin. L'entrevue dura dix minutes. Loin de nier, le vice-président le mit au défi d'entreprendre quoi que ce soit contre lui. Après tout, il était à ce poste depuis des années. De plus, comme la plupart de ses collègues, il avait été nommé par Bill Clinton et adhérait à la politique du président. Entre la croissance et la lutte contre l'inflation, il choisirait toujours la croissance, qui est dopée par de faibles taux d'intérêt. Or, Black était d'un avis contraire. Son objectif tendait vers le taux zéro d'inflation qui suppose souvent plus de fermeté sur le front des taux. Le public avait le droit de le savoir. D'où ses «conversations» avec le journaliste.

– Et vous avez l'intention de continuer comme cela longtemps ? lui demanda Black.

– Jusqu'à ce que vous nous écoutiez et que vous cessiez de n'en faire qu'à votre guise, répondit-il.

L'après-midi même, Black réunit les membres du conseil d'administration. Il leur relata l'entretien qu'il avait eu avec le vice-président. Puis il demanda à celui-ci de sortir. Il informa alors les gouverneurs qu'il exigeait la démission du coupable. Il avait parlé à la Maison-Blanche et obtenu son soutien. Cette affaire mettait en jeu le rôle décisif du président de la Fed quand ses décisions ne faisaient pas l'unanimité parmi les membres du conseil. Le vice-président n'était évidemment pas d'accord pour donner un blanc-seing au président. Mais d'autres membres partageaient-ils ce point de vue ?

Personne ne leva la main. Le vice-président fut démissionné. Et la rumeur se répandit dans Washington : il ne fallait pas trop chercher Charlie Black.

Malheureusement, elle n'était pas arrivée jusqu'en Suisse.

Quatre heures sonnèrent au clocher voisin. Black se rendit compte qu'il ne pouvait plus progresser dans ses réflexions. Avant d'agir, il devait en savoir davantage. Zwiebach et ses complices avaient si bien monté leur coup que même les plus hautes autorités étaient persuadées de la culpabilité de Black.

Désormais, il allait jouer les abrutis. Leur parler. Leur soutirer le maximum d'informations. Se montrer patient, plus patient qu'eux.

Enfin, songea-t-il, lorsque je saurai qui est derrière tout ça, je le démolirai. Méthodiquement.

Apaisé, Black s'endormit.

5

Six heures plus tard, le dimanche matin, les gouverneurs des grandes banques centrales prenaient place autour de la table ovale de la salle de conférence de la Banque des règlements internationaux. Le bâtiment, une tour ronde de vingt étages située à cinq cents mètres à peine de la cellule de Black, était un désastre architectural qui dépareillait la ville, pourtant fière de son passé. Mais les notables de Bâle avaient fermé les yeux devant l'argent de la BRI.

Le président de la Banque nationale suisse, *Herr* Samuel Schreiber, ouvrit la séance à dix heures précises. Sans plus tarder, il donna la parole à sir Robert Neville.

Gouverneur de la Banque d'Angleterre, sir Robert Neville jouissait, pour des raisons historiques, d'un statut spécial parmi ses confrères. D'une part, la Banque d'Angleterre était la «mère» de toutes les banques centrales. D'autre part, un des prédécesseurs de sir Robert, Montague C. Norman, était le «père» de la Banque des règlements internationaux. Il l'avait créée en 1931 dans le but de faciliter les transactions financières entre pays. Aussitôt, les principales nations européennes ainsi que les États-Unis et le Japon s'y étaient associés. A l'origine, la BRI avait reçu pour tâche de veiller à la répartition des dommages de guerre allemands auprès des vainqueurs. Peu à peu, elle avait étendu ses activités. Elle avait organisé des prêts entre les pays membres qui connaissaient des difficultés financières, après la grande crise de 1929.

Au début des années 30, Montague Norman avait ressenti le besoin urgent de fonder une «banque centrale des banques centrales». La Banque des règlements internationaux devait offrir à la poignée d'hommes qui contrôlaient les finances du monde un lieu de rencontre informel où, dans le plus grand secret, ils s'attelleraient à la reconstruction économique. Ainsi, la BRI avait été le précurseur de deux institutions financières internationales, le Fonds monétaire international et la Banque mondiale, créées à la fin de la Seconde Guerre mondiale. Malgré cela, la BRI avait bien failli ne pas survivre à la guerre. Heureusement, un autre Anglais, John Maynard Keynes, le plus grand économiste du XXe siècle, avait réussi à empêcher Henry Morgenthau, le ministre des Finances de Franklin Roosevelt, de fermer la BRI, qu'il accusait d'avoir favorisé la politique nazie.

Aussi, quand sir Robert Neville prit la parole, un silence respectueux se fit chez les convives.

– Comme vous le savez, commença-t-il, je représente parmi vous la Banque d'Angleterre. Depuis plusieurs années, je suis également chargé de surveiller les activités des principaux intervenants de la communauté financière internationale et d'en rendre compte à notre président. Nous désirons empêcher que deux récents scandales financiers ne se reproduisent : la faillite de la BCCI dans les années 80, lorsque des criminels ont pris le contrôle de cette banque du Luxembourg. Plus récemment, en 1995, la faillite de la Barings. Cet établissement, vieux de deux cent trente ans, faisait partie de nos plus prestigieuses institutions et comptait la reine parmi ses clients. Sa chute est intervenue après une perte d'un milliard de dollars due à des transactions «non autorisées» sur des produits dérivés à Singapour. Nous avons appris une leçon : pour éviter de tels scandales, il est impératif de détecter le plus tôt possible les manœuvres frauduleuses. De plus, il nous faut particulièrement surveiller les marchés des produits dérivés. Dans ce but, j'ai réuni une équipe de six personnes qui passe au crible les opérations à risques.

Après un temps d'arrêt, sir Robert reprit :

– Il y a cinq mois, mon équipe a levé un lièvre. Elle s'est aperçu que, depuis le début de l'année dernière, des ordres hautement spéculatifs étaient passés à la Bourse de Londres sur le marché des eurodollars à trois mois et sur le dollar à terme. J'en ai aussitôt informé le président Schreiber, qui m'a demandé de poursuivre nos investigations. Nous avons alors constaté trois éléments troublants. Premièrement, les ordres étaient toujours passés le lundi qui suivait le premier week-end du mois ; deuxièmement, quelques jours ou, au maximum, quelques semaines plus tard, le dollar montait toujours, je répète toujours, par rapport à la livre sterling ; et troisièmement, les contrats en eurodollars à trois mois baissaient toujours.

Je vous rappelle quelle était alors la situation. L'économie américaine connaissait une reprise très forte et l'on craignait le retour parallèle de l'inflation. C'est pourquoi, au début de l'année, la Réserve fédérale s'était vue dans l'obligation d'augmenter les taux d'intérêt afin d'éviter une surchauffe. Des taux d'intérêt plus élevés auraient pour effet de ralentir l'économie, depuis l'immobilier jusqu'aux achats de voitures, en réduisant la demande de crédits, ceux-ci devenant plus coûteux. Tout d'abord, la Fed a augmenté d'un demi-point le taux des fonds d'État. Avait suivi, tous les trois mois, un nouveau relèvement d'un demi-point. Dans le même temps, elle augmenta d'un demi pour cent le taux d'escompte bancaire préférentiel et le taux d'escompte. Et ainsi de suite. Vous connaissez tous ces mécanismes. Une hausse des taux attire des capitaux sur les placements à court terme, devenus plus rémunérateurs. La demande portée sur ces placements accroît d'autant la demande qui porte sur le dollar et celui-ci grimpe logiquement. Cependant, cette même hausse des taux exercera un effet négatif sur les obligations – plus les taux montent, plus leurs cours baissent.

Sir Neville s'arrêta un instant de parler. Le gouverneur de la Banque de Belgique en profita pour glisser à son voisin néerlandais :

– Il croit encore qu'il s'adresse à ses étudiants de Cambridge.

– Vous n'ignorez pas, reprit sir Robert, que tout est question de *timing* quand il s'agit de spéculer sur les taux d'intérêt ou sur les monnaies. Savoir s'il faut acheter ou vendre n'est pas suffisant si vous n'avez pas la notion exacte du bon *timing*, car cela coûte cher de tenir de telles positions. Or, ce qui s'est passé à Londres était bien trop beau pour être honnête. Et plus mon équipe remontait dans le temps, plus elle réunissait d'éléments, plus elle avait de soupçons. Elle était néanmoins de plus en plus frustrée. Elle avait l'impression d'être confrontée à une énigme dont la solution, si simple soit-elle, lui échappait. Quelles étaient la ou les personnes qui parvenaient à deviner les tendances des marchés sans jamais se tromper ?

J'ai conseillé à mes collaborateurs de chercher s'il existait un rapport avec des phénomènes cycliques. Les phases de la Lune. Les marées. Les tremblements de terre en Californie... Je plaisante, bien sûr, mais la nature cyclique des spéculations était une de nos seules bases de travail. Ce qui semblait le plus étrange, c'est que, chaque fois, les ordres étaient donnés après le premier week-end du mois. Nous nous sommes alors posé la question : que se passe-t-il le premier week-end de chaque mois qui permette à notre ou nos spéculateurs de jouer en étant certain de gagner ?

Sir Robert marqua une pause, comme s'il s'attendait à ce qu'on lui fournisse la réponse.

– Bien sûr, vous connaissez déjà la solution, dit-il enfin. Nos réunions. Nous nous retrouvons à Bâle tous les premiers week-ends de chaque mois et toujours le dimanche à dix heures du matin. A chacune de nos rencontres nous discutons des taux d'intérêt, car, à nous tous, nous contrôlons les taux d'intérêt du monde entier. C'est là notre force. Nous et nous seuls pouvons acculer un pays ou un continent à la récession en augmentant massivement les taux. L'exemple le plus typique en fut donné au début des années 80, lorsque notre ancien collègue, Paul Volker, fit grimper le taux interbancaire américain à 20 %, afin de museler l'inflation due à l'augmentation vertigineuse du prix du pétrole. Le coût de l'argent était si élevé qu'il devint insensé d'emprunter pour acheter une maison ou financer l'achat d'une voiture. L'immobilier connut sa pire crise, le marché automobile s'effondra et les États-Unis plongèrent dans la plus profonde récession depuis la Seconde Guerre mondiale.

Il est aussi en notre pouvoir de sortir un pays de la crise en faisant baisser les taux d'intérêt au point où, l'argent devenant bon marché, les consommateurs se remettent à acheter et les industriels à investir. Par nos interventions, nous influençons à long terme les cycles économiques. C'est cependant à court terme que nous agissons sur les marchés financiers du monde. Mois après mois. Et d'une façon parfaitement mécanique selon nos décisions.

Nous avions trouvé la moitié de la clé de l'énigme. Nous avions deviné le «comment». Il nous restait à découvrir l'identité du ou des spéculateurs.

Dans l'assistance, le silence se fit plus profond. Tous connaissaient la réponse mais, comme dans les romans policiers, chacun voulait savoir comment sir Neville avait réduit le nombre de suspects de dix à un.

Comme s'il avait lu dans les pensées de son auditoire, le gouverneur de la Banque d'Angleterre poursuivit :

– La tâche ne fut pas aisée. Tous les indices orientaient vers quelqu'un qui appartiendrait à la BRI. En théorie, cela pouvait être un membre du personnel, ou un des membres de la direction. C'était une fausse piste. Comme vous le savez, nos réunions se déroulent à huis clos ; n'y assistent que les dix gouverneurs de banque. Pas de procès-verbal. Pas d'observateur. Pas d'employé. Le secrétaire général, qui travaille avec nous depuis vingt ans, est parfois invité à présenter un rapport. Toutefois il ne prend aucune note. Nous nous retrouvions donc avec dix suspects.

Nous avons ensuite songé à une autre piste. Comme le dollar était souvent au cœur des spéculations, nous avons pensé à une personne X, haut placée à la Fed, qui aurait pu connaître avant nos réunions les projets du président de cet organisme. Elle aurait alors eu le temps de passer ses ordres à Londres, le lundi suivant.

Mais en poursuivant nos recherches et en remontant dans le temps, cette théorie s'est écroulée. En deux ans, les taux d'intérêt sur le dollar n'ont pas bougé pendant dix-huit mois. Les marchés financiers internationaux n'ont joué que sur les taux européens. Un Américain travaillant à Washington n'aurait pu savoir ce que M. Schreiber prévoyait pour les taux d'intérêt suisses, ou ce que le directeur de la Bundesbank avait dans la tête pour la semaine suivante en Allemagne. Or, devinez ce qui s'est passé ? Pendant cette période, notre spéculateur a changé de tactique. Au lieu d'intervenir sur les contrats à terme en eurodollars, il s'est intéressé aux contrats à terme en euromarks et en eurofrancs suisses. A chaque fois avec le même bonheur. Il était infaillible. Nous avons aussi remarqué qu'il jouait sur le mark et le franc suisse.

Il fallait donc que ce soit l'un d'entre nous.

— Quand en êtes-vous arrivé à cette conclusion ? demanda le directeur de la Bundesbank.

— Il y a deux semaines, répondit sir Robert.

— Qui avez-vous placé en tête des suspects ?

— Quoi que j'aie pu vous dire au sujet du rôle central du dollar dans ces spéculations et malgré le hiatus de dix-huit mois, nous avons continué à penser à un Américain. Cependant, lorsque nous avons découvert que les ordres émanaient de la Suisse et qu'ils étaient exécutés à Londres par la filiale de la Banque générale de Suisse à Zurich, nous avons eu des doutes.

— Comment en êtes-vous arrivé à cette banque ?

— En interrogeant les opérateurs du marché international à terme de Londres – le LIFFE (« London International Financial Futures Exchange ») – où sont traités les contrats à terme sur l'eurodollar, et en identifiant les banques qui avaient le plus perdu d'argent lors de ces transactions suspectes : la Citybank, la Banker's Trust, la Lloyd's, la Mitsubishi, la Deutsche Bank et bien d'autres. Elles ont été trop heureuses de collaborer avec nous et de nous livrer le nom de la banque qui leur avait fait perdre les sommes les plus importantes : c'était toujours la Banque générale de Suisse. Nous avons aussi appris que le plus gros perdant était l'Union de banques suisses. Pourtant, lorsque j'ai contacté son président, il a refusé de coopérer, prétextant le secret bancaire qui régit les banques helvétiques. Nous savons que ces lois viennent d'être amendées, mais...

Schreiber intervint alors pour la première fois :

– L'affaire n'est pas close. Si les pertes ont été aussi lourdes qu'on le dit, les actionnaires ont été sérieusement lésés par cette gigantesque escroquerie. L'Union de banques suisses a beau avoir refusé de parler à sir Robert, elle n'aura pas d'autre choix que de collaborer avec la brigade financière de la police de Bâle.

– Nous verrons ce qu'il adviendra grâce à l'intervention de M. Schreiber, reprit sir Robert. En attendant, la Banque générale de Suisse a pleinement coopéré avec nous. Elle nous a livré l'identité du compte d'où émanaient toutes les transactions. Nous n'étions pas, pour autant, au bout de nos peines. Il s'agit, en effet, d'un compte B, tenu par un avocat pour un client non identifié. Cet avocat, maître Hans Zwiebach, est l'un des plus prestigieux hommes de loi de Zurich. Il enseigne le droit à l'université de Zurich, est colonel de réserve dans l'armée et joue un rôle éminent dans les instances de l'Église réformée, avec laquelle sa famille, une des plus éminentes de Zurich, entretient des liens étroits depuis qu'elle a soutenu le mouvement réformateur d'Ulrich Zwingli, au XVIe siècle. Il est donc tout naturel que maître Zwiebach fasse partie du conseil d'administration de la Banque générale de Suisse. Enfin, il jouit de la plus haute considération dans toute la Confédération. Si je me suis attardé à vous décrire Hans Zwiebach, c'est que la plupart des informations recueillies contre Charles Black émanent de lui. Eh bien ! messieurs, j'en ai terminé.

Immédiatement, Samuel Schreiber reprit la parole :

– Sir Robert ne vous a dit que la vérité. Mais ses paroles ont pu créer une certaine confusion. Ce sont les *registres* détenus par le cabinet de maître Zwiebach qui nous ont fourni les preuves matérielles irréfutables de la culpabilité de Charles Black. En Suisse, la loi punit sévèrement les délits de cette importance. Pour ma part, j'insisterai pour qu'il soit poursuivi avec toute la rigueur possible. Il y va, messieurs, de notre réputation. Soit Charles Black est châtié d'une façon exemplaire, soit c'est nous que le monde châtiera.

Tous les gouverneurs hochèrent de la tête en signe d'assentiment. Seul le gouverneur canadien demeura impassible. Mais il était seul contre huit.

A ce moment, personne n'aurait donné cher de Charles Black. Bien sûr, celui-ci ne savait rien de ce que l'on venait de dire à son sujet, ignorant tout de ce qui se tramait en dehors des dix mètres carrés de sa cellule. N'ayant rien à faire, rien à lire, il avait calculé une cinquantaine de fois la taille de ce réduit où on le maintenait délibérément au secret. A six heures du matin, ce dimanche, le gardien de nuit lui avait passé par le guichet un petit déjeuner : deux épaisses tranches de pain, de la confiture, du café au lait tiède.

— Je veux téléphoner, s'était empressé de dire Charles Black en profitant de la présence du gardien derrière la porte.

— Interdit de parler !

— Vous ne comprenez pas. Je veux un téléphone. Apportez-moi un téléphone.

— Les ordres ! Pas parler, lui avait répondu le gardien.

— Connards ! s'était exclamé Black.

Dans sa colère, il avait bien failli jeter le plateau contre le mur. Mais la faim l'en avait empêché. Et puis il avait songé qu'il serait obligé de nettoyer les dégâts : pas de femme de chambre à l'horizon.

Deux heures plus tard, la prison sembla se réveiller. Des portes claquèrent. Il entendit des pas d'hommes dans le couloir. Des chants lui parvinrent faiblement. Ce devait être un service religieux pour les prisonniers, songea-t-il. Sans lui.

En ce moment, Sally devait se rendre elle aussi au temple. Puis il se rendit compte qu'il était près de minuit en Californie. Elle se préparait sans doute à aller se coucher dans leur nouvel appartement après avoir regardé un film à la télévision.

Cette image lui fit sentir l'étrangeté de sa situation. Et sa réalité, car ce n'était pas un cauchemar.

Pendant les vingt-quatre heures suivantes, le guichet s'entrouvrit trois fois. Chaque fois, on lui présenta un plateau-repas. Sans un mot.

6

A dix heures du matin, la porte de la cellule de Charles Black fut brutalement ouverte, ce qui le tira du demi-sommeil où il était encore plongé. Le prisonnier n'avait encore jamais vu ce gardien qui lui apportait un objet auquel il tenait particulièrement : sa valise, qu'il posa sur le lit.

– Vous êtes convoqué par le procureur en charge de l'instruction. Auparavant, vous pouvez passer à la douche, vous raser et mettre des vêtements propres.

Le gardien montra la porte du doigt.

– Je vous en prie !

Black eut un petit soupir de satisfaction en se retrouvant dans le couloir. On avait voulu le mater en l'incarcérant, mais ce mauvais moment était fini. Une nouvelle bataille allait s'engager.

Il demeura cinq minutes sous le jet bouillant de la douche, dans l'espoir d'éliminer cette odeur aigre de prison qui lui collait à la peau. De retour dans sa cellule, Black sortit une trousse de toilette de sa valise et commença à se raser. Le miroir accroché au mur au-dessus du lavabo lui renvoyait l'image d'un homme fatigué, aux yeux gonflés, au teint blême. Il jura intérieurement. Bon sang ! il avait l'air d'un coupable !

Mais quelques minutes plus tard, lorsqu'il se regarda à nouveau dans la glace, la mauvaise impression avait disparu. Débarrassé de sa barbe hirsute, les cheveux peignés, vêtu de propre – chemise blanche, nouvelle cravate et costume deux-pièces fait sur mesure –, Black n'avait plus l'air d'un homme qui vient de se morfondre de longues heures en cellule.

Il remarqua qu'on avait remis sa ceinture au fond de la valise, soigneusement enroulée, ainsi que la cravate qu'il portait en arrivant.

«D'abord, se faire jeter dans ce trou à rats... Et ensuite, être presque traité en gentleman !»

Le gardien qui revint le chercher continua sur le même mode : il ne lui mit pas les menottes et, dans le couloir, ils marchèrent côte à côte. Mais Black n'avait pas l'intention de se laisser amadouer.

Il se retrouva dans la cour pavée.

Dehors, il faisait beau. C'était le printemps. Le soleil réchauffait l'atmosphère. L'air était doux. «C'est fou ce que l'on peut apprécier ce genre de petites choses, lorsque l'on en a été privé», se dit Black.

«Mais ce n'est pas une raison de t'attendrir, ni de baisser la garde. Tu as affaire à une bande de types particulièrement retors, ne l'oublie pas.»

Cette fois, pas de fourgon de police. Le gardien le conduisit à pied vers une destination inconnue. Ils passèrent la porte principale, qui s'ouvrait sur une rue étroite, moyenâgeuse, à flanc d'une colline dominant la ville. Black lut le nom de la rue, «HEUBERG», sur une plaque émaillée au coin d'une des petites maisons de trois étages devant lesquelles ils passèrent. La date de construction figurait sur certaines d'entre elles, ainsi que le nom des personnages célèbres qui les avaient habitées :

«CONSTRUITE EN 1347» ... «ÉRASME A VÉCU ICI DE 1509 À 1521» ... «CONSTRUITE EN 1498. LE PEINTRE HANS HOLBEIN LE JEUNE A VÉCU ET TRAVAILLÉ ICI DE 1519 À 1526» ... Black se dit ironiquement qu'il avait bien de la chance d'être l'hôte d'une cité aussi accueillante.

En fait, la Heuberg lui rappela, en version ancienne, la paisible petite artère du quartier prospère de Georgetown, à Washington, où Sally et lui résidaient alors qu'il présidait la Fed. Ce parallèle n'avait rien d'extraordinaire. Il était dans une ville riche et cossue. Et puis, il se dit de plus qu'il se trouvait sur le sol de la Confédération helvétique, berceau de la démocratie, un État qui accueillait les plus prestigieuses institutions internationales.

« Arrête de rêver, pensa Charles. Il y a en Suisse des gens sans foi ni loi, comme n'importe où ailleurs. Et en l'occurrence, ceux d'ici veulent ta peau... »

– On est arrivés, annonça le gardien alors qu'ils s'étaient arrêtés devant une maison ancienne à trois étages portant le numéro 21. Près de l'entrée, une plaque de bronze était fixée au mur :

STAATSANWALTSCHAFT
BASELSTADT*

Le vestibule aurait pu être celui d'un luxueux cabinet d'avocats de Washington ou de New York, mais dont le mobilier xviiie siècle aurait été authentique. Le gardien s'approcha de la réceptionniste et lui tendit un formulaire, qu'elle signa et lui rendit. Puis il tourna les talons sans mot dire.

Pendant une fraction de seconde, une idée folle traversa l'esprit du prisonnier, resté seul avec la jeune femme. C'était peut-être l'occasion ou jamais. *Fuir à toutes jambes !* Qu'avait-il à perdre ? Mais quelques instants passèrent sans qu'il bouge, et l'occasion fut perdue. Charles Black voulait encore croire en la justice.

Un homme entra dans le vestibule. C'était le lieutenant de police qu'il avait vu à l'aéroport, Paul Schmidt.

– Monsieur Black, comme nous nous retrouvons, commença-t-il en lui tendant une main que le prisonnier hésita à serrer.

– Rebonjour, en effet. Indiquez-moi donc où je pourrais trouver un téléphone.

---

* « Bureaux du procureur général de la ville de Bâle. »

— Vous allez pouvoir passer votre coup de fil. Mais auparavant, le procureur aimerait vous parler.

La porte s'ouvrit à ce moment sur deux hommes qui quittaient le bureau du procureur. Quand Charles les aperçut, il ne put en croire ses yeux : c'était Samuel Schreiber et sir Robert Neville. A sa vue, ils eurent l'un et l'autre comme un léger sursaut. Schreiber retrouva son aplomb le premier. Impassible, il évita Black et sortit dans la rue. Sir Robert allait en faire autant, puis il marqua un temps d'arrêt. Enfin, il s'approcha de Charles.

— J'espère que ça va pour toi.

— Pas du tout. Mais je suis heureux de te voir. Cela me fait réellement plaisir. Ces idiots m'ont placé au secret depuis deux jours. C'est une ineptie qui a assez duré. Je veux être libéré et j'exige un avocat. Occupe-t'en, veux-tu !

Black avait le ton d'un président de la Fed, celui d'un homme qu'on disait le plus puissant après le président des États-Unis. Un homme dont les ordres étaient toujours exécutés sur-le-champ.

Sir Robert se contenta de lever les bras au ciel, dans un geste d'impuissance.

— Charles, lui dit-il, je t'aiderais, si j'en avais la possibilité. Tu peux me croire. Mais c'est hors de mon pouvoir.

— Dis-moi au moins ce qui se passe.

Au même moment, le procureur général lui-même, le *Staatsanwalt* Rolf Wassermann pénétra à son tour dans le vestibule. Il répondit à la place de sir Robert :

— Vous n'allez pas tarder à le savoir, monsieur Black. Passez donc dans mon bureau.

Il fit un signe au lieutenant de police qui prit Black par le bras et le conduisit dans la pièce. Sir Robert s'était entretemps avancé d'un pas vers le procureur.

— J'aimerais parler quelques instants en privé avec M. Black.

— Désolé, à ce stade de l'enquête, notre Code l'interdit.

— Et quand pourrai-je donc m'entretenir avec lui ?

— Je vous le ferai savoir le moment venu.

— Mais...

— Je vous remercie d'être venu, sir Robert, conclut Wassermann. Je vous tiendrai au courant.

Le procureur fit demi-tour et regagna son bureau, dont il ferma soigneusement la porte.

Sir Robert avait compris le sens de cette fin de non-recevoir. Il n'eut plus qu'à partir.

Le lieutenant de police invita Black à s'asseoir dans un fauteuil, face à l'élégant bureau du procureur. Il prit une lourde serviette et quitta la pièce.

Un instant plus tard, la réceptionniste entra à son tour, apportant sur un petit plateau un pot de café et une tasse. Elle s'immobilisa, hésitante.

— En Suisse, nous faisons toujours une pause à dix heures du matin pour boire une tasse, déclara Wassermann. Désirez-vous vous joindre à moi, monsieur Black ?

Celui-ci négligea la question.

— Arrêtez donc tout ce cirque, dit-il. Jusqu'à nouvel ordre, je ne suis pas inculpé. Vous devez me libérer immédiatement.

— Certainement, lui répondit Wassermann. Mais d'abord, le café.

La jeune femme lui tendit l'élégante tasse de porcelaine, posée sur une soucoupe, et versa le café. Elle y ajouta deux morceaux de sucre à l'aide d'une petite pince d'argent. Pas de crème. Le procureur prit une gorgée du breuvage, l'air très concentré. Elle le regarda faire. Apparemment rassurée que le café lui plaise, elle se retira sans attendre de remerciements.

Personne n'avait jamais ignoré une demande pressante de Charles Black d'une façon aussi méprisante. Il dut faire un gros effort sur lui-même, se maîtrisant pour ne pas sauter par-dessus le bureau et étrangler l'odieux vieux singe qui sirotait son café en face de lui.

Wassermann reposa enfin sa tasse.

— Lisez ceci, dit-il en tendant à Black un simple feuillet.

C'était un document officiel, rédigé en allemand. Comme Charles Black tentait de le déchiffrer, il se rendit vite compte que son allemand n'était pas à la hauteur.

– Vous avez du mal à comprendre, lui demanda Wassermann. Bien sûr. Vous, les Américains, n'êtes pas très portés sur
les langues étrangères. Si vous le désirez, je vais traduire pour
vous. Auparavant, veuillez jeter un œil aux deux signatures.

C'étaient celles de Samuel Schreiber et de sir Robert
Neville.

– Vous avez entre les mains le procès-verbal d'une plainte.
Une plainte officielle déposée contre vous par M. Schreiber,
au nom de la Banque nationale suisse et par sir Robert
Neville, agissant pour le compte de la Banque des règlements
internationaux.

– Allez-vous enfin me dire ce qu'on me reproche exactement ?

– Vous êtes soupçonné d'avoir profité de vos fonctions
officielles à des fins d'enrichissement personnel, ce qui est
sanctionné par l'article 312 du Code pénal suisse. Vous êtes
également soupçonné d'avoir détourné des secrets d'État à
votre profit, délit visé à l'article 267 du même Code. Et vous
êtes soupçonné de fraude : article 148...

– Tout ceci est absurde.

– C'est ce que nous allons voir, cher monsieur Black. Laissez-moi poursuivre. Si vous êtes reconnu coupable selon
l'article 312, vous risquez cinq ans de travaux forcés. De
même pour l'article 267. L'article 148 prévoit quant à lui une
peine de dix ans de travaux forcés, si la fraude ne dépasse
pas un million de francs suisses. Cependant, si le délit a été
commis dans le cadre d'un mandat social et si le montant
des sommes incriminées dépasse le million de francs suisses,
la peine est portée à quinze ans. Ce qui semble concerner
votre cas. Enfin, vous devez savoir que pour une personne
telle que vous, les juges suisses n'accordent aucune remise
de peine. Ainsi, vous pouvez prévoir un cumul minimal de
vingt ans de travaux forcés et un maximum de trente ans.

Si Wassermann avait cru que Charlie Black allait s'éva-
nouir, il en fut pour ses frais.

– Vous parlez bien sérieusement, monsieur Wassermann ?

– Absolument.

– Alors, vous êtes encore plus cinglé que je ne le pensais. Je suis convaincu que, y compris dans ce fichu pays, il ne suffit pas d'accabler quelqu'un de vagues accusations pour l'envoyer en prison. Même s'il est étranger. Le moment est donc venu de me montrer des preuves, ou d'arrêter votre minable petite comédie. Vos fameux talents linguistiques devraient vous permettre de comprendre ce que je viens de vous répéter pour la dernière fois.

– Nous vous avons arrêté, monsieur Black, sur la foi d'une plainte orale conjointe. Sans cette salutaire mesure, vous auriez pu avoir vent des soupçons de vos anciens collègues de la Banque des règlements internationaux et vous enfuir de Suisse. Désormais, nous vous détenons en vertu de la plainte écrite que vous avez entre les mains. De plus, M. Schreiber et sir Robert Neville nous ont fourni des documents. Ils sont en cours d'examen.

– Attendez, vous êtes en train de me dire que vous commencez seulement à examiner ces prétendues preuves matérielles ?

– C'est exact. Le lieutenant Schmidt s'est vu confier cette tâche.

– Et malgré cela, vous n'avez aucun scrupule à me garder en prison sans le moindre chef d'inculpation. C'est incroyable !

Wassermann haussa les épaules.

– Dans cette affaire, les plaintes, orales ou écrites, n'émanent pas de n'importe qui. M. Schreiber et sir Robert Neville sont au-dessus de tout soupçon. Ils détiennent des postes de première importance dans leurs pays respectifs, ainsi qu'à la BRI, à Bâle.

– Et moi donc !

– Voyons, monsieur Black, vous n'avez plus aucune fonction officielle. Vous êtes à la retraite. Enfin, il est tout de même clair que vous vous êtes arrangé pour ne pas manquer d'argent jusqu'à la fin de vos jours...

– Vos propos me dégoûtent.

– Pour ma part, je considère comme une insulte faite à la Suisse le honteux détournement de nos institutions dans un but criminel. Nous ne devons plus permettre de tels agissements. Nous avons l'intention de demander à votre encontre une sanction exemplaire, afin de dissuader tous ceux qui voudraient vous imiter.

— J'en ai assez entendu. Laissez-moi exercer mes droits à la défense ou, à partir de maintenant je refuserai de vous écouter et de vous répondre. Vous vous débrouillerez avec le gouvernement des États-Unis.

— Et qu'appelez-vous vos « droits » ?

— D'abord, je veux téléphoner à ma femme, afin qu'elle s'occupe de ma défense et qu'elle prévienne notre ambassade à Berne de ce qui se passe ici.

— Vous pouvez appeler votre femme tout de suite. Mais laissez-moi vous prévenir au sujet de vos soi-disant « droits ». Ici vous êtes en Suisse, pas aux États-Unis. C'est notre gouvernement qui établit la loi. Pas le vôtre. Ne l'oubliez pas.

Wassermann se leva.

— Il y a une salle de conférences à côté. Vous allez pouvoir téléphoner... Allez, faites donc, c'est par ici.

Sur ces paroles, il ouvrit une porte qui donnait directement dans la salle. Il demeura sur le seuil tandis que Black allait s'asseoir devant l'appareil. Puis il sortit à reculons et referma derrière lui. A clé.

7

Sally décrocha à la seconde sonnerie.

— Ma chérie, c'est toi ?

— Charlie ! s'exclama-t-elle. Où es-tu ? J'ai appelé l'hôtel Euler un nombre incalculable de fois et ils m'ont dit que tu n'étais pas encore arrivé. Tu vas bien ?

— Oui et non...

— Qu'est-il arrivé ? Tu es à l'hôpital ? dit-elle presque affolée.

— Calme-toi. Je n'ai rien. Je ne suis pas à l'hôpital. Je suis en prison.

— En prison, répéta Sally, mais... pourquoi ?

— C'est une histoire de fou. On me traite comme un criminel. J'aurais commis un délit d'initié, j'aurais amassé une fortune en utilisant à mon profit des secrets d'État... Tout cela est grotesque. Je t'appelle de chez le procureur en charge de l'instruction. Je suis sûr qu'on écoute notre conversation.

— C'est vraiment insensé. Comment peuvent-ils prétendre une chose pareille ?

— Tu te souviens de mon compte à la Banque générale de Suisse ?

— Oui, vaguement. Tu m'as dit qu'il était resté inutilisé depuis des années.

— Pas si sûr.

— Comment ça ?

— Te rappelles-tu cet avocat de Zurich ?

— Ah ! oui... Zwiebach, je crois. Quand même, ça remonte au moins dix ans !

— C'est ça, Zwiebach. Eh bien ! ils disent que j'aurais eu une conversation avec lui en janvier de l'année dernière, notamment.

— Mais au fait, c'est vrai, Charles, tu m'en as même parlé. Tu lui avais demandé de trouver des chambres au Palace Hotel pour Laura et ses amies. Tu t'en souviens, maintenant ?

La conversation lui revint. Il avait appelé l'avocat depuis le Savoy, à Londres, où il s'était rendu après la réunion de la BRI.

— Zwiebach est avec toi ? lui demanda Sally.

— Non. Il est de leur côté, pas du mien.

— Ah. Et qui s'occupe de ta défense ?

— Personne. Il *faut* que tu m'aides. Tout de suite.

— Charlie, ici, il est deux heures du matin...

— Je sais, je sais.

— Qui veux-tu que j'appelle à une heure pareille ?

— Écoute, chérie, il faut absolument que tu joignes Dan Lash à Washington, dès que possible. Tu le connais. Il est souvent venu dîner à la maison. Son cabinet s'appelle Lash, Evans and Scott. C'est sur M Street.

— Il n'est que cinq heures du matin sur la côte Est. A quelle heure arrive-t-il à son bureau ?

— Tôt. Vers huit heures.

— Peut-être vaut-il mieux que je saute dans un avion et que j'aille le voir ?

— Non, téléphone-lui, sinon on perdrait encore une journée.

— Ne t'inquiète pas, je m'en occupe. Ça me rend nerveuse de te savoir en prison, tu sais.

— Oh ! ma cellule me rappelle un dortoir de pension d'il y a quelques années. Ce n'est pas beaucoup moins confortable.

— Tu veux que je vienne ?

— Pas encore. Occupe-toi d'abord des avocats. Sally, mon sort est entre tes mains. Ces rats vont me garder au secret aussi longtemps qu'ils le pourront. D'après ce que je sais déjà, ça pourrait même durer jusqu'à Noël.

— Ne t'en fais pas. Je vais te sortir de là. Mais il me faut plus de renseignements. Dis-moi où tu te trouves... le nom du procureur, etc. Donne-moi le plus d'éléments possible sur ta situation. Attends, je vais chercher de quoi noter...

8

La conversation terminée, Sally resta un long moment assise sur son lit en chemise de nuit, l'esprit troublé.

– Quelle plaie, murmura-t-elle, alors que tout allait si bien...

Certes, elle avait été stupéfaite d'apprendre que Charles avait l'intention de quitter la Fed. Elle était au courant de ses ennuis avec le nouveau président et l'équipe d'imbéciles qui régnaient sur la Maison Blanche. En secret, elle avait espéré que les choses s'arrangeraient quand même à la longue. Elle aimait la vie qu'ils menaient à Washington et elle savait que Charles s'y plaisait aussi. Et elle n'ignorait pas non plus que lorsqu'il avait pris une décision, il n'en démordait pas.

Sa démission fut acceptée avec un plaisir non dissimulé. Il leur était ensuite apparu qu'ils ne pouvaient plus rester à Washington. Le choix d'aller habiter la Californie ne fut pas un hasard. C'est là que Sally avait grandi et, si elle avait rencontré Charles à l'université de Georgetown à Washington, elle l'avait épousé dans le ranch de sa propre famille, à Alexander Valley. Tout au long de la carrière de Charles, malgré ses nombreuses missions à l'étranger, ils retournaient au ranch dès qu'ils le pouvaient. A la mort de ses parents, Sally avait hérité du ranch. C'était là que, le jour venu, ils prendraient leur retraite.

Elle était arrivée bien plus tôt que prévu, alors que Charles n'était pas encore prêt à se retirer à la campagne. D'où l'achat de cet appartement à San Francisco.

Sally Black se regarda dans le miroir. Elle y vit l'image d'une femme de cinquante ans, étonnamment bien conservée. Dès qu'elle entrait quelque part, dans un restaurant, un cocktail, une réunion publique, les regards des hommes se tournaient vers elle. Et chaque année, ses admirateurs étaient plus jeunes. Bien sûr, elle adorait cela. Mais elle n'avait jamais compté sur sa beauté pour faire son chemin. Elle avait été assez intelligente pour aller à Georgetown, épouser Charles. Et gérer adroitement leurs finances.

Charles avait gagné des fortunes à la First National, puis chez Whitney Brothers. Cependant, comme beaucoup d'hommes d'affaires, il n'avait jamais pris le temps de s'occuper de son propre argent. Aussi s'en était-elle chargée dès que leur fille Laura fut en âge de fréquenter l'école. D'abord, dans les années 70, elle avait investi dans l'immobilier dans la grande ceinture londonienne, juste avant que les prix du marché montent en flèche. Ils habitaient à cette époque Gerrard's Cross, un petit coin du Buckinghamshire à quarante-cinq minutes de la City. L'endroit était surnommé le paradis des agents de change. En effet, en quelques mois, ce coin du «Bucks» avait été envahi par les gens de la Bourse, qui s'y faisaient bâtir de somptueuses résidences, surenchérissant là encore les uns sur les autres. Tout en réalisant une belle acquisition pour elle-même, Sally, en bonne Américaine, n'avait pas hésité à acheter plusieurs propriétés et à les hypothéquer au maximum.

Ensuite, elle avait gagné beaucoup d'argent en jouant sur les marchés européens. Lorsque cinq ans plus tard Charles avait été nommé à Hong Kong, elle était à la tête de quelque deux millions de dollars.

A Hong Kong, où elle vivait avec son mari, elle avait continué sur sa lancée. D'abord le marché immobilier, puis la Bourse, en risquant assez gros. Résultat, lorsqu'ils regagnèrent New York, elle avait doublé leur fortune.

Chez Whitney Brothers, Charles avait touché pas moins de deux millions de dollars grâce au système de participation aux résultats de la banque. C'était en plein milieu des années 80, les « *golden eighties* », lorsque Wall Street avait connu la plus longue période de hausse de son histoire. Sally avait profité du courant ascendant du marché boursier. Elle s'y était révélée tellement à l'aise qu'elle avait pu faire de très importants profits. En Suisse, par l'intermédiaire de Zwiebach, elle avait tiré avantage des conditions libérales d'achat à terme. Elle n'avait pas délaissé Hong Kong pour autant, ni les Bourses de Singapour et de Malaisie, car elle connaissait ces marchés mieux que bien des professionnels. Après que Charles eut été nommé à la Fed, entre ses diverses primes et les bénéfices financiers réalisés par Sally, le couple disposait de la coquette somme de vingt-neuf millions de dollars.

Sally alla jusqu'au petit bureau où elle avait posé son Macintosh portable. Toutes ses opérations y étaient stockées là, en mémoire. Elle connaissait déjà la réponse à ce qu'elle cherchait, mais elle voulait quand même vérifier. Vendredi dernier, comme tous les vendredis, elle avait entré les dernières estimations de leurs différents portefeuilles. En dix secondes, le solde de leurs comptes s'afficha sur l'écran : « $ 29 537 456,97 ». Vingt-neuf millions cinq cent trente-sept mille quatre cent cinquante-six dollars et quatre-vingt-dix-sept cents... Elle vérifia l'ensemble de l'actif financier, catégorie par catégorie. Il ne lui faudrait que vingt-quatre heures pour disposer de vingt millions de dollars en liquide.

Une telle somme ne serait pas nécessaire. Mais Charles avait besoin d'avocats, les meilleurs au monde, et donc les plus chers. Et Sally avait suffisamment d'expérience pour savoir que seul l'argent pouvait les retenir. Elle pianota encore sur le clavier du Mac. Leur compte à la Bank of America était créditeur de 152 789,16 dollars. Dès l'ouverture de la banque, elle en ferait transférer 100 000 sur le compte de Dan Lash. Cela l'inciterait à agir vite. Toutefois, au préalable, elle devait lui parler. Elle consulta sa montre. Il était deux heures et demie du matin, cinq heures et demie à Washington. Elle devait patienter encore deux heures et demie avant de faire entrer les avocats en action, pour qu'ils tirent Charlie de prison.

Fraude... délit d'initié... elle eut une bouffée de colère en songeant qu'on pouvait accuser son mari d'une telle forfaiture. Charles avait toujours mis un point d'honneur à éviter des confusions d'intérêts entre ses activités professionnelles et la gestion de sa fortune. Il avait pris soin de ne jamais lui parler de ce qu'il faisait à la banque pour que ses propos ne puissent pas être interprétés. Il avait même érigé une sorte de muraille de Chine entre son bureau et son domicile. Parfois, cela frisait le ridicule. Ainsi, en tête à tête avec Sally, il lui arrivait de s'interrompre au milieu d'une phrase de peur qu'elle n'apprenne qu'il s'occupait d'une fusion pour le compte de Whitney Brothers.

Après toutes ces précautions, comment pouvait-on en être au point où un unique compte, qu'ils avaient laissé dormir en s'en désintéressant, pouvait être à la source de conséquences aussi graves ? Cela semblait absurbe. Sally se perdait en interrogations.

9

Le lieutenant Paul Schmidt, de la brigade financière, s'apprêtait à faire subir à Charles son premier interrogatoire.

Schmidt était venu chercher Black dans la salle de conférences du procureur et l'avait fait grimper par un escalier ancien qui craquait sous les pas jusqu'au troisième étage où il occupait un petit bureau.

L'intérieur du *Staatsanwaltschaft* rappela à Black la maison de sa grand-mère aux environs de Chicago. Le bureau du lieutenant aurait pu être une des chambres sous le toit. Il en émanait une atmosphère reposante, qui n'était sans doute pas l'effet du hasard. «Ça fait partie du jeu, pensa Black. Après le méchant procureur, j'ai droit au gentil flic... Ils ne m'auront pas comme ça. »

— Entrez, et mettez-vous donc à l'aise pendant que je fais un peu d'ordre sur mon bureau, lui dit Schmidt. Tenez, jetez un coup d'œil par la fenêtre. Allez voir, la vue sur le vieux Bâle est superbe. Au fait, j'espère que la fumée ne vous gêne pas ?

Schmidt bourra une pipe et l'alluma patiemment. Puis il se leva et vint rejoindre Black, qui regardait au-dehors.

— Ce bâtiment massif tout en grès est l'hôtel de ville. Il recèle de magnifiques peintures de Holbein, vous savez.

— En chemin, depuis la prison, j'ai remarqué la maison où il a vécu, avoua Black malgré ses bonnes résolutions.

— *Ja,* nous avons de la chance de travailler dans ce quartier. Toutes les maisons ont une histoire. Les autres bâtiments de la police sont bien plus banals. Nous partageons cette maison avec le procureur. Nous nous occupons des délits commis par ceux que vous appelleriez des « cols blancs ».

Schmidt tira sur sa pipe et continua :

— Ici, sur la place de l'hôtel de ville, se tient tous les matins un pittoresque marché aux fruits et légumes. A midi, on peut voir le spectacle des maraîchers et leurs femmes rangeant leurs cageots pour rentrer chez eux, en général en Alsace.

Schmidt savait deviser de choses ordinaires pour, en quelques minutes, réussir à installer une atmosphère détendue, conviviale. Ce fut presque distraitement qu'il en vint aux faits.

— Maintenant, monsieur Black, il me faut vous poser quelques questions. Asseyez-vous, je vous prie. Bien. J'ai pour principe d'aller le plus vite possible au cœur des problèmes. Si nous arrivons à la conclusion que les allégations contenues dans la plainte déposée par la Banque nationale suisse et par la Banque des règlements internationaux ne sont pas fondées, rien ne sera retenu contre vous et vous pourrez rentrer librement.

— Sinon ?

— Vous serez officiellement mis en accusation par le procureur et incarcéré.

— Je crois qu'il serait sage que je consulte un avocat avant de répondre à vos questions.

— Libre à vous. Cependant, si j'ai bien compris, vous n'avez pas encore d'avocat. Et quand vous en aurez un, je suis certain qu'il vous donnera le même conseil que celui que je vais vous donner : plus vite vous parlerez, plus vite on vous relâchera. En d'autres termes, si vous préférez vous taire, vous serez détenu indéfiniment. Dans votre cas, je vous assure que vous ne serez pas libéré sous caution, car on ne prendra pas le risque que vous quittiez le pays.

— Combien de temps pouvez-vous détenir quelqu'un sans preuves formelles ?

— Comme je vous l'ai dit, indéfiniment. Si vous décidez de ne pas coopérer, l'enquête sera longue et, de notre point de vue, difficile. Tous les trente jours, le procureur examinera votre dossier et envisagera une caution. Mais si l'enquête n'avance pas, je doute que l'issue vous soit favorable.

– Bon... très bien, dit Black. Allons-y. Je veux que l'affaire se règle au plus vite.

– Croyez-moi, monsieur Black, vous prenez la bonne décision. Je vais vous expliquer comment nous allons procéder. Je vais faire venir une sténodactylo qui notera nos conversations. A la fin de chaque interrogatoire, elle tapera un procès-verbal. Périodiquement, vous en recevrez une copie et vous aurez le temps de vérifier la véracité de vos propos et des miens. Si vous êtes d'accord, nous signerons tous les deux ces procès-verbaux. Cela vous convient-il ?

– Ça me paraît correct... Une chose me retient toutefois. Vous avez dit « chaque interrogatoire ». Vous en prévoyez combien exactement ?

– Un ce matin. Ensuite, nous nous séparerons pour le déjeuner. Un autre cet après-midi...

– Mais combien d'interrogatoires en tout ?

– Le procureur en décidera. Je ne fais qu'exécuter ses ordres.

– Ne dois-je pas d'abord passer devant un juge ?

– Non. Le procureur décide de tout. C'est ainsi en Suisse. L'instruction est purement accusatoire.

Schmidt décrocha son téléphone et donna un ordre en allemand. Quelques instants plus tard, une jolie secrétaire entrait, un bloc à la main. Elle évita de regarder Black.

– Maria, asseyez-vous à la place habituelle. Nous allons commencer, lui dit Schmidt.

Puis, se tournant vers Black :

– Je souhaite revenir au début de janvier de l'année dernière, puis procéder jour par jour.

– Comment voulez-vous que je me souvienne de ce qui s'est passé il y a si longtemps ?

– Je vous y aiderai, n'ayez crainte. Monsieur Black, vous êtes arrivé à Bâle un samedi, au début du mois de janvier. Comme d'habitude, vous êtes descendu à l'hôtel Euler. Et, ainsi que prévu, vous avez assisté au dîner privé en compagnie de vos collègues, au Schützenhaus.

– Pour vous le confirmer, j'aurais besoin de mon agenda de l'année dernière.

– Nous avons le double de votre note d'hôtel. Vous avez payé avec une carte Platine de l'American Express quand vous êtes parti, le lundi. Numéro 5678ER25. C'est bien votre signature, ici, sur la note ?

Examinant brièvement le document que le policier exhibait devant ses yeux, Black eut un petit signe d'assentiment.

– Ensuite, poursuivit Schmidt, vous avez participé aux réunions de la Banque des règlements internationaux. Cependant, en raison des fêtes, elles se passaient le deuxième week-end du mois et non pas le premier comme c'est la coutume. Le secrétaire de la BRI nous a fourni un bref procès-verbal où il a noté les heures de chaque réunion et le nom des personnes présentes. Il fait ça tous les mois.

– Je l'ignorais, mais je n'ai rien à voir avec l'organisation interne de la banque. Ce que je sais, en revanche, c'est que la matière de nos discussions ne figure sur aucun procès-verbal.

– Est-ce une procédure commune à toutes les banques centrales ?

– Pas forcément. Le secrétaire général de la Réserve fédérale américaine concocte un bulletin résumant la teneur des réunions du conseil de politique monétaire. Mais ces notes ne sont diffusées que bien des semaines plus tard. Cependant, lorsque l'on décide d'actions précises, comme par exemple d'abaisser les taux d'intérêt à court terme, on l'annonce bien entendu immédiatement. C'est mon prédécesseur Alan Greenspan qui a inauguré cette façon de faire.

– Et vous l'avez reprise à votre compte ?

– Oui, à une exception près.

– C'est très intéressant... Parlez-moi encore des réunions de votre conseil de politique monétaire.

– Que voulez-vous savoir ?

– Se réunit-il souvent ? de quelles personnes est-il composé ? quels sont les sujets abordés ? Vous voyez ?

– Normalement, les réunions ont lieu toutes les six semaines à Washington. Cependant, si le besoin s'en fait sentir – et cela arrive souvent –, nous organisons des conférences téléphoniques. Tout ceci est très souple. Assistent à ces réunions les sept gouverneurs de la Fed, basés à Washington, ainsi que les présidents de cinq des douze banques fédérales régionales (ils changent de poste tous les ans). Au total, nous sommes douze.

– Je voudrais revenir au début de l'année dernière. Je crois qu'une réunion du conseil s'est tenue le mercredi 8 janvier à Washington.

– Laissez-moi réfléchir, dit Black. Oui, je me souviens de cette réunion. Elle était importante.

– Pourquoi ?

– Nous avions à décider s'il fallait augmenter ou non le taux de l'argent au jour le jour.

– Oui ?

– Le taux de l'argent au jour le jour est le taux auquel les banques empruntent entre elles pour une nuit. C'est vraiment du très court terme et c'est le taux le plus instable. Pour la Fed, c'est aussi le taux le plus facile à manipuler.

– Par quel moyen ?

– Si nous voulons que ce taux monte, nous vendons aux boursiers des titres d'État à un prix alléchant, en obligations à New York. Pour financer l'opération, ceux-ci utilisent les liquidités de leurs banques. Si ces banques désirent accorder de nouveaux prêts, elles vont à leur tour avoir besoin de fonds disponibles immédiatement. Pour elles, la solution la plus pratique et la plus rapide consiste à emprunter à d'autres banques américaines de l'argent au jour le jour. Elles ne pourront le faire que si elles sont préparées à payer l'argent un peu plus cher. Et c'est ainsi que le taux des titres d'État augmente.

– Ce n'est pas plus compliqué que ça ? demanda le policier.

– Non. Un de mes prédécesseurs avait l'habitude de dire que le président de la Fed, en arrivant le matin à son bureau, n'avait qu'une unique décision à prendre : acheter, vendre ou ne rien faire. S'il disait «achetez», les taux baissaient. Si, au contraire, il disait «vendez», les taux montaient. S'il ne disait rien, les taux de l'argent au jour le jour ne bougeaient pas.

Ensuite, il pouvait allez jouer au golf le restant de la journée et laisser s'agiter ses employés.

Schmidt sourit et tira sur sa pipe.

– A vous entendre, on dirait un jeu d'enfant. Qu'avez-vous décidé, ce 8 janvier ?

– D'élever les taux graduellement.

– Pourquoi ?

– Depuis la dernière récession, l'économie américaine s'emballait. Il était bon d'avertir les gens de faire attention. Si la reprise n'était pas contrôlée, on risquait de se retrouver avec des goulets d'étranglement de la production, qui déboucheraient sur des pénuries et donc des hausses de prix. C'est tout. En agitant le spectre de taux plus élevés, nous désirions « refroidir » l'économie. Par ce biais, on évitait un risque d'inflation douze ou dix-huit mois plus tard. Mais il fallait empêcher que le marché des actions et des obligations ne s'écroule. Aussi pour la première et la dernière fois sous ma présidence, comme je vous l'ai dit, nous n'avons pas annoncé publiquement nos intentions. Nous avons effectué très prudemment nos opérations de régulation en ne ponctionnant le marché des capitaux que petit à petit.

En revivant ces événements, Charles Black semblait oublier sa situation présente.

– Et quel en fut le résultat ?

– Au début, personne ne remarqua ce que nous faisions. Pourtant, au bout d'une semaine, le *Wall Street Journal* a vendu la mèche. Les gens ont cependant refusé de croire qu'il ne s'agissait que d'une simple mise en garde. Ils étaient persuadés qu'on allait droit vers une nouvelle inflation, puisque la Fed voulait la freiner en commençant par augmenter les taux d'intérêt à court terme. Si les taux à long terme suivaient, c'était la mort des obligations. Du coup, les gérants de fonds d'obligations se mirent à fourguer leurs obligations à tout-va. Conséquence immédiate : les taux à long terme ont crevé le plafond. La Bourse s'est écroulée, car elle pâtit de taux élevés : les actions deviennent moins attirantes que les obligations nouvellement émises et, par conséquent, baissent. Ce fut un beau bazar.

Charles Black marqua une pause.

– Dans le fond, ils avaient raison. Pendant le reste de l'année, nous avons été obligés de relever les taux d'intérêt car l'économie frisait la surchauffe. Gardien de la monnaie, j'ai fait ce qui était mon devoir, même si, à l'époque, ça n'était pas politiquement correct. Onze mois après, j'en ai payé le prix : lorsqu'il m'a paru évident que Clinton voulait se débarrasser de moi, personne à Wall Street n'a levé le petit doigt pour prendre ma défense. Ces messieurs me tenaient pour responsable de la chute de la Bourse, qui avait coûté sur le papier près de cinq cents milliards de dollars. Or, ils détestent être pris au dépourvu. Ils doivent ensuite se justifier auprès de leurs clients. A Washington, on ne m'a pas non plus tressé une couronne de lauriers : la hausse des taux d'intérêt a ralenti l'économie et augmenté le chômage. Pourtant, bien sûr, j'ai eu raison à long terme, en arrêtant l'inflation, ce qui a permis à l'économie de repartir et, avec elle, le plein emploi que nous connaissons actuellement aux États-Unis.

– Et entre le 8 janvier, date à laquelle vous avez pris ces décisions, et la chute de Wall Street, vous êtes venu à Bâle.

– Oui, je vous l'ai déjà confirmé. Je ne voyais aucune raison d'annuler ce voyage.

– N'aviez-vous pas néanmoins peur qu'on remarque ce renversement de politique de la Fed ? Ou qu'il y ait des fuites ? N'aurait-il pas été plus sage de rester à Washington pour veiller à contrôler les opérations, en réinjectant de temps en temps si nécessaire des liquidités sur le marché ?

Black parut surpris par cette dernière remarque.

– C'est la raison pour laquelle la BRI se réunit pendant les week-ends, répondit-il. Cela permet aux différents gouverneurs des banques centrales d'être le moins de temps possible absents de leur bureau. Mais j'ai une question à vous poser. Comment êtes-vous si bien au courant de ces techniques ? Les policiers que j'ai pu rencontrer ignorent la différence entre une action et une obligation, et n'ont évidemment aucune notion du fonctionnement de la Fed, ce qui n'est pas votre cas, dirait-on ?

– Mon père est l'un des directeurs de la Banque suisse. Il voulait que je suive sa trace. Après des études en mathématiques supérieures, j'ai pris des cours d'économie à l'université. J'ai eu mon diplôme, ensuite je suis entré dans sa banque où je m'occupais des *swaps** de taux d'intérêt. Jusqu'au moment où j'en ai eu assez.

– Et vous avez choisi la police ?

– Au début, c'était pour échapper à cette routine qu'a connue mon père toute sa vie. Je voulais faire ce qui me paraissait plus passionnant. Au bout de quelques années, on m'a proposé ce poste à la brigade financière, en raison de mes compétences et, disons-le, grâce à un coup de piston paternel. J'aime ce que je fais maintenant : je reste en contact avec le monde de la finance et j'ai à traiter d'affaires comme celle-ci. Sans cela, je n'aurais jamais eu la chance de rencontrer un Charles Black.

Black ne put s'empêcher d'admirer la candeur de ce jeune homme. Difficile de faire plus BCBG. Il était bien habillé. Ses cheveux étaient coupés en brosse, il avait le visage plutôt rond, avenant. Il devait avoir trente-deux ou trente-trois ans. Surtout, il ne la ramenait pas comme le procureur Wassermann.

– J'aimerais que l'on avance encore un peu avant le déjeuner, ajouta Schmidt.

– Tout à fait d'accord. Comme vous le disiez, plus nous progressons, plus vite vous et moi pourrons ensuite vaquer à nos occupations.

– Donc, après les réunions de Bâle, vous vous êtes rendu à Londres, le 13 janvier.

– Exactement.

– Revoyons ce dont nous avons discuté à l'aéroport, samedi soir : le coup de téléphone que vous avez passé à maître Hans Zwiebach à Zurich depuis votre chambre au Savoy.

---

* Opération d'échange de produits financiers.

– Tout à fait d'accord. Entre-temps, je me suis souvenu de cet appel.

– Très bien, nous sommes sur la bonne voie. Pour quelle raison avez-vous appelé Zwiebach ?

– Je voulais lui demander son aide pour réserver une chambre au Palace Hotel de Saint-Moritz. Notre fille Laura voulait aller skier là-bas avec deux de ses amies à la fin janvier.

– Je vois. J'ai cependant une version toute différente de votre conversation.

– Comment cela ?

– Il s'agit des déclarations de M. Zwiebach.

– Que vous a-t-il dit ?

– Ce n'est pas en votre faveur.

– C'est-à-dire ?

– Vous lui avez donné des ordres pour qu'il exécute un certain nombre de transactions financières sur votre compte à la Banque générale de Suisse à Zurich.

– C'est totalement absurde ! De la pure invention !

– *Herr* Zwiebach nous a fourni le compte rendu précis de votre conversation.

– Aucune conversation de cette sorte n'a jamais eu lieu.

– Mais vous venez d'avouer le contraire.

– Bon sang, vous avez très bien compris ce que j'ai voulu dire !

– Alors, vous prétendez que, lorsque vous avez téléphoné à maître Zwiebach le 13 janvier, c'était seulement pour lui demander de trouver une chambre d'hôtel pour votre fille ?

– Absolument.

– Le registre informatique prouve que cette conversation a tout de même duré six minutes, monsieur Black.

– Eh bien ! qu'est-ce que cela fait ? Nous avons pu échanger nos plaisanteries habituelles, des nouvelles de nos familles... Je ne me rappelle pas le détail. Quant au registre de Zwiebach, il n'a aucune valeur juridique.

– Je ne parlais pas de maître Zwiebach. Je parlais des informations que le Savoy nous a communiquées.

Pendant un instant, Charles Black ne sut plus quoi dire.

– Enfin, demanda-t-il, où voulez-vous en venir ?

– Zwiebach se souvient aussi qu'il vous a rappelé – au Savoy – pour vous confirmer que tous les ordres avaient été passés. Il se le remémore d'autant mieux, nous a-t-il dit, qu'il s'agissait d'un coup de téléphone exceptionnel, dans la mesure où vous lui aviez donné des instructions précises pour qu'il ne vous appelle jamais, surtout pas aux États-Unis.

– Je n'ai jamais entendu de telles foutaises ! Oui, c'est vrai qu'il m'a rappelé. Mais pour m'annoncer qu'il n'y avait plus une chambre de libre à Saint-Moritz. Je lui ai dit de laisser tomber. Finalement, ma fille et ses copines sont allées skier à Aspen, au Colorado.

– Il n'y a donc aucune trace de réservation à Saint-Moritz ?

– Non.

– Dommage, dit Schmidt d'un ton sincère, cela aurait plaidé en votre faveur.

– Pourquoi ? C'est ma parole contre celle de Zwiebach.

– Pas vraiment.

Schmidt se plongea dans un épais dossier dont il retira un certain nombre de feuillets. Il tendit un document à Black.

– Vous allez sans doute le reconnaître. C'est le contrat que vous avez passé avec maître Zwiebach en ce qui concerne le fonctionnement de votre compte à la Banque générale de Suisse à Zurich.

Black s'en saisit et l'étudia.

– C'est ce que je vous ai dit à l'aéroport. J'avais bien un compte. Ceci est bien ma signature. A l'époque, on m'avait conseillé de donner procuration à un avoué. C'était une chose courante. Je crois même que le conseil émanait de Zwiebach.

– Je vous rappelle que notre conversation est prise en sténo et que vous aurez à signer le compte rendu.

– Je sais.

Black jeta un coup d'œil à la secrétaire. Elle semblait s'ennuyer à mourir, inconsciente de l'importance de ce qu'elle entendait.

– Reconnaissez-vous la seconde signature qui figure sur ce contrat ? demanda Schmidt.

– Oui, c'est celle de Sally, ma femme. Elle était d'ailleurs associée à ce contrat – au cas où je viendrais à mourir. Nous procédons ainsi aux États-Unis. Un contrat tout à fait légal et qui n'a rien de secret.

Schmidt l'interrompit :

– En Suisse aussi. Parfaitement légal. Venons-en au dépôt de signature de votre compte B, le compte J 747-2239. C'est la signature de qui, ici ?

– Celle de Zwiebach. Mais c'était notre compte.

– Vous êtes bien conscient de lui avoir donné procuration ?

– Évidemment. J'ai été banquier, vous savez !

– Désolé, monsieur Black, je ne vous pose la question que parce que ceci doit être transcrit au dossier.

Schmidt tendit à Black une nouvelle liasse de documents.

– J'aimerais que vous les regardiez et que vous me disiez ce qu'ils signifient.

– Celui-là, répondit-il, est la confirmation d'une opération émanant de la Banque générale de Suisse.

– Pour quel compte ?

– Il n'est indiqué que le numéro du compte, pas de nom.

– Voulez-vous comparer ce numéro avec votre propre numéro ?

Black vérifia. Les numéros étaient les mêmes.

– Je n'ai jamais donné de telles instructions. Comme je vous l'ai répété, à ma connaissance, mon compte n'a pas servi depuis dix ans.

– De quelle opération est-il question sur ce bordereau d'ordre ?

– Je vous l'ai dit. Cette transaction n'est pas de mon fait.

– Alors, je vais le préciser moi-même. Ce bordereau et les suivants confirment que, le 13 janvier de l'année dernière, la Banque générale de Suisse a effectué les transactions suivantes pour le compte J 747-2239. Pour jouer la baisse des cours, elle a vendu à découvert 50 000 contrats d'eurodollars en décembre au prix moyen de 95 dollars. Chaque contrat, qui ne fait débourser que 25 dollars, contrôle 100 000 dollars. Je le sais car lorsque j'étais à la Banque suisse, je m'occupais quotidiennement des *swaps* de taux d'intérêt sur le marché des eurodollars. Bien sûr, vous aviez parié que les taux d'intérêt à court terme sur le dollar allaient monter, ce qui ferait baisser les obligations libellées en eurodollars. C'est précisément ce qui s'est passé. Les eurodollars à trois mois se sont effondrés. Ils ont baissé de 96,43 dollars à 94,85. Trente jours plus tard, la Banque générale de Suisse a couvert votre position en achetant des eurodollars à un prix beaucoup plus bas que leur valeur sur le marché au comptant et vous a crédité de la différence. En voici la confirmation.

Schmidt sortit un nouveau document.

– Il est indiqué que vous avez gagné plus de neuf millions de dollars en partant du simple million que vous aviez « investi ».

Le lieutenant tendit à Black une autre liasse de bordereaux d'ordre.

– Voici des transactions qui portent sur les contrats de bonds du Trésor américain. Même date. Même compte. Vous avez vendu à découvert 64 000 de ces contrats. Ils valent 31,25 dollars chacun. Le prix des bond est tombé de 119,29 dollars le jour de l'ordre à 109,17 dollars le jour où vous avez couvert. Votre investissement de deux millions de dollars vous a rapporté 41 300 000 dollars. Ce n'était pas simplement beaucoup de chance, monsieur Black. Vous étiez sûr de votre fait. Le seul homme sur terre qui pouvait agir ici à coup sûr, c'était vous.

– C'est de la folie. Je vous ai dit ce qui a eu lieu. Je ne m'attendais certainement pas à ce que les taux bondissent ainsi.

– J'en ai parlé à mon père, répliqua Schmidt. Il s'est souvenu très clairement que votre prédécesseur, Alan Greenspan, avait agi exactement de la même façon en février 1994 et obtenu exactement les mêmes résultats. La seule différence, c'est que Greenspan ne possédait pas de compte secret à la Banque générale de Suisse et qu'il ne pouvait tirer profit du processus qu'il avait lui-même mis en marche.

– Enfin nous y sommes, dit Black.

— Vous avouez, alors ?

— N'essayez pas ce genre de connerie avec moi, jeune homme. Bien sûr que je n'avoue rien du tout. Mais dorénavant je sais ce qui se passe.

— Quoi donc ?

— Je suis victime d'une machination.

— De la part de qui ?

— Qui ? Je ne sais pas. En tout cas, Zwiebach est dans ce coup monté.

— Comment Zwiebach pouvait-il être au courant de choses que vous étiez le seul à connaître ?

C'était une bonne question. Schmidt quitta alors son fauteuil.

— On va s'arrêter là pour aller déjeuner. Cela vous donnera le temps de fouiller dans vos souvenirs.

Black se leva à son tour. Il n'avait pas d'autre choix.

— Nous allons descendre, reprit Schmidt. Un gardien vous escortera jusqu'à la prison. Il vous ramènera à 14 heures.

Dix minutes plus tard, Charles se retrouvait dans sa cellule. On lui fit passer à travers le guichet un nouveau plateau-repas, consistant en une grande assiette de viande en sauce, avec de la purée de pommes de terre et des carottes.

Black le déposa sur la petite table de bois, déterminé à ne pas y toucher. Mais la faim le fit changer d'avis. Il goûta un peu de purée. Elle était bonne. Il prit une bouchée de viande. Délicieuse. En un instant, il eut tout dévoré.

S'allongeant sur son lit, il songea à la conversation qu'ils venaient d'avoir et tenta de trouver une réponse à la dernière question de Schmidt. Vainement.

Il était 14 heures pile quand ses réflexions furent interrompues par le gardien qui venait le chercher pour un nouvel interrogatoire.

10

Au même moment, Sally réussissait à joindre Dan Lash à Washington.

– Je vous appelle au sujet de Charles, lui dit-elle d'emblée. Il m'a demandé de vous joindre. Nous avons besoin de vous.

– Que puis-je faire pour vous ?

– Charles a été arrêté en Suisse. Il est en prison.

– Hmm. Et de quoi l'accuse-t-on ?

– Il n'a pas encore été officiellement inculpé. On le soupçonne de fraude et d'autres délits.

– Comment se fait-il que les journaux n'en aient pas parlé ?

– C'est arrivé pendant le week-end. Ils l'ont arrêté samedi.

– Qui ça « ils » ?

– La police de Bâle.

– Que faisait Charles à Bâle ?

– Il y allait pour assister à la réunion mensuelle des gouverneurs de banque à la BRI, comme toujours.

– Mais il n'est plus à la Fed.

– On lui a demandé d'assurer l'intérim en attendant la nomination de son successeur.

– Pourquoi les gens de la Fed ne sont-ils pas encore intervenus pour le sortir de là ?

– Je l'ignore.

– Ils doivent bien être au courant, pourtant.

– Je n'en sais fichtrement rien, Dan.

– Quand avez-vous parlé à Charles ?

– Il y a trois heures.

– Répétez-moi exactement ce qu'il vous a dit.

– Il ne m'a pas dit grand-chose. On ne s'est parlé que pendant cinq minutes. Il était certain d'être sur écoute. Je sais que toute l'affaire tourne autour d'un compte à la Banque générale de Suisse à Zurich.

– Il a un compte là-bas ?

– Oui. A nos deux noms. Nous l'avons ouvert voilà des années, lorsque nous habitions Londres. Je m'en servais pour nos opérations boursières. C'était un compte B, c'est-à-dire qu'on avait donné procuration à un avocat local. Il avait la signature. Là est d'ailleurs l'un des problèmes.

– Que voulez-vous dire ?

– Charles pense que cet avocat est dans le coup. Je veux dire, contre nous.

Dan demeura silencieux un instant, comme pour digérer la nouvelle.

– Il est évident que la presse va en faire ses choux gras. Comment comptez-vous faire face ? demanda l'avocat.

– Je me moque de la presse, répondit Sally. L'important, c'est de sortir Charles de prison.

– Si je vous demande cela, c'est parce qu'il est important d'avoir la presse de notre côté.

– Alors, occupez-vous-en.

– Très bien. Si un journaliste vous appelle, envoyez-le-moi.

– Que lui direz-vous ?

– Il me faut en savoir plus. C'est pourquoi je dois parler directement à Charles au plus vite. Auparavant, je dois prendre contact avec les autorités suisses. Elles vont me demander si vous et Charles m'avez chargé de sa défense.

– C'est le cas dès cet instant. Je vous fais virer 100 000 dollars dans l'heure, Dan.

– Ce n'était pas aussi pressé, répondit-il avec un petit rire forcé.

Sally connaissait la chanson.

– Combien va nous demander l'avocat suisse dont nous allons avoir besoin ? demanda-t-elle.

– Un gros paquet. Les avocats suisses sont les plus gourmands du monde. C'est à peine croyable, mais ils sont encore plus chers qu'ici, en Amérique. Et je sais qu'ils ne lèveront pas le petit doigt avant d'avoir reçu une provision.

– Que vous estimez à ?

– Je dirais 100 000 dollars.

– Il vaut mieux que je le paie directement ou ça passe par vous ?

– Aucune idée.

– Bon, il est plus simple et prudent que je vous vire 200 000 dollars en tout. Quel est le numéro de votre compte, et à quelle banque ?

Dan lui donna ces informations.

– Quand pouvez-vous commencer les démarches ?

– Maintenant.

Sally lui dicta le nom du procureur, son numéro de téléphone et son adresse.

– Fax ? demanda Dan

– Je l'ignore. Mais c'est déjà le milieu de l'après-midi, là-bas, insista Sally d'une voix impatiente.

– J'appelle Wassermann tout de suite.

– Rappelez-moi aussitôt après. Voici mon numéro à San Francisco.

11

L'interrogatoire de l'après-midi débuta à 14 h 12 précises, comme le nota soigneusement la sténodactylo.

– Le déjeuner vous a-t-il plu ? demanda le lieutenant Paul Schmidt à Black.

– Oui, merci.

– Bien. Nous allons pouvoir reprendre et revenir un peu plus loin en arrière, à la fin de votre première année à la Fed. Au week-end du 3 décembre pour être précis. Vous souvenez-vous d'avoir assisté aux réunions de la BRI ?

– Parfaitement.

– Quels furent les sujets abordés ?

– Il faudrait que j'y réfléchisse. Mais de toute façon, je ne pourrai rien vous en dire. Vous savez que ceci est couvert par le secret le plus absolu.

– Je sais. Dans le cas présent toutefois, vous êtes relevé de votre parole.

– Et par qui ?

– Le président et le secrétaire général de la BRI.

– Vous voulez dire Samuel Schreiber ?

– Oui. Et un monsieur Henri Boeglin.

– Ah bon ! vraiment ?

– Nous avons même les procès-verbaux de ces réunions.

Schmidt montra à Black quelques feuillets soigneusement agrafés.

– J'ignore ce qu'on vous a fourni, mais ça ne peut pas être

les procès-verbaux. Personne ne prend de notes pendant ces réunions.

– Néanmoins, le secrétaire général est toujours présent, non ?

– Oui. Il ne prend de notes qu'à la demande expresse du président.

– C'est exact. Nous possédons également ces notes manuscrites. Ce dont je parlais, ce sont les procès-verbaux tapés à la machine des discussions qui ont eu lieu le week-end du 3 décembre. On nous a laissé libre d'en extraire ce qui vous concerne.

– Comment ont-ils pu vous fournir ces soi-disant procès-verbaux ?

– Dès que M. Schreiber a pris la présidence de la Banque des règlements internationaux, il a fait installer des micros dans la salle de réunion. Ils sont ouverts par le secrétaire général quand le président lui fait signe.

– Et de quelle façon les actionne-t-il ?

– Nous leur avons posé la même question. Il appuie tout simplement sur un bouton placé sous la table, au niveau de son fauteuil. Je crois savoir qu'il s'assied toujours au même endroit, à la gauche du président.

– Bon Dieu ! Black était surpris... Je devine où il a piqué cette idée. C'est une trouvaille de mon prédécesseur. Greenspan avait installé le même système à la Fed, à Washington. Même bouton, même emplacement et même genre de secrétaire, en fin de compte.

– Quand vous étiez président de la Fed, l'avez-vous vous-même utilisé ?

– Bien sûr. C'était la seule façon de conserver une trace exacte de ce que les uns et les autres disaient.

– Vous n'avez donc pas d'objection à ce que nous utilisions des extraits de ces procès-verbaux des réunions du 3 décembre ?

– Aucune. Pourquoi en aurais-je ?

Charles n'allait pas tarder à le savoir.

– Commençons par la discussion concernant la hausse

82

soudaine du chômage qui était alors enregistrée en Europe. Vous vous rappelez ?

– Je me souviens du climat général de l'époque. On se faisait beaucoup de soucis en Allemagne et également ici, en Suisse.

– Très juste. La Suisse avait bénéficié pendant longtemps du plus faible taux de chômage au monde, inférieur même à celui du Japon. On commençait à s'inquiéter lorsqu'il dépassait un pour cent. Tout a changé dans les années 90. Lors de la récession de 1993-1994, le chômage a atteint cinq pour cent. Au moment de la réunion dont nous parlons, il était à sept pour cent. En Suisse, tout le monde savait qu'il fallait prendre des mesures.

– En effet, ça me revient. Les gouverneurs de la Bundesbank et de la Banque nationale suisse ont proposé que les banques centrales des principaux pays industrialisés coordonnent leurs efforts pour corriger la situation.

– Il n'y a pas eu d'opposition ?

– Non. Même le gouverneur de la Banque du Japon a donné son accord. On a décidé à l'unanimité de prendre une première mesure immédiate.

– Laquelle ?

– Réajuster la valeur du mark et du franc suisse par rapport au dollar et au yen.

– En procédant comment ?

– De deux manières. Les Allemands et les Suisses devaient baisser leurs taux d'intérêt à court terme tandis que les Japonais et les Américains relèveraient les leurs. Cela ne m'a pas posé de problème car, de toute façon, j'avais l'intention de relever nos taux encore une fois. Ainsi, les investisseurs internationaux devaient être amenés à vendre du mark et du franc suisse pour acheter du dollar et du yen. Il s'ensuivrait une baisse du mark et du franc suisse et une hausse du dollar et du yen.

– Et la seconde manière ?

– Afin d'accélérer ce processus, on intervient directement sur les marchés des changes. Nous sommes tombés d'accord pour que la Bundesbank et la Banque nationale suisse commencent à vendre directement du mark et du franc suisse et achètent du dollar et du yen. Si cela n'avait pas suffi, la Fed et la Banque du Japon auraient fait de même à New York et à Tokyo. De plus, la BRI facilitait ces interventions en organisant des *swaps* de devises entre ces quatre banques.

— En quoi ces mesures devaient-elles faire baisser le chômage ?

— En facilitant les exportations de l'Allemagne et de la Suisse. Plus le mark et le franc suisse seraient à la baisse, plus il y aurait d'acheteurs dans le monde pour les produits de ces deux pays. Une plus forte demande créerait finalement des emplois.

— Ça a marché ?

— Pas tout de suite. On s'y attendait d'ailleurs. Il faut normalement compter entre neuf et douze mois pour que la baisse des taux de change ait une influence sur les exportations. Aussi ce que nous avions décidé en décembre n'a eu de répercussion sur l'emploi que l'été suivant.

— Mais avez-vous réussi à faire baisser le franc suisse et le mark ?

— Oui, immédiatement.

— De combien ?

— Je n'ai pas les chiffres en tête. Si mes souvenirs sont exacts, nous visions une baisse de cinq pour cent. Je pense que l'on a plus ou moins atteint ce but.

Schmidt se tut pendant quelques instants. Quand il reprit la parole, ce fut pour dire :

— Vous avez été très coopératif, monsieur Black. Je m'attendais à être forcé de vous lire les procès-verbaux de cette réunion. C'est inutile. Vous avez parfaitement résumé ce qui c'est dit alors. Néanmoins, je dois inclure ces procès-verbaux dans la transcription de nos conversations. Vous m'avez déjà donné votre accord, n'est-ce-pas ?

— En effet. Je ne comprends pas en quoi tout ceci justifie ma présence une nouvelle fois dans ce bureau.

— Attendez, vous allez voir !

Schmidt fouilla dans son dossier et en retira une énième liasse de bordereaux d'ordres émanant de la Banque générale de Suisse. Il la posa devant Black.

– Regardez, lui ordonna-t-il.

Black s'en empara et commença à lire les différents reçus, tandis que Schmidt continuait :

– Le 4 décembre, la Banque générale de Suisse a acheté en deux fois à découvert pour 200 millions de dollars contre des francs suisses. Le lendemain, de nouveau en deux fois, elle acheta à découvert 300 millions de dollars contre des marks. Quatre jours plus tard, elle couvrit ces positions. Si on fait le total, les bénéfices retirés de ces opérations sur le marché à terme interbancaire s'élevèrent à 45 842 000 dollars. Le compte utilisé pour toutes ces transactions fut le J 747-2239. Ensuite, il y eut la spéculation sur les contrats en eurodollars à trois mois sur le marché de Londres. Une fois encore, vous ne preniez aucun risque. Vous avez vendu à découvert car vous étiez certain que les taux d'intérêt américains allaient grimper. Vous en avez retiré 11 479 000 dollars. Voyons chaque opération en détail.

– Inutile ! dit Black, hors de lui. Je n'ai strictement rien à voir avec tout ça et il serait temps que vous vous l'enfonciez dans le crâne. Ai-je donné des ordres écrits pour ces opérations ? Non. Ai-je jamais téléphoné à la Banque générale de Suisse pour leur donner des instructions ? Bien sûr que non ! Alors, qui ? Vous connaissez la réponse : maître Hans Zwiebach, qui a toujours eu la procuration sur le compte J 747-2239. C'est lui qui devrait être assis à cette place. Pas moi.

– Monsieur Black, vous oubliez une chose, intervint Schmidt.

– Quoi ?

– Le coup de téléphone que vous avez passé à maître Zwiebach, le 4 décembre.

– Ah voilà ! On en revient à ces coups de fil imaginaires... C'est vraiment tout ce que vous avez à m'opposer ?

– Celui-là a bel et bien existé. Tout comme la conversation téléphonique que vous avez eue depuis le Savoy de Londres, trois ans plus tard. L'appel figure au registre tenu par le secrétariat de maître Zwiebach. Tous les appels sont notés chronologiquement. Il est impossible de rien inscrire après coup.

— Pure affabulation ! Vous dépassez les bornes !

— Voilà exactement ce que les autorités de ce pays pensent à votre sujet. C'est une chose, monsieur Black, de tirer profit d'une décision prise par les autorités américaines aux États-Unis, même si vous vous êtes servi d'une banque suisse pour arriver à vos fins ; c'en est une autre de tirer avantage d'une décision prise par la Banque nationale suisse – une décision connue de vous grâce à votre présence à la réunion de la BRI du 3 décembre – et de gagner ainsi des millions de dollars versés sur un compte personnel. Et encore, je suis au-dessous de la vérité. C'est vous qui avez proposé cette décision. Les procès-verbaux montrent que c'est bien vous qui avez suggéré cette correction de cinq pour cent.

Black se dressa brusquement.

— J'en ai assez, dit-il.

— N'oubliez pas, monsieur Black, répliqua Schmidt, qu'ici, c'est nous qui donnons les ordres.

— Peut-être, mais à partir de maintenant, vous ne pourrez discuter qu'avec mes avocats, pas avec moi.

Black demeura debout et regarda ostensiblement sa montre. Il allait être dix heures du matin à Washington. Que faisait Dan Lash ?

12

Sally était en ligne avec l'avocat américain.

— Voilà où nous en sommes, dit-il. J'ai parlé aux gens de la Réserve fédérale. J'ai aussi parlé au Département d'État. Et je viens d'avoir le procureur, à Bâle.

— Et alors ?

— Je vais être franc. La situation n'est pas brillante.

— Je ne comprends pas. Comment pouvez-vous dire une chose pareille, après avoir contacté deux de nos soutiens potentiels ?

— Parce que personne à Washington n'a envie de se mouiller. Le Département d'État m'a fait entendre qu'il n'était que vaguement au courant. Pour l'ambassade américaine à Berne, il ne s'agit que d'une affaire purement interne, qui ne concerne que les Suisses : les activités délictueuses dont Charles est accusé ont été commises sur le territoire helvétique et affectent gravement leurs intérêts financiers.

— On ne peut pas dire qu'ils nous aident beaucoup. Ça ne m'étonne pas. Les fonctionnaires du Département d'État se lavent les mains de ce qui peut arriver aux Américains qui ont ce genre d'ennuis à l'étranger. Ils considèrent que s'en occuper revient à perdre du temps. J'en sais quelque chose, j'ai vécu longtemps hors de nos frontières.

— Vous avez sans doute raison. Mais j'ai eu le porte-parole de la Fed et il est encore plus pessimiste.

— A qui avez-vous parlé ?

— Un certain Fred Benson. C'est le chef de cabinet.

– Encore un fonctionnaire. Il doit être dans la Fed depuis vingt-cinq ans. Il a vu défiler les présidents et il s'en soucie comme de sa première chaussette.

– Probablement ; il ne m'a été d'aucun secours. Il m'a dit que Charles Black ne faisait plus partie officiellement de la Réserve fédérale. Et quand je lui ai demandé s'il avait entendu parler de ce qui se passait en Suisse, il m'a déclaré qu'il n'était pas en mesure de faire le moindre commentaire. Il m'a également précisé que je perdrais mon temps si j'essayais de joindre quelqu'un d'autre à la Fed : j'obtiendrais la même réponse.

– Qu'est-ce que tout cela cache, à votre avis ?

– J'ai du mal à vous répondre. J'imagine qu'ils n'ont pas envie d'un scandale qui pourrait semer le doute sur les hommes qui contrôlent les finances de ce pays. Et je ne parle pas seulement de Wall Street. Les Américains s'intéressent de plus en plus à la finance. Ils suivent les fluctuations des taux d'intérêt, car elles affectent directement leur pouvoir d'achat quand ils empruntent de l'argent ou qu'ils contractent des hypothèques. Ils ignorent le fonctionnement exact de la Fed, toutefois ils savent qu'elle influence les taux. Ici, on n'a surtout pas envie que l'homme de la rue en vienne à s'imaginer que la Fed a été dirigée pendant quatre ans par un escroc.

– Charles, un escroc ? Comment pourrait-on croire une chose pareille ?

Le ton de Sally exigeait une réponse.

– Parce que c'est le message que diffuse Bâle et qui a été perçu à la Fed, au Département d'État, avant de revenir jusqu'à moi. Je viens de parler au procureur, là-bas.

– Difficile de s'attendre à autre chose de la part du type qui a fait mettre Charles en prison.

– Ce n'est pas tant ce qu'il m'a dit que le ton qu'il a utilisé, Sally. Il est tellement sûr de lui que c'en est inquiétant. J'ai été moi-même *attorney* pendant longtemps et j'ai un certain flair pour ce genre de situation.

– Comment peut-il être aussi sûr de lui, alors que les événements auxquels il veut faire croire n'ont jamais existé ?

– Il prétend avoir plusieurs kilos de dossiers avec tous les bordereaux d'ordre, les dates des coups de téléphone, le détail des sommes faramineuses que Charles se serait appropriées. Toutes les preuves, noir sur blanc, dit-il.

– Charles aurait-il pu vraiment accumuler une fortune, est-ce possible ?

– Tout simple. Il savait à l'avance dans quel sens les taux d'intérêt américains allaient évoluer et donc connaissait l'orientation de toutes les autres monnaies.

– Où serait cet argent qu'il aurait gagné ? Souvenez-vous, nous avons des comptes joints. Je n'en ai jamais vu la couleur.

– J'ai posé la même question au procureur. Selon lui, les bénéfices des opérations ont été virés dans une banque de quelque île des Caraïbes dont je n'ai même pas compris le nom. En tout cas, pour les autorités suisses, pas moyen de récupérer cet argent. Ils sont d'ailleurs verts de rage que l'on puisse avoir réussi à les doubler dans leur principale activité.

– Expliquez-vous !

– Normalement, les trafiquants de drogue par exemple, de Colombie, des Philippines ou du Pakistan, transfèrent plutôt leur argent en Suisse car ils savent qu'à partir de là, il n'y aura plus aucune trace écrite. Une fois que l'argent est dans ce pays, ils envoient quelqu'un à Zurich ou à Genève pour le sortir en liquide ou en bons anonymes. De là, ils le virent ou l'investissent où bon leur semble. Et je ne parle pas de cas isolés. Il y a sans doute des centaines de milliards de dollars qui se promènent ainsi à travers le monde.

– Si je comprends bien, Charles disposerait quelque part d'un énorme paquet de fric et je ne serais pas au courant ! Vous plaisantez ! Et combien aurait-il ?

– Le procureur ne me l'a pas dit. Ce serait énorme. Ah ! une seconde, Sally, ma secrétaire me tend un message. Le *New York Times* est en ligne.

– Qu'ils attendent, répliqua-t-elle d'une voix impatiente. Tout ceci ne nous mène à rien. Il nous faut trouver un avocat suisse, et sur-le-champ. Nous allons le chercher ensemble. Et pour cela, il faut aller sur place. Je peux passer par Washington et nous prendrons le même vol pour l'Europe. Ou bien je vous retrouve là-bas.

– Vous oubliez quelque chose, Sally. Il m'est impossible de tout laisser tomber ici et de prendre ma semaine pour cette affaire.

– Allons, Dan, vous savez pertinemment que je vous paierai chaque seconde de votre temps si précieux. Et d'avance.

« Est-il possible qu'il en veuille encore plus ? », se demanda-t-elle.

– Non, Sally, il n'en est pas question. Ce matin, j'ai déjà dû annuler deux clients importants et je leur ai donné rendez-vous pour demain matin. Je ne peux pas reporter deux fois de suite. Et puis j'ai d'autres cas en cours...

– D'accord, laissez tomber, coupa Sally. J'irai seule. Mais j'ai besoin de la liste des meilleurs cabinets d'avocats et des meilleurs hommes de loi de Suisse. Faites-la établir et envoyez-la-moi par fax. Mon numéro est le 415-950-4142. Il me la faut avant quatorze heures. Ensuite, je m'envole pour Bâle.

Trois heures plus tard, Sally embarquait dans le vol de la United Airlines pour Londres. Là, elle eut tout juste le temps de prendre l'Airbus de la Swissair, qui la déposa à Bâle le lendemain matin, à 10 h 30.

13

Lorsque Sally présenta son passeport, elle ne put s'empêcher de remarquer que le douanier la dévisageait d'un drôle
d'air.

– Quelque chose ne va pas ? lui demanda-t-elle d'une voix
coupante.

– Non, madame.

– Parfait.

Il lui rendit le document. Comme elle allait ensuite vers le
tapis roulant récupérer ses bagages, elle se retourna. Elle vit
le douanier téléphoner. En soupirant, elle saisit alors son sac
de voyage et sa valise et se dirigea vers la file de taxis, prête
à assommer la première personne qui lui barrerait le passage.

– A l'hôtel Euler, dit-elle au chauffeur.

Depuis l'aéroport de London-Heathrow où elle avait fait
escale, elle y avait réservé une chambre. Elle aimait le Euler,
où elle était descendue chaque fois qu'elle avait accompagné
Charles à Bâle.

A la réception, le préposé à son tour eut des regards
appuyés. Cette fois-ci, elle ne s'en formalisa pas. Elle se sentait prête à affronter toute la ville, mais pour l'instant il fallait
qu'elle garde ses forces.

Elle disposait d'une suite qui donnait sur la place de la
Gare, ce qui n'avait rien de pittoresque. Sur la droite, de
l'autre côté d'un jardin, s'élevait un building rond de vingt
étages, particulièrement laid : la Banque des règlements internationaux. Elle figurait en tête de la liste de ses ennemis, liste

qu'elle avait mentalement établie pendant le vol transatlantique. Elle leur réglerait leur compte, l'un après l'autre, le moment venu. Mais il lui fallait commencer par mettre la main sur un avocat particulièrement doué. Ensuite, elle demanderait à voir Charles.

Dan lui avait faxé une liste de six noms au bas de laquelle il avait ajouté une note manuscrite : « D'après mes informations, il n'y en a pas d'autres de valable que ceux-ci. »

Comme Sally le découvrirait plus tard, ces six cabinets d'avocats tenaient la ville. Ils faisaient partie de *l'establishment* de Bâle, une société restreinte, puissante, renfermée sur elle-même. Il y avait d'une part les banques, dont la principale était la Banque générale de Suisse. Puis l'industrie, sous la coupe des deux géants de la pharmacie, Hoffman La Roche et Novartis. Un microcosme impénétrable si l'on n'y avait pas ses entrées.

D'abord, il fallait être suisse, ou mieux encore un Bâlois issu d'une lignée vieille de trois siècles. Le fin du fin voulait qu'on descende d'une des familles protestantes qui avait fui la France lors de la révocation de l'édit de Nantes. Être un Sarasin, un Boeglin ou un Läckerlin inspirait le respect et vous destinait à une position élevée dans la société. C'était nécessaire mais pas suffisant. Il fallait, de plus, être diplômé de l'université de Bâle – fondée en 1456. Si vous vous destiniez à l'industrie pharmaceutique, un doctorat ès sciences était obligatoire. Pour entrer dans la banque, là encore un diplôme supérieur constituait le passage obligé. Enfin, un avocat de l'élite ne pouvait avoir conclu sa formation de troisième cycle qu'avec une mention très bien.

Une carrière militaire brillante était également essentielle. Dans ce pays où tous les hommes font un service suivi de périodes de rappel annuelles jusqu'à l'âge de cinquante ans, le grade de lieutenant représentait un minimum. Capitaine était bien vu, et colonel mieux encore.

En ce domaine, on ne pouvait donc faire plus complet que Balthazar Läckerlin, troisième du nom, avocat, docteur en droit et en philosophie (de l'université où avaient enseigné

Paracelse, Nietzsche, Jacob Burckhardt et Karl Jaspers), qui avait le grade de colonel dans le contre-espionnage suisse. Impressionnée par son double titre de docteur, Sally avait choisi de lui téléphoner en priorité pour prendre rendez-vous. Le nom de Black servit de sésame. En trente secondes, une secrétaire lui proposa de venir le jour même à quatorze heures. Cela donnait le temps à Sally de déballer ses affaires et de se faire monter un sandwich dans sa chambre.

Sally ne fut pas déçue par l'apparence de Balthazar Läckerlin III. Dès qu'elle le vit, elle s'aperçut qu'il se considérait comme un homme d'une race à part. Grand, mince, le cheveu grisonnant, la barbiche discrète, il se tenait debout, raide comme un piquet. Il ajusta son pince-nez avant d'examiner Sally de la tête au pied. L'inspection terminée, il lui tendit brièvement une main flasque.

— Asseyez-vous, je vous prie.

Il alla s'asseoir dans le grand fauteuil derrière son bureau.

— Bien entendu, commença-t-il, je suis au courant des ennuis de votre mari. Toutefois, avant d'entrer dans le détail, j'aimerais savoir pourquoi vous avez de préférence pris rendez-vous avec moi. Simple curiosité de ma part.

Il choisissait ses mots prudemment. Son élocution était précise, malgré un très léger zézaiement.

— Dan Lash, notre avocat, vous a recommandé à nous, répondit Sally.

— Ah ! oui... je le connais ; de réputation, sans personnellement avoir eu affaire à lui. Si ma mémoire ne me trahit pas, M. Lash s'occupe souvent de questions politiques dans votre pays.

— C'est exact. Il connaît beaucoup de monde à Washington.

— Défend-il votre mari, dans cette affaire ?

— Disons qu'il est notre conseil. Nous n'avons pas besoin d'un avocat aux États-Unis. Seulement en Suisse. C'est ce qui m'amène à vous.

— Que savez-vous exactement du dossier ?

— Presque rien. Je n'ai parlé qu'une seule fois avec mon mari depuis son arrestation et notre conversation fut brève.

— Alors, madame Black, j'en sais beaucoup plus que vous. Quand j'ai appris que nous avions rendez-vous, je me suis permis de téléphoner au procureur, *Herr* Rolf Wassermann. Vous avez déjà entendu son nom ?

— Oui. Dan Lash lui a parlé hier.

— Bien. En préambule, sachez que j'ai déjà organisé une réunion avec *Herr* Wassermann. Il nous recevra tous les deux à seize heures dans son bureau. Il m'a assuré de la présence de votre mari.

— Merci. Merci beaucoup. Vous acceptez donc de prendre sa défense ?

— Oui. Si nous arrivons à un accord.

— Qu'entendez-vous par là ?

— Je défendrais votre mari à condition qu'il me dise toute la vérité et s'il m'autorise à avoir accès à toutes ses opérations financières des dix dernières années. Je veux pouvoir consulter les archives de toutes les transactions qui sont passées par son compte à la Banque générale de Suisse à Zurich.

— Ces archives ne sont pas en notre possession. Elles ont été conservées par notre avoué à Zurich, maître Hans Zwiebach. Le connaissez-vous ?

— Bien sûr.

— Il est, hélas ! à l'origine d'une partie de nos ennuis.

— Ceci n'est pas encore prouvé, n'est-ce pas ? Pour le moment, tout ce que je peux vous dire, madame Black, c'est que maître Zwiebach jouit d'une réputation sans tache et qu'il n'a jamais été victime du moindre commérage.

Sally sentit qu'elle avait touché une corde sensible.

— Je n'ai pas voulu sous-entendre quoi que ce soit. Cependant maître Zwiebach est au cœur de nos problèmes. Comme me l'a dit mon mari, « Zwiebach est dans leur camp, pas dans le nôtre. »

— Je demanderai donc à votre mari ce qui l'a amené à dire cela. Quoi qu'il en soit, il devra m'autoriser à consulter les archives de maître Zwiebach.

— Il n'y verra aucun inconvénient.

– Parfait. Il nous reste encore à parler de quelques formalités.

Par formalités, Läckerlin voulait dire une provision de 250 000 francs suisses qui devait lui être versée dans les quarante-huit heures. Grand seigneur, il accepta que Sally la lui fasse virer en monnaie américaine, soit un peu plus de 150 000 dollars.

A seize heures précises, la Mercedes 600 de l'avocat s'arrêta devant le 21 de la rue Heuberg. Sally et lui en descendirent, puis ils furent escortés par la réceptionniste jusqu'au bureau du procureur, qui les attendait.

– *Herr Kollege...* dit Wassermann en tendant une main confraternelle à Läckerlin. Puis il se tourna vers Sally.

– Je regrette, madame, de faire votre connaissance dans de telles circonstances. Au moins, je me réjouis de savoir que vous avez placé vos intérêts en bonnes mains.

L'avocat de Sally s'autorisa un léger sourire.

– J'imagine, ajouta le procureur, que vous êtes impatiente de voir votre mari. Il vous attend justement dans la salle de conférence.

Le procureur les y conduisit et les laissa entre eux. Charles Black s'était levé aussitôt que Sally avait pénétré dans la pièce. Mais son visage arborait un masque d'impassibilité. Il déposa un rapide baiser sur la joue de sa femme. Puis il dévisagea l'inconnu qui l'accompagnait.

Sally, qui semblait aussi maîtresse d'elle-même que l'était son mari, fit les présentations.

– Charlie, voici *Herr* Balthazar Läckerlin. Ainsi que nous l'a conseillé Dan Lash, il s'occupera de ta défense.

Les deux hommes se serrèrent la main tout en s'étudiant. Sally, qui surveillait la scène, remarqua à quel point ils étaient différents. Le Suisse paraissait austère, il était maigre et sérieux. Il donnait une impression d'autosatisfaction. L'Américain était aussi grand de taille, mais plus athlétique. Il paraissait plus ouvert.

– Alors, quand pouvez-vous me sortir de là ? demanda Charles à son avocat.

– Tout dépend de monsieur le procureur Wassermann.

– Il a besoin qu'on l'aide à prendre une sage décision, rétorqua Black. Et ça ne peut venir que de vous, car moi, il ne m'écoute pas.

– Je ferai ce que je peux. Quoi qu'il en soit, je dois commencer par m'informer des charges qui pèsent contre vous et des preuves accumulées. Wassermann m'a assuré au téléphone avant notre arrivée qu'il me procurerait toutes les pièces. Si vous êtes d'accord, je vais lui demander communication du dossier. En attendant, je suis certain que vous avez des tas de choses à dire à votre épouse.

Sur ce, il quitta la salle de conférence et retourna dans le bureau du procureur. Il ferma la porte derrière lui.

– Quelle impression te fait-il ? demanda aussitôt Sally.

– Il ne me paraît pas être l'as des as. Où l'as-tu pêché ?

– Je l'ai choisi dans la liste que Dan Lash m'a envoyée. Ce n'est pas tant sa compétence que ses relations qui sont en jeu. Et apparemment, Läckerlin ne connaît que du beau linge. Tu aurais dû voir le cirque qu'il a fait lorsqu'il était dans le bureau de Wassermann. Deux vrais compères.

– Je ne sais pas si c'est tellement à notre avantage. Enfin, ça n'a peut-être pas beaucoup d'importance.

– Que veux-tu dire ?

– J'ai l'idée que c'est Dan Lash qui réussira à me sortir d'ici, pas ce Läckerlin.

– Je ne te suis pas.

– L'*establishment* de Washington a mille fois plus de poids que celui de Bâle. Quand Lash aura mobilisé ses amis de la Fed et du Département d'État – ou même à la rigueur de la Maison-Blanche –, notre ambassade va mettre une énorme pression sur les Suisses. Les autorités américaines n'apprécient pas que l'on mette leurs compatriotes au secret sans les présumer innocents.

Sally resta muette.

– Quand Lash doit-il t'appeler ? continua Charles.

– Nous n'avons pas fixé de rendez-vous téléphonique. Il sait que je suis à Bâle. Je l'appellerai dès demain matin.

– Tu devrais peut-être commencer par contacter notre ambassade à Berne. Au cas où Lash serait déjà intervenu.

– D'accord, je le ferai dès que je serai rentrée à l'hôtel. Au fait, je suis descendue au Euler. Et pour la première fois, j'y suis seule.

Elle prit la main de son mari.

– Tu tiens le coup, Charlie ?

– A peu près.

– Dans quel genre de... cellule es-tu ?

– Une pièce pour une personne avec un lavabo.

– Et ce que l'on te sert, tu peux l'avaler ?

– Pour le moment, c'est correct. Steak-purée.

– Bon sang ! mais qui t'a donc mis dans ce fichu pétrin !

Charles n'eut pas le temps de répondre. La porte venait soudainement de s'ouvrir et l'avocat entrait, les bras chargés de photocopies. Le procureur le suivait.

– Nos bureaux ferment dans quelques minutes, dit Wassermann. C'est donc, madame, la fin de la visite. J'ai promis à maître Läckerlin, en raison des circonstances, de vous permettre de voir tous les jours votre mari. Habituellement, les visites sont hebdomadaires. Vos entrevues de surcroît se dérouleront ici, plutôt qu'à la prison du Lohnhof.

– Je vous en suis très reconnaissante, monsieur le procureur. Mais j'espère que le séjour de mon mari sera bref et que vous n'aurez pas à perdre votre précieux temps à organiser ces visites.

Wassermann préféra ne pas voir là de sarcasme.

– Je vous autorise aussi à lui apporter tout ce dont il a besoin : nourriture, lecture, cigarettes... dans des limites raisonnables. Donc, ici, demain à la même heure, si cela vous convient.

– Parfaitement.

Le procureur consulta sa montre et se tourna vers Black.

– Maître Läckerlin aimerait vous reparler seul à seul, je vous laisse.

Il quitta la salle de conférence et referma la porte derrière lui.

— Comment les choses se présentent-elles ? demanda Charles à l'avocat.

— J'en saurai plus long lorsque j'aurai lu tous ces documents.

— Que contiennent-ils ?

— Des preuves.

Il posa les dossiers sur la table de conférence, plongea la main dans sa poche et en retira une feuille de papier.

— Oh ! j'allais oublier. Ce projet de mandat m'autorise à consulter toutes vos archives financières et en particulier tout ce qui concerne votre compte à la Banque générale de Suisse. Soyez assez aimable pour accepter de signer tous les deux s'il vous convient.

Il leur tendit un stylo Mont Blanc.

Charlie signa le premier. Sally l'imita.

Läckerlin récupéra son stylo, reprit les dossiers. Il regarda sa montre.

— J'ai bien peur...

Sally et Charlie se levèrent. Sans s'occuper de la présence de l'avocat, elle prit les deux mains de son mari dans les siennes.

— Charlie, ne te fais pas de souci. Je vais te sortir de là. Par tous les moyens.

— Je te fais confiance. Appelle donc Laura pour lui dire de ne pas s'inquiéter.

La porte de la salle de conférence s'ouvrit à nouveau. Cette fois, ce fut sur le gardien de la prison de service ce week-end. Celui-là même qui avait rendu à Black sa ceinture et sa cravate. Il fit un signe de tête en voyant Charlie. Celui-ci hocha la tête à son tour.

— C'est l'heure, dit-il.

Sally regarda son mari sortir de la pièce, suivi du gardien. Elle se tourna vers l'avocat.

— Allons-nous-en, j'ai hâte de quitter cet endroit.

Dix minutes plus tard, la Mercedes s'arrêtait devant l'hôtel Euler.

– Retrouvons-nous demain à la même heure, madame, dit l'avocat à Sally. J'aurai eu le temps de parcourir ces preuves qui, paraît-il, accusent votre mari. Je, enfin nous, demanderons ensuite sa relaxation. Je vous préviens cependant que le procureur exigera sûrement une caution extrêmement élevée. Plusieurs millions. Serez-vous en mesure de réunir une telle somme ?

– Certainement.

Läckerlin parut surpris. Il ne fit aucun commentaire.

– Je serai à votre bureau demain à quatorze heures, dit Sally en sortant de la voiture.

– Je vous y attendrai.

Sally monta directement dans sa chambre et demanda à la réception le numéro de téléphone de l'ambassade américaine à Berne. Elle le composa, mais n'obtint qu'un disque qui disait sur fond de musique douceâtre : « Nos bureaux sont ouverts de dix heures à seize heures, veuillez rappeler ultérieurement. »

– Inutile d'insister, marmonna-t-elle en raccrochant.

Elle savait qu'elle ne réussirait pas à joindre l'ambassadeur à sa résidence privée. Elle décida d'attendre le lendemain matin, quand elle aurait parlé à Dan Lash. Pour Charlie, cela ne changerait rien. Il allait devoir passer encore une nuit en prison.

Et maintenant ? Charlie lui avait demandé d'appeler leur fille. Il n'y avait pas urgence de ce côté-là. D'abord, il lui fallait boire quelque chose.

Au bar de l'hôtel, on aurait pu se croire en Angleterre : boiseries foncées, main courante en cuivre, petites gravures de scènes de chasse au mur. C'était la première fois qu'elle y était seule ; auparavant, elle avait toujours consommé ici accompagnée de Charlie et d'un ou deux gouverneurs de banque à la sortie d'une de leurs réunions de la BRI. Elle ne sut pas très bien quelle contenance prendre. Toutes les tables étaient occupées et même le comptoir était pris d'assaut. Faute de mieux, elle s'assit sur le bord d'un tabouret qui venait de se libérer.

Le barman la reconnut immédiatement.

– Madame Black ! Bienvenue à l'hôtel. Monsieur Black va bientôt vous rejoindre ?

– Non, dit-elle. Il est occupé. Je veux juste un verre. Un seul.

– Si je me souviens bien, vous prenez toujours une vodka frappée avec un jus de citron. Beaucoup de citron, non ?

– C'est exact.

Sally n'eut aucune envie d'entamer la conversation avec le barman. Dès qu'il lui eut apporté sa vodka, elle se plongea dans son verre.

La première gorgée avalée, elle se rendit compte qu'elle avait fait une erreur en descendant au bar. Soudain, elle eut un coup de fatigue. Le voyage, le décalage horaire, le choc de savoir Charlie en prison lui pesaient sur les épaules. Elle avait besoin d'être seule, pas de se retrouver au milieu d'hommes d'affaires bruyants dont certains commençaient à la reluquer. Elle demanda la note à mettre sur son compte, la signa et sortit en ignorant les regards qu'elle attirait. Revenue dans sa chambre, elle songea ensuite à commander un en-cas. Mais elle préféra s'allonger : juste pour quelques instants, se dit-elle. Elle ferma les rideaux, enleva ses chaussures, se coucha sur le lit. Au bout de deux minutes, elle dormait profondément.

14

Elle se réveilla quinze heures plus tard.

Il était neuf heures du matin et elle avait faim. Elle téléphona à la réception pour commander un vrai petit déjeuner à l'américaine : œufs, bacon, jus d'orange, café...

Un serveur déposa bientôt le tout sur la table du petit salon.

– Je vous apporte le *Herald Tribune,* avec les compliments de la direction. Si vous le désirez, je peux vous le faire monter tous les matins.

– Avec plaisir, répondit Sally.

Elle se précipita sur le petit déjeuner et ce ne fut qu'une fois rassasiée qu'elle ouvrit le journal.

Le titre qui barrait la une lui sauta aux yeux :

Arrestation en Suisse
de l'ancien président
de la Réserve fédérale américaine

Le « chapeau » de l'article était ainsi rédigé :

« Charles Black, l'ancien président de la Réserve fédérale, a été arrêté samedi à son arrivée à Bâle. Selon le procureur de cette ville, Black est accusé de fraude massive. Le Département d'État, la Maison-Blanche, la Réserve fédérale, successivement interrogés, ont déclaré qu'ils n'avaient pas l'intention d'intervenir dans cette affaire, qu'ils considèrent comme relevant uniquement des autorités de la Confédération. »

– Mon Dieu, c'est... ignoble !

Pour la première fois depuis le début de cette horrible histoire, Sally se mit à pleurer.

Dan Lash l'avait prévenue que personne à Washington n'avait l'intention de se mouiller. Mais lire ce qu'elle venait de lire, noir sur blanc, à la une du *Herald Tribune,* cela excédait ses capacités de résistance. Comment pouvait-on laisser tomber Charlie de cette façon ? Non, la situation était encore plus odieuse : c'était comme si le gouvernement américain avait déclaré que Charlie était coupable. Et dire que Charlie lui avait demandé d'appeler l'ambassadeur à Berne pour savoir quand ils pourraient le sortir de là !

Elle reprit la lecture de l'article :

«*De notre correspondant à Zurich.* – M. Black est accusé d'avoir utilisé à des fins personnelles des informations recueillies lors des réunions mensuelles des gouverneurs des banques centrales à Bâle. Il aurait ainsi pu jouer sur les marchés financiers en Europe et aux États-Unis. M. Samuel Schreiber, président de la Banque des règlements internationaux et gouverneur de la Banque nationale suisse, nous a déclaré au téléphone que Black aurait utilisé un compte numéroté en Suisse.

«Ce grave délit d'initié attriste tous ceux qui connaissaient Charles Black et le respectaient. »

Sally n'alla pas plus loin. Elle froissa le journal et le jeta dans la corbeille à papier.

Schreiber ne lui était pas inconnu. Elle avait dîné avec lui une demi-douzaine de fois, à Bâle et à Washington. Elle l'avait trouvé un peu fat et emprunté. Cependant à l'évidence, il était brillant. Comment et pourquoi avait-il pu dire des choses pareilles ?

Il n'existait qu'une seule réponse. Schreiber et tous les autres acceptaient sans rien mettre en doute ce que Zwiebach leur disait : celui-ci prétendait qu'il n'avait fait qu'obéir aux instructions de Charlie. Pourtant, n'avait-il pas eu lui-même des soupçons ? Et puis ? Il n'était pas dans son rôle de faire la police, n'est-ce pas ? aurait-il pu répondre. Sally savait pertinemment que Zwiebach était comme tous les avocats suisses qui possédaient une procuration sur un compte de ce type. Il était payé pour exécuter les ordres, et le faisait sans se poser de questions.

Mais voilà des années qu'elle n'avait pas utilisé ce compte. Et néanmoins, des opérations avaient eu lieu, et les sommes en cause atteignaient des hauteurs vertigineuses.

Si ni elle ni Charlie n'avaient donné d'instructions à Zwiebach, qui donc s'était servi du compte ?

En théorie, Zwiebach lui-même aurait pu le faire fonctionner tout seul. Hypothèse toutefois fort peu probable. Son métier, c'était le droit, pas la finance, elle en était certaine. Plusieurs fois, quand ils vivaient à Londres, elle avait eu l'occasion de se rendre compte qu'il ne connaissait pas grand-chose aux opérations financières. Même s'il avait pu réaliser quelques bénéfices par des manipulations simples, il aurait été bien incapable de gagner des sommes astronomiques en jouant sur les marchés financiers les plus sophistiqués du monde.

Zwiebach n'était qu'un homme de paille. Il y avait sûrement quelqu'un qui tirait les ficelles derrière lui. Quelqu'un qui connaissait l'avocat depuis longtemps, qui avait découvert que Charlie était l'un de ses clients et qui savait comment fonctionnait un compte B.

Quelqu'un qui n'hésitait pas à envoyer un innocent en prison pour trente ans.

Quelqu'un de si sûr de sa propre réputation et qui avait une telle connaissance des pouvoirs en Suisse qu'il était capable de mettre sur pied un plan faisant appel à toutes les institutions contre Charles Black.

Il fallait que cet homme soit à la fois cupide, puissant et diaboliquement intelligent. La partie n'allait pas être facile.

15

Samuel Schreiber rejoignit son bureau à la Banque nationale suisse au moment où Sally découvrait à la une les accusations pesant contre son mari.

A son arrivée, il trouva le *Herald Tribune* sur sa table de travail, avec les quatre autres journaux placés là chaque matin à son intention. Il se saisit du quotidien américain avant même d'avoir posé ses affaires, et son regard fut aussitôt accroché par le titre qui barrait la première page.

– Bien... très bien. Parfait, même, murmura-t-il.

Schreiber décrocha l'un des trois téléphones posés sur son bureau, choisissant la ligne qu'il savait protégée des oreilles indiscrètes. Il composa le numéro professionnel direct de maître Hans Zwiebach. L'avocat répondit aussitôt.

– Zwiebach.

– Hans, c'est Samuel Schreiber, commença le banquier.

– Quelle surprise... Et que me vaut ton appel ?

– Des nouvelles, assez plaisantes. Tu as lu le *Herald* de ce matin ?

– Non, pas encore.

– Eh bien ! comme tous les grands journaux, il fait ses gros titres des mésaventures de notre ami américain. Le *Herald* est le mieux renseigné de tous. Laisse-moi t'en donner un aperçu...

– Je t'écoute.

Samuel Schreiber sortit de leur étui ses lunettes à double foyer (il ne les utilisait qu'à son bureau, jamais en public), puis, d'un ton neutre, il lut à son correspondant le premier paragraphe de l'article.

– Voilà, tu vois, les Américains le laissent tomber. Rien à espérer pour lui du côté politique. Le pauvre Charlie Black est abandonné à ses tourments... et ce procureur va pouvoir le mettre à l'ombre pour le restant de ses jours.

– Dommage d'en arriver à cette situation, répondit Zwiebach.

– J'ai pourtant fait tout mon possible afin d'éviter qu'on en parvienne là, Hans. Tu sais qu'une fois que ce satané Anglais a débuté ses investigations, il n'y avait plus aucun moyen de l'arrêter. Et quand elles l'ont conduit jusqu'à ton compte à la Banque générale de Suisse, quel choix nous restait-il ?

A l'autre bout du fil, Zwiebach se garda de faire aucun commentaire.

– Évidemment, soit Black était jeté en prison à Bâle, soit c'est toi et moi qui allions nous retrouver un jour ou l'autre derrière les barreaux. Ne te fais aucune illusion, Hans. Tu es impliqué au même niveau que moi dans cette affaire. Nous avons eu à mettre en œuvre le plan de secours, c'est regrettable. Quoi qu'il en soit, ce n'était au départ que pour le simple besoin de nous couvrir que tu l'as utilisé, ce compte qui vaut maintenant à Black tous ses ennuis...

– Justement. J'ai bien peur que nous ayons du souci à nous faire sur ce point. Pour être exact, je ne l'ai pas utilisé *la toute première fois*. Les toutes premières opérations qu'on a montées ensemble il y a quatre ans portaient sur des contrats à terme sur l'or, tu t'en souviens ?

– Plus ou mois bien.

– Elles n'avaient pas été passées sur le compte de Black. Initialement, elles avaient transité par le compte du Sarde. Ensuite j'ai fait corriger cette «erreur informatique», je les ai annulées et fait recomptabiliser sur le compte de Black. Cependant...

– Cependant quoi ? Des bourdes comme ça, les grandes banques en font chaque jour. On mélange parfois certains ordres, c'est courant.

– Je le sais. Toutefois, ce n'était pas le genre de confusion qu'on fait aussi habituellement que ça. Là est le problème.

J'en viens justement à ce qui m'inquiète. J'ai reçu à l'instant un coup de fil de Urs Stucker.

– Qui est-ce ?

– L'ancien vice-président de la Générale. Il s'est occupé de mes comptes pendant des années. Il a pris sa retraite il y a quelques mois.

– Pourquoi t'a-t-il appelé ?

– Parce qu'il venait de recevoir un appel de la police de Bâle. Ils veulent le voir.

– Et alors ?

– Stucker sait que ce qui s'est passé autour de ces opérations sur l'or il y a quatre ans n'était *pas* une simple méprise. Si pour quelque raison que ce soit le rôle de *l'autre* compte parvient aux oreilles de la police, ils vont se pointer ici et exiger que je leur révèle le nom du client. Tout cela risque donc de diriger leur attention vers le Sarde. Et si au fur et à mesure la police en vient à creuser plus profond, ils risquent de faire des découvertes très dommageables. D'abord pour toi et moi, Samuel.

– Qu'est-ce qui t'incite à croire que Stucker va évoquer ce qui s'est passé entre les deux comptes ?

– Je suis certain qu'il ne va pas leur donner spontanément l'information. Il me l'a laissé entendre. Néanmoins, si cela entre vraiment en jeu et s'il est appelé à témoigner sous serment devant les autorités judiciaires, la question prendra une tournure différente. Urs est un bon Suisse, il fait toujours son devoir de citoyen. Je pense que c'est d'ailleurs pour cette raison qu'il m'a appelé... Pour me laisser un peu de temps devant moi.

– Tout cela ne me plaît pas du tout, ajouta Schreiber.

– De toute façon, nous n'avons plus le choix. Il va falloir qu'on en parle au Sarde.

– Qu'est-ce que tu veux qu'on lui dise ?

– Tout.

Il y eut un long silence du côté de Schreiber.

– Et quand cela ? demanda-t-il enfin.

– Immédiatement.

DEUXIÈME PARTIE

16

Ça avait commencé en Sardaigne, quatre ans plus tôt, d'une façon presque innocente.

Ce week-end-là, *Herr* Samuel Schreiber s'était trouvé une conquête. Une conquête qui était vite devenue sa maîtresse. Et bientôt une maîtresse chère à entretenir.

Elle s'appelait Carole. Dès l'instant où il la vit, au bar de l'hôtel Cala di Volpe, il sut qu'il la voulait, à tout prix. Elle était entrée en compagnie d'une amie et elles s'étaient assises à une table près du bar où Schreiber se tenait. Il n'eut de cesse de se retourner pour les dévisager. Elles firent semblant de ne pas voir son manège. Il se demandait comment les aborder, lorsque en tendant l'oreille, il entendit qu'elles parlaient en *schwyzerdütsch,* ce dialecte commun à quatre millions de Suisses alémaniques.

— *Entschuldigen Sie,* leur demanda-t-il en se penchant vers elles. Serait-il impertinent de ma part de vous inviter à boire une coupe de champagne. Je suis ravi de voir que je ne suis pas le seul Suisse ici.

Elles hésitèrent, le temps de l'inspecter de la tête aux pieds. Ce fut l'amie qui répondit :

— Vous avez l'accent de Zurich, n'est-ce pas ?

— C'est vrai. J'étais à Rome pour mes affaires quand l'envie m'a pris de venir passer le week-end ici, en Sardaigne.

— Vous êtes tout seul ?

— Oui.

— Et que faites-vous dans la vie ?

– Je suis dans la banque.

– Eh bien ! nous n'allons pas abandonner un *Zürcher* !

– Vous m'autorisez donc à me joindre à vous ?

– Mais oui.

Il s'installa à leur table et dès qu'on leur eut apporté une bouteille de champagne, il se présenta dans les formes.

– Je m'appelle Samuel Schreiber. Je fais partie de la Banque nationale à Zurich.

– Moi, je suis Cécile, et voici mon amie Carole.

Ce fut la première fois qu'il entendit le nom de celle qu'il voulait connaître.

Cécile lui posa la question suivante :

– Et que faites-vous à la Banque nationale ?

– J'en suis le président.

Les deux jeunes femmes échangèrent un imperceptible regard intéressé. Vingt minutes plus tard, le trio passait dans la salle à manger.

Schreiber s'excusa de ne pas avoir réservé de table. Cependant, sans hésiter, le maître d'hôtel les conduisit jusqu'à la terrasse qui surplombait les eaux peu profondes d'une petite baie autour de laquelle le domaine de la Cala di Volpe avait été construit. Des lanternes jetaient une demi-clarté sur la terrasse et les tables portaient des bougies. Un guitariste ajoutait un fond musical à la nuit méditerranéenne. En ce début d'été, la Costa Smeralda était à son meilleur.

Le maître d'hôtel retira de la table la mieux placée un carton marqué « réservé » et fit asseoir les deux jeunes femmes. Puis, s'adressant à elles en paraissant négliger le banquier, il leur assura qu'il était à leur entière disposition. Quelques minutes plus tard, un serveur déposait une nouvelle bouteille de champagne, avec les compliments de la maison.

– Ce n'est évidemment pas la première fois que vous venez ici, dit Schreiber.

Cécile lui répondit :

– Non. J'y ai souvent accompagné mon ex-mari. C'était aussi un banquier. De la Banque générale de Suisse.

– J'y ai travaillé avant de diriger la Nationale. Je le connais peut-être, comment s'appelle-t-il ?

– Rudi Stemmler.

– Ça ne me dit rien.

– Il n'était que *Prokurist,* expliqua Cécile. Il s'occupait de gérer les fonds de ses clients. Jusqu'à ce qu'il leur fasse perdre tant d'argent qu'on l'a licencié !

Cécile et Carole devaient avoir dans les trente-cinq ans. Elles étaient habillées de vêtements griffés et arboraient chacune de magnifiques bijoux. Le diamant que portait Cécile à la main gauche était d'une grosseur étonnante. Carole, elle, préférait les émeraudes, en cascades. Les pierres vertes ornaient ses doigts, son cou, ses poignets – Schreiber compta quatre bracelets – et ses lobes d'oreille. Leur éclat rehaussait ses longs cheveux roux et son teint doré.

Les deux jeunes femmes étaient vraiment très belles. Samuel Schreiber devina que tous les hommes présents l'enviaient, surtout ceux qui dînaient là avec leur épouse. Comme lui, ils devaient se demander qui elles étaient. Cela se lisait sur leur visage.

– Vous voudriez bien savoir ce que l'ex-femme d'un modeste employé de banque de Zurich fait ici, non ? demanda Cécile avec ce franc-parler typiquement suisse.

– Eh bien ! répondit Schreiber, j'imagine que vous êtes avec quelqu'un.

– Vous avez raison, répondit Cécile, nous sommes avec quelqu'un. Toutes les deux avec le même.

Schreiber ne put dissimuler sa surprise.

– Non, non, intervint Carole pour la première fois. Ce n'est pas ce que vous pensez. Nous sommes les invitées d'une relation de Cécile. Il possède une maison près d'ici. C'est une de ces immenses villas sur la colline, de l'autre côté de la baie. Mais il a insisté pour que nous dormions à l'hôtel.

– Est-il suisse, lui aussi ?

– Non. C'est un Sarde, répondit Cécile. J'ai fait sa connaissance grâce à mon ex. Voilà tout ce que m'a apporté mon mariage, à part quelques meubles.

– Ce Sarde était peut-être l'un de ses clients à la Banque générale ?

113

– Oui. Il venait à Zurich deux ou trois fois par an. Mon mari l'emmenait dîner une fois leurs affaires en ordre. Je les accompagnais. Nous sommes venus ici deux fois pour le voir. Puis mon mari a commencé à lui faire perdre de l'argent.

– Cécile, intervint Carole, ne crois-tu pas qu'on a assez parlé de ton ex.

– Tu as raison. D'ailleurs, je commence à avoir faim. On devrait demander la carte... si vous êtes d'accord, monsieur Schreiber.

– Samuel, dit-il, ou mieux encore, Sammy.

Après tout, il était en vacances et se sentait d'excellente humeur.

– Allons-y pour Sammy, dit Cécile.

Sammy fit signe à un serveur, qui apporta les cartes.

– Je vais vous demander de m'aider, dit Carole. Je n'ai jamais dîné ici auparavant.

– Ainsi vous venez à la Cala di Volpe pour la première fois ? demanda Schreiber.

– Oui. Je n'avais jamais mis les pieds en Sardaigne. Je connais pourtant presque le monde entier.

– C'est votre mari qui vous a fait voyager ?

– Je ne suis pas mariée. Je travaillais pour la Swissair. Comme hôtesse de l'air.

– Vous en parlez au passé.

– Oui, j'en suis partie il y a deux mois.

– Et maintenant ?

– Je ne sais pas encore ce que je vais faire de ma vie.

Il fut vite évident que Carole n'hésiterait pas autant pour se composer un menu. Elle commanda du caviar bélouga et un faisan au foie gras. Arrosés de champagne, du roederer cuvée cristal.

L'homme surgit au moment où l'on apportait le café.

Son entrée sur la terrasse de la Cala di Volpe fut remarquable. Il portait un costume de lin blanc. Un œillet rouge était piqué à sa boutonnière. Ses chaussures étaient immaculées. Sa chevelure, d'un noir profond, et le havane qu'il tenait entre les doigts de la main gauche accentuaient son allure de macho méditerranéen. Il était grand, mince, sec. En s'approchant de la table de Schreiber, le Sarde – car c'était lui – avait l'air d'un homme à qui rien ni personne ne résiste.

Dès qu'elle le vit, Cécile se leva. Arrivé à hauteur de la table, il la prit dans ses bras et la souleva en l'air d'une façon théâtrale. Après l'avoir reposée, il se tourna vers Carole et s'inclina pour lui faire le baisemain. En se redressant, il sembla enfin remarquer la présence de Samuel Schreiber, qu'il fixa d'un air glacial.

Cécile intervint pour détendre l'atmosphère.

– Pietro, dit-elle, monsieur est suisse. Il est banquier. Nous l'avons invité à se joindre à nous, car il était tout seul.

Le Sarde se radoucit. Il tendit la main à Schreiber et se présenta :

– Pietro di Cagliari. Bienvenue sur la Costa Smeralda.

A l'entendre, on aurait dit qu'il possédait toute la côte, voire toute la Sardaigne.

Ce qui se passa ensuite confirma cette impression. Le maître d'hôtel, flanqué de trois serveurs, s'était avancé entre-temps. Ils réorganisèrent la table en un tournemain, disposèrent un quatrième couvert, approchèrent une chaise. Dès qu'il fut assis, on servit au Sarde un verre d'épais vin rouge. Il le leva et proposa un toast. Il fut évident qu'il avait pris possession de la table.

– A la belle Suisse, dit-il en italien, et il vida son verre.

Puis, faisant maintenant comme si les deux jeunes femmes n'existaient pas, il concentra son attention sur cet étranger qui avait envahi son territoire.

– Quelle est donc votre banque ? demanda-t-il.

– La Banque nationale.

– Mais c'est l'équivalent de la Banque d'Italie, non ? La banque officielle.

– Oui. Vous avez raison.

– Alors, vous ne prêtez pas d'argent aux particuliers comme moi par exemple ?

– Non, en effet, répondit Schreiber. Nous prêtons uniquement aux banques d'affaires, aux autres banques centrales et au gouvernement suisse. Jamais aux personnes privées ni aux sociétés.

Un instant, Pietro di Cagliari hésita à laisser tomber Schreiber pour s'occuper de Carole et de Cécile. Il semblait qu'il n'y eût rien à tirer de ce vieux bonhomme. Toutefois quelque chose le retint.

– De quoi vous occupez-vous, à la banque centrale ?

– J'en suis le président, dit-il pour la seconde fois de la soirée.

Dans la tête du Sarde, un mécanisme se mit en mouvement.

– Oh ! bien, et comment en êtes-vous arrivé là ?

– Précédemment, je dirigeais le service économique de la plus grosse banque d'affaires, la Banque générale de Suisse.

– Voilà qui est intéressant ! Vous avez cessé de gagner de l'argent pour vous mettre au service de votre pays.

– C'est un point de vue, répliqua Schreiber.

Pourtant, en tant qu'économiste à la Banque générale, il n'avait jamais vraiment gagné de fortune ; pas assez par exemple pour se permettre de venir dans ce genre d'endroit très souvent. Il jeta un bref coup d'œil en direction de Carole qui était en grande conversation avec Cécile.

– J'ai eu un compte à la Banque générale de Suisse, dit Pietro. Je l'avais ouvert pour éviter de payer des impôts en Italie. Vu la façon dont les choses ont tourné, ajouta-t-il en riant, j'aurais mieux fait de garder mon argent en Italie et de payer mes impôts.

– Navré !

– Qu'est-ce qui vous amène en Sardaigne ? demanda Pietro.

– J'étais à Rome pour une réunion avec les gens de la Banque d'Italie. J'ai décidé de passer un long week-end ici avant de rentrer en Suisse.

– Et vous êtes seul, d'après ces dames.

– Oui.

La conversation s'épuisant, Pietro se tourna vers les deux jeunes femmes.

– Cécile, te souviens-tu de la discothèque de l'hôtel Patrizza, à Liscia di Vacca ?

– Oui. Quel endroit fabuleux !

– Et si nous y allions ?

– Magnifique ! s'exclama Carole. Je n'ai pas dansé depuis des siècles.

Pietro s'adressa au banquier :

– Venez donc avec nous. C'est à vingt minutes. Ma voiture nous attend devant le portail du restaurant.

– Avec plaisir. Je demande l'addition et nous y allons.

– Ne vous occupez pas de ça.

– Mais...

– Pas de « mais », l'ami. Vous êtes en Sardaigne et je vous invite.

Quand il vit le Sarde introduire ses clés dans la portière de la Ferrari flambant neuve, Schreiber eut un peu de mal à en croire ses yeux. Pietro prit place à l'avant, laissant les Suisses disposer de la banquette arrière.

La discothèque était pleine à craquer. Le public était beaucoup plus jeune en moyenne que Pietro et ses invités. Là encore, l'apparition du Sarde fit des miracles. Des serveurs se précipitèrent pour évacuer deux jeunes couples qui occupaient la meilleure table. Ceux-ci se mirent d'abord à protester ; ils durent se résigner à la vue des videurs. Pietro et ses invités étaient à peine assis que l'on apporta une nouvelle bouteille de cuvée cristal et trois verres. Le directeur en personne tendit à Pietro un verre de vin d'un rouge profond et il attendit, tel un pénitent, son verdict. Il ne releva la tête et ne sourit que lorsque Pietro laissa tomber : « *Va bene.* »

Pietro se dirigea bientôt vers la piste, entraînant Cécile derrière lui. Dès qu'il commença à danser, il fut clair qu'il resterait sans rival sur la piste. Il bougeait avec une telle élégance, une telle maîtrise de soi qu'il aurait pu donner des leçons aux adolescents qui l'entouraient. Cécile, quant à elle, se trémoussait non sans grâce. Dès que l'orchestre eut fini, Pietro s'en approcha et leur commanda le prochain morceau, un slow. Les musiciens obéirent aussitôt. Eux aussi paraissaient devoir se plier, comme tout le monde ici en Sardaigne, aux ordres de Pietro.

Samuel Schreiber et Carole, qui étaient restés assis et avaient assisté de leur table à la démonstration de Pietro, s'avancèrent à leur tour sur la piste. Bien que Carole soit un peu plus grande que Samuel, ils trouvèrent rapidement leur rythme ensemble.

– Vous devez danser souvent, remarqua-t-elle.

– Il est vrai que j'ai beaucoup dansé, répondit-il, mais je n'en ai plus guère l'occasion ces temps-ci.

– Ça va peut-être changer, dit-elle en le serrant doucement dans ses bras et en se coulant contre lui.

Schreiber ne sut que répondre. Il était dérouté par l'invitation muette de Carole et la chaleur de son corps. Tout arrivait trop vite. Et puis Carole (il ne savait même pas son nom de famille) représentait un plaisir inconnu, une tentation toute nouvelle.

Car Samuel Schreiber était bourgeois jusqu'à la moelle des os. Et de surcroît, c'était un bourgeois suisse. On ne faisait pas mieux dans le genre ennuyeux, routinier, rabat-joie. Il semblait incapable de prendre le plus petit risque, de se permettre la moindre fantaisie.

Son parcours avait été marqué dès l'enfance par l'enseignement sévère de l'Église réformée suisse, empreinte de rigueur calviniste. Son père fut professeur d'histoire au Lycée d'études classiques de Zurich. Sa mère resta une *hausfrau,* une femme au foyer. Tout naturellement, il étudia l'économie politique à l'université de Zurich et entra dans la banque comme économiste. Sa nomination à la tête de la banque centrale fut le couronnement d'une carrière parfaite.

A 54 ans, le président Schreiber aurait dû être un homme comblé. Cependant, il ne l'était pas.

Un regret s'était insinué en lui : simplement, il se rendait compte peu à peu qu'il ne s'était jamais amusé comme il l'aurait aimé. Certes, il savait apprécier le plaisir d'un verre de bon vin, il aimait skier, dîner en compagnie de collègues, notamment le samedi soir au Schützenhaus avec les autres gouverneurs de banque. Mais il se retenait de toute familiarité et, finalement, n'avait pas de véritables amis.

118

Certes, il y avait Emma, avec qui il était marié depuis vingt-deux ans.

Emma toutefois était la copie conforme de sa belle-mère ; c'était une *hausfrau* frustrée, toute pénétrée du sentiment de ses devoirs ménagers, qui n'aimait ni la bonne chère, ni le ski. Dieu merci ! elle était exclue des dîners du Schützenhaus. Son austérité eût réfrigéré l'assistance. Quant à leur vie intime, mieux valait la passer sous silence. S'ils n'avaient pas eu d'enfant, c'était, en fin de compte, par manque d'«opportunités». Il avait d'ailleurs abandonné toute tentative de ce côté-là depuis cinq ans.

Un certain manque de moyens aussi, malgré tout, pouvait expliquer la monotonie de son existence. A cause de son abnégation, Schreiber n'avait jamais cherché à gagner suffisamment d'argent pour vivre sur le même pied que certains de ses collègues, comme par exemple sir Robert Neville. Sir Robert ne possédait pas seulement un appartement élégant dans l'un des quartiers les plus chics de Londres. Il disposait d'une propriété de deux cents hectares dans le Surrey, où se dressait un *cottage* du XVIIIe siècle avec meubles anciens, écuries, courts de tennis, prés et forêts attenants. Schreiber y avait été invité une fois, avec Emma. Celle-ci avait paru si déplacée qu'il avait eu envie de rentrer sous terre. Entre son épouse et la femme de sir Robert, c'était le jour et la nuit. La seconde ajoutait à sa beauté typiquement anglaise de l'intelligence, de l'élégance et beaucoup d'esprit. Avec elle, on ne s'ennuyait pas.

Emma et Samuel devaient se contenter d'un cinq pièces acheté il y a quinze ans. Banal à pleurer, l'appartement n'avait en sa faveur qu'une jolie vue sur le lac de Zurich. Voilà trois ans, Schreiber avait tout de même fait une petite folie en achetant un chalet à Crans-Montana, dans le Valais. Encore avait-il dû emprunter la moitié de la somme. Alors que sir Robert se faisait conduire en Bentley, son confrère suisse n'avait pu s'offrir qu'une Mercedes 190, un des modèles les moins chers de la gamme. Et tandis que l'Anglais passait ses vacances à chasser la *grouse* ou à taquiner le saumon sur le domaine de l'un de ses cousins en Écosse, ou à pêcher au gros à bord du yacht d'un ami aux Caraïbes, Schreiber se rendait avec Emma à Crans, où ils faisaient de la marche l'été et où l'hiver, il skiait tout seul.

On ne pouvait pas dire pour autant qu'ils étaient pauvres. A la Banque générale, il avait gagné jusqu'à 150 000 francs suisses par an. A la Banque nationale, Schreiber avait ensuite doublé son salaire. De plus, en tant que fonctionnaire, il jouirait d'une retraite plus que confortable. Emma était une fervente de la retraite. Elle ne cessait de lui répéter à quel point ils avaient de la chance. Mais à 54 ans, il se refusait à admettre qu'il pouvait avoir de la chance simplement parce qu'il disposerait «plus tard» d'une bonne retraite.

— Vous êtes bien silencieux, lui dit Carole en interrompant le fil de ses pensées.

— J'écoutais la musique. Et je suis heureux d'être avec vous.

— Moi aussi, répondit-elle.

Ils quittèrent la discothèque peu avant minuit. Lorsque la Ferrari s'arrêta devant la Cala di Volpe, ses occupants savaient déjà que seuls Carole et Samuel en descendraient. Cécile resterait avec Pietro et passerait la nuit dans la villa qui dominait la baie.

Il fut tout aussi évident que Samuel escorterait Carole jusqu'à la porte de sa chambre et qu'elle l'inviterait à entrer.

Il était presque dix heures du matin lorsqu'il la quitta — mais seulement pour aller se changer. Il retourna auprès d'elle une heure plus tard et la trouva au lit.

Ils ne descendirent pour déjeuner que vers quatorze heures. Un magnifique buffet les attendait, ainsi que Pietro et Cécile qui occupaient la même table que la veille. Pietro leur décocha son plus beau sourire dès qu'ils les rejoignirent.

— J'espère que vous avez passé une aussi bonne nuit que nous, dit-il en les regardant pour détecter sur leur visage les traces de leur passion. Ou aurais-je dû dire une nuit et une matinée ?

— Allons, Pietro, arrête de les taquiner. Ils ont faim et ils n'ont pas envie de parler de leur nuit.

C'est Carole qui lui répliqua :

— Je ne vois pas d'inconvénient à en parler. J'ai passé la nuit la plus délicieuse que j'ai connue depuis une éternité. N'est-ce pas, Sammy ?

— Pour ma part, je dirai simplement que je n'ai aucune envie de rentrer à Zurich.

— Eh bien ! restez donc ici, dit Pietro. Vous serez mon conseiller financier.

— Si seulement je pouvais, répondit-il en souriant.

— C'est une proposition sérieuse, enchaîna Pietro. J'ai vraiment besoin de conseils.

Le banquier suisse demeura silencieux. Sans insister, le Sarde se tourna vers Carole.

— Aimez-vous la voile ? lui demanda-t-il.

— Ça dépend.

— C'est-à-dire ?

— Je déteste me trouver à bord d'un petit bateau sur un grand océan. Ça m'est arrivé en Algarve et j'ai été malade comme tout.

— Et sur un gros bateau ?

— Vous voulez dire un navire de croisière ?

— Non, moins gros.

— Comment ça ?

— Je vous y emmène, si vous êtes partante.

— Mais, quand ?

— Tout de suite. Enfin, dès que vous aurez fini de déjeuner. Auparavant, je dois tout de même vous avertir que nous ne serons pas de retour avant dimanche soir.

Carole se tourna vers Samuel.

— Tu es partant, toi aussi ?

— Bien sûr.

— Alors, je vais tout organiser, dit Pietro.

Il disparut dans l'hôtel tandis que Carole et Samuel se dirigèrent vers le buffet, où ils trouvèrent des homards mayonnaise, des *scampi,* des rougets grillés, ainsi que quatre plats de pâtes différents.

— Commençons par le homard, proposa Carole.

Ils se servirent copieusement tous les deux. Ils avaient à peine goûté à leur assiette que Pietro était de retour.

– Voilà, tout est prêt. On s'en va.

– Pietro, protesta Cécile, ils n'en sont encore qu'au début de leur repas.

– Aucune importance. Je leur garantis qu'ils se rattraperont amplement au dîner. Venez, nous allons sur la jetée de l'hôtel. Suivez-moi !

Ils obtempérèrent. Un canot à moteur les attendait. A son bord, ils traversèrent la baie, fonçant vers le large. Ils ne mirent que quelques minutes pour atteindre leur destination.

– Je l'ai baptisé l'*Artémis*, dit Pietro, en pointant son doigt vers un interminable yacht qui était ancré à la sortie de la baie. C'est le nom de l'ancienne déesse de la Lune et je me sens proche d'elle. Nous sommes tous les deux des êtres de la nuit.

Sur le pont, le capitaine, sanglé dans un uniforme blanc, les attendait en haut de la passerelle pour les accueillir. Ce fut Pietro di Cagliari qu'il salua le premier.

– *Signore,* dit-il, tout a été préparé selon vos instructions.

– Vous allez accompagner mes deux invités d'honneur jusqu'à la suite numéro 1, dit Pietro, en montrant Carole et Samuel. Comme je vous l'ai dit au téléphone, nous utiliserons une des autres cabines.

– A vos ordres.

Le capitaine se tourna vers ses deux invités.

– Suivez-moi, je vous prie.

La suite numéro 1 n'avait pas usurpé son rang. Coussins recouverts de cuir de chez Gucci et couvertures en cachemire sur le grand lit rond, meubles design... Il était difficile de dire quoi, de la cheminée – une vraie cheminée – ou de l'immense jacuzzi, surprenait le plus.

– Seigneur ! s'exclama Carole en faisant le tour des lieux pour la deuxième fois, je n'ai jamais vu un tel luxe de ma vie.

– Moi non plus, avoua Samuel Schreiber.

On frappa discrètement à la porte. Samuel alla ouvrir. Un steward patientait depuis quelques minutes dans la coursive.

– *Il signore di Cagliari* m'a demandé de vous aider à prendre connaissance de certains aménagements de la suite. Puis-je entrer ?

— Je vous en prie.

Les invités découvrirent deux thermostats qui réglaient séparément la température de la chambre et du salon, et un panneau digne de la cabine de pilotage d'un 747, qui contrôlait la hi-fi et l'ouverture à distance des rideaux. La salle de bains possédait une baignoire, une douche, une petite télévision et une masse de serviettes, chacune portant le monogramme PdC, en lettres d'or.

— Prenez autant de bains que vous le désirez, précisa le steward, le yacht a sa propre installation de désalinisation et de purification de l'eau.

Ils découvrirent aussi une grande télévision dans la chambre, un écran de cinéma descendant du plafond devant la cheminée, un bar copieusement garni au salon et, enfin, deux équipements complets de plongée sous-marine. Sur le bureau, Samuel pouvait disposer d'un ordinateur avec modem intégré, lecteur de cédéroms, scanner et imprimante laser.

— Si vous en avez envie, ajouta le steward, vous pourrez faire de la planche à voile et même du tir au pigeon d'argile. Si vous avez faim ou soif, utilisez le téléphone pour commander, de jour comme de nuit.

Un faible ronronnement se fit entendre.

— On vient d'allumer les deux moteurs diesel, précisa le steward. Nous devons lever l'ancre dans quelques minutes.

— Où allons-nous ? demanda Schreiber.

— Je l'ignore. Mais l'*Artémis* a une vitesse de croisière de dix-sept nœuds. En un week-end, on peut naviguer pas mal. Si vous n'avez plus besoin de moi, je vais vaquer à mes occupations. Ah, j'oubliais. Le *signore* di Cagliari a prévu que le capitaine vous fasse visiter le bateau à 17 h 30. Il vous attendra ensuite sur le pont-promenade pour prendre un cocktail.

Dès qu'il fut parti, Carole fit un troisième tour de la suite. Quand elle revint dans le salon, Samuel était assis dans le sofa. Il réfléchissait.

— Cécile m'a dit que Pietro était riche, dit Carole, mais je ne pensais pas qu'il l'était autant. Un yacht pareil, qu'est-ce que ça peut valoir ?

– Je n'en ai qu'une vague idée. Je dirais dans les vingt millions de dollars.

– Mon Dieu ! si Pietro peut s'offrir un tel jouet, je me demande à combien s'élève sa fortune !

– Il est sans doute multimilliardaire, suggéra Samuel.

– Quand Cécile m'a invitée à venir en Sardaigne, elle ne m'a pas parlé de l'*Artémis*. Je me demande bien pourquoi.

– Peut-être lui a-t-il précisé de ne pas en parler.

– Tu as sans doute raison. Il paraît qu'il est très secret. Les Sardes n'ont-ils d'ailleurs pas cette réputation ?

– Tu es en train de confondre les Sardes et les Siciliens, non ?

– Je n'y aurais jamais pensé. Tu crois que...

– Non. Bien sûr que non.

– Alors, comment gagne-t-il autant d'argent ?

– Je l'ignore. Je viens tout juste de faire sa connaissance.

– Moi aussi. Tu crois qu'on devrait le lui demander ?

– Non, dit Schreiber. S'il veut nous le dire, il nous le dira.

Il aborda le sujet quelques heures plus tard. L'*Artémis* naviguait maintenant en pleine mer. Après avoir visité le yacht de la cale à la cabine de pilotage avec le capitaine pour guide, Carole et Samuel avaient rejoint Pietro et Cécile sur le pont-promenade. Ils commandèrent au steward des Campari-soda.

– Alors, quelles sont vos impressions ? demanda Pietro quand ils se furent assis dans de moelleux fauteuils.

– Je pourrais mener ce genre de vie indéfiniment, répondit Carole.

– Moi aussi, ajouta Cécile.

– Et vous, Sammy ? dit Pietro.

– Malheureusement, cela dépasse les moyens d'un fonctionnaire.

– Pas en Italie, dit Pietro en éclatant de rire.

– C'est bien ce qui sépare nos deux pays, ajouta Samuel en souriant à son hôte.

– Mais est-ce un bien ? riposta Pietro. J'ai tendance à croire que toute l'Europe, y compris la Suisse, devrait réviser sa position et la considérer sous un angle plus rationnel. Les personnalités haut placées devraient être indépendantes financièrement et ne pas être à la merci de pots-de-vin. Tout le système en est corrompu. Nous, les Italiens, l'avons appris à nos dépens. Des centaines de nos dirigeants, jusqu'à notre Premier ministre qui fut réélu quatre fois – quatre fois ! – ont été accusés de corruption. La plupart d'entre eux sont en prison, alors que Craxi a préféré s'exiler en Tunisie, où il écrit ses mémoires.

– Et tu penses que s'ils avaient été indépendants financièrement, ils seraient restés propres ? demanda Carole.

– Absolument, répondit le Sarde. Regarde ce qui se passe en Amérique. Il aurait été impossible d'acheter des hommes comme Kennedy, Johnson, Reagan ou Bush. Ils possédaient déjà bien assez d'argent.

– Je pense que vous avez raison, avoua Carole.

– Tout à fait d'accord, ajouta Cécile.

Samuel Schreiber ne dit rien. Il écoutait attentivement les propos de Pietro.

– J'en suis un exemple vivant, dit le Sarde. Personne ne peut m'acheter. Personne ne peut me forcer à faire quoi que ce soit. Personne. Car j'ai plus d'argent que la plupart des gens haut placés. Ce qui n'empêche pas les jaloux de murmurer : « Comment Pietro di Cagliari a-t-il donc fait fortune ? » Je leur réponds : occupez-vous de vos oignons. L'argent n'a pas d'odeur.

Pietro continua à parler dans un silence attentif :

– J'ajoute qu'il n'est pas bon de s'endormir sur son tas d'or. On doit le dépenser, et il fit un geste vague de la main en montrant le yacht. Ou encore aider les autres. N'êtes-vous pas d'accord, Sammy ?

– Bien sûr, avoua le banquier.

– C'est d'ailleurs ce que je veux faire maintenant, poursuivit Pietro. Mais j'ai besoin d'aide. Je veux agir discrètement, d'une façon anonyme, même. Sinon, je vais attirer sur moi les foudres du fisc italien. Or, la fiscalité, dans ce pays, est démente. Si l'on payait tous les impôts que la loi prescrit, on donnerait au gouvernement plus que l'on ne gagne. Sammy, vous êtes au courant, non ? Les Suisses comprennent ce genre de choses.

— Je suis tout à fait d'accord avec vous. En Suisse, nous traitons ces questions-là sous un angle beaucoup plus rationnel, pour parler comme vous.

— Ah ! dit Pietro en posant la main sur le bras de Samuel, il m'est agréable de rencontrer quelqu'un qui comprenne cela. Quel honneur, quel grand honneur que de vous avoir à bord de mon cher Artémis ! Enfin, nous reparlerons de ces questions plus tard. Pour le moment, mesdames, nous allons nous occuper de vos estomacs. C'est l'heure de passer à table.

Le chef avait préparé une bouillabaisse qui fut un régal et une délicieuse salade. Les vins de Toscane, un vernaccia di San Gimignago et un brunello di Montalcino, furent à la hauteur du dîner. Pietro, lui, ne consomma que du rouge, en grande quantité. Et plus il but, plus il sembla amoureux. Ce qui ne fut pas pour déplaire à Cécile. Elle finit la soirée assise sur ses genoux. A 23 heures, elle annonça qu'il était temps d'aller se coucher. Carole l'approuva. Sammy Schreiber, qui n'avait pas bu autant depuis qu'il avait quitté l'université, bredouilla un vague assentiment.

Quelques minutes plus tard, il se retrouvait avec Carole dans leur jacuzzi.

Vers minuit, quand ils se couchèrent enfin, le dîner, le vin et les choses incroyables que Carole lui avaient faites dans la baignoire l'avaient terrassé. Schreiber s'endormit d'un sommeil comme il n'en avait jamais connu de toute sa vie d'adulte.

17

Lorsque Samuel Schreiber se réveilla, dix heures plus tard, la chambre était plongée dans l'obscurité. Son lit, pour une raison mystérieuse, tanguait doucement. Avait-il abusé du vin hier soir ? Il ne se le rappelait pas. Il allongea le bras pour allumer sa lampe de chevet familière. Au lieu de cela, sa main rencontra des courbes féminines. Un soupir de satisfaction suivit ce contact. Donc, ce n'était pas Emma. Schreiber avait du mal à reconnaître celle qui était au lit avec lui.

La femme à son côté fit un mouvement. Les rideaux qui recouvraient les hublots de la suite numéro 1 du yacht *Artémis* furent ainsi doucement écartés. Au même moment, le roulis cessa, et le ronronnement des moteurs s'arrêta.

Sammy Schreiber comprit qui était là près de lui. Restait à déterminer où il se trouvait. Carole avait dû se poser la même question quelques minutes plus tôt. Sur ce, elle se glissa tout à fait hors du lit et alla se planter devant l'un des hublots.

– Viens voir, s'exclama-t-elle. C'est fantastique !

Schreiber n'avait pas l'habitude de s'exhiber en tenue d'Adam. En fait, Emma et lui s'habillaient et se déshabillaient toujours à l'abri des regards de l'autre. Carole, par contre, avait l'air aussi à l'aise nue qu'habillée. Samuel oublia toute pudeur.

La vue était effectivement de toute beauté. Dans un camaïeu de bleus et de verts, l'eau turquoise de la Méditerranée, les montagnes couvertes de pins et d'oliviers et l'azur limpide s'associaient. Et sur le rivage s'étalait une petite ville toute de roses et de jaunes, qui ne pouvait être que Portofino, la station de la côte ligure.

Samuel se pencha un peu pour apprécier ce paysage féerique. Il frôla le corps de Carole. Celle-ci se frotta contre lui, d'une façon provocante.

— Ne t'arrête pas en si bon chemin, miaula-t-elle.

A cet instant, la sonnerie du téléphone retentit.

— Je vais répondre, dit Carole, au grand soulagement de Samuel.

— C'est Cécile, lui dit-elle, en relayant la conversation. Ils se demandaient si on était toujours de ce monde. Ah ! oui, ils veulent débarquer dans une heure. Ils veulent savoir si ça nous convient.

— Parfait, dit simplement Samuel.

Peu après midi, les deux couples embarquèrent dans le canot à moteur. Dix minutes plus tard, ils s'installaient confortablement dans une limousine six portes qui les attendait au bout de la jetée. Elle démarra aussitôt et prit la *strada panoramica* pour rejoindre Santa Margherita, plus précisément l'hôtel Imperial Palace. Sur le perron, le directeur en personne accueillit Pietro di Cagliari qui s'avançait à la tête du petit groupe. Comme d'habitude. L'influence du Sarde paraissait donc s'étendre aussi sur le continent.

— Ils vous attendent dans la salle à manger privée, dit l'hôtelier entre deux courbettes.

— Bien. Montrez-nous le chemin.

La salle à manger privée était entièrement vitrée. Et pour cause : au premier plan, un jardin aux fleurs resplendissantes ; en contrebas, un parcours de golf verdoyant. Et à l'arrière-plan, la mer, piquetée de voiles blanches.

Six hommes se tenaient là, debout. Quoiqu'on fût un samedi, ils portaient tous des costumes sombres et de sobres cravates. Leurs boutons de manchettes l'étaient moins, en revanche. Pietro brisa le silence en s'adressant au plus gros d'entre eux :

– *Vincente, como va ?* Et comment va Maria ?

– Elle est restée à la maison avec notre dernier-né, mais elle t'envoie ses amitiés.

Il était inutile de préciser qu'elle était restée à la maison parce qu'elle n'avait pas été invitée.

Le Sarde fit alors le tour des cinq autres personnages, les serrant successivement dans ses bras, sous l'œil amusé des Suisses. Enfin, sans s'occuper le moins du monde de Carole et de Cécile, Pietro parut se souvenir de la présence de Samuel, à qui il présenta deux de ses compatriotes :

– Voici mon excellent ami le *dottore* Francesco Livorno de la banque Santo Spirito. Vous vous connaissez peut-être ?

– Je ne le crois pas, répondit le banquier italien, mais nous avons une relation commune, le *dottore* Antonio Riva, de la Banque d'Italie. Il m'a souvent parlé de vous, monsieur Schreiber, dans les termes les plus élogieux. Très heureux de faire votre connaissance.

– Comme le monde est petit, répliqua Samuel Schreiber, je viens de passer deux jours à Rome à travailler avec lui et avec ses collègues.

– Et voici le *dottore* Silvio Pedroncelli, intervint Pietro. C'est mon estimé conseiller juridique. Son cabinet est à Milan. Il est également député.

Les deux hommes se serrèrent la main.

– Notre cabinet juridique a de nombreux correspondants en Suisse, dit l'homme de loi. Nous sommes particulièrement fiers d'être en affaire avec la Banque générale de Suisse. Nous y avons aussi un ami commun en la personne du président, *Herr* Lothar Zopf.

– J'ai fait partie de la Banque générale, dit Schreiber.

– Je suis au courant. Je sais également qu'ils ont beaucoup regretté votre départ. Bien qu'ils aient compris que vous ne pouviez refuser le grand honneur que le gouvernement suisse vous faisait.

– Avant de passer à table, intervint Pietro, j'aimerais vous présenter ces deux charmantes jeunes femmes. Elles sont suisses et nos familles se connaissent depuis longtemps. Elles étaient descendues à la Cala di Volpe et elles n'ont pas résisté au plaisir d'une petite croisière sur l'*Artémis.*

Après cette discrète présentation, Pietro s'occupa du plan de table. Il plaça les deux femmes à un bout, tout en s'octroyant l'honneur de présider le repas, à l'autre bout de la table. Il prit Samuel Schreiber à sa droite, l'avocat et le banquier à sa gauche.

Ils étaient à peine assis que le directeur de l'hôtel entra. Il se racla la gorge avant de prendre la parole :

– A la demande du *signore* di Cagliari, le chef vous a préparé un repas composé uniquement de mets sardes. J'espère que vous serez satisfaits.

Une volée de serveurs apporta le premier plat. Dès qu'ils furent partis, Pietro se lança dans une longue explication :

– Permettez-moi, mesdames et messieurs, de faire quelques commentaires culinaires. Tous les ingrédients proviennent de la région de San Giulano, au nord de mon île. Le plus délicat est l'artichaut sauvage. Le plus succulent, un champignon *antunna,* que l'on ne trouve qu'en Sardaigne. Ajoutez-y des tomates séchées au soleil et farcies d'anchois, des fines herbes, des épices et vous obtenez les meilleurs hors-d'œuvre d'Italie. Pietro fit une pause, puis reprit :

– Cependant, l'essentiel, c'est l'huile d'olive *fruttato.* On ne la trouve qu'au centre et au sud de l'île, entre Sartos et San Raimondo. Goûtez également ce pain, le *pane carasu,* que nous appelons en Sardaigne *carta di musica.* Comme vous le voyez, dit-il en en prenant un morceau, il est aussi fin que du papier à musique. Et si vous l'écrasez dans votre main, il émet une sorte de grésillement. Écoutez !

Il l'écrasa et, en effet, on entendit de minuscules craquements. On aurait dit un gosse qui voulait épater ses amis avec ses beaux jouets.

Puis Pietro enchaîna sur les recettes de viandes et de poissons. Entre les plats, il conversa avec ses hôtes d'honneur de sujets les plus divers : depuis les derniers avatars du gouvernement italien jusqu'aux rumeurs sur l'agonie de Fidel Castro. A l'autre bout de la table, l'ambiance était bien plus détendue. La présence des deux jolies femmes et les vins qui coulaient à flot n'y étaient pas étrangers.

L'incident se produisit au moment du café.

Les deux femmes étaient allées se repoudrer le nez. Lorsque Cécile revint, sans son amie, elle avait un air bizarre que seul Pietro remarqua. Sans cesser de parler à ses voisins, celui-ci fit un signe de tête à Vincente qui, après avoir échangé quelques mots avec Cécile, quitta la salle à manger. Cinq minutes plus tard, il était de retour, en compagnie de Carole. Il échangea un nouveau signe de tête avec Pietro d'un bout de la table à l'autre. Pietro parut satisfait.

Samuel Schreiber ne s'était aperçu de rien, bien trop occupé qu'il était à écouter les explications gastronomiques de son hôte et à parler boutique avec son confrère italien. Le sujet principal de leur discussion était le sort de la lire, lié à la montée du déficit public. Pietro s'était alors mêlé à leur conversation.

— Moi aussi, dit-il à son ami milanais, je suis préoccupé par le devenir de la lire. Cela m'amène à ce dont je discutais avec M. Schreiber. Je veux commencer à faire le bien autour de moi. J'ai atteint la cinquantaine et il est temps que je distribue un peu de la fortune que j'ai eu la chance de gagner. Je pense surtout à venir en aide aux enfants, ceux qui ont été les victimes innocentes des événements de Bosnie ou du Rwanda et spécialement aussi ceux de notre ancienne colonie, la Somalie.

Surpris, l'avocat fronça légèrement les sourcils en entendant les propos de son client, sans toutefois intervenir. Il écouta Pietro qui continuait :

— J'aurais souhaité agir depuis mon pays, mais vu les circonstances, les enfants y perdraient beaucoup. Plus la lire baisse, moins ils pourront toucher d'argent. N'êtes-vous pas d'accord, Samuel ?

— J'ai bien peur qu'il n'en soit ainsi.

— Et moi de même, ajouta le banquier milanais.

— La Suisse, continua Pietro, est à l'évidence le pays idéal. Cependant, j'y ai eu quelques déboires financiers.

Il regarda la femme dont le mari avait été responsable de cette triste expérience. Il nota au passage qu'elle semblait tout à fait remise.

— C'est pourquoi j'ai besoin de conseils. Premièrement, il me faut un cabinet juridique à Zurich qui puisse me monter là-bas une société d'investissement. Idéalement, celle-ci devrait échapper au fisc. Ce cabinet devra agir avec la plus grande discrétion. Je veux rester totalement anonyme, car je ne crois pas que la charité ait besoin de publicité. Deuxièmement, il serait bon que je prenne des conseils quant au choix de l'emploi des fonds. Ces conseils pourraient être de nature confidentielle. Ils émaneraient d'hommes qui partagent mon désir de faire le bien sans révéler mon identité. J'imagine que ces hommes et moi, nous aurons besoin d'un lieu de réunion discret. Celles-ci pourraient avoir lieu à la Cala di Volpe, ou à bord de l'*Artémis*, où je suis certain de pouvoir traiter nos affaires loin des oreilles indiscrètes.

Le mot affaires poussait peut-être le bouchon un peu loin, mais le Sarde était sûr qu'après deux nuits avec Carole, Schreiber était prêt à approuver à peu près n'importe quoi. Il s'en assura :

— Qu'en pensez-vous, Samuel ?

— J'ai réfléchi à la question depuis que vous m'avez parlé de votre problème sur le yacht. Je connais l'homme qu'il vous faut à Zurich. Il s'agit de maître Hans Zwiebach. Ce n'est pas seulement un avocat de tout premier rang, mais un spécialiste des questions financières. Il a des clients dans le monde entier car il est capable d'exécuter parfaitement les desiderata de n'importe qui. Cet homme est d'une discrétion absolue. Je le connais depuis l'enfance et je peux garantir que c'est quelqu'un de tout à fait fiable. Ce n'est d'ailleurs pas la première fois que je le recommande et l'on a toujours été satisfait de ses services.

— Voilà qui est parfait ! s'exclama Pietro. Combien de temps faut-il compter pour en avoir terminé avec les paperasses ?

— Environ six semaines pour que la société soit enregistrée.

— Bien. Prévenez donc maître Zwiebach que je me mettrai en rapport avec lui, si ça ne vous ennuie pas.

– Certainement. Dès que j'aurai regagné Zurich.

– Je pense qu'il voudra connaître la somme dont je veux disposer pour commencer, ajouta Pietro.

– Vous verrez ça entre vous, dit Schreiber.

– Non, Samuel, ça vous concerne aussi. Je songeais à transférer cinquante millions, dit Pietro, cinquante millions de dollars.

Il se tourna vers son banquier italien.

– Je veux que vous tiriez de mon compte l'équivalent en lires et que vous achetiez des dollars. Il faut que cela soit fait sans tarder.

– Si je puis me permettre, pourquoi se presser ? Comme M. Schreiber vient de le dire, la société ne sera pas enregistrée avant des semaines.

– Je veux que l'argent soit immédiatement viré en Suisse. On ne sait jamais ce qui va se passer, avec notre gouvernement de fous. La lire peut plonger d'un jour à l'autre.

– Normalement, nous avons besoin d'être averti à l'avance pour des transferts aussi importants.

– Je ne suis pas un client normal, riposta le Sarde.

– Cependant...

– Allons, assez discuté. Dès la semaine prochaine, vous recevrez mes instructions. J'ai besoin de régler encore certains détails avec Samuel.

Schreiber intervint alors :

– Pour éviter tout malentendu, je dois vous prévenir qu'il m'est impossible de m'occuper de cette œuvre admirable. Ce serait incompatible avec mes fonctions officielles. Je pense que vous me comprenez tous.

– Cela va sans dire, intervint aussitôt Pietro, tandis que les deux conseillers italiens opinaient gravement. Néanmoins, quand il faudra choisir les œuvres de charité pour enfants qui en seront les bénéficiaires, et j'insiste, sur cette partie seulement, alors vous pourriez nous éclairer de vos lumières.

Schreiber réfléchit un instant avant de répondre :

– Je ne vois aucune raison de refuser.

– Et vous me rappellerez la semaine prochaine au sujet de votre ami avocat.

– Bien sûr.

– Allons, Samuel, les discussions sérieuses sont terminées. Vous n'êtes pas venu à Santa Margherita pour ça. Pour moi, malheureusement, j'ai encore quelques affaires à traiter. Puis-je vous suggérer d'aller faire une promenade avec ces dames dans le parc ? Je dois rester ici pour une brève réunion avec mes collègues. Très brève. Pas plus d'une demi-heure. Ensuite, nous retournerons en Sardaigne.

Tout en parlant, Pietro avait pris son nouvel ami par le bras et l'avait guidé jusqu'au bout de la table, où les deux Suissesses bavardaient.

– Mesdames, dit Pietro, venez donc !

Il les conduisit tous trois jusque dans le hall de l'hôtel, où le directeur, qui semblait déjà au courant, se proposa de les emmener personnellement visiter les jardins, soit à pied, soit en utilisant les voiturettes électriques de golf qui étaient à leur disposition à l'entrée. Satisfait, Pietro revint vers la salle à manger privée. Il referma la porte derrière lui.

A l'unanimité, le trio décida de prendre les voiturettes. Schreiber s'installa à côté de leur accompagnateur tandis que Cécile se mit au volant de la seconde machine, où Carole prit place également. Comme elle jouait de temps en temps au golf, le maniement de ce genre de véhicule n'avait pas de secret pour elle.

Quand le directeur eut pris une certaine avance, Cécile demanda à Carole :

– Que t'est-il arrivé aux toilettes ? Tu en as mis, un temps !

– En sortant des lavabos, un type ivre, un Allemand, a essayé de me coincer. J'ai été obligée de m'enfermer à clé au petit coin.

– Désolée. Si j'avais su, je t'aurais attendue.

– Ce n'est pas grave. Mais tu as raté la suite.

– Quoi donc ?

– Le gros, tu sais, ce Vincente, a foncé sur l'Allemand et l'a littéralement propulsé à travers le hall.

– Les gens n'ont pas réagi ?

– Ça s'est passé si vite que personne ne s'est aperçu de rien.

– Et ensuite ?

— Quelques minutes plus tard, Vincente est revenu et m'a dit qu'il s'était occupé de tout. Je n'ai pas très bien compris ce que ça signifiait. Il m'a demandé de ne rien dire aux autres, sinon Pietro serait furieux. Je le lui ai promis et nous sommes retournés ensemble à la salle à manger.

Soudain, le bruit d'une sirène vint troubler le silence du parc. Une ambulance s'arrêta bientôt devant l'entrée de service. Le directeur de l'hôtel fit immédiatement demi-tour.

— Attendez-moi ici, dit-il aux deux jeunes femmes, je vais voir ce qui se passe.

Elles obéirent et regardèrent la scène de loin. Elles virent un homme allongé sur une civière que l'on enfournait dans l'ambulance. Celle-ci redémarra aussitôt, gyrophares allumés.

Le directeur et son passager revinrent alors.

— Qu'est-il arrivé ? demanda Cécile.

— Un touriste allemand. Ivre. Il a dû tomber et se blesser.

— C'est grave ?

— Assez, malheureusement.

— C'est horrible...

— Désolé pour cette interruption. Je vous en prie, suivez-moi. J'ai encore de bien belles choses à vous montrer.

— Vincente s'est effectivement occupé de tout, souffla Cécile à son amie. Je crois qu'on ferait bien d'écouter son conseil et d'oublier l'incident.

— Quel incident ? demanda Carole en riant.

— Au moins tu dois admettre que les Sardes savent veiller sur leurs femmes.

— Si Samuel Schreiber apprenait ce qui est arrivé, il aurait une attaque, dit Carole.

— Eh bien ! ne lui en parle pas !

— Ne t'en fais pas, je resterai bouche cousue.

Le tour du parc une fois terminé, le directeur insista pour que ses hôtes prennent le thé sur la terrasse.

— Dites-moi, demanda Schreiber, il y a longtemps que vous connaissez le *signore* di Cagliari ?

— Oh, près de trente ans. Son père et lui viennent souvent avec leurs relations d'affaires.

— De quel genre d'affaires s'agit-il ?

135

– Je ne sais pas exactement. Il amène ici des gens importants, des banquiers de Milan, des hommes politiques de Rome, et même un cardinal. Parfois, des étrangers. Comme une fois, le président du Paraguay. Le Premier ministre du Liban, une autre fois. La semaine dernière, c'était des Cubains. Le *signore* di Cagliari a des relations dans le monde entier.

– On dirait, en effet.

L'hôtelier se décida à en dire un peu plus :

– Je sais que le *signore* di Cagliari, prenant la suite de son père, a des intérêts dans des affaires immobilières en Italie et dans certaines stations balnéaires, comme l'établissement de la Cala di Volpe en Sardaigne, bien qu'il n'en soit pas le propriétaire. A l'origine, le jeune Agha Khan a avancé les fonds. Puis une banque pakistanaise a financé la construction des villas autour de l'hôtel. Les Cagliari les ont beaucoup aidés à obtenir les permis de construire. Partout dans le monde vous avez besoin d'appuis locaux. Et en Sardaigne sans doute plus qu'ailleurs. Après la mort de son père, Pietro di Cagliari est passé du stade de conseiller à celui d'investisseur. Mais il s'occupe aussi d'autres projets.

Le directeur fit une pause, puis reprit :

– Je ne veux pas vous induire en erreur. Le *signore* di Cagliari ne m'a jamais parlé personnellement de ses affaires. J'ai appris tout ça par ouï-dire. Vous saviez ce qu'il en est des rumeurs. Il est impossible d'y discerner le vrai du faux. Pourtant je suis sûr d'une chose au sujet des Cagliari : si le père était très puissant, le fils l'est encore plus.

Le directeur s'arrêta là. Il se rendit compte que, s'il continuait, il serait forcé de faire état d'autres rumeurs. Par exemple, que cette fameuse banque pakistanaise était la Banque de crédit et de commerce internationaux, la BCCI, connue sous ce nom avant qu'elle ne soit surnommée, à la suite de sa faillite frauduleuse, la Banque des canailles et des criminels internationaux. Ou que les visiteurs venus du Vatican appartenaient à l'*Instituto per le opere di religione*, un organisme financier ecclésiastique, et qu'ils avaient trempé dans des affaires peu catholiques. Parmi eux figurait Michele Sindona, le «conseiller» financier du Vatican, rebaptisé le «banquier de Saint-Pierre» avant qu'il ne soit kidnappé. Le Sarde, disait-on encore, aurait largement profité des fonds du Vatican et de la banque pakistanaise, une association d'un œcuménisme inédit, que seules de troubles affaires auraient rendue possible.

L'hôtelier ne pouvait de toute façon en dire plus, car le principal intéressé approchait. Pietro était seul.

– Ah ! vous voilà ! Je vous ai enfin trouvés. Je vois que vous avez fini de prendre le thé.

Ce qui était inexact, mais le Sarde n'en avait que faire. Il regarda ostensiblement sa montre et lança :

– Il est temps de retourner à Portofino. La voiture est là.

Vincente se tenait près de la limousine. Il ouvrit les portières pour les dames et les aida à monter. Le Sarde lui glissa quelques mots en italien. Puis Pietro prit place à côté du chauffeur, et la limousine démarra.

Pietro se saisit du téléphone. Bien qu'il parle en italien, les passagers assis à l'arrière comprirent qu'il appelait le capitaine de l'*Artêmis* pour lui donner des instructions. Plus curieusement, il fut question de Cuba à plusieurs reprises. Les deux femmes firent semblant de ne pas écouter. Quant à Samuel Schreiber, il n'eut pas à se donner ce mal : à peine assis, il s'était endormi. Il n'avait pas l'habitude de passer des week-ends aussi agités au cours desquels on mangeait autant.

Les moteurs du yacht tournaient déjà quand Pietro et ses invités embarquèrent à son bord. Le Sarde leur signala qu'il allait devoir passer quelques heures avec le capitaine. Samuel en profita pour se rendre directement à sa cabine, où il voulait achever sa sieste.

Cécile et Carole, restées seules, décidèrent de monter sur le pont-promenade pour y boire un verre.

– Comment vois-tu la suite de tes relations avec Sammy ? demanda Cécile en prenant une gorgée du gin-tonic qu'on venait de lui apporter.

– Tout dépend de ce qu'il a en tête, répondit Carole.

– Je crois savoir quoi !

Elles rirent ensemble.

– Non, sérieusement, poursuivit Cécile, tu crois qu'il a les moyens de t'offrir ce dont tu rêves ?

– Je n'en sais trop rien, mais on dirait que ça colle entre Pietro et lui. Et d'après ce que j'ai vu, les amis de Pietro ne sont pas dans le besoin. Pas vrai ? Au fait, en parlant d'avenir, et toi, comment ça marche avec Pietro ?

– Il m'a demandé de rester avec lui pour le moment, dit Cécile.

– Tu as dit oui ?

Cécile haussa les épaules.

– Pourquoi pas ? Je n'ai aucune autre obligation.

– Tu comptes rester longtemps en Sardaigne ?

– Oh ! Pietro n'arrête pas de voyager. Il part pour Cuba à la fin de la semaine et il veut que je vienne avec lui. J'ai accepté.

Carole se tut.

– A quoi penses-tu ? demanda son amie.

– J'ai l'impression que ce cher monsieur Schreiber ne pourra jamais m'offrir tout ce luxe, le yacht, les séjours à la Cala di Volpe, un voyage à Cuba... D'après ce qu'il m'a dit, il ne possède qu'un appartement à Zurich et un petit chalet à Crans-Montana. Point à la ligne.

– Allons, c'est l'un des rois de la finance. Le numéro un en Suisse, même.

– Possible.

– Écoute, Carole, il est dingue de toi. Et s'il veut t'avoir, il va falloir qu'il casque. Non ?

– *M'avoir ? Casquer ?* Tu te rends compte de ce que tu viens de dire ? Tu nous fais passer pour deux garces qui veulent décrocher le gros lot !

– Et après ? On n'a plus vingt ans !

C'était l'aube lorsque le yacht stoppa ses machines devant la Cala di Volpe. Malgré l'heure matinale, Pietro prévint ses hôtes qu'ils devaient débarquer. Pour sa part, il allait avoir une matinée chargée. Dans le canot à moteur qui les menait à terre, Pietro annonça à Samuel qu'il mettait son jet privé à sa disposition pour rentrer à Zurich. Schreiber accepta avec plaisir. Il fut moins heureux d'entendre Carole refuser cette aimable proposition et déclarer qu'elle préférait prendre encore quelques jours de vacances.

Le Sarde passa un bref coup de fil.

– Mon avion sera prêt à décoller à 20 heures, dit-il à Samuel. Cela vous donne le temps de passer à l'hôtel, de vous changer et de prendre vos bagages. La limousine de l'hôtel vous conduira à l'aéroport.

Tandis que Samuel montait dans sa chambre, les trois autres l'attendirent dans le hall. Quand il voulut régler sa note, le caissier lui déclara que c'était chose faite.

Avant de partir, il prit la main du Sarde dans la sienne et la serra longuement.

– Mille mercis, Pietro, pour tout, l'hôtel, les dîners, le yacht et merci surtout pour la compagnie.

A la fin de sa phrase, il s'inclina légèrement. Samuel Schreiber, vêtu de son costume gris perle, était redevenu un banquier suisse.

– J'ai beaucoup apprécié votre présence, répondit le Sarde. Malheureusement, l'heure est venue de se dire *arrivederci*. Pas pour longtemps, j'y compte bien. Si vous pouvez organiser un rendez-vous avec votre ami avocat, je viendrai à Zurich dans le courant de la semaine afin de mettre sur pied notre projet. Voici ma carte, avec les différents numéros de téléphone où l'on peut me joindre. Je vous en prie, tenez-moi au courant.

– Vous ne tarderez pas à avoir de mes nouvelles, répondit Schreiber.

– Parfait, dit Pietro.

Il se tourna vers les deux femmes.

– Cécile, il nous faut partir. Carole, ne désirez-vous pas accompagner Sammy jusqu'à l'aéroport ? Je suis sûr qu'il a envie de rester avec vous le plus longtemps possible.

— Non, refusa Carole, je suis trop fatiguée.

Samuel Schreiber n'eut donc pas d'autre choix que de l'embrasser maladroitement.

Dès que la limousine eut disparu, Cécile demanda à voix basse à Carole :

— Pourquoi as-tu refusé ?

— Je ne sais pas exactement.

— Crois-tu qu'il veuille rester en contact ?

— C'est à lui de décider.

Pietro intervint :

— Cécile, tu devrais rester ici avec ton amie. J'ai du travail. Je vous retrouverai au bar à 19 h 30. Et, Carole, ne vous faites pas de souci. Vous entendrez parler de Samuel, peut-être même bien plus tôt que vous ne le pensez.

Comme d'habitude, le Sarde avait raison.

Cécile et Carole passèrent la journée à la plage. A l'heure convenue, Pietro les rejoignit au bar pour l'apéritif. A peine étaient-ils assis que le barman apporta un téléphone.

— C'est pour vous, *signore,* dit-il à Pietro.

C'était bien sûr Schreiber. Il avait déjà organisé un rendez-vous avec l'avocat, le mercredi suivant à 16 heures à Zurich, si cela convenait à Pietro. Pietro acquiesça.

— Il aimerait vous dire bonjour, dit Pietro à Carole.

Pietro se tourna vers Cécile et dit :

— Carole a sans doute envie d'être seule. Allons à notre table sur la terrasse.

Dix minutes plus tard, Carole revint vers eux. Comme Pietro parlait à des amis un peu à l'écart, Cécile était seule.

— Alors, demanda-t-elle à Carole dès que celle-ci fut assise.

— Il m'a invitée à passer le week-end avec lui dans son chalet de Crans.

— Tu vas y aller ?

— J'ai accepté. Mais je peux encore changer d'avis. Il m'a donné le numéro de sa ligne directe à la banque.

— Il a dû réfléchir dans l'avion. Tu as vraiment bien joué.

— Ah ! non, tu ne vas pas recommencer. Je l'aime bien, tu sais.

– Et comment vas-tu aller à Crans, d'ici ?

– Tu m'as dit que Pietro et toi iriez à Cuba ce week-end, non ?

– Si Pietro n'a pas changé ses plans.

– Alors, vous pouvez me déposer à l'aéroport de Genève. De là, je prendrai le train pour Sierre et le car jusqu'à Crans. Après, Sammy se débrouillera.

Lorsque Pietro les rejoignit, Cécile lui demanda tout de suite s'il prévoyait toujours de se rendre à Cuba.

– Tout est organisé, répondit le Sarde, nous partons vendredi.

– Carole m'a demandé si elle pouvait venir avec nous.

– A Cuba ?

– Non, bien sûr. Seulement jusqu'à Genève. Elle a l'intention de rejoindre Samuel à son chalet de Crans, si elle trouve un moyen de transport. Je sais que ce n'est pas exactement le chemin, mais...

– Ce sera avec plaisir, coupa Pietro.

Puis, faisant face à Carole.

– Je le vois après-demain pour affaires. Dois-je lui en parler ?

– Il ne vaut mieux pas, répondit Cécile à la place de son amie. Nous connaissons les Suisses, n'est-ce pas, Carole ? Ils détestent mélanger le travail et le plaisir.

– Comme vous voudrez. Mais tout cela me paraît mériter une petite fête. Que diriez-vous si je commandais du caviar et du champagne bien frappé ?

Ces dames acceptèrent. Quoiqu'elles-mêmes citoyennes de la Confédération helvétique, elles voyaient moins d'inconvénient à mêler affaires et plaisir.

18

maître Hans Zwiebach savait instantanément reconnaître un gros client. Dès l'instant où, dans son bureau de la Bahnhofstrasse à Zurich, il posa les yeux sur Pietro di Cagliari, il sut que le Sarde faisait partie du lot. Il émanait de lui un air d'assurance à toute épreuve que seul l'argent peut inspirer. L'argent en quantité.

— Je vous remercie de me recevoir aussi vite, dit Pietro dans un allemand parfait.

— Et moi, répondit Ziebach, d'être venu jusqu'à Zurich.

Ce fut le tour du Sarde de jauger l'avocat. Lui aussi sembla apprécier l'homme. Dépassant Pietro d'une tête, il devait peser dix kilos de plus que lui. Solide, posé, équilibré furent les adjectifs qui lui vinrent à l'esprit. Très observateur, ajouta-t-il à la liste. Il venait de remarquer que les yeux de l'avocat bougeaient sans cesse, inspectant son nouveau client de la tête au pied, s'attardant sur ses mains parfaitement manu-curées. Notant aussi l'abondance des bagues. Pietro se dit qu'il aurait peut-être mieux fait de les laisser en Sardaigne.

— Puis-je vous offrir un Campari-soda ? demanda l'avocat.

— Avec plaisir, c'est ma boisson favorite de l'après-midi.

Zwiebach alla jusqu'au bar dissimulé derrière un élégant panneau de style Louis XV. Le Sarde se rendit alors compte que tout le mobilier était français et d'époque. Cela sentait la bonne odeur de l'argent, du vieil argent, celui qu'il admirait par-dessus tout. On pouvait faire confiance aux gens qui avaient de l'argent depuis des générations. Les nouveaux riches, en revanche, ne vous amenaient que des ennuis.

– Notre ami commun m'a laissé entendre que vous étiez comme lui un amateur des vieux brunellos de bonnes années, dit l'avocat en préparant les apéritifs avec juste deux petits glaçons dans chaque verre.

Le Sarde nota que l'avocat n'avait pas prononcé le nom de Samuel Schreiber. Il ajouta donc la discrétion aux qualités de Zwiebach.

– C'est exact.

– Nous pourrions peut-être dîner ce soir avec lui, dit Zwiebach en tendant un verre à Pietro.

– Pas cette fois-ci, je regrette. Je repars tout à l'heure.

– Alors, venons-en à nos affaires. Voulez-vous vous asseoir devant la cheminée ? D'après ce que je comprends, ajouta Zwiebach lorsqu'ils se furent confortablement installés, vous avez l'intention de créer une société d'investissement qui a pour but d'apporter une aide financière à des œuvres de charité, spécialement celles destinées à l'enfance malheureuse.

La réponse du Sarde confirma Zwiebach dans l'idée première qu'il s'était faite en le voyant entrer. Pietro di Cagliari allait devenir pour lui quelqu'un de très important – peut-être le plus important de tous ses clients, dont la liste avait inclus avant lui Ferdinand Marcos, Marc Rich ou même « Bébé Doc », le fils Duvalier.

Pietro répondit en ces termes :

– C'est cela. Je veux commencer par cinquante millions de dollars. En liquidités.

Il laissa le chiffre faire son effet.

– Ce seront les bénéfices de ce capital qui iront aux œuvres de charité.

– Et d'où proviendront ces bénéfices, d'après vous ?

– Désolé, je ne comprends pas votre question.

– De quelle façon désirez-vous que ce capital soit investi ?

– En prenant tous les risques.

Zwiebach réfléchit avant de dire :

– Franchement, je ne m'attendais pas à une telle réponse. Tous mes clients, sans exception, mettent en avant des placements de père de famille comme premier objectif.

– Et, sans exception, les avocats gagnent de l'argent, les comptables gagnent de l'argent, les banquiers gagnent de l'argent. Quant au client, il ne touche rien. *Niente*.

– Je vois ce que vous voulez dire. Je peux comprendre ce point de vue.

– J'en étais certain. Vous m'avez été chaudement recommandé. D'où ma présence ici. C'est pourquoi je vous demande de vous charger de la gestion de ces fonds. Je sais que cela ne sera pas gratuit. Je suis trop occupé par d'autres affaires pour m'impliquer personnellement. Seuls les résultats m'intéressent.

– Il va me falloir un peu de temps pour établir les documents légaux de la société.

– Cela peut attendre. Pour le moment, nous n'avons pas besoin de documents légaux. En ce qui me concerne, je me contenterai d'un simple contrat qui stipule que vous êtes mon représentant.

– Dans ce cas, vous risquez d'avoir des impôts à payer.

– Nous nous en occuperons plus tard, dit le Sarde. N'avez-vous pas un contrat type qui conviendrait ?

– Certainement. Je vais demander à ma secrétaire qu'elle nous en apporte un.

Zwiebach quitta son bureau quelques instants. A son retour, il dit à son nouveau client :

– C'est l'affaire de deux ou trois minutes. En attendant, voulez-vous me donner quelques détails sur le genre d'investissements qui vous plairait ?

– Je ne veux pas d'immobilier. J'en ai déjà trop. Ni de valeurs de grandes sociétés. Ni d'obligations. J'ai essayé tout ça. C'est bon pour les vieilles dames. Comme je vous l'ai dit, je veux prendre des risques, je veux des investissements spéculatifs sur des marchés volatils.

– Comme... ?

– Devises. Or. Options. Marchés à terme. Tout ce qui a un effet multiplicateur maximal.

– C'est vraiment jouer avec le feu, remarqua Zwiebach.

– J'ai l'habitude de prendre des risques, rétorqua le Sarde. Des risques calculés. J'ai également l'habitude de me montrer reconnaissant envers les personnes qui m'ont aidé à veiller à ces risques et à maximiser mon profit. Très reconnaissant, devrais-je dire.

– Vous me donnez l'impression d'avoir déjà beaucoup réfléchi à la question.

– Oui. Y a-t-il autre chose que je doive préciser ?

– Rien. Sauf une, en vérité.

– Laquelle ?

– Les honoraires de gestion que vous avez mentionnés. En règle générale...

Le Sarde l'interrompit :

– La règle générale ne m'intéresse pas.

– Alors, que proposez-vous ?

– Un arrangement très simple : si les bénéfices annuels excèdent dix pour cent, et je sais que c'est un pourcentage élevé pour la Suisse, vous en conserverez le quart.

– Et si c'est moins de dix pour cent ?

– Vous ne toucherez rien.

Zwiebach fit un rapide calcul. Qu'avait-il à perdre ? Si l'affaire échouait, l'argent du Sarde retournerait d'où il venait – à ce sujet, moins il en savait, mieux c'était – et il n'entendrait plus jamais parler du *signore* di Cagliari.

– Marché conclu, dit l'avocat.

Il quitta la pièce. Lorsqu'il revint quelques minutes plus tard, il tenait dans sa main un contrat de trois pages. Il y était longuement stipulé que le client, quoi qu'il advienne de son argent, n'avait aucun recours contre son représentant légal. Si cette clause n'était pas respectée et si un client ingrat voulait malgré tout entamer une procédure judiciaire, les tribunaux du canton de Zurich seraient seuls compétents. Le contrat oubliait de préciser que, de mémoire de juge zurichois, aucun client ingrat n'avait jamais obtenu satisfaction.

La question des honoraires faisait l'objet d'une clause complémentaire. Après avoir consulté un dossier séparé, Zwiebach ajouta le numéro du compte secret à la Banque générale de Suisse qui servirait aux opérations pour le compte de Pietro di Cagliari. Celle-ci n'aurait à connaître que maître Hans Zwiebach, dont elle recevrait les instructions.

146

Il ne fallut que trois minutes au Sarde pour lire le contrat, établi en triple exemplaire. Il les signa, puis il tendit son Mont Blanc serti d'or à l'avocat, qui l'imita avant de lui donner l'un des contrats. Pietro le plia en quatre et le fourra dans la poche intérieure de sa veste.

– C'est comme ça que j'aime conduire mes affaires, dit-il. Nous, les Sardes, nous sommes en fait des gens simples. Normalement, nous ne traitons qu'entre nous ou avec quelques personnes triées sur le volet et à qui nous pouvons faire confiance. Nous avons pour principe que tout le monde doit sortir gagnant à l'arrivée. Toutefois, les temps ont changé. Nous devons donc agrandir le cercle de nos relations. Le principe de base cependant n'a pas varié. Je suis sûr que notre collaboration sera fructueuse et que, tous les trois, nous en tirerons de larges bénéfices.

Il n'avait pas été question des enfants qui mouraient de faim en Somalie.

Le Sarde se leva et tendit la main à l'avocat. maître Hans Zwiebach la prit avec un évident enthousiasme. C'était la main qui allait signer un virement de cinquante millions de dollars. Ni l'un ni l'autre ne mentionnèrent le troisième homme auquel le Sarde avait fait allusion.

Une heure plus tard, Pietro s'envola de l'aéroport de Kloten pour regagner la Sardaigne. De son avion, il envoya un fax à son banquier italien pour que celui-ci vire l'équivalent de cinquante millions de dollars sur le compte 77-65-39-44 à la Banque générale de Suisse à Zurich. Connaissant les banques italiennes, l'opération n'aurait sans doute pas lieu avant une semaine.

Il allait, pour la seconde fois, tenter de gagner de l'argent en Suisse. La première fois, il n'était qu'un novice en la matière qui s'était reposé sur un directeur financier médiocre et il en était résulté un désastre. Il avait perdu tout son argent. Le directeur financier avait, lui, perdu la vie à la suite de cela.

Cependant di Cagliari en avait quand même retiré quelque profit : il s'était approprié la femme du défunt. Celle-ci, au fait, n'avait jamais mentionné la mort prématurée de son mari.

147

Leur liaison avait eu des conséquences imprévisibles. Cécile avait conduit le Sarde à Carole, qui l'avait mis en contact avec Sammy. Et Sammy lui avait fait connaître l'avocat suisse, un homme intelligent et fiable. Toutefois ce dernier n'était qu'un pion. La pièce maîtresse, c'était Samuel Schreiber. Dès l'instant où il l'avait vu à la Cala di Volpe, Pietro avait su que le gouverneur de la Banque nationale de Suisse personnifiait ce que l'on ne rencontrait que rarement dans une vie : un coup sûr.

Cependant, il fallait tout d'abord le ferrer. Et s'il échouait, Pietro expédierait à toute vitesse ses cinquante millions de dollars dans un autre pays.

L'appât était déjà au bout de l'hameçon, et c'était Carole. Sammy y avait goûté. Avec plaisir. Maintenant, il allait avoir l'occasion de l'avaler tout cru. Une fois que le Suisse serait accroché, il n'y aurait plus qu'à mouliner, doucement, attentivement, amoureusement même.

Ces pensées remplissaient Pietro de joie. Les habitants des îles étaient des pêcheurs hors pair. Parmi eux les Sardes, tel son père, avaient transformé cet artisanat en un art. Et encore, ils ne s'étaient pas arrêtés là. Ils étaient devenus des pêcheurs d'hommes – pas tout à fait dans le sens où l'entendaient ses amis du Vatican. Il y a quelques années, son père avait trouvé une formule qui était restée célèbre. C'était à l'occasion de l'empoisonnement mystérieux, en prison, du financier Michele Sindona. Fier du rôle que sa famille avait joué dans cette affaire, le vieil homme avait déclaré que la mission des Cagliari était d'être des pêcheurs d'hommes maléfiques.

Pietro appela le steward. Il se fit apporter une bouteille d'un cru exceptionnel, un brunello di Montalcino 1991. C'était peut-être prématuré. Quoique.

Tout ce dont il avait besoin maintenant, c'était d'un petit coup de pouce de la chance.

19

Le destin allait se manifester par deux fois, et plus tôt que Pietro ne l'avait prévu.

La première, ce fut à la suite d'un plan très pragmatique. La seconde – ceci, Pietro ne l'apprit que bien plus tard – fut le résultat d'une combinaison à risques inventée par un homme dont l'ambition avait tout à coup démesurément enflé.

Le premier engrenage se mit en marche le vendredi de la première escale de Pietro vers La Havane. Son Gulfstream IV atterrit à l'aéroport de Genève vers dix heures du matin. Carole Bouverie fut la seule à débarquer. Les six autres passagers demeurèrent dans l'avion, tandis que l'on faisait le plein de kérosène en prévision du vol transatlantique.

La jeune femme sauta dans l'un des taxis qui stationnaient devant l'aérogare de Genève-Cointrin. Elle ne portait qu'une valise. Vingt minutes plus tard, le chauffeur la déposa en ville, à la gare de Cornavin. A 10 h 34, son train démarrait. Il longea le lac Léman jusqu'à Lausanne, où il fut raccroché à l'express du Simplon, qui avait quitté Paris quatre heures plus tôt. Elle en descendit peu après midi à Sion. Puis elle attendit un quart d'heure le car qui devait la conduire à destination. Il ne lui fallut ensuite pas moins de quarante minutes pour atteindre Crans-sur-Sierre, à 1 600 mètres d'altitude.

Été comme hiver, l'élite des vacanciers européens se partageait entre Crans et ses principales rivales, Gstaad, Klosters ou Saint-Moritz. De l'autre côté de la vallée du Rhône s'élevaient le Matterhorn et le Zermatt, qui attiraient le reste des vacanciers, dont une foule d'Américains bruyants.

La terrasse de la salle à manger de l'hôtel des Cîmes était plutôt silencieuse. Elle restait à moitié vide, les Genevois et les Parisiens n'étant pas encore arrivés pour le week-end. Les heureux propriétaires de chalets déjeunaient chez eux ou pique-niquaient au bord des nombreux chemins de randonnée.

Dès qu'elle fut assise, Carole consulta sa montre. Elle avait encore deux heures à tuer. Pourquoi ne pas en profiter ? Elle se commanda un bloody mary. Puis, en bonne Suissesse pour qui chaque minute était précieuse, elle décida d'améliorer son bronzage. Elle retira sa veste et se tourna vers le soleil. Elle but quelques gorgées du breuvage gorgé de vodka et se mit à réfléchir avant l'arrivée de Schreiber.

Pietro, relayé par Cécile, lui avait fait comprendre qu'il avait l'intention «d'encourager» sa liaison naissante avec le banquier suisse. Ce qui voulait dire qu'il mettait à sa (c'est-à-dire à leur) disposition la meilleure suite à la Cala di Volpe, «quand elle le désirerait». Et pour peu qu'elle l'avertisse deux jours à l'avance, il lui laisserait utiliser son avion privé afin de se rendre de Zurich en Sardaigne.

Pas mal. Elle but encore un peu de son bloody mary.

Pietro lui avait également fait miroiter la possibilité de travailler pour lui. Il avait tout à coup besoin d'une personne compétente pour organiser les voyages d'affaires de ses collaborateurs, gérer l'utilisation du jet privé et de l'*Artémis*, s'occuper des réservations d'hôtel et des voitures de location, etc. L'ex-hôtesse de la Swissair, qui avait voyagé de Zurich à Bangkok, New York ou Tokyo était à l'évidence, disait-il, la personne idéale pour ce poste.

Elle finit son verre et en commanda un autre.

Néanmoins, elle n'était pas stupide. Cette belle proposition avait été faite au conditionnel. Tout dépendrait de sa liaison avec Sammy. Son job d'organisatrice de voyages n'était qu'une façade. Son véritable job consisterait à se faire tringler par Sammy Schreiber en bateau, dans l'avion ou à l'hôtel.

Elle fut surprise que de tels mots lui viennent à l'esprit. Peut-être avait-elle bu un peu trop de vodka à jeun. Pourtant, c'était la stricte vérité. Et alors ? Elle l'aimait bien. Bien sûr, au lit, ce n'était pas un as. Mais d'après ce que Cécile lui avait confié, son ex-mari non plus n'était pas un foudre de guerre. Comme son amie le lui avait souvent répété, une Suissesse avec deux sous de jugeote ne laisserait jamais tomber un banquier pour la bagatelle.

Sauf que dans le cas de Cécile, ce raisonnement n'avait pas porté ses fruits.

Tout d'un coup, Carole se fit du souci. Elle n'était pas certaine non plus que ça irait avec Sammy. En effet, malgré son titre de gouverneur de banque et son influence dans le monde de la finance, il ne lui semblait pas particulièrement riche.

Et d'un autre côté, il était évident que Pietro, lui, l'était. Mieux encore, il adorait dépenser son fric. Il l'avait encore prouvé la veille, à Milan.

Il avait suffi d'un caprice pour que soudain il s'exclame :

– Allez ! les filles, on quitte la Sardaigne et on va faire des emplettes !

D'un saut d'avion, elles s'étaient retrouvées dans la Galleria de Milan. Rien que chez le joaillier Bulgari, il avait dépensé dix mille dollars pour Cécile.

Cependant, il y avait un problème avec Pietro. Carole ne voulait pas donner l'impression à Cécile de vouloir le lui ravir. Qu'il lui propose de travailler pour lui, très bien. Mais pas question d'heures supplémentaires à faire la bête à deux dos. Elle s'avoua que jusqu'à maintenant, il n'avait rien tenté. Cependant, même s'il essayait, elle n'était pas sûre de sa réaction. En effet, malgré son charme, malgré son hôtel et son yacht, malgré les courbettes qu'on lui faisait, quelque chose ne tournait pas rond autour de lui. Rien de vraiment précis. Sauf peut-être cet incident à l'hôtel de Santa Margherita avec cette brute de Vincente. Toujours fourré dans les pattes de Pietro, celui-là. Elle savait qu'aujourd'hui, en Italie, tout homme riche avait un garde du corps. Toutefois, cela ne lui donnait pas le droit de tabasser un touriste allemand au point de l'envoyer à l'hôpital.

Et puis, il y avait ces autres types, ce matin, dans l'avion. Tous taillés comme Vincente. Et ils avaient chacun un revolver. Elle le savait, car en tant qu'hôtesse de l'air, on l'avait formée à repérer les passagers qui portaient des armes. Qu'est-ce qu'ils allaient bien faire à Cuba ?

Un serveur lui apporta la carte. Après dix jours de nourriture italienne, Carole décida de faire un peu de régime. Elle commanda une assiette de viande des Grisons. Cette spécialité suisse (de fines tranches de bœuf séché au grand air des Alpes) lui fit penser à *Herr Doktor* Samuel Schreiber. Difficile de faire plus suisse que lui. C'était un pur Hélvète. Du moins, jusqu'à ce qu'il l'ait rencontrée.

Inutile de prendre des gants avec lui. Ou il était sérieux, ou il ne l'était pas. Et s'il était sérieux, elle devait vite lui faire comprendre qu'elle ne se contenterait pas de l'amour dans son minable chalet de Crans-Montana et d'eau fraîche. Même si elle n'avait pas encore vu la villa, elle croyait déjà pouvoir se l'imaginer : petite, mesquine, triste.

Une fois encore, on en revenait à l'argent. Si Sammy n'avait pas les moyens de la combler, ce serait à elle de le prévenir que ce week-end n'aurait pas de suite. Pour que leur liaison se poursuive, il devrait trouver un moyen d'arrondir ses revenus.

Elle le connaissait, ce moyen, et elle savait qu'il savait. C'était Pietro.

Mais d'abord, il faudrait que Schreiber en ait suffisamment envie. Elle avait le week-end devant elle pour arriver à le rendre un peu plus accro.

Ensuite ? Qui sait ? Un boulot peinard en Sardaigne. Un luxueux appartement à Zurich. La nouvelle garde-robe dont elle avait désespérément besoin. Une Mercedes décapotable. Des emplettes à Milan. Et cette fois, c'est elle qui ouvrirait les paquets. Elle avait déjà repéré chez Bulgari le bijou rêvé : un ravissant collier d'émeraudes assorti à ses boucles d'oreilles.

Elle avait une passion pour les émeraudes.

Sammy arriva au bout d'une heure. Il avait réservé une voiture attelée pour aller de l'hôtel à son chalet, situé à un kilomètre de là sur la route de Montana. Comme elle s'y attendait, la villa ne payait pas de mine.

Mais cette nuit-là, au lit, elle lui en fit voir de toutes les couleurs. Et la nuit suivante, elle déborda d'imagination pour le satisfaire. Le lundi matin, il était à genoux.

Ils rentrèrent ensemble à Zurich par le train. Sammy lui tint la main pendant tout le trajet.

Le poisson était ferré.

20

Le second coup du destin débuta par un appel téléphonique. Cela se passait au moment même où les deux tourtereaux arrivaient à Zurich.

La direction de la Banque générale de Suisse informait Hans Zwiebach que cinquante millions de dollars en provenance d'Italie venaient d'être virés à son intention sur son compte transitoire. Quelles étaient ses instructions ?

– Créditez vingt millions au compte Q 178-5997.

– Et après ?

– Je ne sais pas encore.

Une fois qu'il eut raccroché, Zwiebach se souvint de sa conversation avec Pietro di Cagliari. Le Sarde lui avait déclaré aimer le risque.

Entre-temps, Zwiebach avait eu un aperçu de ce que pouvait être un vrai preneur de risques. Le samedi précédent, il avait été invité à un dîner chez le directeur général de la Banque Rothschild à Zurich, donné en l'honneur d'un certain Philippe de Bonneville. Ce Français, un jeune homme doté d'un QI de 165 qui était passé par Cambridge et la Harvard Business School, gérait, disait-on, le *hedge fund** le plus couru au monde. La crème de la crème investissait chez lui.

Il comptait parmi ses clients divers membres de la famille Rothschild, le sultan de Brunei, deux des héritiers de Paul Getty et le prince Charles. Sept autres *hedge funds*, dont celui

---

* Fonds à risques.

que contrôlait Georges Soros, avaient placé de l'argent dans la société de Philippe de Bonneville. C'était là le plus grand hommage que l'on puisse faire à un financier. D'ailleurs, les présidents de l'Union de banques suisse et de la Deutsche Bank n'avaient cessé, pendant le dîner, de faire le panégyrique de ce jeune homme qui opérait depuis Londres, dans des bureaux d'un luxe inouï.

Seul petit problème : pour entrer dans ce *hedge fund,* dont le rendement s'élevait à 67 % depuis le début de l'année, il fallait investir un minimum de cent millions de dollars. En effet, afin d'éviter les contrôles tatillons des organismes de surveillance et pouvoir agir à sa guise, Philippe de Bonneville n'acceptait que quatre-vingt-dix-neuf associés. Ce qui, au bout du compte, faisait dix milliards de dollars. Malheureusement, le Sarde n'avait envoyé à ce jour à Zwiebach que cinquante millions de dollars.

Cependant la soirée s'était révélée fructueuse, car vers minuit, alors que les invités en étaient au cigare et au cognac, le directeur général de l'Union de banques suisse avait posé une question :

– Monsieur de Bonneville, si vous n'aviez à choisir qu'un seul investissement en ce moment, quel serait-il ?

Autour de la table, un silence religieux s'était fait. La réponse avait tardé. Le jeune Français avait joué avec les boucles brunes de son opulente chevelure, tripoté ses boutons de manchettes sertis de diamants, fixé le lustre au-dessus de sa tête. Finalement, il avait poussé un long soupir avant de laisser tomber :

– Il ne fait pas de doute que vous avez tous observé la chute récente du prix de l'or. Eh bien ! l'heure est venue d'en racheter à bon compte. Pas des lingots, évidemment. Des contrats à terme sur l'or. Vous en aurez ainsi beaucoup plus pour votre argent. Chaque contrat à terme vous permet d'acheter cent onces d'or, et ceci au prix ridiculement bas d'aujourd'hui, c'est-à-dire à quatre cents dollars l'once. Le dépôt de garantie exigé par contrat n'est que de douze cents dollars.

L'homme de la Deutsche Bank ne parut pas satisfait par cette vision toute simple.

– Pourquoi le cours de l'or grimperait-il ? demanda l'Allemand.

– Parce que la peur de l'inflation est en passe d'être ravivée.

– Par qui ?

– Les autorités monétaires américaines.

– Comment le savez-vous ?

Cette dernière question fut posée par l'un des héritiers Getty, qui avait quitté sa villa italienne pour assister à ce dîner. Il se sentait obligé de se renseigner, dans la mesure où étaient en jeu deux cents millions de dollars provenant de la fortune durement gagnée par son grand-père.

Bonneville avait répondu sans hésiter :

– La Réserve fédérale américaine va brutalement changer de politique. Au lieu d'augmenter les taux d'intérêt d'un cran encore, comme tout le monde s'y attend, elle va au contraire baisser le taux de l'argent au jour le jour et le taux d'escompte. Pourquoi ? Parce que ses membres ont peur que, si elle ne le fait pas, ce soit la fin de la récente reprise de l'économie américaine. Ils craignent même une nouvelle récession. Les banques centrales d'Europe et du Japon suivront le mouvement, pour des raisons analogues. Quand tous les taux d'intérêt vont commencer à baisser, la communauté financière en conclura que les autorités monétaires ont cessé de se battre contre l'inflation – qui pourrait alors repartir – et le prix de la valeur refuge par excellence, l'or, va bondir.

L'oracle avait parlé. Les invités s'étaient dispersés peu après. Et l'on était maintenant lundi. Zwiebach consulta son ordinateur en ligne pour voir comment se comportaient les marchés de l'or européens. Le lingot n'avait guère bougé dans la matinée, puis, soudain, il avait gagné plus de onze dollars à l'ouverture à New York. L'avocat vérifia ce qu'en disait Reuters. L'agence de presse indiquait que personne n'y comprenait rien.

Zwiebach, lui, possédait l'explication. Il savait comment raisonnaient les hommes qui avaient assisté au dîner, samedi soir. Le jeune Français devait acheter de l'or, dès le lundi. Il avait même dû commencer un peu avant. Et il allait en acheter encore plus. Une montagne d'or. Si Bonneville décidait d'investir la plus grosse partie des dix milliards de dollars qui composaient son fonds en contrats à terme sur l'or, il disposerait d'une formidable puissance d'action. Ses associés en seraient finalement les bénéficiaires. Mais rien ne les empêchait, au surplus, de s'amuser également avec l'argent qu'ils géraient en propre.

S'amuser, pour des gens comme les Getty, cela voulait dire jouer avec des millions de dollars. Sur un simple coup de fil.

Zwiebach, lui aussi, avait aujourd'hui la possibilité d'entrer dans le jeu.

Il décrocha son téléphone et appela la Banque générale de Suisse. Il demanda à parler à Urs Stucker, le vice-président chargé des opérations financières. Urs l'avait toujours aidé quand il avait de l'argent à placer pour ses clients.

– Qu'est-ce qui se passe sur l'or ? dit Zwiebach, d'un ton pressé.

– Il n'arrête pas de monter depuis l'ouverture des marchés à New York. Personne ne sait au juste pourquoi.

– Je veux en acheter pour un client.

– Tu es sûr de toi ? Laisse-moi vérifier la cote.

Zwiebach attendit un instant.

– L'or a encore grimpé de quinze dollars l'once, précisa Urs Stucker.

– Ce n'est pas ce qui m'intéresse. Écoute, Urs, je ne veux pas de lingots. Je veux des contrats à terme sur l'or.

Une fois encore, Zwiebach se souvint des instructions du Sarde. Il avait été très clair : il était d'accord pour prendre des risques sur des produits dérivés tels que les contrats à terme sur l'or, « du moment que le risque était calculé ».

Et à qui faire confiance, sinon à Philippe de Bonneville, le financier prodige ? De plus, Pietro lui-même avait spécifié les contrats sur l'or.

– Cher ami, répliqua le banquier, si tu veux des contrats à terme, je ne suis pas l'homme qu'il te faut. J'ai 62 ans, et les produits dérivés sont mauvais pour le cœur. Attends une seconde. Je te fais transférer.

Le jeune crack que Zwiebach eut au bout du fil n'avait pas ce genre d'inhibition.

– A quel genre de contrat vous intéressez-vous ? demanda-t-il. Vous savez que les produits dérivés comportent des risques ?

– Vous ne m'apprenez rien, riposta l'avocat sèchement.

– Bon, mais ne venez pas pleurer dans mon giron si les choses tournent mal. Quelle est la somme que vous désirez investir, demanda-t-il après une pause.

– Vingt millions de dollars, répondit Zwiebach.

– Vous devez faire erreur, intervint l'opérateur. Ce que vous voulez, c'est acheter pour vingt millions de dollars de *lingots*. Ce qui fait autour de cinquante mille onces d'or. Ça fait beaucoup d'or, si vous voulez mon avis.

– Je n'ai que faire de votre avis, répliqua l'avocat. Et je ne fais pas d'erreur. Alors, soyez assez aimable pour vous taire un instant et écoutez-moi. Les vingt millions de dollars dont je parlais serviront de dépôt de garantie pour ces contrats. Si vous ne voulez pas vous en charger, je vais appeler quelqu'un de compétent à l'Union de banques suisse.

La simple mention de la banque concurrente, installée de l'autre côté de la Paradeplatz, suffit à faire changer de ton le jeune *yuppie*.

– Très bien, monsieur, dit-il très poliment. Tout d'abord, si vous n'y voyez pas d'inconvénient, je dois d'abord vérifier votre crédit financier auprès de votre banque.

– Appelez donc Urs Stucker. Et rappelez-moi ensuite.

Zwiebach lui donna son numéro de téléphone.

Deux minutes plus tard, le jeune homme le rappela. Il ne fut plus question de vérifications. Grâce à l'effet de levier des produits dérivés, Zwiebach put acheter à terme pour le compte de Pietro di Cagliari un million six cent mille onces d'or. Le prix du lingot grimpa encore de cinq dollars dans la journée. Et alors ? songea l'avocat. Si simplement, dans le prochain mois, le prix de l'or augmentait d'encore quinze dollars – il venait d'augmenter d'autant en une seule journée –, la somme investie par Zwiebach pour le compte du Sarde doublerait de valeur. En effet, chaque fois que le prix de l'or montait de un dollar, cela équivalait à un bénéfice de un million six cent mille dollars. A partir de là, il n'y avait plus de limites. La dernière fois que l'or s'était envolé, au début des années 80, il avait atteint huit cents dollars l'once ! Zwiebach ne tenta même pas de calculer le montant des bénéfices qu'il ferait, dont un quart devait aller dans sa poche.

Le lendemain, le prix de l'or ne bougea pas. Le mercredi, il baissa de deux dollars. Le jeudi, nouvelle chute de cinq dollars. A onze heures du matin, Zwiebach reçut un coup de téléphone lui demandant un dépôt de garantie supplémentaire. La Banque générale de Suisse lui réclamait cinq millions de dollars pour maintenir la position. Sinon, elle serait dans l'obligation de liquider une partie des contrats. A perte.

Immédiatement, Zwiebach autorisa le virement de cinq millions de dollars de son compte transitoire au compte d'opération du Sarde. En raccrochant, il tremblait comme une feuille.

Qu'avait donc prédit Philippe de Bonneville ? Une hausse de l'or lorsque la Fed changerait de politique vis-à-vis des taux d'intérêt. Toutefois, le Français avait négligé de dire *quand* les Américains mettraient en œuvre pour de bon cette politique.

Zwiebach songea à appeler Bonneville à Londres. Mais il se dit qu'il y avait de fortes chances pour que celui-ci refuse de lui parler. Qui donc pouvait le renseigner ? L'Américain qui dirigeait la Citibank à Zurich devait être au courant. L'avocat décida de l'appeler.

– Benny, commença-t-il, ma question peut vous paraître bizarre, mais savez-vous comment la Fed décide des taux d'intérêt ?

– Bien sûr. Ils tiennent une réunion, répondit-il. A part ça, je peux vous aider ?

– Revenons-en à ces réunions, pour l'instant. Qui donc y participe et quand se déroulent-elles ?

– Le conseil de politique monétaire est composé des gouverneurs de la grande Réserve fédérale et de certains présidents des petites réserves régionales. Ils se réunissent toutes les six semaines environ.

– Et quand doit avoir lieu leur prochaine réunion ?

– Mardi ou mercredi prochain.

– C'est ce que je pensais. J'ai entendu dire qu'ils allaient changer de politique et abaisser les taux d'intérêt alors que tout le monde s'attend à une nouvelle hausse.

– Allons donc ! Écoute, Hans, celui qui t'a raconté ce bobard s'est fichu de toi. Il n'y a qu'un homme au monde qui connaisse à l'avance ce genre de décision. C'est l'actuel président de la Fed, Charles Black.

– Merci mille fois, Benny, dit Zwiebach avant de raccrocher.

Black n'était pas un inconnu pour l'avocat. Il n'avait pas pu le dire à Benny, mais Black était l'un de ses clients. Ou plus exactement, il l'avait été quand il habitait Londres, avant qu'il aille vivre à New York. A y repenser, Charles Black et sa femme étaient toujours ses clients – du moins sur le papier. Mme Black avait beaucoup utilisé ses services à l'époque. L'avocat se souvint qu'il avait envoyé un mot de félicitations à Charles Black lorsque celui-ci avait été nommé à la tête de la Fed. Charles lui avait répondu très gentiment et l'avait invité à venir le voir s'il passait par Washington. Malheureusement, Zwiebach n'en avait pas profité. Il ne lui était jamais venu à l'esprit d'utiliser le fait que les décisions de Black puissent affecter la fortune de l'un de ses gros clients.

Zwiebach dut admettre que l'argent du Sarde lui tenait particulièrement à cœur. Cet aveu ne lui faisait aucun plaisir. Comme les temps étaient devenus difficiles ! Marcos s'en était allé. « Bébé Doc » Duvalier était ruiné. Tubman, le président du Liberia, avait été autrefois un commanditaire de tout premier ordre. Mais il était mort depuis plusieurs années et le Liberia n'était plus qu'un champ de ruines. Les dictateurs, semblait-il, n'avaient plus la cote. Certes, il existait toute une nouvelle clique de milliardaires qui se pavanaient dans les rues de Zurich. Ceux de la mafia russe, par exemple. On les voyait dans des Rolls somptueuses, flanqués de jeunes et ravissantes créatures. Des parvenus. Zwiebach n'avait pas encore profité de cette aubaine. D'ailleurs, il n'était pas certain d'en avoir envie. Ces types pouvaient être dangereux.

Plus l'avocat réfléchissait et plus il était nerveux. Bonneville avait-il réellement raconté n'importe quoi, comme Benny le suggérait ? Peut-être le Français voulait-il simplement amuser la galerie, ce soir-là. Zwiebach aurait été le seul à prendre ses propos au sérieux...

Il pianota sur le clavier de son ordinateur pour consulter les graphiques fournis sur écran par l'agence Reuters.

L'or continuait à baisser. Si ce mouvement ne s'inversait pas très vite, la banque exigerait, lundi, un dépôt de garantie supplémentaire.

– Quel connard, ce Français ! s'exclama-t-il en s'adressant à l'écran.

Il perdait son calme. Il lui fallait à tout prix trouver une autre source d'informations. A qui téléphoner ?

Une seconde plus tard, il se frappa le front. Comment avait-il pu être si stupide ? Comment n'y avait-il pas songé plus tôt ?

Qui, dans son cercle d'amis, était responsable du plus gros tas d'or au monde ? Qui rencontrait Charles Black régulièrement ? Qui donc était le mieux placé pour dire à Zwiebach si la Fed avait l'intention d'abaisser ses taux d'intérêt par surprise, ce qui amènerait automatiquement la hausse de l'or et, plus important, ce qui garantirait que l'or continuerait à grimper ? La réponse était évidente : Samuel Schreiber.

Si seulement il avait pensé à appeler Samuel avant de suivre les conseils de ce jeune imbécile de Français et d'acheter tout cet or ! Enfin, mieux valait tard que jamais.

Zwiebach attrapa le téléphone et commença à composer le numéro de la Banque nationale de Suisse. Il s'arrêta soudain et raccrocha. Pas si vite, se dit-il. Samuel Schreiber était un homme très prudent, austère et peu communicatif. En outre, il avait la grosse tête depuis qu'il présidait la Banque centrale suisse. Il en était devenu presque imbuvable.

D'un autre côté, c'était Schreiber qui lui avait amené le Sarde. L'avocat se demanda tout à coup ce qui avait poussé à

agir ainsi un banquier d'habitude si sérieux, si précaution-
neux, si pondéré.

Certes, lorsque Samuel travaillait encore à la Banque générale de Suisse, il lui avait envoyé pas mal de clients. Cependant
ceux-ci étaient tous du genre de Charles Black et de sa femme.
Cette fois-ci, c'était différent. Radicalement différent. Même en
étant indulgent, on ne pouvait oublier que le Sarde avait des
antécédents douteux, un caractère équivoque et des manières
extravagantes. Aux yeux de Zwiebach, tout cela n'avait guère
d'importance. Sa fortune seule lui importait. Samuel Schreiber,
lui, était déjà en contact avec beaucoup de gens très riches et
autrement plus respectables, des gens de la meilleure société.
Il devait donc y avoir autre chose. Mais quoi ?

Le plus important était qu'il devait existait un *lien* (c'était le
mot exact) entre le gouverneur, son ami de longue date et son
nouveau client, le Sarde, un individu peu recommandable.

Zwiebach sentit qu'il était sur la bonne piste. Car si ce lien
existait vraiment, alors Sammy devait avoir intérêt à ce que le
Sarde soit satisfait, n'est-ce pas ? Or, si le Sarde découvrait
que les premiers vingt millions de dollars que Zwiebach avait
investis dans des contrats à terme sur l'or étaient partis en
fumée, il serait certainement furieux. De plus, il risquait de
perdre encore cinq millions de dollars si la banque exigeait
un dépôt de garantie supplémentaire.

Zwiebach décrocha à nouveau son téléphone. Cette fois, il
composa jusqu'au bout le numéro de la Banque nationale
suisse. Il parvint à obtenir en ligne la secrétaire personnelle
de Schreiber, qui lui demanda de patienter. Après avoir reçu
le feu vert de son patron, elle lui passa la communication.

– *Salü,* Hans, dit familièrement Schreiber en utilisant le
signe de ralliement des étudiants de l'université dans les
années 60.

Puis le banquier changea de ton.

– Que se passe-t-il de si grave pour que tu m'appelles à
mon bureau ?

«Pourquoi faut-il qu'il joue à faire l'imbécile juste aujour-
d'hui ?», se demanda Zwiebach.

– *Salü,* Sammy. Je te prie de m'excuser de te déranger. Je ne t'appelle pas à titre professionnel. Je voulais seulement savoir si tu serais libre toute à l'heure, pour boire un café avec moi. J'aimerais discuter d'une affaire personnelle.

La réponse se fit un peu attendre.

– Certainement, acquiesça Schreiber. Où veux-tu que l'on se retrouve ?

– Au Limmat, vers 17 heures ?

– Entendu, j'y serai.

21

Le café Limmat est situé dans le vieux Zurich, à quelques minutes à pied de la Banque nationale et du bureau de Zwiebach, sur la Bahnofstrasse. L'avocat quitta son bureau vers 17 h 15 ce vendredi. Il avait pris son parapluie, car l'été, les averses dans cette ville sont fréquentes.

Samuel Schreiber était déjà assis au fond de la salle lorsque Zwiebach apparut. Seules quelques tables étaient occupées : il était encore un peu tôt.

— Sale temps ! s'exclama l'avocat en prenant place en face du banquier. Quoiqu'à voir ta mine bronzée, on ne s'en douterait pas. Tu as pris des vacances avec Emma ?

— Comme tu le sais, au début du mois, j'ai eu des affaires à traiter en Italie, à Rome et en Sardaigne. J'en ai profité pour prendre le soleil. Et puis, oui, c'est vrai, j'ai passé le week-end dernier à Crans avec elle.

— Il a dû faire très beau.

— Oui, un temps magnifique. Très chaud, répondit Schreiber, qui n'avait entrevu le soleil qu'à travers les rideaux de la chambre où il faisait l'amour avec Carole Bouverie.

— Ah ! oui, tu m'avais parlé de la Sardaigne, poursuivit Zwiebach. C'est d'ailleurs à propos de notre ami commun que je t'ai demandé de bien vouloir me rejoindre ici.

L'arrivée de la serveuse interrompit la conversation. Les deux hommes commandèrent des cappuccinos. Quand elle se fut éloignée, Schreiber reprit :

— Je suppose que tu fais référence à Pietro di Cagliari.

– Oui.

– A-t-il changé d'avis ?

– Non, non, pas du tout. La somme qu'il voulait commencer par investir m'a été virée lundi. Cinquante millions de dollars.

– Alors, qu'est-ce qui ne va pas ? Tu ne t'entends pas avec lui ?

– Non. C'est de ma faute. J'ai commis une énorme bêtise.

– *Was ?* Quel genre de bêtise ?

– Attends, il faut que je t'explique. Samedi dernier, j'ai été invité à un dîner en l'honneur d'un certain Philippe de Bonneville.

– Ah ! oui, je vois... l'idole des boursicoteurs. Excuse-moi, mais si tu veux mon avis, ce type n'est qu'un apprenti sorcier, un spéculateur de bas étage qui un de ces jours va se retrouver sans un centime.

– Tu as sans doute raison, Sammy. Du moins, je sais maintenant que tu es dans le vrai.

– Pourquoi *maintenant* ?

– Parce que j'ai fait l'erreur de suivre ses conseils.

– Quoi ? Que veux-tu dire par là ?

– J'ai acheté de l'or. D'après lui, les Américains vont surprendre tout le monde en baissant les taux d'intérêt. Il en résulterait une reprise de l'inflation, et l'or grimperait.

– C'est donc ce Bonneville qui a déclenché la petite ruée sur l'or de la semaine dernière !

– J'en ai peur. Et j'avoue que j'y suis aussi pour quelque chose.

– Pour combien en as-tu acheté ?

– En fait j'ai acheté des contrats à terme sur l'or.

– Pour ton compte ?

– Non. Et c'est là qu'est le nœud du problème. J'ai agi pour celui de Pietro di Cagliari.

– Avec son accord, bien sûr.

– Sur le principe, oui. Il m'a signé un contrat qui stipule que je peux employer les fonds à ma guise.

Samuel Schreiber ne dit mot. Il regarda fixement Zwiebach dans les yeux.

166

– Quel montant as-tu investi dans ces contrats ?

– J'ignore le montant exact... C'est passé par la Comex* de New York. Tu vois de quoi je parle, non ?

– Évidemment. Combien de contrats as-tu achetés ?

– Seize mille.

– Seize mille ! A quel prix moyen ?

Zwiebach le lui avoua.

– Hans, dit Schreiber, tu es encore plus fou que je ne l'imaginais. Les investissements financiers, ça n'est vraiment pas ton domaine.

– Tu as, hélas ! raison.

– On t'a demandé un dépôt de garantie ?

– Oui, ce matin, cinq millions de dollars. En supplément des vingt millions de dollars que j'ai versés au départ.

– J'imagine que tu as mis ensuite Cagliari au courant ?

– Eh bien, non en fait. Je voulais d'abord te demander conseil.

– Pourquoi moi ?

– Après tout, Sammy, c'est toi qui me l'as présenté.

– Tu veux dire que je suis indirectement responsable de ce fiasco ? C'est ce que tu insinues ?

Le visage de Schreiber avait pris, sous l'effet de la colère, une teinte écarlate qui éclipsait son bronzage.

– Bien sûr que non, Sammy !

– Alors où veux-tu en venir au juste ?

– Tout ce que je te demande, c'est un conseil : vaut-il mieux que je persévère en comptant que Bonneville aura raison d'ici peu, ou dois-je accepter d'en passer immédiatement par des pertes et avertir Cagliari ?

– Et pour quelle raison me demandes-tu, à moi, ce genre de conseil ?

– Je me disais que tu connaissais Charles Black et que tu devais soupçonner ce qu'il va faire sur les taux d'intérêt. Tu me parais mieux placé que Bonneville, en tout cas.

---

* Bourse des matières premières.

— Pourquoi précisément Charles Black ? s'enquit Schreiber, soudain soupçonneux.

Zwiebach lui raconta la conversation qu'il avait eue avec le directeur de la Citibank à Zurich.

— De plus, poursuivit l'avocat, tu te souviens peut-être que lorsque tu étais encore à la Banque générale, tu m'avais présenté Charles Black et sa femme. Ils sont peu après devenus mes clients.

— Je vois... Dans ce cas, demande-lui donc directement de te renseigner ! s'exclama Schreiber d'un ton sarcastique.

Zwiebach ne releva pas.

— Je suis sûr qu'il ne voudrait pas me répondre.

— Tu ne te rends donc pas compte que, moi aussi, j'ai les mains liées ?

L'avocat commençait à croire qu'il avait eu tort de s'ouvrir au banquier. Escompter que cet ami haut placé accepterait de l'aider était une erreur.

— Si, évidemment, je m'en aperçois. D'ailleurs, je ne voudrais à aucun prix te compromettre. Alors, tant pis ! laissons cela. Finissons notre café et oublions cette conversation.

— Bonne idée. Changeons de sujet.

Après une courte pause, Zwiebach reprit, sur un ton neutre :

— Tiens, ton chalet, par exemple. Tu y vas toujours ? Ma femme adore marcher. Que dirais-tu si nous venions vous voir un de ces prochains week-ends ?

— Emma serait sûrement ravie.

— Bon, je vais dire à ma femme d'appeler Emma demain et...

— Non. On ne sera pas là, ce week-end. Nous allons à Bâle.

— Pour le business, sans doute ?

— C'est aussi un petit voyage d'agrément. Emma adore visiter les musées. Moi, j'y vais surtout pour affaires. En fait, je dînerai samedi soir avec Charles Black. Mais ça ne change rien, ajouta-t-il.

— Bien sûr que non.

Les deux hommes se séparèrent quelques minutes plus tard. Zwiebach rentra chez lui où l'attendait sa femme. Quant à Schreiber, ce fut presque en courant qu'il alla retrouver Carole, dans la perspective de poursuivre ensemble leurs activités du week-end.

22

Le lendemain soir, les dix gouverneurs de banque centrale responsables du SMI (Système monétaire international) se retrouvèrent au Schützenhaus, comme chaque premier samedi du mois. Selon la coutume, Schreiber, en tant que gouverneur de la banque du pays hôte, présida le dîner. Il prit à sa droite le représentant du pays le plus puissant, Charles Black.

On en était encore aux hors-d'œuvre lorsque l'Américain lança à la cantonade, de façon à être entendu par tous :

– Qui sait ce que dissimule cette agitation sur le marché de l'or ?

Le débat était lancé. Il allait occuper une bonne partie de la soirée. En effet, ces dix hommes contrôlaient plus ou moins directement la grande majorité des réserves d'or de la planète : à Fort Knox, au fond des souterrains de la Réserve fédérale de New York ou dans les caves dallées de marbre de la Banque nationale suisse ou de la Banque d'Angleterre.

– Les Anglais n'y sont pour rien, répondit sir Robert Neville. Au fixing* de Londres, lundi matin, l'or n'avait pas bougé. Les cours ne se sont envolés que lorsque les marchés des contrats à terme ont ouvert à New York.

– Alors, ce sont encore les Américains ! intervint le gouverneur de la Banque de France, en bon technocrate français qui aimait critiquer ouvertement tout ce que faisaient les États-Unis.

_____

* Ensemble des cotations.

171

— Je ne le pense pas, répliqua Samuel Schreiber.

— Qui est responsable, dans ce cas ? reprit le Français.

— L'un de vos compatriotes, monsieur, lui répondit le Suisse.

— Vraiment ? intervint sir Robert. Pouvez-vous en dire plus ?

— Vous connaissez tous le nom de Philippe de Bonneville. Il dirige à Londres le *hedge fund* «Phœnix». Voilà tout juste une semaine, lors d'un dîner à Zurich, il a informé le petit cercle de ses principaux commanditaires qu'il fallait investir massivement dans les contrats à terme sur l'or et leur a laissé entendre que c'est ce qu'il comptait lui-même faire. On dirait qu'ils l'ont écouté.

— Comment se fait-il que vous soyez au courant ? demanda le Français.

— Un de mes amis en qui j'ai toute confiance assistait à ce dîner.

— Et cet ami, vous a-t-il également donné le pourquoi de ces investissements en or ? s'enquit le gouverneur belge.

— Bonneville raisonne en fonction de ce qu'il escompte que nous allons faire. Ou plus exactement ce que notre collègue américain va faire.

— C'est-à-dire ?

— Changer radicalement de politique monétaire.

— Est-ce là votre intention ? demanda le Français à Charles Black.

— Pas le moins du monde. Bien au contraire.

Pendant le reste de la soirée, Schreiber n'intervint pas. Il parut perdu dans ses pensées. Ce qui n'étonna d'ailleurs personne, car le Suisse était tout sauf un boute-en-train. La réponse de Charles Black, claire et définitive, lui avait donné à réfléchir. Mercredi, le conseil de la Réserve fédérale annoncerait la hausse des taux d'intérêt et non leur baisse, contrairement à ce qu'avait prédit Philippe de Bonneville à son pauvre ami Zwiebach. Les chiffres se mirent à défiler dans la tête de Schreiber.

Avant le début de la ruée sur l'or, l'once valait exactement $ 400. Les achats massifs du début de semaine l'avaient fait grimper à $ 420. Zwiebach l'avait achetée à $ 418. Vendredi, à la fermeture des Bourses, l'once était redescendue à $ 400. Ainsi, Zwiebach avait déjà perdu son nantissement initial, ce qui avait forcé la banque à lui demander un dépôt de garantie supplémentaire de cinq millions de dollars pour un nouveau nantissement.

Lorsque la Fed rendrait publiques ses décisions, mercredi, le prix de l'or ne resterait pas à $ 400. Il s'écroulerait sous l'effet des ventes massives de Bonneville et de ses commanditaires. Ce qui liquiderait le dépôt de garantie supplémentaire versé par Zwiebach pour son client. Et ce ne serait pas fini. Comme la nuit succède au jour, la banque lui demanderait un troisième dépôt de garantie. Lorsque Pietro di Cagliari apprendrait que trente millions de dollars étaient partis en fumée, sa réaction risquait d'être extrêmement négative !

Ce n'était encore là qu'une partie du mal. L'autre concernait Carole. Et malheureusement, tout ici tournait encore autour de l'argent.

En quittant le café Limmat après sa conversation avec Zwiebach, Schreiber avait retrouvé Carole chez elle. Le début de la soirée s'était déroulé mieux qu'il ne l'avait prévu. Une bouteille de dom pérignon et deux verres l'attendaient dans sa chambre.

Ensuite, ils avaient parlé de l'avenir. Carole lui avait fait clairement comprendre qu'elle n'avait pas l'intention de mettre fin à leur liaison. Il avait été soulagé d'apprendre qu'elle ne s'attendait pas à ce qu'il divorce pour elle. Puis était venue la question de l'appartement. Elle le trouvait trop petit, trop bruyant. Elle lui avait fait remarquer qu'il n'était pas assez discret – ce qui les préoccupait tous les deux. Néanmoins, il ne lui suffirait pas que Sammy lui offre un appartement plus grand dans un quartier chic. Elle n'allait tout de même pas rester comme une statue à attendre ses coups de téléphone 365 jours par an. Carole ne comptait pas vivre à Zurich toute l'année. « Regarde le temps qu'il fait ! lui avait-elle dit. Froid, humide, cafardeux. Et ça s'appelle l'été ! Pas question. » Elle voulait passer plus de temps dans des endroits comme la Sardaigne.

Le mot était lâché. C'était à la Sardaigne qu'elle pensait depuis le début de leur tête-à-tête.

Apparemment, elle avait reçu dans l'après-midi un coup de téléphone de Cécile, qui était cloîtrée depuis une semaine dans un hôtel de La Havane. Elle s'y ennuyait à mourir, car Pietro lui avait interdit toute sortie, «pour son bien». Il semblait que Fidel Castro était mourant et il régnait à Cuba un climat de grande tension. Les rues étaient dangereuses. Heureusement, l'*Artémis* devait arriver le lundi et ils repartiraient pour la Sardaigne deux jours plus tard.

Cécile en était arrivée au but de son coup de fil. Pietro lui avait demandé d'inviter Carole et Sammy à la Cala di Volpe le week-end suivant. Celle-ci avait naturellement accepté. Il était essentiel qu'ils y aillent tous les deux, car Pietro lui avait proposé un emploi – un emploi qui les arrangerait tous les deux. Pourquoi tous les deux? Parce qu'ils disposeraient alors d'une suite à la Cala di Volpe quand ils le désireraient. Et également du jet privé. Et du yacht.

Tout ceci, de plus, ne coûterait pas un centime à Sammy. Comment refuser? Carole avait rappelé Cécile et tout avait été organisé. Le Gulfstream viendrait les chercher à l'aéroport de Zurich le vendredi à 17 heures; ils seraient en Sardaigne deux heures plus tard. A temps pour dîner tous les quatre sur la terrasse de la Cala di Volpe.

Qu'en serait-il si le Sarde apprenait l'histoire des contrats à terme sur l'or?

Sammy Schreiber connaissait la réponse. Tout serait alors instantanément fini.

23

Lundi, à sept heures du matin, Samuel Schreiber appela Hans Zwiebach à son domicile.

– Une seconde, dit Zwiebach, je suis encore dans ma chambre. Je te prends dans mon bureau.

Un instant plus tard, il était en ligne sur l'autre poste.

Schreiber alla directement au fait.

– Pendant le week-end, j'ai repensé à notre conversation au café Limmat. J'en ai conclu que, vois-tu, dans une certaine mesure, j'étais responsable moralement de ce qui était arrivé à notre ami commun. As-tu de quoi écrire ?

– Oui.

– Voici ce que je te demande de faire immédiatement : donne à la banque l'ordre de liquider maintenant tes seize mille contrats sur l'or achetés à terme. Ensuite, je veux que tu agisses en complète opposition avec ce que tu avais entrepris en début de semaine. Tu leur dis que tu veux te placer sur seize mille contrats sur l'or à terme en vente à découvert. Ajoute que tu veux qu'ils se démènent pour négocier. J'imagine qu'ils t'obtiendront un prix pas trop bas, qui pourrait tournait autour de $ 397 dans la mesure où le marché sera très actif. Philippe de Bonneville et sa clique se positionneront en sens inverse, en espérant faire remonter le cours de l'or.

– Si je te suis, objecta l'avocat, en liquidant mes premiers contrats, je vais me faire lessiver et perdre tout l'argent que j'avais d'abord investi pour le client.

– C'est tout à fait cela. Il doit te rester encore de l'argent frais, non ?

– Oui, vingt-cinq millions de dollars.

– Sers-toi de vingt millions comme dépôt de garantie.

– Mais si je joue maintenant à la baisse avec seize mille contrats à terme et que le prix de l'or se relève, je vais encore tout perdre. Par deux fois, j'aurais mal anticipé. C'est de la folie !

– Ne discute pas, Hans. Fais exactement ce que je t'ai dit. Sinon, je me lave les mains de ce qui pourrait arriver.

– D'accord, d'accord, Sammy. Que fait-on ensuite ?

– Je te rappellerai demain. A la même heure.

– Entendu. Et merci, Sammy. Je me conformerai à toutes tes indications.

Quarante-cinq minutes plus tard, Hans Zwiebach appelait de son bureau la Banque générale de Suisse. Ce jour-là, il prit seize mille contrats sur l'or en vente à terme à la Comex de New York, qu'il eut au prix moyen de $ 397, comme Sammy l'avait prédit.

Juste avant la fermeture, le prix de l'once remonta à $ 400. Pietro venait de subir, sur le papier, une nouvelle perte de cinq millions de dollars.

Cette nuit-là, Zwiebach dormit mal. Le lendemain, à sept heures pile, le téléphone sonna. L'avocat était déjà levé, il attendait l'appel dans son bureau. Il décrocha immédiatement.

– Ici Sammy Schreiber.

– Dieu merci ! tu m'appelles ! As-tu regardé...

Schreiber l'interrompit :

– Bien sûr. Mais dis-moi, combien te reste-t-il sur le compte de Pietro ?

– Cinq millions de dollars.

– Bon. Annonce à la Banque générale que tu veux augmenter ta position à la Comex.

– Je ne peux pas faire ça ! On a encore perdu cinq millions !

– Je sais ce que je te dis, Hans. Je te rappellerai jeudi matin, dit-il avant de raccrocher.

Une heure plus tard, la Banque générale reçut les nouveaux ordres. Toute la journée, l'avocat se refusa à consulter les cours de l'or. En rentrant chez lui le soir, il but deux whiskies à l'apéritif, une bouteille de vin au cours du dîner suivie de deux cognacs. Malgré cela, il eut du mal à s'endormir.

Le lendemain, il décida en se réveillant de ne pas aller travailler, au contraire de ce qu'il faisait chaque jour. Il appela sa secrétaire pour lui en faire part. Il lui demanda aussi si la Banque générale l'avait appelé, la veille. Quand elle répondit par la négative, il se sentit un peu mieux. Il avait échappé à une nouvelle demande de dépôt de garantie, qu'il n'aurait pu honorer, cette fois. Les cinquante millions de dollars du Sarde étaient soit déjà perdus, soit nantis.

Toute la matinée, il rumina ses pensées. Il décida qu'il avait besoin de changer d'air. Il prit sa voiture, longea le lac de Zurich et s'arrêta pour déjeuner dans une auberge au bord de l'eau, à Rapperswil. Il fit ensuite une longue promenade à pied à travers la campagne. Il ne regagna sa voiture que vers 19 heures. Il appela immédiatement sa femme depuis son portable pour lui annoncer qu'il rentrerait tard et qu'il ne fallait pas l'attendre pour dîner.

A peine avait-il franchi le seuil de sa maison que le téléphone sonnait. C'était le jeune responsable des produits dérivés de la Générale.

–*Herr* Zwiebach?

– Lui-même. Que puis-je faire pour vous? demanda-t-il d'une voix aussi froide que possible.

– Je suis désolé de vous déranger chez vous. C'est Urs Stucker qui m'a donné votre numéro. Il s'est passé quelque chose à New York à la Comex. La Fed a fait monter ses taux d'intérêt et l'once d'or était en baisse de vingt-cinq dollars à la fermeture.

Zwiebach avait vingt mille contrats en circulation. A chaque fois que l'or baissait de un dollar, cela représentait un bénéfice de deux millions de dollars, calcula-t-il. Donc, si l'or avait baissé de vingt-cinq dollars, cela équivalait à un bénéfice de cinquante millions de dollars.

Et ce n'était pas tout.

– Combien reste-t-il des dépôts de garantie? demanda-t-il.

– Vingt-cinq millions de dollars.

Il ne fallait pas être grand clerc pour additionner cinquante millions et vingt-cinq millions. Cela faisait la somme rondelette de soixante-quinze millions de dollars.

Non seulement Pietro di Cagliari était rentré dans ses fonds, mais il avait un bonus de vingt-cinq millions de dollars. En deux semaines, lui, Hans Zwiebach, lui avait fait gagner 50 % !

– Ne vous enthousiasmez cependant pas trop vite, *Herr* Zwiebach. Pour le moment, vos bénéfices n'existent que sur le papier. Et même si la liquidation avait lieu demain, on ne peut être sûr du prix de l'or. Il pourrait aussi bien remonter en flèche. Ou rester tel qu'il est. Quelle position voulez-vous prendre ?

– Je vous le ferai savoir.

Sur ce, Zwiebach raccrocha.

Devait-il appeler Samuel Schreiber ?

Non. Cela pourrait l'irriter. Et lui causer des problèmes. Ce genre d'affaires était très délicat. Que se passerait-il si l'on faisait le lien entre les opérations que Zwiebach avaient faites pour son client et Samuel Schreiber ? L'avocat et le banquier risquaient des ennuis. De gros ennuis. Donc, fini les communications téléphoniques au bureau de Schreiber à la Banque nationale suisse : il se pouvait qu'une secrétaire écoute les conversations. Il attendrait le lendemain matin pour appeler Sammy chez lui.

L'avocat continua à faire fonctionner ses cellules grises. Il n'y avait pas que les appels téléphoniques. Il fallait penser aux bordereaux d'ordre à la banque ! Et à son bureau...

Alors, que faire ?

La réponse fusa dans son esprit : mettre les transactions au nom d'un autre client de la Banque générale de Suisse. Il faudrait que ce soit un compte B, semblable à celui qu'il avait ouvert pour Pietro di Cagliari. Et le bénéficiaire du compte devrait être un étranger qui ne venait que très rarement le vérifier. Toutefois, cette solution risquait de créer des complications. Qu'adviendrait-il si ce client débarquait à l'improviste et demandait un relevé immédiat ? C'était une mauvaise idée.

Zwiebach sentait cependant qu'il était sur la bonne voie. La solution était proche. Il lui fallait trouver un compte B inactif, mais toujours ouvert et dont le solde était nul.

Lequel ? Une douzaine de comptes de ce genre dormaient à la Banque générale de Suisse sans qu'il sache pourquoi ils n'avaient pas été fermés. Le client avait peut-être déménagé. Ou n'avait plus d'argent. Ou même était mort.

Il ne devait pas songer à faire travailler les morts, de toute évidence : si pour une raison quelconque on faisait une enquête sur les transactions passées, Zwiebach ne pouvait pas courir le risque d'être accusé d'avoir procédé à des opérations pour le compte de cadavres.

L'avocat savait qu'il brûlait. Et si c'était un client qui matériellement ne pourrait plus jamais venir à Zurich ? Il songea à un Colombien en particulier, puis à deux autres, car depuis que le gouvernement helvétique avait changé de politique vis-à-vis du commerce de la drogue, la police des frontières arrêtait systématiquement toute personne ressemblant à un trafiquant. Et ces trois Colombiens en étaient à coup sûr. Néanmoins, on ne savait jamais. L'un d'eux pouvait réussir à passer au travers des mailles du filet, et Zwiebach serait alors dans un sale pétrin.

L'idéal serait donc un client au-dessus de tout soupçon qui aurait de bonnes raisons pour ne pas vérifier son compte.

Bon sang ! Il avait la solution sous le nez et il ne l'avait pas vue. Qui remplissait tous les critères ? Charles Black !

Son compte n'avait pas fonctionné depuis des années. Black était vivant et en parfaite santé. Tout comme Pietro di Cagliari, il détenait un compte B sur lequel Zwiebach avait procuration.

L'avocat réfléchit encore pendant une demi-heure en faisant les cent pas dans son bureau. Puis il prit sa décision. Il chercha dans son répertoire le numéro privé d'Urs Stucker et décrocha son téléphone.

– Urs, c'est Zwiebach. Désolé de te déranger chez toi, mais...

– Aucune importance, Hans. En quoi puis-je t'être utile ?

179

– Écoute, je viens de m'apercevoir qu'il y a eu une confusion entre les comptes de deux de mes clients à la banque et j'ai besoin de toi pour rectifier le tir, dès demain matin si possible.

– C'est regrettable...

– Tu n'y es pour rien, interrompit Zwiebach. C'est la faute de ce jeune opérateur qui s'occupe des produits dérivés.

– Ah ! oui, je m'en souviens, les contrats sur l'or.

– Tout s'est bien passé lorsqu'il a acheté les seize mille contrats à la Comex pour le compte Q 178-5997. Également lorsqu'il les a liquidés. Tu me suis ?

– Oui. J'en prends note.

– Voilà où les choses se gâtent : les opérations suivantes sur l'or auraient dû être passées sur le compte d'un autre client. Voici son numéro : J (comme Jacques) 747-2239. Je répète : J 747-2239. C'est noté ?

– Oui, J 747-2239. Que veux-tu que je fasse ?

– Annule toutes les opérations erronées sur le premier compte et passe-les sur le second.

– Compris.

– Désormais, toutes les opérations doivent être portées au compte J 747-2239.

– D'où sont venus les dépôts de garantie ?

– De mon compte général 77-65-39-44. C'est le compte transitoire courant que j'utilise pour répartir les fonds qui me sont confiés. Tout est dans un dossier à ta banque.

– Je m'en occuperai demain dès mon arrivée au bureau. Mais comment un tel bazar a-t-il pu se produire ?

– La moitié des fonds a été créditée sur le mauvais compte. Ton jeune crack parle tellement qu'il n'a pas le temps d'écouter.

– On en a plein, de ces *yuppies*, à la banque, aujourd'hui. Crois-moi, Hans, je dois prendre ma retraite dans trois ans et ce ne sera pas trop tôt.

– Je pense bien.

– En tout cas, envoie-moi une confirmation écrite, dit Urs Stucker.

– J'aimerais l'éviter. Ça ferait un sacré micmac dans mes dossiers comptables. Je préférerais que ce soit une opération interne. Fais simplement annuler les transactions erronées et porte-les au compte qui aurait dû fonctionner dès le départ.

Urs se tut quelques instants.

– Laisse-moi réfléchir à ce que tu me proposes... D'accord, je vais m'occuper moi-même discrètement de ce que tu me demandes aujourd'hui. Toutefois, à l'avenir, si tu as d'autres opérations sur les produits dérivés, peut-être serait-il préférable que ce soit moi qui m'en charge, en personne. Ce n'est pas tout à fait ma partie, cependant, si tu me donnes des instructions précises, je serai à même de les exécuter.

– Parfait. Je t'appellerai sans doute demain matin à la banque. Et, Urs, je sais que tu aimes les cigares, les Partagas, si ma mémoire est bonne.

– Excellente !

– J'ai toujours apprécié notre collaboration, dit Zwiebach avant de raccrocher.

L'avocat passa un nouveau coup de téléphone. Cette fois-ci, à la Banque des Caraïbes pour le commerce et la finance, la BCCF. Là-bas, on était au milieu de l'après-midi. Le propriétaire et directeur général de cette obscure société financière était un Suisse allemand qui s'était élevé au rang de directeur de l'Union de banques suisses à Zurich avant d'avoir quelques ennuis. Zwiebach l'avait défendu et il s'était arrangé pour qu'il rembourse une partie des fonds qu'il avait détournés par erreur avant que les autorités s'en mêlent. Son client, reconnaissant, s'était installé dans les îles Turks et Caïmans où il avait ouvert cette Banque des Caraïbes pour le commerce et la finance en utilisant comme capital les fonds détournés.

– Werner, dit Zwiebach, j'aimerais ouvrir deux nouveaux comptes. Le premier est un compte joint au nom de John Smith – ce n'est évidemment pas son vrai nom – et au mien. Le second, au nom de Samuel Schreiber. Ce seront de simples comptes de dépôts. Je te demande la plus grande discrétion. C'est bien clair ?

181

– Compris.

– Je te ferai parvenir les spécimens des signatures. Mais ouvre immédiatement les deux comptes.

– C'est comme si c'était fait. Tu veux que je te donne tout de suite les numéros ?

– Pourquoi pas ?

– Attends une seconde ! Ça te va, le S-1111 et le S-2222 ? C'est facile à retenir.

– Merci, Werner. Quel temps fait-il, chez vous ?

– Plus beau qu'à Zurich.

– Je viendrai peut-être te voir un de ces jours.

– Bonne idée. Je t'inviterai dans la nouvelle maison que je viens de me faire construire au bord de la plage. Tu adoreras.

La conversation terminée, Zwiebach prit un Partagas 8-9-8 dans l'humidificateur posé sur une table basse et l'alluma. En aspirant la première bouffée, il décida d'envoyer à Urs non seulement deux boîtes de cigares mais également un humidificateur. Un paquet-cadeau qu'il adresserait au domicile du banquier. Ce serait plus discret.

24

A sept heures précises le lendemain, la sonnerie du téléphone retentit dans le bureau de Zwiebach. C'était de nouveau Samuel Schreiber.

– Hans, tu te sens mieux, ce matin ?

– A merveille, répondit l'avocat. Et maintenant ?

– Dis à ta banque de couvrir toutes tes positions le plus vite possible. Et au meilleur prix.

– Tu ne crois pas que ça va faire remonter le cours de l'or ?

– Écoute-moi bien. L'or avait perdu vingt-cinq dollars de l'once à la fermeture à New York. Compris ? Tu sais pourquoi ?

– Les spéculateurs ont été pris de panique lorsque la Fed a relevé ses taux d'intérêt au lieu de les baisser.

– Précisément. Pour le moment, ils n'ont qu'une expression à la bouche : « Sauve qui peut. » Et je ne parle pas seulement de la Comex à New York, où sont nos positions. Rappelle-toi, les marchés au comptant de l'or en Europe ont fermé avant que l'affolement général commence à New York. Maintenant, ils vont ouvrir, cinq heures avant New York. Et que va-t-il arriver ? Les spéculateurs qui jouaient la hausse et qui n'ont pas pu sortir avant la fermeture de New York vont se ruer à Londres pour vendre. Du coup, le lingot va encore chuter. Aussi, quand nous couvrirons nos positions à New York, tout sera au mieux de nos intérêts.

– Comment peux-tu en être si sûr ?

– Parce que c'est mon métier. De plus, j'ai passé, hier soir, quelques coups de fil à la Banque d'Angleterre. Ils avaient été en communication avec les banques qui participent à la fixation des cours de l'or. Et c'est ce que les banques leur ont confirmé. Vu le nombre des ordres de vente, elles n'auront pas d'autre choix que de laisser filer. Hans, j'espère que je t'ai prouvé que tu peux me faire confiance, non ?

– Absolument.

– Avec tout ce qui se passe actuellement, je vais avoir beaucoup de travail pendant les deux jours qui suivent, dit Schreiber. Ensuite, je pars pour un court voyage en Sardaigne. Je t'appellerai de l'aéroport pour avoir des nouvelles.

Tout se passa selon les prévisions de Schreiber. Jeudi, la Banque générale de Suisse couvrit leurs positions à la Comex avant la fermeture. Vendredi, à midi, Urs Stucker téléphona à Zwiebach de son bureau.

– Avant de passer les écritures, j'aimerais tout vérifier avec toi, dit-il.

– Bien sûr.

– Je sais que c'est l'heure du déjeuner, mais puis-je venir immédiatement jusqu'à ton bureau ? Il vaut mieux que l'on règle tout ça au plus tôt. Sinon, nos contrôleurs de gestion pourraient s'en mêler. Tu sais ce que c'est... Ils sont tellement tatillons.

– Je t'attends.

Urs Stucker arriva dans les dix minutes. Il tenait à la main une vieille serviette assortie à ses pantalons déformés, ses chaussures marron d'un autre âge, son teint gris et son dos voûté. Il ne paraissait pas seulement plus vieux que ses soixante-deux ans, il donnait l'impression qu'il ne passerait pas la journée.

– Asseyons-nous à la table de conférence, proposa Zwiebach, et prenons donc un cigare.

– Je crois bien en effet, dit le banquier après avoir allumé le sien, que ce jour est à marquer d'une pierre blanche et mérite un Partagas. Te voici père d'une belle fortune. Et ça n'a pris qu'une semaine au lieu de neuf mois.

– Combien pèse le bébé ?

Le banquier tendit à l'avocat une feuille de papier.

– Voici tes positions, après liquidation de tous les contrats des deux comptes que tu as utilisés pour les transactions sur l'or depuis le dépôt en liquide des cinquante millions de dollars venus d'Italie, le Q 178-5997 et le J 747-2239. Le premier compte a été, hélas, entièrement lessivé. Il n'y reste que cent mille dollars. Jette un coup d'œil sur l'autre compte.

Zwiebach mit ses lunettes, prit la feuille de papier et lut. Un seul chiffre ressortait : $ 107 485 997,00.

Ce montant dépassait tous ses espoirs. Il déposa lentement la feuille sur la table, comme s'il maniait une statuette fragile.

– Tu as raison, Urs. Cela mérite même, après un très bon cigare, un cognac exceptionnel.

Il se leva et alla ouvrir le secrétaire Louis XV qui recelait un bar. Il en sortit la bouteille la plus rare, une fine napoléon. Il remplit deux verres et en tendit un au banquier.

– Urs, dit-il en portant le liquide doré à ses lèvres, je bois à une longue et fructueuse association. Santé !

Dix minutes plus tard, les deux hommes se mirent au travail. Finalement, après avoir vérifié le résultat de chaque transaction, il apparut qu'un des clients de l'avocat, Pietro di Cagliari, avait perdu une petite fortune, alors que l'autre, Charles Black, actuellement président de la Réserve fédérale, avait gagné des sommes astronomiques.

Avant de se séparer, Zwiebach donna ses dernières instructions à Urs Stucker quant au devenir des immenses bénéfices crédités au compte de Charles Black. Ils devaient disparaître. Et ce, de façon à ce que les bordereaux de virement ne mènent nulle part. Nulle part voulant dire sur le compte à numéro S-1111 de la BCCF, aux îles Turks et Caïmans.

Urs Stucker quitta le bureau de l'avocat à quatorze heures. Dès qu'il fut parti, Zwiebach demanda à sa secrétaire d'appeler un service de courses. Il avait une livraison à leur confier.

A seize heures, il eut Samuel Schreiber en ligne.

– Est-ce que tout s'est bien terminé ? demanda-t-il immédiatement.

– Où es-tu ? répliqua Zwiebach.

– A l'aéroport de Kloten.

– A quelle heure est ton vol ?

– Dans une heure.

– Je vais te faire parvenir par coursier une enveloppe qui résume le résultat des transactions. Tu pourras la donner à Pietro di Cagliari quand tu seras en Sardaigne. Au cas où, comme je le suppose, tu as l'intention de le voir.

– Exact. Voilà une bonne idée.

Après avoir raccroché, Zwiebach changea d'avis. Pourquoi ne se ferait-il pas lui-même le porteur du précieux pli ? Cela avait une telle importance pour eux deux. Une demi-heure plus tard, il pénétrait dans le petit aérogare. En s'approchant, il vit qu'il n'y avait là qu'une douzaine de personnes. Parmi elles, Zwiebach aperçut Samuel Schreiber. Une ravissante rousse d'une trentaine d'années était assise à côté de lui. Ils se tenaient par la main.

Beaucoup de choses s'expliquaient... Voilà pourquoi Sammy s'était montré si coopératif ! Comme son entrée n'avait pas été remarquée, Zwiebach revint sur ses pas et se dirigea directement vers le comptoir d'enregistrement.

– J'ai une enveloppe à remettre à l'intention de M. Samuel Schreiber, dit-il à l'hôtesse.

– Je vais l'appeler par haut-parleur, répondit-elle.

Ce fut un Samuel Schreiber visiblement mal à l'aise qui vint rejoindre l'avocat.

– Je sais que tu t'attendais à un coursier, dit Zwiebach, toutefois, j'ai pensé qu'il était préférable que je vienne moi-même. Voici l'enveloppe. Elle n'est pas fermée. Je pense que tu apprécieras ce qu'elle contient. Je suis là pour te remercier personnellement de m'avoir sorti du guêpier où je m'étais fourré. Crois-moi, je ne l'oublierai jamais. Tu es un véritable ami.

Schreiber changea d'attitude. Il risqua un sourire.

– Je ne compte pas beaucoup d'amis, dit-il, et j'apprécie

186

beaucoup ce que tu viens de me dire. Maintenant, tu peux rentrer chez toi et passer un bon week-end.

Les deux hommes se serrèrent la main et Zwiebach s'en alla aussitôt. Mais juste avant de s'éloigner, il chercha pendant quelques instants à contempler encore de loin la belle jeune femme rousse.

25

Le Gulfstream IV atteignit sa vitesse de croisière à onze mille mètres d'altitude au-dessus des Alpes. Le steward apporta sur un plateau aux deux passagers du caviar et une bouteille de vin blanc bien frais. Il les servit, puis se retira.

— Avoue qu'on a bien fait d'accepter cette invitation, dit Carole.

— Oui, tu as raison, consentit Schreiber.

— Alors, détends-toi. Arrête de penser à ton bureau. Pourquoi ce type est-il venu te déranger à l'aéroport ? Les gens de ta banque ne peuvent-ils pas respecter tes week-ends ?

— Ce n'était pas pour le travail. Une affaire personnelle.

— Ah ! Si tu veux lire ce qu'il y a dans l'enveloppe, ne te gêne pas. Je suis parfaitement à mon aise.

Elle se resservit de caviar et remplit à nouveau son verre. Sammy, qui était assis en face d'elle, ne put qu'admirer son profond décolleté lorsqu'elle se pencha pour retirer la bouteille du seau à glace. Il ouvrit l'enveloppe, qui était vierge. Il en retira une simple feuille de papier, sans en-tête, sans adresse, sans signature. On n'y lisait que deux lignes, tapées à la machine :

SOLDE INITIAL : $ 50 000 000
SOLDE ACTUEL : $ 107 485 997

— Bon Dieu ! s'exclama Schreiber.

— Quelque chose ne va pas, Sammy ? s'inquiéta Carole.

– Non. Au contraire. Je suis simplement surpris. Une très agréable surprise.

– Tu es tout rouge.

– Vraiment ? C'est d'avoir bu à cette altitude.

– Je crois plutôt que tu travailles trop et que tu ne sais pas te détendre.

Elle lui prit la main.

– On doit retrouver Pietro et Cécile pour dîner à vingt heures. Que dirais-tu d'une petite sieste ? Passons au salon à l'arrière de l'appareil. Je vais prendre une couverture.

Samuel Schreiber était toujours aussi rouge lorsque, flanqué de Carole, il apparut sur la terrasse de la Cala di Volpe à 20 heures précises. Carole, elle, était radieuse. Pietro di Cagliari, à qui rien n'échappait, s'en aperçut. Il se leva pour les accueillir.

– Ah, nos deux amoureux sont de retour. Bienvenue sur la Costa Smeralda.

Tandis que les deux hommes se serraient la main, Cécile embrassa affectueusement son amie. Dès qu'ils furent tous assis, Schreiber sortit de sa poche l'enveloppe désormais fermée.

– maître Zwiebach m'a demandé de vous remettre ce pli en main propre.

– Dois-je l'ouvrir maintenant ? demanda Pietro. S'il contient de mauvaises nouvelles, ça va gâcher une soirée qui s'annonce excellente.

– Ouvrez-la donc, intervint Carole.

Elle fut sur le point d'en dire plus, lorsque Schreiber intervint :

– C'est sans doute confidentiel. Vous préférerez peut-être attendre d'être seul.

– Non, non, dit Pietro. Le doute m'empêcherait de toute façon de m'amuser.

Il ouvrit l'enveloppe d'un geste vif.

Ses trois invités ne le quittaient pas des yeux. Il la parcourut en un instant et la rangea dans la poche intérieure de la veste blanche de son smoking.

– Vous aviez raison, dit-il à Schreiber, c'est confidentiel.

Sur ces mots, un serveur, l'air plutôt agité, fit irruption sur la terrasse et tendit à Pietro di Cagliari un téléphone portable.

– Veuillez m'excuser, *signore,* je sais que vous nous avez interdit de vous apporter un *telefonino* lorsque vous aviez des invités, mais l'appel vient de l'*Artémis.* Ils ont essayé en vain de vous joindre toute la journée. Ils ont peur que la communication soit coupée.

– Donne-moi l'appareil !

La conversation dura quelques minutes. Le Sarde écoutait la plupart du temps, n'intervenant que trois ou quatre fois par des «*Bene*».

Après avoir rendu le combiné au serveur, qui s'éloigna discrètement, Pietro se tourna vers Schreiber.

– J'aimerais vous parler en privé. Voudriez-vous m'accompagner jusqu'à l'hôtel ? Veuillez nous excuser, mesdames, ajouta-t-il.

Il se leva de table, imité par le banquier, et les deux hommes disparurent à l'intérieur.

– Que se passe-t-il ? demanda Carole à Cécile.

– Oh ! ça continue ! C'était la même chose à La Havane.

– Quoi donc ?

– Ça peut te sembler bizarre, mais je ne le sais pas exactement. C'est sans doute lié à l'état désespéré de Castro. Et à cet Américain qui se baladait là-bas en Rolls-Royce. Je l'ai vu brièvement sur la terrasse de notre suite après l'un de ses deux entretiens avec Pietro. Chaque fois, il est arrivé seul, est monté le chercher et, ensuite, je ne les voyais plus de la journée. Je sais qu'il est américain, par son accent au téléphone.

– Qui est-ce donc ? demanda Carole.

– Je l'ignore. Pietro ne me l'a jamais présenté. Le jour de notre départ, ils sont allés ensemble sur l'*Artémis.* J'ai pensé qu'il voulait peut-être acheter le bateau. Ça n'est pas cela, toutefois.

– Mmm... Et à part ça, c'était comment, La Havane ?

– Pas grand-chose à t'en dire. Parle-moi plutôt de Sammy et toi ? Tout à l'heure, je lui ai trouvé l'air béat.

– Il a de quoi. Je lui ai fait connaître le septième ciel.

191

Schreiber et di Cagliari s'étaient assis dans un petit salon tranquille.

— Pour commencer, attaqua le Sarde, je veux vous remercier de m'avoir fait connaître votre ami Zwiebach. Le pli que vous m'avez remis contenait le résultat de mon premier investissement. Fantastique !

— J'en suis ravi.

— Je désire maintenant faire appel à Zwiebach pour une autre affaire, continua Pietro. C'est extrêmement urgent. Je me demandais si vous pouviez l'appeler chez lui.

— Tout de suite ?

— Oui. Avez-vous son numéro personnel ?

Samuel Schreiber, qui avait appelé l'avocat plusieurs fois au cours de la semaine, répondit :

— Attendez... Oui, il me semble bien que je l'ai.

— Si vous le voulez bien, je vais faire chercher un téléphone et je vous demanderai de le composer.

Lorsque Schreiber eut Zwiebach au bout du fil, il lui demanda :

— Tu peux parler librement ?

— Oui. Mais où es-tu ?

— En Sardaigne, avec notre ami commun. Il désire t'entretenir d'une affaire.

Il tendit le combiné au Sarde.

— Maître Zwiebach, dit Pietro, inutile de vous dire à quel point je suis satisfait de la façon dont vous avez géré mon argent. En signe de reconnaissance, je vous prie d'appliquer dès à présent notre accord financier.

Il écouta la réponse de l'avocat et poursuivit :

— Je sais que nous sommes convenus d'honoraires annuels. Je veux cependant faire une exception. Prenez votre pourcentage tout de suite et repartons de zéro avec la même somme qu'au départ. D'accord ?

Il écouta une nouvelle fois.

— Si vous avez transféré mes bénéfices sur une autre banque, vous devez avoir de bonnes raisons. En tout cas, ça ne me gêne pas. Enfin, poursuivit-il, je dois vous parler d'une autre affaire.

Avant d'aller plus loin, il lança au banquier un regard de biais lui indiquant sans ambiguïté qu'il était de trop. Celui-ci se leva et alla rejoindre les deux femmes sur la terrasse.

Pietro reprit alors sa conversation avec Zwiebach :

– J'ai un petit problème, dit-il. Un de mes nouveaux clients désire retirer une grosse somme d'argent de la filiale aux Bahamas de la Banque générale de Suisse. Environ cinquante millions de dollars. Il ne peut se rendre à Nassau personnellement. Il ne peut non plus envoyer un ordre qui porterait sa signature. Il est en mer. Et le transfert doit être effectué avant la fin de la semaine prochaine. Pouvez-vous faire quelque chose ?

Cinq minutes plus tard, Pietro di Cagliari rejoignait ses invités.

– Dînons, dit-il.

– Quand nous aurons fini, allons nous coucher de bonne heure, dit Cécile. Demain, je veux me lever tôt pour emmener Carole et Sammy faire un tour de la Costa Smeralda. Assez tôt pour qu'il ne fasse pas encore trop chaud.

– Bonne idée ! Prenez mon chauffeur.

Les deux femmes se regardèrent d'un air entendu. Sammy s'était plongé dans le menu.

Le trio partit à neuf heures. Pietro avait des coups de téléphone à passer.

La Costa Smeralda, la « Côte d'Émeraude », méritait bien son nom dans la lumière du matin. C'était un bijou serti par une eau de la couleur des pierres précieuses. Et, sur les collines qui s'élevaient au-dessus de la mer chatoyaient des joyaux d'un autre genre : des villas qui rivalisaient avec les plus belles propriétés d'Antibes ou de Marbella.

Tandis que la limousine roulait à flanc de colline, Cécile se lança dans une longue explication sur l'origine de tant de richesses :

– C'est le jeune prince Karim, le fils d'Ali Khan, qui a découvert le premier ce coin perdu, dit-elle. Il adorait faire de la voile et c'est ici qu'il amenait ses amis et surtout ses petites amies. Ça se passait dans les années 50. Il n'y avait que la mer, les rochers, quelques paysans et au moins autant de chèvres.

En 1957, son grand-père fit passer la succession au-dessus de la tête d'Ali et choisit son playboy de petit-fils pour lui succéder. Mais je vous ennuie peut-être, Sammy ?

Carole répondit à sa place :

— Pas du tout ! Continue, Cécile.

— Eh bien ! le nouvel Agha Khan IV décida de se montrer un peu plus sérieux. Il utilisa une partie de ses immenses richesses pour le développement de la Costa Smeralda. Il commença par l'hôtel Cala di Volpe. Puis il se fit construire une villa. Ensuite, l'un après l'autre, ses amis l'imitèrent. Bientôt l'élite des Européens riches et célèbres investit la côte, bâtissant des villas plus luxueuses les unes que les autres.

Sammy et Carole devaient la croire sur parole. En effet, de la route, on ne voyait que de hautes grilles qui gardaient les longues allées privées. Les maisons n'étaient visibles que depuis les bateaux en mer.

— Ralentissez ! ordonna soudain Cécile au chauffeur. Et arrêtez-vous ici.

Elle sortit de son sac une télécommande qu'elle orienta vers le portail. Celui-ci s'ouvrit lentement.

— Il y a une demi-douzaine de propriétés à vendre. Je les ai toutes visitées. Voici certainement la plus belle.

La voiture emprunta le chemin privé et, au détour d'un virage, la grande villa apparut. Des murs en crépi rose. Des tuiles rouges. Trois fontaines en forme de dauphin devant la maison.

— C'est fabuleux ! s'exclama Carole.

— J'ai les clés, on peut entrer, dit Cécile.

Ils montèrent derrière elle les marches qui menaient à la porte en chêne massif. Le sol du vestibule était recouvert de marbre rose. Aux deux extrémités du grand salon, deux belles cheminées. Les portes-fenêtres donnaient sur la piscine dont l'eau transparente était de la couleur des flots. A gauche du bassin, des courts de tennis ; à droite, un *putting-green* de golf.

– Impressionnant ! s'exclama Sammy. Et combien en veulent-ils ?

– En fait, répondit Cécile, ce n'est pas hors de prix pour la Costa Smeralda. Ils en demandent cinq millions de dollars. On doit pouvoir la faire baisser à quatre millions et demi. Et vous voyez, c'est tout neuf. Le couple qui l'a faite construire est en plein divorce, ça se passe mal entre eux. Ils veulent s'en débarrasser au plus vite et partager l'argent.

– Cela représente quand même une fortune pour une maison de vacances, dit Schreiber. On peut compter sur les doigts de la main les gens qui peuvent s'offrir une propriété pareille.

– Non, il y en a plus qu'on ne le croit.

– Et je suis sûre que l'on n'est pas obligé de n'y venir qu'en vacances, ajouta Carole.

Le soir même à vingt heures, le Gulfstream IV les redéposait à Zurich. Pendant le vol de retour, ni Sammy ni Carole ne parlèrent de villas en Sardaigne. En fait, ils parlèrent peu. A la porte de l'appartement de Carole, les adieux furent brefs, presque froids. Il ne fut question d'aucun rendez-vous ultérieur, ni en Sardaigne, ni à Crans, ni ailleurs.

L'accueil d'Emma ne fut guère plus chaleureux. De ce côté-là, Sammy ne se fit néanmoins aucun souci. Ses inquiétudes portaient sur la jeune femme qui lui avait ouvert les portes d'un autre monde. Comment parvenir à la conserver ?

Son ami Hans Zwiebach lui apporterait peut-être la solution. Il fallait que le banquier reste étroitement en contact avec lui. Et ce nouveau monde, Carole, Zwiebach et lui-même étaient désormais inexorablement liés à la personne de Pietro di Cagliari.

26

Le lendemain, comme d'habitude à 7 heures précises, le téléphone retentit chez l'avocat.

– Je suis heureux de t'entendre, dit-il à Schreiber. Il faut qu'on parle. Que dirais-tu du café Limmat, à 17 heures ?

– Très bien, j'y serai.

Une heure plus tard, l'avocat pénétrait dans son bureau. Les journaux du matin étaient étalés sur sa table de travail. Il y avait là le *Neue Zürcher Zeitung*, le *Journal de Genève*, le *Herald Tribune*. Leurs gros titres annonçaient tous la même nouvelle, en allemand, en français ou en anglais : « FIDEL CASTRO EST MORT. LE CHAOS RÈGNE À LA HAVANE .»

C'est donc cela, l'explication ! murmura Hans Zwiebach. Il s'attarda à lire un article en bas de page à la une du *Herald Tribune* titré « Robert Vesco, le fugitif, disparaît de La Havane » :

« Robert Vesco, qui fuit la justice depuis une trentaine d'années, aurait quitté Cuba où il résidait depuis dix-huit ans.

« Au début des années 70, Vesco avait été inculpé par les autorités suisses et américaines pour avoir détourné à son profit un demi-milliard de dollars aux dépens de l'empire financier de Bernie Cornfeld, propriétaire de l'IOS. Cette société financière, dont le siège était à Genève, gérait un fonds commun de placement pour des investisseurs du monde entier. Après avoir fui la Suisse, Vesco avait vécu au Costa Rica et aux Bahamas avant d'en être expulsé. Il avait trouvé refuge à Cuba où, pendant des années, il avait été protégé par Fidel Castro.

«Cependant, à la surprise générale, Castro avait fait arrêter Vesco en juin 1997 et l'avait placé dans une prison de haute sécurité, pour "fraudes et activités illicites" ainsi que pour "actes préjudiciables à l'économie du pays". On disait alors que Castro avait l'intention de l'extrader vers les États-Unis, en signe de bonne volonté et en échange d'un assouplissement de l'embargo commercial que les Américains faisaient peser sur Cuba. Cependant par la suite nul accord ne fut signé à ce sujet.

«Vesco fut alors condamné par un tribunal cubain à treize ans de prison.

«Au début de l'année, il avait été soudain relâché et autorisé à regagner sa villa d'Atabey, la banlieue chic de la capitale, où vivent de nombreux diplomates.

«La Rolls-Royce de Vesco a été retrouvée sur le port de La Havane où elle semble avoir été abandonnée. Son yacht, qui était demeuré amarré au port pendant la détention de son propriétaire, avait quitté les eaux cubaines, dimanche, en début de matinée. On ignore où peut se trouver le fugitif.»

Eh bien ! songea Zwiebach, *si c'est une perte pour Cuba, c'est tout bénéfice pour moi. Si seulement ce que j'ai proposé le week-end dernier à Pietro di Cagliari se déroule bien.*

Il se saisit de son téléphone et composa le numéro de la Banque des Caraïbes pour le commerce et la finance. Il demanda à la standardiste de lui passer le président.

– Werner ? Hans Zwiebach à l'appareil, je vous appelle de Zurich.

– Tout va bien ?

– Cette ligne de téléphone est-elle sûre ?

– Non, je vais vous rappeler sur ma ligne directe.

Dix secondes plus tard, le président de la BCCF était à nouveau en ligne.

– Je pense que vous m'appelez pour savoir si les fonds m'ont été virés. La réponse est oui. Un peu moins de cinquante-huit millions de dollars. J'ai crédité le compte S-1111.

– Bien, je désire maintenant que vous débitiez ce compte de 14 371 499 dollars et que vous créditiez la moitié de cette somme, soit 7 185 479 dollars, sur l'autre compte que j'ai ouvert la semaine dernière, le compte S-2222.

– Entendu. Et l'autre moitié ?

– Virez-la à mon compte à la Banque générale de Suisse à Zurich, numéro 77-65-39-44.

– Je vais m'en occuper tout de suite.

– Parfait. Relisez-moi ces instructions pour vérifier qu'il n'y a pas d'erreur.

Zwiebach écouta attentivement.

– Bien. Maintenant, passons à un autre sujet. Ce que je vais vous dire pourrait vous sembler bizarre, mais laissez-moi finir. Commençons par une hypothèse.

– Allez-y.

– Que se passerait-il si un homme décédé, ou que l'on croit mort, voulait retirer de l'argent d'un compte, disons à votre banque ?

– Il faudrait qu'il se présente en personne, en vie. Sinon, cela créerait des histoires.

– Je comprends. Envisageons le cas d'une personne qui aurait un compte dans une autre banque et qui se présenterait, bien en vie, dans vos bureaux pourvu des documents d'identité et références adéquats, numéros de compte, etc. Pourriez-vous obtenir de l'autre banque qu'elle permette à son client de virer son argent chez vous ?

– Tout dépendrait de cette autre banque.

– Que diriez-vous par exemple de la filiale à Nassau de la Banque générale de Suisse ?

– En principe, ça ne poserait pas de problème. Ils me connaissent bien, là-bas. Tout de même, ce que vous suggérez, par pure hypothèse bien sûr, est très inhabituel.

– Et si vous receviez un million de dollars afin d'accélérer les choses auprès de un ou deux de vos collègues à Nassau et de rémunérer vos loyaux services ?

– Ma foi, l'opération ne prendrait alors que quelques heures. Quelle serait la somme en jeu ?

– Cinquante millions de dollars.

– Cet argent restera-t-il ici ?

– Au début oui, en tout cas. Le compte à créditer serait le S-1111.

– Hmm...

Et le banquier ajouta aussitôt :

– Je peux m'en charger. Qui est ce client ?

– Robert Vesco.

Werner se tut un instant. Puis il émit un long sifflement.

– Eh bien ! ça... Il ne serait donc pas mort, malgré ce qu'on dit ?

– Il le sera très bientôt.

– Comment va-t-il venir ici ?

– En bateau. Pas le sien, le yacht d'un ami à moi.

– Quand ?

– Mercredi soir. Ils préfèrent le débarquer quand il fera nuit.

– Ils peuvent l'amener jusqu'à ma villa en bord de la mer. Ainsi, il n'aura pas besoin de se rendre à la banque. Je faxerai à Nassau tous les documents et je me porterai garant de leur authenticité.

– C'est parfait. Dites-moi exactement où votre maison est située.

– Je vous enverrai par fax un plan détaillé d'ici une heure.

– Excellent. Y a-t-il autre chose à voir ?

– Pour mes honoraires ?

– Je vais vous faxer l'autorisation de prélèvement sur le compte S-1111. Également d'ici une heure.

– Soyez gentil de me faxer par la même occasion les spécimens des signatures pour ces deux comptes.

– D'accord pour le S-1111. Vous recevrez demain le S-2222. Les originaux vous parviendront ensuite par courrier.

– J'aime beaucoup faire affaire avec vous, dit le banquier.

– La réciproque est vraie, répliqua l'avocat zurichois.

En entrant au café Limmat, Zwiebach vit Samuel Schreiber qui l'attendait à la même table que celle qu'ils occupaient dix jours auparavant. S'asseyant face au banquier, il y fit allusion pour commencer.

– De l'eau a coulé sous les ponts, depuis ce jour-là... commenta l'avocat.

– Oui, et tout semble tourner au mieux.

– Comment Pietro a-t-il réagi aux bonnes nouvelles ? s'enquit Zwiebach.

– Il a été extrêmement satisfait des résultats. En outre, le petit truc de l'enveloppe fermée lui a beaucoup plu. C'était tout à fait dans son style.

– Bon, voici donc une autre enveloppe fermée, dit-il en mettant la main à sa poche intérieure. Par contre, celle-ci est pour toi. Ma façon de te prouver mon amitié et ma reconnaissance.

Schreiber hésita une seconde avant de la prendre, puis finalement s'en saisit et l'ouvrit.

Elle contenait deux choses : un carton de signature de la Banque des Caraïbes pour le commerce et la finance portant le numéro S-2222. Et une feuille de papier qui ne comportait qu'une ligne de chiffres : $ 7 185 749,00.

– Peux-tu me dire ce que ça signifie ?

– C'est un compte que j'ai ouvert à ton nom dans une banque des Turks et Caïmans. Cet établissement appartient à un de nos compatriotes qui se charge de sa gestion. Il est totalement protégé par les lois du secret bancaire de ce pays. De la même façon qu'ici.

Schreiber examina attentivement la carte.

– Le chiffre que tu vois, reprit Zwiebach, représente ton solde créditeur. Tu pourras disposer des fonds dès que tu auras apposé ta signature sur la carte de spécimen.

– J'ai bien peur que...

– Avant que tu continues, je t'en prie, écoute-moi. J'étais il y a peu encore dans de sales draps. Toi, et toi seul, m'as sauvé la mise. Mon client a bien voulu récompenser «mes» exploits en se montrant très généreux. Il m'a laissé un quart des bénéfices. La moitié t'en revient. Cela fait $ 7 185 749.

– Hans, je te remercie, cependant, dans ma position...

— Sammy, ce qui est fait est fait.

Schreiber demeura silencieux.

— Je répète, Sammy, ce qui est fait est fait. Que tu acceptes ou non le témoignage de ma reconnaissance n'y changera plus rien. Tu t'en rends compte, n'est-ce pas ?

Zwiebach n'obtint aucune réponse de son vis-à-vis.

— De plus, poursuivit l'avocat, j'ai réussi à trouver un moyen qui te dissocieras pour toujours de ces transactions.

— Lequel ?

Zwiebach avait gagné : il tenait le banquier.

— Soyons francs. Tu as été en mesure de me conseiller à propos de ces contrats sur l'or grâce à ce que tu as appris lors des réunions de la BRI à Bâle. Qui t'a renseigné ?

— Nous connaissons tous les deux la réponse. La seule personne qui savait à coup sûr que les taux d'intérêt américains allaient être relevés et non baissés comme tout le monde s'y attendait, c'était le président de la Fed, Charles Black.

— Tu te souviens, tu m'as dit exactement la même chose ici il y a dix jours. Et je t'ai rappelé que c'était toi qui m'avais présenté Charles Black.

— Je n'ai pas oublié notre conversation.

— Eh bien ! reprit l'avocat, Black était devenu mon client. Légalement, il l'est toujours. Lui et sa femme m'ont donné une procuration qu'ils ne m'ont jamais retirée sur leur compte à la Banque générale de Suisse, compte qui n'a pas été fermé. Tu me suis ?

— Parfaitement.

— J'ai utilisé ce compte pour toutes les transactions sur les contrats à terme sur l'or.

Même Schreiber fut surpris par l'audace de l'avocat. Zwiebach en profita pour enfoncer le clou.

— Il n'y a pas une chance sur un million, que dis-je, sur cent millions, que l'on soit un jour obligé d'utiliser cette couverture pour nous justifier. Ce qui veut dire que Black ne sera jamais au courant de rien. Mais cette sécurité supplémentaire est nécessaire à tous ceux qui sont impliqués, y compris Pietro di Cagliari. C'est sûr à 100 %.

— Tu en as parlé à Pietro ?

— Il ne sait rien. Tout ce qu'il a appris, c'est que je lui ai fait gagner cinquante-sept millions de dollars. Comment, où, par qui, il l'ignore complètement. Et je crois que, de plus, il se fiche de le savoir.

— Et s'il te pose des questions ?

— Il n'en posera pas. Ça n'est pas son genre. Et même s'il se montrait curieux, je lui ferai mon petit discours : je dois garder secrètes mes sources d'information dans la communauté financière, je dois respecter les lois sur le secret bancaire, le laïus habituel. Tu connais la chanson. Ils ne cherchent jamais à en savoir plus. Après tout, s'ils ont choisi la Suisse pour y mettre leur argent, c'est pour profiter de notre secret bancaire. Aussi longtemps que des types comme Cagliari gagnent de l'argent, ils ne posent pas de question. Et s'ils en perdent, ils n'osent pas faire de grabuge.

— Je suis forcé d'admettre que tu as raison sur tous les points, avoua Schreiber.

— Alors, il ne te reste qu'à apposer ta signature sur ce carton. Après ça, tu fais ce que tu veux. Je n'aborderai plus jamais le sujet avec toi, tu as la parole d'honneur d'un avocat et d'un ami.

Samuel Schreiber demeura immobile sur sa chaise, calculant les conséquences de ce qu'il venait d'entrevoir. Puis il sortit un stylo de sa poche et signa le carton. D'un coup de plume, il venait de prendre possession d'un compte créditeur de plus de sept millions de dollars. S'il discutait ferme, il pourrait acheter la villa de Sardaigne pour quatre millions.

Zwiebach rentra chez lui à temps pour regarder le journal télévisé. Cuba y tenait la vedette. Tout se passait comme prévu. Il vit des scènes d'affrontement dans les rues de La Havane. Un reportage montra les débris d'un yacht qui avait explosé en mer, à près de cent milles au nord de Cuba. C'était arrivé à l'aube du lundi. Les garde-côtes américains s'étaient rendus sur les lieux une heure après le drame et avaient identifié le yacht d'après ses débris comme appartenant à Robert Vesco. Il semblait qu'il n'y avait pas eu de survivants.

Zwiebach regarda encore quelques minutes les nouvelles puis éteignit le poste. Il se versa à boire et s'assit dans son fauteuil favori pour savourer ce qui avait été l'une des meilleures journées de sa carrière professionnelle.

Il n'en avait pas fini avec son ami Sammy Schreiber. Il ferait appel à ses talents professionnels quand le moment serait venu d'investir les quarante-neuf millions de dollars qui seraient bientôt versés au compte du Sarde dans les Caraïbes.

27

Ce ne fut que cinq mois plus tard que Hans Zwiebach eut à nouveau besoin du banquier. Ce délai pouvait en partie s'expliquer par un choix délibéré de l'avocat : il avait décidé de laisser Schreiber tranquille pendant un moment. S'il le harcelait, le banquier monterait encore sur ses grands chevaux et mettrait sans doute en avant sa position officielle pour refuser de continuer à collaborer. Il valait mieux lui donner le temps de goûter aux délices de sa soudaine fortune.

L'avocat était certain que Schreiber ne tarderait pas à vouloir revenir à la source. Le banquier fréquentait désormais Pietro di Cagliari et sa cour, ses sept millions s'envoleraient bien vite et il allait avoir à nouveau besoin d'argent.

L'autre explication de cette attente tenait aux marchés, vite retombés. Celui de l'or, notamment, s'était calmé aussitôt après la tourmente.

Au mois de décembre, les choses bougèrent. En raison d'une profonde dépression en Europe, le chômage prit des proportions alarmantes en Allemagne et en Suisse. Lors de la réunion du 3 décembre de la Banque des règlements internationaux, les gouverneurs des banques centrales décidèrent un réajustement des taux d'intérêt pour faire baisser le mark et le franc suisse vis-à-vis du dollar et du yen. Afin d'accélérer ce processus, il fut convenu d'intervenir directement sur les marchés des changes.

Le lendemain, lundi 4 décembre, le téléphone sonna chez Hans Zwiebach. Schreiber avait choisi d'opérer à Londres, sur deux nouveaux fronts, dont le premier se trouvait être le réseau interbancaire des contrats à terme de devises. Sur le second, le LIFFE, étaient traités les contrats d'eurodollars à trois mois, un type de produits dérivés permettant aux spéculateurs de jouer en se basant sur les tendances des taux d'intérêt américains. Le prix des eurodollars était fortement sensible aux variations de ceux-ci : il montait en flèche quand les taux baissaient, et inversement.

Le déroulement des opérations avait été soigneusement pensé par Schreiber. Il «conseilla» à Zwiebach d'acheter à terme des dollars contre des francs suisses et des marks, et de vendre à terme des eurodollars, supposés baisser avec la hausse probable des taux américains. La capacité de nantissement de l'avocat était plus que suffisante : il n'avait pour garantir ses opérations qu'à utiliser les cinquante millions de dollars du Sarde, qu'il avait faits virer au compte J 747-2239 de Charles Black et qui constituaient son nouvel investissement initial.

Comme prévu, Zwiebach appela Stucker à la Banque générale de Suisse et lui répéta mot pour mot les instructions de Schreiber. A son tour, Stucker relaya ces mêmes instructions auprès des opérateurs de la filiale de sa banque à Londres.

Avec la précision d'un mouvement de montre suisse, dès l'ouverture des marchés à Londres, le franc suisse et le mark chutèrent d'une façon vertigineuse. Le prix des eurodollars dégringola. Le lendemain matin, quand Schreiber téléphona à Zwiebach, il ne lui dit que ces deux mots : «Liquide immédiatement ! » Arrivé à son bureau, Zwiebach donna le même ordre à Stucker, qui le transmit à Londres. Vendredi après-midi, à la fermeture des marchés, Urs Stucker informa Zwiebach du résultat des opérations : les bénéfices s'élevaient à cinquante-sept millions de dollars. Zwiebach les fit virer sans tarder sur le compte du Sarde aux Caraïbes, où les «commissions» furent dûment prélevées et transférées à ceux de Zwiebach et de Schreiber.

Si la semaine se termina bien, elle n'avait cependant pas été de tout repos. Et ceci pour une toute autre raison que les mouvements des devises.

Cela se passa le lundi matin. Zwiebach venait de s'entretenir avec Stucker, lorsque la secrétaire de l'avocat le prévint qu'elle avait Charles Black au bout du fil.

— Êtes-vous sûre que vous avez bien compris le nom ? demanda l'avocat.

— Absolument, monsieur.

— D'où appelle-t-il ?

— Je l'ignore.

— Passez-le-moi.

Elle ne fit pas patienter plus longtemps le président de la Réserve fédérale américaine.

— Charles ! lança Zwiebach de sa voix la plus aimable, quelle bonne surprise ! Où êtes-vous ?

— A Bâle. Je suis venu pour une réunion de la BRI.

— Oh ! et vous allez passer par notre bonne ville de Zurich ?

— Non, je vous appelle de l'aéroport, je reprends l'avion pour Paris et, de là, je retourne à Washington. Je voulais simplement vous parler avant de repartir.

Zwiebach attendit la suite avec une certaine inquiétude.

— C'est au sujet de notre fille, Laura. Je ne sais pas si vous vous souvenez d'elle, elle avait déjeuné avec nous il y a six ou sept ans. A l'époque, nous vivions à Londres. Nous passions par Zurich en allant dans le val d'Engadine où j'avais l'habitude de prendre quelques jours de vacances à pêcher la truite.

— Bien sûr, je m'en souviens.

— Laura avait adoré la Suisse. Elle est maintenant étudiante à l'université aux États-Unis et aimerait suivre sa troisième année d'études à l'étranger. Elle rêve de Zurich, mais elle ignore les conditions à remplir. A Washington les gens de l'ambassade ont été en dessous de tout. Voilà ! Je sais que vous enseignez le droit à l'université de Zurich. Vous serait-il possible de lui faire parvenir les renseignements dont elle a besoin pour s'inscrire ?

— Avec plaisir. J'ignore votre nouvelle adresse, voulez-vous me l'indiquer ? Parlez lentement car j'écris sous votre dictée.

Après avoir pris bonne note des coordonnées du banquier à Georgetown, Zwiebach reprit :

– Vous aurez tout ça d'ici la fin de la semaine. Au fait, laissez-moi encore vous féliciter pour votre nomination à la tête de la Fed. Vous devez être débordé.

– On ne peut pas dire le contraire, en effet. D'ailleurs, il va falloir que je raccroche, sinon je risque de rater mon avion. Merci pour tout !

– Ne me remerciez pas. Je reste à votre disposition si vous-même ou votre fille avez besoin de quoi que ce soit.

– Merci, Hans.

L'avocat reposa le combiné avec un soupir de soulagement. La pire chose qui pouvait lui arriver était la venue de Charles Black à Zurich pour fermer son compte. L'appel du président de la Fed lui avait donné des sueurs froides. Néanmoins, après ce coup de téléphone désagréable, Zwiebach entrevit la façon dont il allait pouvoir lui être utile. Il appela sa secrétaire.

– Louise, ce Charles Black est un vieux client. Vous noterez s'il vous plaît l'appel dans le registre-journal, pour que je lui facture ultérieurement mes honoraires de conseil.

– Bien, monsieur. Combien de temps votre entretien a-t-il duré ?

– Dix minutes.

Au cours des trois années qui allaient suivre, Louise marquerait encore sept appels au nom de Charles Black dans ce registre. Chaque fois sur instruction de son patron, qui lui expliquerait que ces coups de fil étaient parvenus sur sa ligne directe.

Trois mois après le vrai coup de téléphone de Charles Black, Zwiebach demanda à Louise de noter un premier faux appel de l'Américain. C'était encore un lundi. Le même plan de bataille avait alors été appliqué, pour un bénéfice de « seulement » vingt-six millions de dollars. En effet, si la Fed avait baissé ses taux d'un demi pour cent, les marchés n'avaient pas réagi avec autant d'ampleur que la fois passée.

Mais quatre mois plus tard, le coup spéculatif était répété avec brio par ses auteurs. On n'était qu'au mois de juillet. Pour Pietro di Cagliari, Hans Zwiebach et Samuel Schreiber, l'année se révélait d'ores et déjà extrêmement fructueuse.

28

Le premier semestre n'avait pas été aussi faste pour tout le monde, comme s'en aperçut le président de la Banque générale de Suisse, *Herr* Lothar Zopf.

Tous les ans, vers le 15 juillet, Zopf avait l'habitude de recevoir en tête à tête les principaux cadres dirigeants de sa société. Ces entrevues avaient pour but d'examiner les résultats des premiers six mois – et de rappeler à tous que, s'ils tenaient à leur job, il n'existait qu'un moyen pour le conserver : faire gagner de l'argent à la banque.

La première personne qu'il reçut fut Friedriech Pfohl, le vice-président chargé des opérations boursières, car son département générait tous les ans la majorité des bénéfices de la société. Cet homme, au demeurant solide, tremblait comme une feuille lorsqu'il s'avança vers le bureau de son patron. Il lui tendit une chemise cartonnée étiquetée « STRICTEMENT CONFIDENTIEL ». A l'intérieur figuraient sur une simple feuille les résultats du premier semestre.

– Mauvais, très mauvais, Pfohl, asséna le président après les avoir parcourus. Eh bien ! quelles sont donc vos explications ?

– Le contexte a été très difficile, *Herr* Zopf.

– Pas plus que d'habitude... Alors ?

– Nous avons subi de lourdes pertes sur les produits financiers. Nous n'avions pas anticipé le changement de politique de la Fed à la fin de l'année dernière. Nous avons payé le prix de nos erreurs sur les eurodollars et les fonds d'État américains. Un prix élevé.

– Que comptez-vous faire pour éponger ces pertes ?

– A ce sujet je crois pouvoir vous faire une suggestion, si vous me le permettez.

– Je vous écoute, nous allons voir si elle est plus brillante que ces résultats.

– Nous avons remarqué qu'un de nos clients connaît une réussite extraordinaire en jouant sur les produits dérivés. Il agit seul, sans l'aide de nos conseillers financiers.

– Comment vous en êtes-vous aperçu ?

– Grâce à l'un de nos opérateurs chargé de ces produits.

– Sur quoi ce client spécule-t-il ?

– Les contrats sur l'or à la Comex de New York. Les euro-dollars à trois mois à Londres. Les changes.

– Et combien a-t-il gagné ?

– Un peu plus de cent soixante-sept millions de dollars.

Le président prit quelques secondes pour digérer ce chiffre.

– En combien de temps ? demanda-t-il.

– Un an, depuis juillet dernier. Ses opérations suivent toujours le même processus. Ce client opère par à-coups. Quatre, jusqu'à présent. Ce n'est pas tout. Il ne s'est jamais trompé. Il est sorti bénéficiaire de chaque opération.

– Quel est le nom de ce client ?

– Notre opérateur l'ignore. Il s'agit d'un compte numéroté. De plus, l'opérateur dit qu'il a été mis sur la touche.

– Pourquoi ?

– Le directeur de la clientèle privée, Urs Stucker, prétend qu'il a fait une erreur lors des premières transactions.

– Qui s'en occupe aujourd'hui ?

– Urs Stucker se charge personnellement de tout. Il passe le relais à notre bureau de Londres. Mais vous connaissez les opérateurs, non ? Qu'ils soient ici ou à Londres, ils n'arrêtent pas de bavarder entre eux. Ils sont au courant de la plus petite rumeur. C'est ainsi que ces opérations sont revenues aux oreilles du jeune *trader*, puis jusqu'à moi.

– Vous en avez parlé avec Stucker ?

– Non. Comme vous le savez, il existe une sorte de muraille de Chine entre nos deux départements. Nous ne devons...

– Naturellement, coupa le président. Toutefois, au cas considéré, ainsi que vous venez de me le dire, cette muraille a déjà été percée à Londres. Sinon, vous ne seriez au courant de rien. On est bien d'accord ?

– Vous avez tout à fait raison.

– Si l'on ne surveillait pas attentivement la situation, nous nous mettrions en position d'infériorité par rapport aux autres.

La périphrase était un peu obscure, mais le vice-président la déchiffra sans peine.

– Comment allons-nous procéder ?

– Si vous détectez un nouvel «à-coup» de même origine, positionnez-vous à l'identique, suivez le mouvement et voyez ce qu'il adviendra. Vous m'en rendrez compte.

– Bien, monsieur. De quel dépôt de garantie disposerons-nous ?

– Combien utilise ce client ?

– Cinquante millions de dollars, d'après notre opérateur.

– Alignez-vous sur lui. Et doublez la mise si les choses tournent à notre avantage.

– Entendu.

– Ah ! un petit détail, Friedriech. Notre conversation doit rester strictement confidentielle. Je place ma confiance en vous.

– Merci, monsieur.

En sortant du bureau du président, le vice-président fit appeler le jeune opérateur et lui demanda d'être de cet instant sur le qui-vive.

Une vigilance qui porta ses fruits sept mois plus tard. Le premier lundi de février, le jeune *trader* appela le vice-président quelques minutes après l'ouverture de la banque.

– Ça recommence, *Herr* Pfohl. *Il* a cependant changé de tactique. Il vient de donner des ordres pour vendre à terme des euromarks et des eurofrancs suisses à Londres et acheter à terme des marks à Francfort et des francs suisses ici, à Zurich.

– Les opérations ont-elles commencé ?

– Tout juste.

– Bon. Alors donnez la priorité aux ordres maison.

– Combien mettons-nous ?

– Cinquante millions de dollars.

– Pour une telle somme, j'aurai besoin d'un bordereau signé.

– Vous allez l'avoir dans cinq minutes. Dans l'intervalle, n'attendez pas. Effectuez d'abord *nos* opérations.

En termes bancaires, cela s'appelait du *« front running »*, une pratique connue dans le monde entier. Elle permettait aux banques de passer des ordres pour leur propre compte avant d'exécuter ceux de leurs clients, et donc de profiter d'un meilleur prix. Un procédé à la fois très sûr et parfaitement illégal.

Le vendredi suivant, la situation se résumait ainsi : la banque avait gagné trente et un millions de dollars, et son mystérieux client vingt-sept millions.

La Générale profita encore de deux « à-coups » de ce type cette année-là. Avec pour résultat la résorption de ses pertes antérieures et, au final, un résultat très largement bénéficiaire sur l'exercice.

Le 31 décembre, peu après que le vice-président Pfohl eut été appelé par son supérieur pour remettre son rapport de fin d'année, il reçut une prime de onze millions de dollars. Le jeune opérateur empocha un million et on lui promit que ce n'était qu'un début. Car Lothar Zopf venait d'autoriser de doubler la mise.

L'année suivante fut tout simplement mirifique, grâce à deux opérations du même type, l'une en janvier, l'autre en novembre. Cette dernière porta sur des sommes énormes. Zwiebach et la Banque générale de Suisse vendirent à la baisse une quantité faramineuse d'eurodollars sur le marché international à terme de Londres, le LIFFE.

C'est à ce moment-là que les ennuis commencèrent.

29

Après la chute de la BCCI en 1991 et la faillite de la banque Barings en 1995, la BRI avait jugé utile de mieux surveiller les agissements des banques. Dans ce but, elle demanda à sir Robert Neville, le gouverneur de la Banque d'Angleterre, de former une petite équipe de «sentinelles des marchés». Il nomma à sa tête Derek Hambro, tout juste sorti de la London School of Economics et descendant d'une longue lignée de banquiers d'affaires. Cette équipe prit le nom confidentiel de groupe de surveillance.

Le groupe disposa d'un logiciel spécialement conçu pour détecter les transactions frauduleuses et identifier leurs auteurs. Il en vint peu à peu à vérifier particulièrement les mouvements sur les produits dérivés, car ils étaient ceux qui comportaient le plus de risques. En 1995, un opérateur de 28 ans travaillant pour la Barings à Singapour avait pris tout seul une position à découvert de vingt-deux milliards de dollars à la Bourse de Tokyo. Il avait joué l'argent de la banque sur la certitude que le Japon baisserait ses taux d'intérêt. L'inverse s'était produit. Il perdit près de un milliard quatre cents millions de dollars en quelques semaines, ce qui entraîna la faillite de la banque. Cet exemple ne refroidit cependant pas les spéculateurs : le marché des produits dérivés ne fit que croître et embellir, jusqu'à porter théoriquement sur dix mille milliards de dollars.

Le groupe de surveillance établit ses bureaux à l'intérieur de la Banque d'Angleterre, non loin du LIFFE, devenu l'une des principales Bourses mondiales des produits dérivés. On y traitait aussi bien les contrats à terme sur les fonds japonais que sur les obligations américaines ou sur les eurofrancs suisses.

L'attention du groupe de surveillance fut d'abord attirée par d'énormes mouvements portant sur les taux d'intérêt à terme pendant la semaine du 3 novembre. Remontant le cours de l'année, le groupe découvrit trois autres mouvements inhabituels et qui avaient suivi le même processus. Par expérience, les hommes du groupe purent déduire qu'il y avait là trace d'un délit d'initié. Ils s'aperçurent également que la plupart des opérations portaient sur des produits dérivés axés sur le dollar. Ils en conclurent que l'initié était un Américain.

Derek Hambro en avertit sir Robert Neville et lui demanda l'autorisation de concentrer tous les moyens du groupe sur cette affaire. Autorisation qu'il reçut sur-le-champ lorsque sir Robert apprit le volume astronomique des sommes en jeu, qui ne cessait d'augmenter à chaque nouvelle opération. Ce feu vert n'était donné qu'à la condition de n'agir que dans le plus grand secret. En effet, on avait affaire à un gros gibier, qui, par définition, devait avoir des relations dans les plus hautes sphères du monde de la finance. Sir Robert, quant à lui, se vit tout de même dans l'obligation d'informer le président de la BRI, son supérieur dans ce domaine. Il ne craignait aucune fuite de la part du président Schreiber : à la tête de la Banque nationale de Suisse, celui-ci ne pouvait être que d'une discrétion totale.

Averti par sir Robert Neville, Schreiber lui donna immédiatement son agrément à ce que l'enquête devienne la priorité des priorités. L'ordinateur du groupe fut programmé pour établir la liste de toutes les opérations du LIFFE sur les produits dérivés portant sur le dollar.

Au début, le groupe ne détecta rien de suspect dans la masse fantastique des données. Il continua à vérifier les archives des semaines puis des mois précédents sans découvrir de nouvelles opérations frauduleuses. Cela revenait à chercher une aiguille dans une meule de foin.

On avait passé au crible les opérations des dix-huit mois écoulés quand le groupe tomba enfin sur une piste sérieuse. L'ordinateur signalait de gros remous sur les eurodollars pendant la deuxième semaine de juillet. En remontant encore le temps, on découvrit qu'au cours du mois de mars de la même année, les eurodollars avaient connu ponctuellement un phénomène identique. Et de même pendant le mois de décembre précédent.

Après analyse de ces opérations, il sauta aux yeux des enquêteurs financiers que lors des sept transactions qu'ils avaient réussi à identifier, un même *timing* avait toujours été respecté. Le hasard n'y était pour rien. Les opérations en cause s'étaient, sans exception, déroulées quelques jours avant que la Fed annonce une hausse ou une baisse de ses taux d'intérêt. C'était la confirmation de leurs premiers soupçons : l'initié devait être un Américain, probablement très proche d'une personne haut placée à la Fed, et qui connaissait les intentions de son président.

L'enquête en était là lorsque l'un des assistants de Derek Hambro remarqua une chose curieuse. Tous les mouvements sans exception avaient eu lieu le lundi suivant le premier week-end du mois. Il en informa sans tarder son patron qui organisa une réunion des membres du groupe.

– Quel lien existe-t-il entre ce *timing* et notre homme ? leur demanda Neville. Que se passe-t-il chaque premier week-end du mois ?

Personne ne semblait avoir la réponse en tête. Finalement, ce fut Hambro qui offrit une des clé de l'énigme, ce jour-là :

– Bien sûr, écoutez, ça crève les yeux ! Quel idiot suis-je de ne pas y avoir pensé plus tôt ! Où se rend le gouverneur de la Banque d'Angleterre chaque premier week-end du mois ?

– A Bâle, dit l'un des assistants.

– Exactement.

– Qui d'autre est alors présent ? Le président de la Fed. Il prévient ses collègues des prochains changements qu'il envisage sur les taux d'intérêt américains.

– On a donc affaire à une personne membre de la BRI ?

– Ne nous emballons pas, intervint Hambro. Jusqu'à maintenant, tout laisse à penser qu'il s'agit d'abord d'une personne membre de la Fed. Les opérations suspectes ont toujours concerné les produits dérivés sur le dollar.

– Ce n'est pas si sûr, intervint un des membres du groupe. Nous n'avons pas vérifié les opérations qui auraient eu lieu en euromarks ou en eurofrancs suisses ou même en euro-yens.

– Alors, au travail. Et concentrons-nous sur les dix-huit mois où nous n'avions rien trouvé.

– Et si nous découvrons quelque chose ?

– Si le processus est identique, alors nous serons certains que notre coupable se trouve à l'intérieur même de la BRI.

Dans les deux semaines qui suivirent, le groupe découvrit trois nouvelles séries d'opérations, précisément sur les euromarks et les eurofrancs suisses.

Hambro informa aussitôt sir Robert Neville du résultat de l'enquête et lui fit part de ses conclusions : le doute n'était plus possible. L'initié appartenait au sérail de la BRI.

– Alors, il s'agit d'un traître de haut vol ! s'exclama sir Robert. Notre homme, ajouta-t-il après un moment de réflexion, n'a pourtant pas pu agir seul. Il a dû passer par une institution financière.

– J'y ai songé, répondit Hambro. C'est pourquoi je vous demande l'autorisation de procéder à deux nouvelles investigations, après lesquelles nous devrions connaître le mot de la fin.

– Quel genre d'investigations ?

– En premier lieu, j'imagine que le LIFFE n'est pas seul à pouvoir nous renseigner. Notre spéculateur, s'il connaît les mouvements des taux à l'avance, doit aussi, selon toute probabilité, être très renseigné sur les variations des changes. J'aimerais donc (avec votre permission) faire le tour des banques de la City et leur demander si elles se souviennent de mouvements exceptionnels en matière de changes, dont certains auraient coïncidé avec les dix opérations suspectes passées sur le LIFFE.

– Vous avez mon accord.

– Dans un second temps, je voudrais interroger les opérateurs responsables des devises et ceux qui travaillent en salle des marchés, leur demander s'ils peuvent et acceptent de me révéler qui est au centre de tout cela.

– Vous voulez dire quelle compagnie d'agents de change ?

– Oui, ou quelle est la banque concernée.

– Entendu.

– Certains seront cependant peut-être un peu récalcitrants.

– Je vais vous faire une lettre pour lever les obstacles.

– Spécifiez bien, je vous prie, que tout le poids de la Banque d'Angleterre est derrière cette enquête.

– Vous l'aurez.

Ce fut une opération pénible pour l'*establishment* financier britannique, qui ne se livrait pas facilement. Hambro, en menant personnellement l'enquête, reçut des banques et du LIFFE la même réponse. L'établissement en cause n'était pas une banque anglaise. Ni un cabinet d'agents de change américain. Tout venait de la Banque générale de Suisse.

Ses investigations terminées, Derek Hambro envoya au gouverneur de la Banque d'Angleterre un rapport écrit complet. Quelques heures plus tard, sir Robert le convoqua dans son bureau.

– Derek, commença-t-il, vous avez fait de l'excellent travail. Je vous en remercie à titre personnel. C'est désormais à moi de prendre des mesures.

– Puis-je vous demander, monsieur, la permission de continuer à m'en occuper avec vous ? Comme vous le savez maintenant, nous n'avons jamais eu l'occasion de traiter une affaire de cette ampleur. On s'attend à ce genre de trafics dans des pays comme le Mexique ou le Pakistan. Ou de la part d'opérateurs véreux. Ici, toutefois, nous sommes au cœur du système. La Fed est impliquée. La BRI est impliquée. Et l'on peut se poser de sérieuses questions quant à l'intégrité de la plus grosse banque d'affaires suisse, qui occupe une position clé dans le réseau financier mondial.

– Votre analyse est très pertinente, répondit sir Robert.

– C'est la raison pour laquelle j'aimerais rester jusqu'au bout dans l'affaire.

– C'est-à-dire ?

– Pourquoi ne m'emmenez-vous pas avec vous à Zurich ? Je voudrais confronter les hommes de la Banque générale de Suisse avec les faits irréfutables qui figurent dans mon rapport.

– J'ai l'impression que vous ne portez pas les Suisses dans votre cœur.

– Disons plutôt que je n'aime pas particulièrement certains banquiers suisses. Ils sont cupides et trop sûrs d'eux-mêmes. Sous leur masque d'honorabilité, ce ne sont que des crapules.

– Ils sont aussi très habiles. Souvenez-vous que les Suisses ont inventé le secret bancaire dans les années 30 pour que des gens comme vous et moi ne mettent pas le nez dans leurs affaires.

– Dans ces conditions, comment procéder ?

– Je ne vois qu'une solution. En faisant appel à la plus haute autorité du monde bancaire suisse, qui, Dieu merci, se trouve également à la tête de la BRI. Je veux parler bien sûr de Samuel Schreiber.

– Comment savez-vous qu'il ne va pas faire obstruction ?

– Parce que dans le cas présent, vous l'avez vous-même démontré, les faits sont irréfutables. De plus, Schreiber n'ignore pas que je serais dans l'obligation d'en informer les gouverneurs des banques centrales lors de notre réunion à Bâle, le week-end prochain. Je vais exiger que Schreiber mette les gens de la Banque générale de Suisse devant leurs responsabilités, et cela avant notre réunion.

– Et ensuite, que ferez-vous ?

– Nous allons bien voir ce qui va ressortir des informations que la Générale nous communiquera.

– Quand comptez-vous prévenir Schreiber ?

– Je vais lui téléphoner tout de suite. Restez donc, Derek.

30

Sammy Schreiber était pareil à un boxeur sonné lorsqu'il raccrocha au bout de vingt minutes de conversation téléphonique. «Nom de Dieu!», s'exclama-t-il dans un langage qui ne lui était guère familier. Il savait qu'une enquête avait été diligentée par sir Robert Neville. Il lui avait même donné son feu vert. Mais dans ses pires cauchemars, le banquier suisse n'aurait pu imaginer qu'elle prendrait de telles proportions. Ah! ces damnés Anglais, avec leur esprit d'indépendance et leur manie de jouer aux héros! Et maintenant?

Schreiber n'avait pas le choix. Il appela au téléphone sur sa ligne directe Lothar Zopf, le président de la Banque générale de Suisse.

— Il faut que je vous voie immédiatement, lui dit-il dès qu'il l'eut au bout du fil.

— Pourquoi? demanda Zopf.

— Je ne veux pas en parler au téléphone.

— Écoutez, j'ai un comité de direction qui commence dans une demi-heure.

— Annulez-le.

— Très bien, accepta Zopf après un instant de réflexion. J'arrive. Je pars immédiatement.

— Non, je préfère vous voir à votre bureau. Et je prendrai l'ascenseur privé. Je serai là-bas dans trente minutes.

— Ma secrétaire vous fera entrer. Elle vous connaît.

— Bien. N'en parlez à personne.

Après avoir raccroché, Schreiber appela Zwiebach sur sa ligne privée.

– Hans, dit-il, rendez-vous au café Limmat dans une heure. En attendant, ne prenez aucun appel.

Lothar Zopf ne put dissimuler sa nervosité lorsque Schreiber pénétra dans son bureau.

– Que se passe-t-il de si urgent ? demanda-t-il.

– Quelqu'un utilise les facilités de la Banque générale de Suisse pour de massives opérations d'initié.

– Qu'est-ce que vous appelez des « opérations massives » ?

– Suffisantes pour attirer l'attention de la Banque d'Angleterre. On ne m'a pas fourni de chiffres exacts, seulement des évaluations. L'important, c'est que les Anglais ont identifié un certain nombre d'opérations suspectes. Votre banque y a participé et s'en est toujours sortie gagnante, d'après les opérateurs de Londres.

– Hmm... Sur quels marchés ?

– Les produits dérivés, les taux d'intérêt et les changes.

– Nous ne sommes pas les seuls à y être présents.

– La différence, c'est qu'aucune perte n'a jamais été enregistrée chez vous de ce côté-là à ces moments-là.

– Ce qui veut dire ?

– Affaire d'initié, je vous le répète.

– Mais qui ?

– C'est ce que je veux découvrir. Avec votre collaboration.

– Écoutez, Sammy, nous sommes tous les deux dans la banque depuis de nombreuses années et nous nous connaissons depuis longtemps.

– Exact.

– Alors, vous savez aussi bien que moi que ces histoires de délit d'initié arrivent de temps en temps. Et qu'on les traite en interne.

– Cette fois-ci, c'est impossible.

– Et pourquoi ?

– A cause de l'initié lui-même.

– Je ne comprends pas.

– Dans le cas présent, ce n'est pas un membre du conseil d'administration d'une quelconque société qui profiterait

222

d'un tuyau pour se garnir les poches. Nous sommes en présence de quelqu'un de haut placé dans les instances gouvernementales.

— De la Suisse ? demanda Zopf, qui n'en croyait pas ses oreilles.

— Tout de même pas.

— Que savait cet initié pour gagner à tous les coups ?

— Si les taux d'intérêt allaient grimper ou chuter.

— Et quels types de taux ?

— Les taux à court terme, aux États-Unis, en Allemagne et ici. La plupart des opérations portaient sur le dollar, mais aussi sur le mark et sur notre franc.

— Vous m'avez dit que c'est la Banque d'Angleterre qui a tout découvert. C'est peut-être un Anglais ?

— Je ne pense pas, hélas ! En tout cas, il ne sera pas difficile de l'identifier. J'ai apporté la liste des dix dates auxquelles ces opérations ont eu lieu. Vous en avez certainement gardé la trace.

Zopf était sur le point de refuser de coopérer, lorsqu'il regarda attentivement Schreiber dans les yeux. Il se rendit compte qu'il n'avait pas le choix. Il prit la liste que Schreiber lui tendait.

— Combien de temps les vérifications vont-elles prendre ?

— Ça ira vite, quelques heures.

— Vous m'appellerez quand vous saurez qui est derrière tout ce trafic.

— Bien, et ensuite ?

— Tout dépendra de la personne en cause. Quoi qu'il en soit, je peux vous assurer que je ferai le maximum pour que cette affaire ne s'ébruite pas.

— C'est-à-dire ?

— Le public n'en saura rien.

— Je vous en serai reconnaissant si vous y parvenez. Nous avons déjà eu suffisamment de scandales comme ça. Inutile d'en avoir un de plus et de cette ampleur.

— Je suis bien d'accord avec vous, dit Schreiber. J'attends de vos nouvelles.

Puis il sortit par l'ascenseur privé et franchit une porte dérobée donnant sur la petite rue où il avait garé sa Mercedes.

Lorsque la voiture de Samuel Schreiber se rangea non loin du café Limmat, Zwiebach l'attendait à leur table habituelle.

– Tu n'étais guère causant, tout à l'heure au téléphone... dit l'avocat lorsque celui-ci se fut assis. Des ennuis ?

– On t'a mis au courant de l'enquête menée par les gens de sir Robert Neville à Londres, n'est-ce-pas ?

– Oui, c'est toi qui m'en as parlé. Et d'après ce que tu disais, il ne devait rien en sortir.

– Je me suis trompé. Ils ont découvert toutes les opérations passées par la Banque générale de Suisse. Ils ont même les dates.

– Bon sang ! c'est la catastrophe !

– Pas d'affolement, Hans. Nous en savons plus qu'eux et j'ai bien l'intention de parer leurs coups.

– Comment ?

– Je viens d'avoir une discussion avec Lothar Zopf. Je lui ai donné les dates des opérations. Il est en train de remonter à la source. Il va tomber sur ton compte B. Je suis prêt à parier qu'il t'appellera et qu'il sera dans ton bureau dans les dix minutes qui suivront.

– Que vais-je lui dire ?

– La vérité. Que c'est le compte de Charles Black et que tu n'as fait que suivre ses instructions. Toutefois, au départ, tu feras semblant de ne rien pouvoir lui dévoiler. Tu lui sortiras ton bla-bla sur le secret des relations entre l'avocat et son client, le secret bancaire et les représailles que tu encours si tu violes le secret professionnel. Demande-lui une indemnisation.

– Il refusera de me la donner, tu le sais bien.

– Bien sûr. Tu fais partie du conseil d'administration de la Banque générale de Suisse, n'est-ce-pas ?

– Oui.

– Alors, à la fin, en faisant mine de te placer au-delà de ta loyauté vis-à-vis de la banque, abandonne tes réticences et

224

balance-lui Charles Black. Lothar Zopf et toi avez été trahis par un étranger. Ainsi ce sera cet étranger et pas toi qui devra faire face aux conséquences.

Tout se passa comme Schreiber l'avait prévu. Au milieu de l'après-midi, Lothar Zopf fut soulagé d'apprendre la « vérité » de la bouche de maître Hans Zwiebach. Habilement, l'avocat lui suggéra, au nom des intérêts suisses, qu'il serait bon que l'Américain soit discrètement châtié pour les avoir manœuvrés tous les deux. Zopf appela immédiatement Schreiber du bureau de Zwiebach pour lui révéler le nom de l'initié qui s'était servi à son insu de la banque pour commettre ses forfaits.

A son tour, Samuel Schreiber apprit la nouvelle à sir Robert Neville. Il lui annonça que toutes les opérations émanaient d'un seul compte à la Banque générale de Suisse. C'était un compte B, dont la procuration était détenue par un avocat de Zurich. Sous le pression de Schreiber et du président de la Banque générale de Suisse, l'avocat avait finalement dévoilé le nom du détenteur du compte : Charles Black.

Il n'y eut aucune réaction au bout de la ligne. Seulement un silence.

Aussi Schreiber poursuivit-il, en annonçant à sir Robert qu'il l'attendrait dans son bureau de Zurich, le vendredi à 10 heures. Cela donnerait à la Banque générale de Suisse le temps de lui fournir tous les documents relatifs à cette affaire. D'après le président de la banque, les preuves étaient accablantes.

Schreiber insista ensuite pour que l'affaire soit réglée à l'intérieur du « club » des banques centrales. Il était persuadé que leurs collègues gouverneurs préféreraient cette solution. Quant à Charles Black, lorsqu'il viendrait à la réunion le prochain week-end, il se verrait confronté aux preuves accumulées contre lui. Schreiber le réprimanderait devant ses pairs et lui, Neville, était certain qu'ils n'en entendraient plus parler après cela.

La conversation terminée, sir Robert appela Hambro dans son bureau et lui répéta mot pour mot ce que le gouverneur de la Banque nationale de Suisse lui avait révélé.

— Schreiber a terminé en insistant pour que cette affaire demeure confidentielle, dit sir Robert. Black sera exclu des dîners et des réunions de la BRI et envoyé au diable.

— Avec tout le respect que je vous dois, sir, il me paraît impossible d'en rester là, objecta Hambro. Absolument impossible. Je dois vous accompagner à Zurich. Quand nous serons en possession des documents, je les livrerai à la police de Bâle. J'ai déjà travaillé avec eux (notamment une personne en particulier) lors de l'enquête sur la BCCI. Ils sont compétents et jouent le jeu. Tout cela, bien sûr, si vous m'en donnez la permission.

— Vous l'avez. C'est en effet préférable. Faites réserver deux chambres au Baur-au-Lac.

— Bien, monsieur. Une chose encore me retient, poursuivit Hambro. Qu'est-ce qui aurait pu pousser un homme comme Charles Black à agir ainsi ? Que compte-t-il faire de tout cet argent ? On ignore la somme exacte, mais elle doit se chiffrer à plusieurs centaines de millions de dollars. Pourquoi ne pas se contenter de faire un seul gros coup ? On ne l'aurait jamais pris, de cette façon.

— Ce genre d'hommes ne s'arrête jamais, répondit sir Robert. Souvenez-vous que Charles Black a d'abord été un banquier d'affaires. Tout comme le tristement célèbre Michael Milken. Milken avait continué ses forfaits même après avoir engrangé son premier milliard de dollars.

— Vous avez raison... Je vais m'occuper des réservations d'hôtel.

31

Samuel Schreiber eut une désagréable surprise lorsque ce furent deux hommes et non un seul qui pénétrèrent dans son bureau de la Banque nationale suisse, et il ne se priva pas d'en faire état.

– Je pensais que vous viendriez non accompagné, sir Robert, dit-il en restant ostensiblement assis.

– Je suis désolé de ne pas vous avoir prévenu, répondit l'Anglais, mais mon assistant à la Banque d'Angleterre sur cette affaire est beaucoup plus apte que moi à s'occuper de son suivi général. Il a dirigé l'équipe qui s'est chargée de l'enquête, comme nous en étions convenus tous les deux. C'est la raison de sa présence ici. Je vous présente Derek Hambro.

Un nom qui éveilla l'intérêt du Suisse.

– Vous appartenez à cette vieille famille de banquiers, sans doute ? demanda Schreiber.

– En effet.

– Alors, vous devez être parent de Jocelyn Hambro ?

– C'était mon grand-oncle.

– Je l'ai bien connu. Comme vous le savez, le monde financier l'admirait beaucoup.

Sur ces mots, Schreiber se leva et serra la main des deux hommes.

– Par où commençons-nous ?

– Je suggère que nous examinions les documents de la Banque générale de Suisse en rapport avec les transactions suspectes, s'ils sont en votre possession.

– Je les ai reçus. Allons nous asseoir à la table de conférence. Vous y trouverez les dossiers classés par date et par
opération.

Les deux Anglais prirent place devant dix dossiers verts
étalés sur la table. Schreiber s'assit en bout de table, devant
deux autres dossiers.

– Avant que vous ne commenciez à les examiner, jetez
donc un coup d'œil sur ceci. C'est le carton de spécimens de
signature.

Il le tendit à Hambro.

– Comme vous pouvez le voir, cette signature contrôle le
compte J 747-2239 de la Banque générale de Suisse. Toutes
les opérations, j'insiste, *toutes sans exception,* ont été passées
par ce compte. De plus, il s'agit d'un compte B, ce qui signifie qu'il est au nom d'un avocat détenant la procuration de
son client. Ce qui renforce encore le secret bancaire.

Hambro examina attentivement le carton.

– Cet avocat s'appelle bien Hans Zwiebach ? demanda-t-il.

– Oui.

– Le connaissez-vous ?

– Fort bien. C'est un homme d'une intégrité totale.

– N'a-t-il pas toutefois été surpris par ce que faisait son
client ?

– Zwiebach n'était qu'un intermédiaire. Ce n'est qu'après
votre coup de téléphone, sir Robert, que je lui ai expliqué
que le *timing* des opérations était suspect. L'avocat s'est alors
rendu compte de la nature et de la gravité du problème.

– Je vois, dit sir Robert.

Schreiber se dépêcha de poursuivre :

– Dans ces conditions, Zwiebach a fini par révéler le nom
de son client à M. Zopf, le président de la Banque générale
de Suisse, et celui-ci me l'a transmis. Je me suis depuis cela
entretenu avec maître Zwiebach. Il attend votre visite. Quand
nous en aurons terminé, je lui téléphonerai. Son bureau est
situé à cinq minutes d'ici.

Les trois hommes passèrent la demi-heure suivante à examiner le contenu de l'un des dossiers, celui portant sur les

opérations de la semaine du 3 novembre de l'année précédente. Derek Hambro posa diverses questions concernant les procédures internes de la banque. Schreiber lui répondit avec précision. Ils en vinrent enfin au tout dernier document.

– Si je comprends bien le sens de ce bordereau, dit Hambro, à la fin de cette semaine de novembre, les bénéfices ont été crédités au compte J 747-2239 puis virés à la Banque des Caraïbes pour le commerce et la finance aux îles Turks et Caïmans, dans les Caraïbes.

– Oui. D'après ce que m'a dit Zopf, cela faisait partie de ses instructions.

– Ainsi, tout l'argent a disparu hors de Suisse.

– On dirait, oui.

– D'où sort-elle, cette banque caraïbe ?

– Dès que j'ai été au courant, j'ai déclenché une enquête, répondit Schreiber. La société appartient à un Suisse qui avait travaillé pour l'une de nos principales banques à Zurich et qui a eu des démêlés avec la loi. De ce fait, il a dû quitter le pays. Je crains qu'il ne soit hors d'atteinte, là-bas. Et même si nous pouvions mettre la main sur lui, qui sait où l'argent se trouve, aujourd'hui.

– Tout a été pensé et exécuté d'une façon méticuleuse, remarqua sir Robert.

– Absolument, ajouta Schreiber. Seul quelqu'un de très haut placé dans le monde de la finance a pu concevoir un tel plan. Il était infaillible jusqu'à ce que...

– Jusqu'à ce que Derek Hambro et son équipe découvrent le pot aux roses, coupa sir Robert. Et ils auraient échoué si Charles Black ne s'était pas montré aussi gourmand.

– Que voulez-vous dire ? demanda le Suisse.

– A un moment, l'année dernière, le montant des transactions suspectes a battu tous ses records, intervint Hambro. Ces sommes astronomiques nous ont mis la puce à l'oreille.

Schreiber ressentit une vive surprise, mais il ne laissa rien paraître. Quand ils eurent passé en revue tous les dossiers, le Suisse appela Zwiebach et lui dit quelques mots en dialecte alémanique.

– Maître Zwiebach est prêt à vous recevoir, dit-il aux deux Anglais.

Il nota l'adresse de l'avocat et la tendit à Hambro.

En les raccompagnant jusqu'à la porte, Schreiber demanda à sir Robert :

– Comment comptez-vous présenter les choses lors de la réunion de la BRI ?

– Je vous le ferai savoir avant notre dîner du samedi soir.

Hans Zwiebach attendit à dessein les deux hommes dans le vestibule. Après avoir accueilli ses visiteurs, il les fit pénétrer dans le bureau de sa secrétaire, qui était l'antichambre du sien.

– Je vous présente Mlle Louise Stumpf, dit l'avocat. Elle m'assiste dans mon travail et tient un registre journalier de tous les visiteurs et des appels téléphoniques. Mlle Stumpf travaille pour le cabinet depuis quarante ans ; elle le fit d'abord pour mon père, puis pour moi et mes associés depuis que j'en ai repris la direction.

Sir Robert et Derek Hambro lui serrèrent la main.

– Louise, dit Zwiebach, voulez-vous nous apporter vos registres de ces quatre dernières années.

L'avocat se tourna vers sir Robert.

– D'après ce que m'en a dit Lothar Zopf, nous nous intéressons à dix dates précises.

– C'est exact, répondit sir Robert.

– Pourriez-vous en donner la liste à Mlle Stumpf ?

– Tout de suite ?

– S'il vous plaît. Cela lui permettra de vérifier sur les registres pendant que nous bavardons dans mon bureau.

– Puis-je vous demander ce qu'elle doit rechercher ? dit Hambro.

– Les communications téléphoniques de l'un de mes clients. Vous savez son nom : Charles Black. Cela ne lui prendra que quelques minutes.

Derek Hambro haussa légèrement les épaules pour montrer son désaccord avec la façon de procéder imposée par l'avocat. S'adressant à sir Robert, il dit :

– Je préférerais rester ici avec Mlle Stumpf pour examiner les dossiers que M. Schreiber nous a remis. J'ai ma propre liste et je vais vérifier si les dates correspondent.

Sir Robert et Zwiebach pénétrèrent dans le bureau de l'avocat. Quelques instants plus tard, Mlle Stumpf revint dans l'antichambre, les bras chargés de quatre registres.

– Je suppose que vous voulez comparer les dates portées dans vos registres avec celles de ma liste, dit Hambro.

– Oui, monsieur. Telles sont les instructions.

– Très bien. Commençons par l'année dernière. Le 13 janvier.

– Nous avons reçu vingt-sept appels dans la matinée, dit Louise après avoir feuilleté un des livres.

– L'un d'eux venait-il de Charles Black ?

– Oui, à 11 h 42.

– D'où appelait-il ?

– Je l'ignore. Je ne note que l'heure.

– Bon. Passons à la première semaine de mars.

– M. Black a téléphoné à 9 h 47.

Quand ils en eurent terminé, Hambro demanda à Louise de photocopier les pages où figuraient les appels de Charles Black. Lorsque ce fut fait, il proposa à la secrétaire de l'accompagner dans le bureau de son patron.

Sir Robert et Zwiebach s'étaient installés face à face autour de la petite table de conférence. Sans cesser de parler, l'avocat fit signe à Hambro de s'asseoir. Il ignora la présence de sa secrétaire.

– Sir Robert, poursuivit-il, voici la procuration pour le compte J 747-2239. Comme vous le voyez, elle date d'il y a quinze ans. Charles Black et sa femme l'ont tous les deux signée. Ouvrir ce compte n'était pas pour eux qu'une démarche formelle. Quand ils habitaient Londres, Mme Black l'a beaucoup utilisé pour passer des ordres de Bourse en profitant des marges de manœuvre que la Banque générale de Suisse lui accordait. Je dois ajouter qu'elle a gagné de grosses sommes d'argent.

Sir Robert fronça les sourcils.

– Voulez-vous dire qu'elle est impliquée dans l'affaire qui nous occupe ? demanda-t-il.

– Non, non, absolument pas. Tout ce que je voulais vous faire remarquer, c'est que la famille Black excelle, semble-t-il, en matière de placements fructueux. Les Black m'ont toujours donné des instructions précises. Et mon rôle s'est toujours limité à les transmettre à la Banque générale de Suisse.

Il se tourna alors vers Mlle Stumpf qui était restée debout, un peu en retrait.

– Louise, ayez l'obligeance de photocopier cette procuration. Auparavant, dites-nous si les dates inscrites dans vos registres correspondaient à celles des dossiers.

– Oui, monsieur, j'en ai d'ailleurs fait des photocopies à la demande de M. Hambro.

– Bien. Dans ce cas, vous pouvez disposer.

Zwiebach dut faire un effort sur lui-même pour ne pas montrer son soulagement. Jusque-là, personne n'avait noté que les appels téléphoniques portés sur les registres étaient arrivés sur sa ligne directe.

– Merci, vous pouvez retourner à votre bureau, Louise, poursuivit l'avocat. Au fait : je vous demanderai de ne parler à personne de ce que vous venez d'entendre.

– Entendu, monsieur. Je vais vous apporter immédiatement la photocopie de la procuration.

Elle quitta la pièce.

Les craintes de l'avocat se ravivèrent lorsque Hambro posa cette question :

– Avant d'en terminer avec ces appels, pouvez-vous m'indiquer comment fonctionne le téléphone dans ce pays. Quels sont les appels dont on peut retrouver l'origine ?

– Vous n'ignorez pas que la Suisse est un petit pays. Tous les appels à l'intérieur de la Confédération sont des communications locales et ne laissent aucune trace. Les appels internationaux, quant à eux, sont identifiables *a posteriori*.

– Dans quelle catégorie classez-vous les communications de Charles Black ?

– Locales, dans leur majorité. Comme vous le savez, sir

Robert, Black venait en Suisse à peu près chaque mois pour assister aux réunions de la BRI.

– C'est vrai. Toutefois, il y a peut-être eu des exceptions ?

– Laissez-moi examiner ces dates encore une fois.

Zwiebach se plongea dans la liste que lui tendit Hambro. Il en émergea au bout de deux minutes.

– Un coup de téléphone me revient en mémoire. Black m'a appelé de l'hôtel Savoy à Londres au début de janvier de l'année dernière. D'après le registre, c'était le 13 janvier.

Il fit une pause et reprit :

– Je me souviens de l'avoir rappelé ensuite au Savoy. Cette fois, pas au sujet des instructions financières qu'il m'avait données, mais pour sa fille Laura pour qui il voulait une chambre au Palace Hotel à Saint-Moritz. Je lui ai dit que l'hôtel était complet.

– Vous vous rappelez d'autres communications ?

– Oui, je m'en souviens, car auparavant, en plus des ordres de Bourse qu'il me passait, Charles Black m'avait demandé une fois de me renseigner auprès de l'université de Zurich pour une éventuelle inscription de sa fille. C'était peut-être deux ans plus tôt. Laissez-moi vérifier dans la liste.

Zwiebach examina les photocopies.

– Ah ! voilà ! Black a dû m'appeler du côté français de l'aéroport de Bâle-Mulhouse, juste avant de prendre l'avion pour Paris.

Il attendit que Hambro ait fini de prendre des notes. Puis il regarda ostensiblement sa montre.

– Puis-je vous être encore utile ? demanda-t-il.

– Une dernière question, répondit Hambro. Il est désormais clair que les ordres d'achat émanaient de Charles Black. Qu'en était-il des ordres de vente ?

L'avocat avait prévu cette question.

– Comme je vous l'ai indiqué, les instructions de Black étaient toujours très précises. Il me disait exactement quand acheter et quand vendre. Parfois, je devais commencer à liquider ses positions au bout de dix jours. D'autres fois, au bout de trois semaines. Ou bien je devais acheter un lundi et vendre le vendredi suivant.

— Quoi qu'il puisse arriver ?

— Absolument. Il semble évident aujourd'hui qu'il voulait me téléphoner le moins souvent possible.

— Que se serait-il passé si vous aviez eu à faire un dépôt de garantie supplémentaire ?

— Ça n'est jamais arrivé.

— Jamais ? s'étonna Hambro.

— Jamais ! répéta l'avocat.

— Et les opérations ont toujours été bénéficiaires ?

— Oui.

— Quant aux bénéfices, ils étaient virés automatiquement à un compte dans une banque des Caraïbes ?

— Black le voulait ainsi. Il m'en avait donné l'ordre une fois pour toutes.

— Qui a ouvert ce compte aux Caraïbes ?

— Sans doute Charles Black lui-même. Je me rappelle que je ne savais même pas où se situaient ces îles de Turks et Caïmans. J'ai été obligé de regarder dans un atlas.

— Vous n'avez donc jamais eu de contacts directs avec cette banque ?

— En aucun cas.

Derek Hambro relut ses notes.

— Pour le moment, dit-il, nous ne pouvons avancer plus. Du moins tant que nous n'aurons pas examiné en détail les documents que nous a remis la Banque générale de Suisse.

— C'est ce que je pense aussi, dit sir Robert, levant la séance.

Les deux Anglais se retrouvèrent sur la Bahnhofstrasse.

— Que fait-on ? demanda Hambro.

— Nous n'avons pas le choix, répondit sir Robert. C'est maintenant l'affaire de la police helvétique.

— Et pour Schreiber ?

— Marchons jusqu'au Baur-au-Lac. J'appellerai Schreiber de l'hôtel et je lui donnerai mon avis sur la façon de procéder.

Pendant ce temps-là, vous pouvez téléphoner à votre ami de la police et lui dire que vous le verrez plus tard dans l'après-midi. Demandez également à notre équipe de Londres de vérifier si l'hôtel Savoy a conservé une trace de cette communication téléphonique. Et quand vous verrez la police de Bâle, voyez si elle arrive à retrouver l'appel de Black depuis l'aéroport de Mulhouse. Ensuite, on prendra le premier train pour Bâle.

Sir Robert eut du mal à convaincre Schreiber qu'il lui était impossible de ne pas divulguer l'affaire. Cependant, il y parvint à la fin. Au cours d'un entretien téléphonique à trois, ils informèrent Wassermann, le procureur général du canton et de la ville de Bâle. Les deux banquiers déposèrent plainte au nom de leurs institutions respectives contre Charles Black. Celui-ci était accusé d'avoir profité de ses fonctions officielles à des fins d'enrichissement personnel, selon l'article 312 du Code pénal suisse.

A Bâle, les deux Anglais descendirent à l'hôtel Euler. Hambro en ressortit peu après leur arrivée et sauta dans un taxi qui le conduisit au 21 rue Heuberg, siège du procureur. Le lieutenant Paul Schmidt, de la brigade financière, l'attendait dans l'entrée.

– Heureux de vous revoir, dit le jeune enquêteur avec un grand sourire.

– Dieu merci ! l'affaire de la BCCI est morte et enterrée, répondit Hambro. Celle-ci devrait être bien plus simple.

– M. Wassermann ne m'en a dit que le minimum pour l'instant. Tout ce que je sais, c'est qu'une plainte orale et qu'un mandat d'arrêt ont été déposés à l'encontre d'un Américain du nom de Charles Black. Il doit débarquer à l'aéroport de Bâle demain après-midi. On le cueillera à son arrivée. Au fait, ajouta Schmidt, s'agit-il du célèbre Charles Black ? L'ancien président de la Fed ?

– Oui, hélas !

– Dans ce cas, une simple plainte orale ne suffira pas à le garder derrière les barreaux bien longtemps.

– Ne vous tracassez pas, dit Hambro en montrant sa lourde serviette. J'ai là des arguments de poids.

– Bon. Montons dans mon bureau.

Jusqu'à minuit, les deux hommes examinèrent une par une toutes les preuves de la culpabilité de Charles Black : son spécimen de signature pour le compte J 747-2239, la procuration donnée à Zwiebach, les dates de ses appels téléphoniques, les dix opérations financières suspectes. A la fin, ils étaient exténués.

– Je ne vois pas comment Black pourrait s'en sortir. N'est-ce pas aussi votre avis ?

– A première vue, oui, répondit le policier. On a tous les documents qu'il nous faut. Il nous manque seulement les témoignages des personnes qui ont été impliquées dans ces transactions.

– Qui donc ?

– Le chargé du compte à la Banque générale, Urs Stucker. Il a été responsable de toutes les opérations passées dessus. Comment se fait-il qu'il n'ait pas eu de soupçons ? D'après ce que vous m'avez dit, tout s'est passé comme sur des roulettes. Jamais un appel pour un dépôt de garantie supplémentaire. Toujours des bénéfices, d'énormes bénéfices. Stucker n'en a-t-il pas parlé à ses supérieurs ? N'auraient-ils pas dû interroger Zwiebach ? Toute cette affaire me semble un peu trop bien ficelée.

– Je vous comprends, répondit Hambro. Cela ne m'avait pas effleuré l'esprit.

– Je ne crois pas, insista Schmidt, qu'il faille prendre pour argent comptant ce que nous ont présenté sur un plateau Zwiebach et Zopf. Les sommes en jeu, celles des dernières opérations de Black et celles de la Banque générale de Suisse, ne correspondent pas. J'imagine qu'à un moment ou à un autre quelqu'un s'est mis à imiter Black. Seule la Générale sait de qui il s'agit. Pour le moment, laissons-les croire que nous pensons qu'ils ne nous cachent rien. Mais Urs Stucker pourrait parler.

– Quand pensez-vous l'interroger ?

– Dès que possible.

Le lieutenant Paul Schmidt ignorait alors qu'en prenant rendez-vous le mercredi suivant avec Urs Stucker, son intuition allait avoir des conséquences totalement imprévisibles pour la suite de l'affaire.

TROISIÈME PARTIE

32

C'est ce mercredi matin, en arrivant à sa banque, que Samuel Schreiber parcourut comme à son habitude la presse internationale, et qu'il informa ensuite Zwiebach de la délicate position du banquier américain. Rien ne lui avait fait plus plaisir que ces articles du *Herald Tribune* consacrés à l'arrestation de Charles Black qui indiquaient que les politiques américains se lavaient les mains de ce qui pouvait lui arriver. Il n'y aurait donc pas de pressions de ce côté. Black allait devoir se débrouiller par lui-même. De plus, le procureur général de Bâle avait l'intention de le mettre en prison pour le reste de sa vie.

Schreiber avait rappelé à son ami qu'ils étaient autant impliqués l'un que l'autre.

«Tu es plongé dans cette affaire jusqu'au cou, au même titre que moi... Nous avons eu à mettre en œuvre le plan de secours, c'est regrettable. Quoi qu'il en soit, ce n'était au départ que pour le simple besoin de nous couvrir que tu l'as utilisé, ce compte qui vaut maintenant à Black tous ses ennuis...

— Justement. J'ai bien peur que nous ayons du souci à nous faire sur ce point. Pour être exact, je ne l'ai pas utilisé *la toute première fois*. Les toutes premières opérations qu'on a montées ensemble il y a quatre ans portaient sur des contrats à terme sur l'or, tu t'en souviens ?

— Plus ou moins bien.

— Elles n'avaient pas été passées sur le compte de Black. Initialement, elles avaient transité par le compte du Sarde.

241

Ensuite j'ai fait corriger cette «erreur informatique», je les ai annulées et fait recomptabiliser sur le compte de Black. Cependant...

— Cependant quoi ? Des bourdes comme ça, les grandes banques en font chaque jour. On mélange parfois certains ordres, c'est courant.

— Je le sais. Toutefois, ce n'était pas le genre de confusion qu'on fait aussi habituellement que ça. Là est le problème. J'en viens justement à ce qui m'inquiète. J'ai reçu à l'instant un coup de fil de Urs Stucker.

— Qui est-ce ?

— L'ancien vice-président de la Générale. Il s'est occupé de mes comptes pendant des années. Il a pris sa retraite il y a quelques mois.

— Pourquoi t'a-t-il appelé ?

— Parce qu'il venait de recevoir un appel de la police de Bâle. Ils veulent le voir.

— Et alors ?

— Stucker sait que ce qui s'est passé autour de ces opérations sur l'or il y a quatre ans n'était *pas* une simple méprise. Si pour quelque raison que ce soit le rôle de *l'autre* compte parvient aux oreilles de la police, ils vont se pointer ici et exiger que je leur révèle le nom du client. Tout cela peut donc diriger leur attention vers le Sarde. Et si au fur et à mesure la police en vient à creuser plus profond, ils risquent de faire des découvertes très dommageables. D'abord pour toi et moi, Samuel.

— Qu'est-ce qui t'incite à croire que Stucker va évoquer ce qui s'est passé entre les deux comptes ?

— Je suis certain qu'il ne va pas leur donner spontanément l'information. Il me l'a laissé entendre. Néanmoins, si cela entre vraiment en jeu et s'il est appelé à témoigner sous serment devant les autorités judiciaires, la question prendra une tournure différente. Urs est un bon Suisse, il fait toujours son devoir de citoyen. Je pense que c'est d'ailleurs pour cette raison qu'il m'a appelé... Pour me laisser un peu de temps devant moi.

— Tout cela ne me plaît pas du tout, avait ajouté Schreiber.

— De toute façon, nous n'avons plus le choix. Il va falloir qu'on en parle au Sarde.

— Qu'est-ce que tu veux qu'on lui dise ?

— Tout.

Il y avait eu un long silence du côté de Schreiber.

— Et quand cela ? avait-il enfin demandé.

— Immédiatement, avait répondu le président de la Banque nationale suisse. »

La conversation ne s'était pas arrêtée là. Elle s'était poursuivie par une précision importante de la part de Samuel Schreiber :

— Ne nous emballons pas de toute façon, Hans. Personne d'autre que nous n'est au courant de ces transactions sur l'or.

— Que veux-tu dire ?

— Tu es au courant, moi aussi, Stucker également. Point final.

— Je ne vois toujours pas à quoi tu fais allusion... Ces transactions figuraient en totalité dans les dix dossiers que t'a remis Zopf et que tu as transmis à cet Hambro. Il doit savoir, lui aussi, désormais.

— Non ! Justement, Hans, toutes les transactions figuraient dans ces dix dossiers, sauf celles sur l'or.

— Comment cela ? demanda l'avocat.

— La Banque générale n'a pas fourni *tous* les dossiers relatifs au compte de Black. Seulement ceux qu'on lui a demandés : la Banque d'Angleterre a découvert dix dates, la Banque générale lui a livré dix dossiers. Les transactions sur l'or n'ont pas fait partie de ce lot, car les enquêteurs anglais n'y ont jamais pensé. De toute façon, même s'ils y avaient songé, ils n'auraient rien trouvé. Toutes les opérations sur l'or ont été passées à New York !

— Les traces écrites sont toujours à Zurich, répliqua Zwiebach. Et comme je te l'ai dit il y a quelques instants, Urs Stucker est au courant ; s'il y a audition de justice, il parlera.

Sally, quant à elle, venait de lire l'article du *Herald Tribune* dans sa chambre à l'hôtel Euler. Elle se sentait découragée.

Comment convaincre le monde que son mari n'avait trompé personne depuis quatre ans ?

L'attitude du gouvernement américain l'inquiétait. Charlie avait accepté de ne gagner que cent trente-cinq mille dollars par an en tant que président de la Fed alors qu'il aurait touché cinq millions de dollars comme vice-président de Whitney Brothers, et c'est ainsi qu'on le remerciait ?

A Washington, avant même d'écouter ce que Charlie avait à dire pour sa défense, on se lavait les mains de ce qu'il pourrait lui arriver. Leur avocat américain, malgré les honoraires exorbitants qu'elle lui versait, avait eu le culot de prétendre qu'il avait trop de travail pour se déranger et l'aider sur place à sortir Charlie de prison. Elle avait dû se rabattre sur un homme de loi indigène, au nom incroyable de Balthazar Läckerlin. Elle n'avait aucune confiance en lui. Pourtant, avait-elle le choix ?

Qu'allait-elle bien pouvoir dire à Charlie ? Une fois encore, elle songea aux gros titres du journal : « Arrestation en Suisse de l'ancien président de la Réserve fédérale américaine. »

Sally connaissait bien le caractère de son mari. C'était un homme très fier. Cette manchette allait lui faire mal. Quand il lirait l'article, ce serait encore pire. Charlie croyait encore dur comme fer que l'ambassadeur des États-Unis allait recevoir un ordre comminatoire de Washington, foncer à la prison et le sortir de là, puis lui faire quitter la Suisse. Et ce dans un délai qui ne pouvait être que très court compte tenu du temps anormal qu'il avait déjà passé en prison.

Il pouvait toujours rêver. Elle serait cependant obligée de lui apprendre la vérité. Sally avait rendez-vous avec lui à seize heures dans le bureau de ce procureur imbuvable. Elle esquissa un rictus en songeant qu'il aurait peut-être déjà lu les nouvelles. Cela lui épargnerait d'avoir à lui apprendre.

33

Extrait de sa prison pour être amené dans le bureau du lieutenant Schmidt, Charles Black fut reçu d'une façon glaciale par le policier.

— Nous avons retrouvé la trace de dix opérations frauduleuses que vous avez effectuées pendant ces quatre dernières années. En voici la liste que j'ai préparée pour le procureur général. Veuillez en prendre connaissance.

Schmidt lui tendit une feuille fraîchement sortie de l'imprimante de son ordinateur.

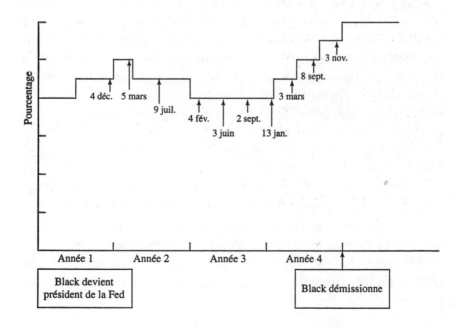

Black l'examina avec attention.

– Qu'est-ce que cela est censé indiquer ? finit-il par demander.

– Que pensez-vous que ce document décrive ? répliqua le Suisse. Il ne devrait pas vous être très difficile de me le dire.

– Il me semble qu'il s'agit d'une représentation graphique des mouvements des taux d'intérêt ces quatre dernières années.

– Excellent. Vous avez mis dans le mille, monsieur Black... Et maintenant, voici la question suivante, à laquelle je vous demande de bien vouloir répondre. Quels taux d'intérêt particuliers prend-il en compte, et à quoi correspond la période considérée ?

Black ne put que remarquer l'agressivité nouvelle qui perçait dans l'humour froid du jeune enquêteur. La politesse respectueuse qu'il lui marquait au début de leurs relations semblait évanouie. Black décida de ne pas le suivre sur ce terrain et de conserver un ton désinvolte.

– Pourquoi devrais-je vous l'expliquer ? Faites-le vous-même. Tout ceci est ridicule. Je n'ai aucune envie de jouer à ce petit jeu avec vous, jeune homme. Continuez l'interrogatoire ou renvoyez-moi au Lohnhof ! Ou mieux, faites monter ici votre supérieur. C'est à lui que je veux parler.

– Cela tombe bien, M. Wassermann désire lui-même s'entretenir avec vous. Mais pas tout de suite, quand il l'a décidé, c'est-à-dire à quinze heures.

– Parfait. Appelez donc l'escorte qui doit me reconduire dans ma cellule.

– Vous allez trop vite, monsieur Black. Je n'en ai pas fini avec ce graphique. Puisque vous refusez de le commenter vous-même, je vais vous dire ce qu'il représente. Cela vous concerne. Sur ce document est indiquée l'évolution des taux d'intérêt américains depuis l'époque de votre nomination à la tête de la Fed jusqu'à votre départ de cette institution.

Faisant mine de s'y intéresser, Black réexamina la feuille que Schmidt lui avait donnée, sans toutefois rien ajouter. Le policier continua :

– Notez ces dix flèches. Elles correspondent chacune à un jour (tous des lundis) où eut lieu une très grande activité sur le compte que vous détenez à la Banque générale de Suisse. Le détail des opérations passées alors – ventes ou acquisitions – figure dans les dix dossiers que vous voyez là.

Ils étaient alignés à même le sol, dans un coin de la pièce. Schmidt tendit ensuite un autre feuillet imprimé à Black.

– Le bilan de toutes ces transactions est résumé ici. Les dates que vous pouvez lire correspondent à la passation des ordres. Les premières remontent à trois ans et demi, les dernières à six mois, peu après votre démission. Chaque fois, vos positions étaient liquidées avant la date du règlement mensuel. Un profit substantiel fut réalisé dans tous les cas.

Le document se présentait de la façon suivante :

DATE	LIEU D'OPÉRATIONS	TYPE DE TRANSACTION	BÉNÉFICES RÉALISÉS (en $)
4 déc.	Londres	vente d'eurodollars	
	Londres	achat de dollars	57 321 000
5 mars	Londres	achat d'eurodollars	
	Londres	vente de dollars	26 455 000
9 juil.	Londres	achat d'eurodollars	
	Londres	vente de dollars	25 835 000
4 fév.	Londres	euromarks c/ francs	
	Francfort/ Zurich	Deutsche Marks c/ francs suisses	27 146 000
3 juin	Londres	euromarks c/francs	
	Zurich/ Francfort	Deutsche Marks c/ francs suisses	47 366 000

DATE	LIEU D'OPÉRATIONS	TYPE DE TRANSACTIONS	BÉNÉFICES RÉALISÉS (en $)
2 sept.	Londres	euromarks c/francs	
	Zurich/ Francfort	Deutsche Marks c/ francs suisses	51 535 000
13 jan.	Londres	vente de bons du Trésor américains	
	Londres	vente d'eurodollars	50 539 000
3 mars	Londres	vente d'eurodollars	
	Londres	vente de bons du Trésor américains	
	Londres	achat de dollars	54 276 000
8 sept.	Londres	vente d'eurodollars	
	Londres	achat de dollars	57 321 000
3 nov.	Londres	vente d'eurodollars	
	Londres	Deutsche Marks c/ francs suisses	58 137 000
		Total	455 931 000

– Et pour clore le dossier, poursuivit Schmidt, voici les photocopies du registre des appels téléphoniques notés par le secrétariat de Hans Zwiebach. Vous remarquerez que les dates correspondent à celles des transactions effectuées par cet avocat pour votre compte à la Banque générale de Suisse.

Schmidt se leva pour les tendre à l'Américain. Il demeura debout tandis que Black feuilletait les documents.

– Ces dates, reprit le policier, coïncident également avec les décisions de la Fed (dont vous étiez le président) modifiant ses taux d'intérêt. Il n'y eut que trois exceptions, lorsque ce furent l'Allemagne et la Suisse qui modifièrent leurs propres taux. Ceci cependant, de toute évidence, vous l'aviez appris lors des réunions de la BRI. Dans chaque cas, sans exception, la faculté de connaître à l'avance ces changements vous a permis d'accumuler d'énormes bénéfices.

«Monsieur Black, j'espère que vous vous rendez compte que ce faisceau de documents en notre possession prouve votre culpabilité d'une manière irréfutable. Il n'existe pas l'ombre d'un doute. Les preuves sont tellement accablantes que les tribunaux suisses vous condamneront en moins d'une semaine. Ils suivront les recommandations du procureur général qui, devant la gravité exceptionnelle du délit, aura la main lourde. Vous comprenez la signification de tout cela ?»

Schmidt laissa à Black un temps pour lui répondre. Le banquier demeura silencieux, le visage de marbre. Le policier reprit :

– Il existe pour vous une façon d'éviter le pire. Avouez tout. Faites preuve de bonne volonté, en rendant l'argent que vous avez détourné frauduleusement et que vous avez viré sur votre compte aux Caraïbes.

– Voilà du nouveau ! Qu'est-ce que c'est que cette histoire de compte aux Caraïbes ?

– Vous le savez aussi bien que moi. Laissez-moi donc vous recommander, monsieur Black, de réfléchir attentivement à ce que je viens de vous dire quand vous serez dans votre cellule. Si vous choisissez de coopérer et de restituer les sommes incriminées, je suis certain que M. Wassermann en tiendra compte devant les juges.

Une fois encore, Schmidt attendit une réponse de la part de Black. En vain. Il décrocha alors son téléphone.

– Ici le lieutenant Schmidt. Vous pouvez dire au gardien qu'il peut revenir, maintenant.

34

A 16 h 15 précises, Black fut conduit dans la salle de conférence du procureur. Sally l'y avait précédé ; elle quitta son siège et alla le rejoindre quand il entra.

Dès que Charles eut jeté un regard sur les autres personnes qui se trouvaient là, il lui parut évident que, malgré la présence de sa femme, la réunion ne serait pas très agréable.

Au bout de la table, comme pour présider la séance, trônait le procureur. A sa droite, le lieutenant Paul Schmidt. A sa gauche, l'avocat de Black, *Herr* Läckerlin. Aucun d'entre eux ne se leva lorsque le prisonnier fut introduit. Le procureur fit signe à Sally de regagner sa place à l'extrémité de la table. Black reçut l'ordre de s'asseoir à côté d'elle. Charles remarqua des dossiers ouverts en face des trois hommes. Sur la table devant la place de Sally s'étalait un exemplaire du *Herald Tribune*. Black n'eut le temps que de lire la une. Le procureur Wassermann attaqua aussitôt :

— Monsieur Black, le lieutenant Schmidt vous a présenté ce matin les documents qui vous accusent. Votre épouse et votre avocat en ont reçu copie. Laissez-moi vous expliquer ce qu'ils signifient sur le plan judiciaire. Écoutez-moi bien car je ne me répéterai pas.

Le procureur s'arrêta un bref instant, les yeux fixés sur le prisonnier.

— Nous détenons contre vous, poursuivit-il, des preuves en béton. Jamais, dans ma carrière, je n'ai vu une affaire de fraude financière à la fois aussi grave et aussi limpide. Vous

vous êtes rendu coupable de fraudes massives et répétées sur une période de quatre ans. Vous en avez retiré des bénéfices personnels qui s'élèvent à la somme faramineuse de plus de quatre cents millions de dollars. Même Robert Vesco n'avait pas réussi à détourner une telle fortune. Ce n'est pas le seul point qui vous différencie. Vesco avait réussi à fuir la Suisse avant que nous puissions l'arrêter. Nous avons eu plus de chance avec vous. A ce sujet, ne caressez pas l'espoir que votre gouvernement vous sorte de prison. Votre épouse a apporté le *Herald Tribune,* je vois. Vos chances y sont clairement exposées. Madame, ayez l'obligeance de lui montrer l'article en question. Cela nous fera gagner du temps.

Sally s'exécuta.

— Prenez votre temps pour lire, dit Wassermann.

Black se saisit du journal. Pendant le temps de sa lecture, il ne bougea pas un muscle du visage. Toutefois, Sally, qui ne le quittait pas des yeux devina ce qui se passait derrière ce masque. Peu à peu, d'une façon presque imperceptible, son mari s'était voûté, le signe indubitable d'une grande tension. Et il lui en fallait beaucoup pour que cela arrive.

— Vous y êtes ? demanda le procureur.

Charles Black ne lui répondit pas.

— Bien, dit Wassermann. Messieurs-dames, veuillez tous m'écouter. Monsieur Black, je vous mets officiellement en accusation pour fraude, délit d'initié et détournement de secrets d'État selon les articles 148, 267 et 312 du Code pénal suisse. Les peines encourues dépendent de l'importance de la *Deliktsumme*, c'est-à-dire des sommes incriminées, et d'éventuelles récidives. Votre lieu de détention est lié à ces deux facteurs. Les personnes accusées de délits mineurs purgent leur peine dans des prisons relativement libérales. Les délits graves sont punis de travaux forcés et les détenus envoyés au *Zuchthaus.*

Wassermann sembla se gargariser de ce mot.

— En raison de votre *Deliktsumme* et de vos nombreuses récidives étalées sur une période de plus de trois ans, vous serez condamné aux peines maximales prévues par les articles que je vous ai cités. C'est-à-dire trente ans de *Zuchthaus,* conclut-il.

Incapable de retenir son émotion, Sally poussa un cri. Puis, sans plus se soucier des autres, elle prit la main de son mari.

— C'est une honte ! lança-t-elle.

Le procureur lui répondit d'une voix sévère :

— Tant que je n'en aurais pas fini avec ce que j'ai à dire, je vous ordonne de vous taire, madame. Sinon, je vous fais expulser de cette salle.

Sally garda la main de Charles dans la sienne et se le tint pour dit. Le procureur poursuivit :

— J'ai eu une conversation avec votre avocat, *Herr* Läckerlin, avant cette réunion. Je l'ai informé que dans l'intérêt de son client, dans l'intérêt du canton que je représente et qui devra subvenir aux charges d'un procès, dans l'intérêt du monde financier que vous avez abusé, il est essentiel que vous reconnaissiez la situation telle qu'elle se présente et que vous l'acceptiez. J'ai donc fait à votre avocat une offre très généreuse. Je vais l'autoriser à en discuter avec vous en privé.

Il fit un signe de tête au lieutenant de police et les deux hommes quittèrent la pièce.

Dès qu'ils eurent refermé la porte derrière eux, Sally se leva d'un bond et, telle une furie, interpella l'avocat, qui était resté assis :

— Comment avez-vous pu laisser les choses s'envenimer à ce point ? Pourquoi avez-vous accepté de négocier à ce stade avec le procureur sans l'autorisation préalable de mon mari ? Enfin, dit-elle d'une voix blanche, dans quel camp êtes-vous ?

— Madame Black, je vous en prie, calmez-vous !

— Nous ne voulons plus de vous !

C'était Charles Black qui venait de parler.

— Allons, allons, dit Läckerlin, ne nous énervons pas.

— Fichez le camp d'ici ! continua Charles Black. Dès cet instant, vous n'êtes plus chargé de ma défense.

— Voyons, monsieur Black, vous n'avez pas l'air de vous rendre compte de la gravité de la situation... Vous êtes désormais officiellement en état d'accusation. Je connais Wassermann, il n'a pas parlé à la légère. Il vous enverra en prison, au *Zuchthaus,* pour trente ans, si vous ne vous montrez pas raisonnable. Son offre est très avantageuse. Si vous faites une confession écrite dans les vingt-quatre heures et si vous vous arrangez pour que la justice récupère l'argent – j'ai déjà préparé un projet de texte pour vos aveux –, il est d'accord pour réduire votre peine de moitié. Soit quinze ans. Ensuite vous pouvez obtenir si vous vous conduisez bien de n'en effectuer que les deux tiers. Soit dix ans au lieu de trente ans. Je n'en avais pas espéré tant. Ce serait de la folie de ne pas accepter une telle offre.

– Je t'en supplie, Charlie, ne l'écoute pas, intervint Sally.

– Ne te fais aucun souci, répondit Black. Demande à ce procureur de revenir. Je veux que les choses soient claires.

Tandis que Sally sortait, Läckerlin s'adressa à Black :

– Je vous assure, dit-il, que vous allez faire une grave erreur en refusant. J'ai vu les preuves. Elles sont irréfutables. S'il y a un procès, si vous continuez à nier l'évidence, si vous ne montrez pas le moindre repentir en conservant l'argent aux Caraïbes, le tribunal vous condamnera au maximum. Trente ans.

Le procureur entra, flanqué du lieutenant Schmidt. Il s'adressa à Black :

– Avez-vous enfin quelque chose à me dire ?

– En effet. Je n'ai pas donné à maître Läckerlin l'autorisation de discuter avec vous d'un éventuel arrangement car je n'ai commis aucun crime, ni en Suisse ni ailleurs. Je viens de le prévenir que je lui retirais la charge de mes intérêts. Je vais m'occuper dès à présent de trouver un autre avocat.

– Vous faites là une énorme erreur.

– Nous voyons bien que vous et maître Läckerlin êtes à l'unisson. Vous vous tenez éloignés de la vérité. Il y a quelque chose de véreux dans cette affaire. J'ignore qui le système suisse protège – ceci vous concernant tous autant que vous êtes. Il doit s'agir, je le crains, de quelqu'un de très haut placé dans ce pays.

– Taisez-vous ! s'écria le procureur. Comment osez-vous ? Comment osez-vous nous accuser de protéger quelqu'un ? Dans notre pays il existe une vraie justice, fondée sur l'intégrité des gens qui y collaborent. Vous êtes ici en Suisse, pas à Los Angeles. Et vous allez découvrir de quelle façon fonctionne notre système judiciaire.

Le procureur se tourna alors vers le lieutenant de police.

– Faites en sorte que M. Black soit reconduit à sa cellule. Tout de suite.

Il s'adressa ensuite à Sally pour lui signifier que la visite était terminée. Charles Black intervint :

– La visite de ma femme s'achève peut-être, mais le règlement de l'affaire n'en est qu'à ses débuts. Même dans ce pays, il doit bien y avoir un avocat qui ne manque pas de courage. Nous allons le dénicher. Puis nous mènerons notre combat jusqu'à son terme. Quel qu'en soit le prix.

Un policier en uniforme pénétra dans la salle de conférences. Il s'avança jusqu'à Black qui était resté assis et lui effleura l'épaule. L'Américain se leva et le suivit hors de la pièce, après un dernier regard échangé avec Sally.

– Voici pour vous le moment de partir, madame, dit le procureur à celle-ci. Vous connaissez le chemin.

Le procureur, le lieutenant de police et l'avocat restèrent encore un instant.

– Il semble qu'on aille au procès, commenta Läckerlin.

– Je le crains, lui répondit Wassermann. Toutes les personnes concernées doivent en être averties sans plus tarder, surtout sir Robert Neville et Samuel Schreiber qui ont déposé la plainte. Je vais leur téléphoner dès maintenant. Quant à vous, Läckerlin, vous devriez appeler votre collègue avocat à Zurich, Hans Zwiebach, pour le prévenir des développements probables qui le concernent.

Tout ceci fut fait dans l'heure qui suivit. Et à 19 heures ce même jour, Schreiber et Zwiebach s'envolaient de Zurich pour se rendre en Sardaigne. Dans l'avion, ils arrêtèrent d'un commun accord la marche à suivre pour mettre le Sarde au courant.

35

Il était plus de minuit lorsque Zwiebach acheva son petit discours. Pietro di Cagliari était resté stoïque, écoutant sans l'interrompre ce que l'avocat avait à lui dire. Il prit enfin la parole :

— Je regrette évidemment que les choses en soient arrivées là. On ne peut toutefois toujours gagner. Nous avons été dans une passe heureuse et nous avons accumulé beaucoup d'argent. Tous les trois. Bien. Aujourd'hui, nous avons un problème à résoudre. Trouvons la solution.

— Mais comment faire ? demanda Zwiebach.

— A mon avis, nos ennuis se réduisent à deux hommes : Urs Stucker et Charles Black. Commençons par le vice-président — non, vous avez dit l'ancien vice-président — de la Banque générale de Suisse. D'après ce que j'ai compris, il est le seul à pouvoir faire le rapprochement avec mon compte B car il sait que les premières opérations, celles concernant l'or, sont passées par lui avant d'être virées au compte de Black.

— Tout à fait exact.

— Il suffirait donc de persuader Urs Stucker d'oublier ce qu'il sait.

— De quelle façon ?

— En achetant son silence.

— Je doute qu'il accepte, dit Zwiebach.

— Et pourquoi cela ?

— C'est un Suisse de la vieille école.

– Vous pourriez peut-être au moins essayer, non ?

Zwiebach réfléchit un long moment avant de répondre :

– Je ne pense pas que ce soit envisageable. Stucker est un homme de devoir, un conservateur à cheval sur ses grands principes. Il est persuadé que les Suisses sont les gens les plus honnêtes et les plus irréprochables au monde. De plus, il doit toucher une excellente retraite de la Banque générale. Lui proposer de l'argent serait prendre un trop gros risque. Il pourrait réagir négativement en allant voir la police de Bâle (elle a d'ailleurs déjà pris contact avec lui) et tout déballer.

– Bon, oublions cette solution, dit Pietro. Je pense à un autre moyen.

– Lequel ?

– On va envoyer quelqu'un s'occuper de lui.

Un silence mortel s'ensuivit.

– Non, dit Zwiebach au bout d'un moment. Comme je vous l'ai dit, la police de Bâle connaît son existence. Son nom figure sur tous les bordereaux en tant que responsable du compte. Les enquêteurs ont d'ailleurs dû prendre contact avec lui pour cette raison. S'il lui arrivait quelque chose, les autorités verraient rouge. Souvenez-vous, de plus, que la banque a conservé la trace des premières transactions sur l'or. Si la Générale n'en a pas fourni les bordereaux à la police, c'est qu'on ne les lui a pas demandés. Par contre, si on «s'occupe» de Urs Stucker, vous pouvez être sûr que la police examinera tous ses dossiers à la loupe.

Pendant cet échange où s'était jouée la vie d'un homme, Samuel Schreiber était demeuré impassible. Sans même qu'il s'en rende compte, son esprit s'était envolé vers Carole. La jeune femme se trouvait à dix minutes de là. Elle n'était pas au courant de sa présence à la Cala di Volpe car Zwiebach avait vivement conseillé à Sammy de ne pas la prévenir de son arrivée. Toutefois, cela le tracassait...

– Bon, d'accord, ne parlons plus de Stucker pour le moment, concéda Pietro. Passons à Charles Black. Qu'en est-il de lui ?

– D'après ce que m'a dit son avocat, ou plutôt son exavocat, il a l'intention de se battre jusqu'au bout. Cela sous-entend qu'un jour ou l'autre...

— Il n'y aurait plus de procès s'il n'y avait plus de Charles Black à juger. Vrai ?

— Cela ne marcherait pas non plus, Pietro, répondit Zwiebach. S'il arrivait quelque chose à Black en prison, une fois encore les autorités seraient très alarmées.

— Je suis d'accord avec vous, dit Pietro. Je n'ai pas prétendu que j'envisageais sa mort. Que se passerait-il, par contre, s'il s'évadait de prison ?

— Le processus s'arrêterait instantanément. Cependant l'enquête ne serait peut-être que stoppée. Cela dépendrait de la manière dont il se serait échappé. S'il était démontré qu'on l'avait aidé, les investigations reprendraient de plus belle. La police voudrait connaître ses complices et la raison pour laquelle on l'aurait aidé à s'enfuir.

— Alors, il faut s'arranger pour qu'il paraisse évident que c'est lui qui a tout organisé, dit Pietro.

— Le problème, c'est que les prisons suisses ne sont pas des passoires comme les geôles italiennes. Les visiteurs ne peuvent entrer et sortir comme bon leur semble. Seule la famille, la très proche famille, a le droit de visite et encore, sous haute surveillance. Il est impossible à Charles Black d'organiser son évasion de la prison de Bâle sans aide extérieure.

Soudain, Zwiebach se mit à sourire.

— Attendez, poursuivit-il. J'ai peut-être une idée. Sa femme. J'ai fait sa connaissance. Elle est intelligente, elle aime se battre. Et d'après ce que m'a dit l'avocat qui s'occupait de l'affaire, elle est convaincue que le système pénal suisse est pourri jusqu'à la moelle.

— Est-elle riche, au moins ? demanda Pietro.

— Très.

— Donnez-nous une idée de sa fortune.

— Des dizaines de millions de dollars, je pense.

— Alors, on est sur la bonne voie.

— Admettons donc que l'on puisse organiser l'évasion de Black, quel sort lui réservez-vous ensuite ?

— Les Argentins ont un mot pour ça. Dans les années 70, le gouvernement s'est débarrassé de centaines, que dis-je, de milliers d'opposants politiques de cette manière. Ils s'évaporaient de la surface de la terre. On les disait «disparus».

— Cela signifiait-il qu'ils étaient officiellement morts? demanda Zwiebach.

— Pas du tout. Les familles n'étaient jamais certaines de leur sort. Contre tout espoir, elles espéraient qu'ils se cachaient quelque part, au Paraguay, voire en Bolivie. Que quelqu'un les avait aidés. Ce fut le cas de certains, mais très rarement. Quoi qu'il en soit, les événements qui se sont déroulés en Argentine à cette époque n'ont qu'un lointain rapport avec ce qui nous intéresse ce soir. L'art de faire «disparaître» quelqu'un a connu bien des perfectionnements depuis.

— Que voulez-vous dire?

— Vous tenez vraiment à le savoir? demanda Pietro. Après tout, pourquoi pas. Nous sommes désormais tous dans le même bateau. Et même si nous ne l'étions pas...

Sur cette phrase inachevée, Pietro ouvrit un humidificateur pour y prendre un de ces cigares favoris, un Roméo et Juliette. Il en offrit aux deux Suisses. Seul Zwiebach accepta.

— J'en ai eu l'idée voilà déjà longtemps, en 1976. Tout a commencé avec un certain David Graiver. Ce nom vous dit-il quelque chose?

Pour la première fois depuis le début de la soirée, Schreiber intervint dans la discussion:

— Bien sûr. La Banque américaine de crédit. Ce fut la quatrième plus grosse faillite bancaire de l'histoire des États-Unis.

— Absolument. Comment se fait-il que vous en souveniez aussi bien?

— Je venais de débuter ma carrière à la Banque générale de Suisse, répondit Schreiber. En 1976, la banque de la division américaine à New York ne fit pas seule faillite. Sa succursale à Bruxelles, la Banque pour l'Amérique du Sud, ainsi qu'une banque israélo-suisse à Tel-Aviv et deux autres établissements financiers en Argentine ont sauté tous les cinq en même temps. Nous faisions beaucoup d'opérations sur les changes avec eux. Lorsqu'ils ont disparu, cela nous a coûté très cher.

– Nous aussi, nous étions en affaire avec Graiver, dit Pietro. Il nous aidait à financer nos projets immobiliers, ici, en Sardaigne. Quand il a eu ses ennuis, mon père et moi avons été dans l'obligation de l'aider.

– Vous avez arrangé son retrait de la circulation ?

Schreiber avait posé la question d'une voix légèrement angoissée.

– Exact, répondit Pietro avec une certaine fierté. Il a été le premier d'une longue série.

– Que s'est-il passé ? demanda Zwiebach.

– C'était au Mexique, le 17 août 1976, répondit Pietro. Son avion, un Falcon, s'écrasa contre une montagne près d'Acapulco. L'avion, les passagers, l'équipage furent réduits en bouillie. Sauf David Graiver, ajouta Pietro après une courte pause. Il n'était pas dans l'avion.

– Où se trouvait-il ? demanda Schreiber.

– A l'heure du drame, il était à bord de notre yacht. Deux jours plus tard, celui-ci a fait escale à La Havane.

– Bon Dieu ! s'exclama Schreiber.

– On a dit – mais je n'en ai pas la preuve – que Graiver était le banquier des *monteneros*, ces guérilleros qui combattaient le gouvernement argentin dans les années 70. Ils avaient accumulé un véritable trésor de guerre par tous les moyens possibles et imaginables : rançons, kidnappings, extorsions de fonds, braquages de banques. On sait qu'au moins quarante millions de dollars ont atterri à Cuba, grâce à l'intervention personnelle de Castro. Toutefois on ignore si Graiver était dans le coup.

– Est-il toujours en vie ? demanda Schreiber.

– Pourquoi serait-il mort ? Il n'avait que trente-cinq ans quand l'accident d'avion a eu lieu !

Il fut clair que Pietro n'en dirait pas plus sur Graiver. Il tira une profonde bouffée de son cigare. Zwiebach l'imita. L'air de la suite du dernier étage du Cala di Volpe devint de plus en plus irrespirable. Samuel Schreiber, le seul à ne pas fumer, ne s'en rendait même pas compte. Il était trop occupé à réfléchir à ce qu'il venait d'entendre.

— Comme je vous l'ai dit, reprit Pietro, Graiver a été le premier. Mais certainement pas le dernier. Vous vous souvenez de Robert Maxwell ?

— Le magnat de la presse ? Naturellement, répondit Zwiebach. Il était à la tête d'un immense empire en Angleterre et en Australie. Il a détourné des millions de livres appartenant à la caisse de retraite du personnel. Quand il s'est aperçu que les autorités risquaient de l'arrêter, il a préféré se suicider en sautant de son yacht au milieu de la nuit. Au large des côtes d'Afrique, je crois.

— C'est presque cela. Le drame s'est passé dans la nuit du 5 novembre 1991. Son yacht, le *Lady Ghislaine* était l'un des plus grands bateaux de plaisance au monde. Une merveille. On a retrouvé le corps de Maxwell à vingt milles des Canaries. L'autopsie s'est déroulée à l'institut médico-légal de Las Palmas. Cinq jours plus tard, il était inhumé sur le mont des Oliviers, à Jérusalem.

— Et vous allez nous dire qu'en fait... commença Zwiebach.

— Oui, dit Pietro en lui coupant la parole. Notre nouveau yacht, celui sur lequel vous avez souvent navigué, Sammy, l'a repêché à six cents mètres du *Lady Ghislaine*. Il était près de 5 heures, toutefois Maxwell allait bien. Il avait l'habitude de se baigner en pleine nuit. Cette nuit-là, le temps était très clair et, en bon marin, le vieux bandit savait se repérer aux étoiles. Il a nagé vers l'est ; c'est dans cette direction que nous l'attendions.

— Et pour l'autopsie ?

— Le médecin légiste a déclaré que la mort était due à des causes naturelles. Et le corps a été enlevé immédiatement.

— Qui est donc enterré à Jérusalem ?

— Un Marocain, obèse. Comme vous le savez sans doute, Robert Maxwell était très gros. Nous avons été obligé non seulement de trouver un mort de forte stature mais aussi un cercueil surdimensionné. D'ailleurs, il n'entrait plus par la porte de l'avion réservé pour transporter la dépouille en Israël. Enfin, tout s'est arrangé. Comme le capitaine Bob – c'est ainsi que ses amis l'appelaient – devait le dire plus tard, son seul regret a été de ne pouvoir assister à son enterrement. Ce fut un grand événement, qui eut lieu en présence du président et du Premier ministre d'Israël. Même la femme et les enfants du magnat étaient intimement persuadés de sa mort. Ils le croient toujours.

– Comment avez-vous fait la connaissance de gens comme Graiver ou Maxwell ? demanda l'avocat.

– Par relations. Si vous voulez tout savoir, cela a commencé grâce à la loge maçonnique P2. Pendant des années, seuls ses membres étaient au courant de son existence. Ceux-ci étaient triés sur le volet : des hommes politiques, des banquiers, des industriels. Ils avaient pour objectif de combattre le communisme et de promouvoir la démocratie. A eux tous, ils connaissaient la plupart des sommités du monde. Ils faisaient des affaires ensemble. S'entraidaient à l'occasion. Parfois on m'a demandé d'apporter mon concours sur certains dossiers.

– A une époque, dit Zwiebach, vous savez que nous, les Suisses, avons été mêlés à ces affaires. Par nos banques et nos tribunaux.

– Je suis au courant, oui, à la suite de la malheureuse faillite de la banque Ambrosiano au début des années 80. Les banques suisses ne furent pas seules mises en cause. La Banque du Vatican était également impliquée. Comme je vous le disais, la loge P2 avait de nombreuses ramifications.

– Existe-t-elle toujours ?

– L'obédience n'a plus de raison d'être. Les relations continuent toutefois entre ses membres, même si nous avons perdu certains de nos amis les plus influents. Roberto Calvi, qui dirigeait la banque Ambrosiano, a été accusé d'avoir détourné plus de un milliard de dollars au profit de sociétés panaméennes contrôlées par la loge P2, la Banque du Vatican, Michele Sindona et Calvi lui-même. On nous a demandé de lui donner un coup de main. Nous l'avons embarqué sur notre yacht, nous lui avons procuré un passeport paraguayen et nous l'avons conduit à Londres où il devait prendre d'ultimes dispositions financières avant de «disparaître» définitivement. Il y disposait, dans la succursale d'une banque suisse, d'un compte bien garni. Il ne nous a jamais dit de quelle banque il s'agissait. Au dernier moment, il a refusé de nous verser nos honoraires — vingt-cinq millions de dollars en espèces. Le lendemain, on l'a retrouvé pendu à un pilier du Blackfriars Bridge, au-dessus de la Tamise.

Pietro tira sur son cigare avec un évident plaisir, puis continua :

— L'ancien associé de Calvi, Michele Sindona, s'est montré bien plus raisonnable. Il était l'un de nos principaux financiers et contrôlait plusieurs banques en Italie, et la Franklin National à New York, qui fit une faillite retentissante dans les années 70. En 1980, les autorités américaines l'ont inculpé sous soixante-huit chefs d'accusation, entre autres pour banqueroute, détournement de fonds et faux en écriture. Il a été condamné à vingt-cinq ans de prison. Là-bas, il nous a été impossible de lui venir en aide. Mais en 1984, il a été extradé vers l'Italie pour avoir organisé le meurtre de l'avocat milanais qui s'était occupé de la liquidation de ses banques italiennes. Sindona a attendu son procès dans une geôle de Milan. Là, on pouvait l'aider. Le 26 mars 1986, nous avons organisé son empoisonnement — un poison doux à base de cyanure, dans son thé. Il «mourut» à l'hôpital. Et comme il était mince, au lieu d'un Marocain obèse, c'est un Milanais maigre qui est enterré dans la tombe de Sindona. Le vrai Sindona a malheureusement été enterré au Costa Rica, six mois plus tard. Son cœur n'avait pu supporter ce long calvaire.

Les deux Suisses demeurèrent bouche cousue, n'osant pas interrompre le monologue de leur hôte.

— Un autre de nos clients s'en est mieux tiré, poursuivit Pietro. Notre ancien Premier ministre, Bettino Craxi. Il avait été accusé d'avoir reçu un pot-de-vin de sept millions de dollars versés sur un compte en Suisse à la suite d'une sombre magouille concernant la banque Ambrosiano. Placé sous mandat d'arrêt, il pouvait difficilement fuir l'Italie par terre ou par air. Tous les postes frontières étaient surveillés. Nous nous sommes donc arrangés pour que l'*Artémis* le récupère à Santa Margherita et le dépose en Tunisie deux jours plus tard. Nous lui avons également fourni un passeport tunisien et un permis de séjour. Comme il n'existe pas de traité d'extradition entre l'Italie et la Tunisie pour les actes de corruption, il est toujours là-bas, libre et heureux.

— Tout cela n'était pas gratuit, je suppose ? demanda Zwiebach.

— Comme Calvi avait pu s'en apercevoir, tout cela se paie, répondit Pietro. En fait, on ne nous prendrait pas au sérieux si nous étions bon marché. Ce qui nous ramène à Charles Black ou plus précisément à Mme Charles Black. Vous m'avez dit qu'elle avait de l'argent. Je suggère que nous prenions contact avec elle pour lui proposer de faire sortir son mari de prison et de lui faire quitter la Suisse. Qu'en pensez-vous ?

Zwiebach n'hésita pas une seconde, il répondit aussitôt :

— C'est une excellente idée. Il faut agir sans tarder. Qu'en penses-tu Sammy ?

— Oui... répondit Schreiber, pendant qu'elle est encore à Bâle.

— Parfait. Où réside-t-elle à Bâle ? demanda Pietro.

— Black descendait toujours à l'hôtel Euler quand il venait aux réunions de la BRI, répondit Schreiber. C'est juste en face de la banque. Je suis sûr qu'elle s'y trouve.

— Bon, mais avant de la contacter, il faut que nous soyons certains de pouvoir faire évader son mari. Savez-vous comment les choses se passent à Bâle ? demanda-t-il à Zwiebach.

— J'y ai plaidé un certain nombre d'affaires, répondit l'avocat.

— Vous avez des suggestions sur la façon de procéder ?

— Laissez-moi réfléchir.

Le silence se fit.

— On peut être certain qu'ils vont continuer à l'interroger tous les jours, dit Zwiebach après un moment. Cela veut dire qu'ils le sortiront à chaque fois de prison pour l'emmener dans le bâtiment qui héberge le procureur, à cinq cents mètres de là. Black suivra un itinéraire qui emprunte une rue passante.

— Le nom de la rue ?

— Je l'ai oublié. J'habite Zurich. Mais je sais que c'est ainsi qu'ils procèdent, à Bâle.

— Tous les prisonniers sont traités de cette façon ? demanda Schreiber.

— Non, non. Seulement «les cols blancs», ou ceux qui sont accusés de crime sans effusion de sang. On interroge tous les autres dans l'enceinte de la prison, le Lohnhof.

— Combien y a-t-il de gardiens pour escorter les prisonniers quand on les conduit chez le procureur ? demanda Pietro.

— On les amène individuellement, pas en groupe. D'après ce que je sais, il n'y a qu'un garde.

— Est-il puissamment armé ? s'enquit Pietro.

— Je l'ignore. Toutefois, je parierais qu'il n'a qu'un pistolet à la ceinture. Sûrement pas de pistolet-mitrailleur. Souvenez-vous, ils empruntent une rue passante. Ils ne veulent pas attirer l'attention. Cela me rappelle une chose. Les prisonniers ne portent pas de menottes tant qu'ils n'ont pas été condamnés. Ensuite, c'est une autre histoire, surtout ceux qui vont à la *Zuchthaus*. C'est là que Black va passer les deux tiers de sa peine de trente ans. Un endroit assez ignoble. Raison de plus, Pietro, pour mettre en route votre plan au plus vite.

— Je suis d'accord, ajouta Schreiber, à cent pour cent.

Le Sarde ne tint aucun compte de l'interruption du banquier ni de son air apitoyé.

— Mme Black se rend-elle compte de ce qui attend son mari ?

— J'en suis convaincu, répondit Zwiebach. Mais j'ai deux questions à vous poser. D'abord, en admettant qu'elle accepte votre plan pour faire évader son mari, où va-t-on le faire atterrir ? Deuxièmement, une fois libéré, qu'est-ce qui l'empêchera de continuer à faire le malin ?

— Rien ne nous dit, en effet, qu'elle marchera dans la combine. C'est la première fois que je traite ce genre d'affaire. Jusqu'à maintenant, on est toujours venu me chercher – en général grâce aux bons offices d'un intermédiaire. Dans le cas de Mme Black, c'est nous qui prendrons contact avec elle. Nous serons obligés de lui démontrer que le jeu en vaut la chandelle.

– Comment y parviendrez-vous ? Et ne va-t-elle pas se poser des questions ?

– Nous tenterons de la convaincre en utilisant la même méthode que celle que j'ai utilisée avec vous ce soir. En lui présentant nos références. Quant au mobile, il tient en un mot : l'argent.

Un motif que les deux Suisses comprirent parfaitement.

– Si elle mord à notre plan, Black atterrira plus ou moins où bon lui semble, enchaîna Pietro. Quoi qu'il en soit ses options sont limitées et pas très réjouissantes. Voyons les choses en face. Dès que Black se sera enfui, les autorités suisses vont lancer un mandat d'arrêt international. Et vu l'importance du personnage, Interpol le mettra en tête de liste des malfaiteurs les plus recherchés de la planète. Dans ces circonstances, le nombre de pays où Black pourra trouver refuge est assez limité : la Libye, l'Uruguay, le Paraguay, d'où il ne craindra pas d'être extradé. J'avoue que la perspective d'y passer le reste de ses jours n'est guère excitante. Enfin, c'est ça ou les travaux forcés dans ce que vous appelez...

– La *Zuchthaus,* compléta Zwiebach.

– Il existe, bien sûr, continua Pietro, des pays plus attrayants comme le Brésil, l'Argentine, le Costa Rica. Là cependant, Black et sa femme devront vraiment se faire oublier. A mon avis, ils choisiront l'un de ces endroits. D'après ce que vous m'avez dit, ils ont largement les moyens d'y mener une existence à la fois luxueuse et totalement retirée du monde. Pourquoi pas, d'ailleurs ?

– Ce qui répond à ma seconde question, dit Zwiebach. Ils n'auront aucune envie d'attirer l'attention des autorités sur eux.

– Absolument. Et il ne s'agit pas seulement des autorités suisses. Les Américains aussi voudront sa peau. N'oublions pas qu'il a utilisé ses fonctions de président de la Fed pour accumuler une fortune inimaginable.

– Vous avez tout à fait raison, intervint Schreiber. Les Américains ont subi un affront et ils voudront le laver. S'ils arrivaient à l'arrêter, Black passerait un sale quart d'heure.

– Et il en est parfaitement conscient, ajouta Pietro.

– Sans nul doute.

– On est donc bien d'accord sur le fait que lorsque Black aura « disparu », il essayera tout ce qui est dans son pouvoir pour rester « disparu » ? demanda Pietro.

– Oui, répondirent en chœur les deux Suisses.

– Dans ce cas, j'ai l'homme qu'il nous faut. Il a beaucoup d'expérience dans ce genre d'affaires. Si quelqu'un peut convaincre Mme Black, c'est bien lui. Il s'appelle Vincente Bacigalupi. Il connaît bien la Suisse car il a été élevé près de la frontière, côté italien. Sa famille gagne sa vie grâce au trafic de cigarettes entre le val d'Engadine et l'Italie. Vincente est le seul à avoir fait des études. Il a étudié le droit à l'université de Bologne. Mais l'Italie compte trop d'avocats. Aussi, après avoir obtenu son diplôme, il est entré dans l'affaire familiale. Il s'est occupé des contacts sur la Suisse et il a passé pas mal de temps dans la partie alémanique où les cigarettes sont fabriquées. Il connaît bien cette région et sa langue ainsi que ses dialectes. Il parle également parfaitement français et espagnol. En d'autres termes, il a tout ce qu'il faut pour réussir.

Les deux Suisses savaient apprécier les beaux curriculum vitæ. Il ne manquait presque à Vincente qu'un diplôme d'Harvard.

– Cependant, poursuivit Pietro, il aura besoin de votre aide pour connaître les habitudes de la police, le chemin suivi par le prisonnier, etc. Avez-vous un peu de temps libre ?

– Nous sommes à sa disposition, répondit Zwiebach. Et le plus tôt sera le mieux.

– Très bien. Retrouvons-nous demain matin à huit heures. Vincente sera là. Je peux vous laisser l'avion demain après-midi pour vous ramener à Zurich. Vincente et certains de ses collègues vous accompagneront.

La réunion s'acheva à deux heures du matin. Pietro avait

réservé des chambres pour ses deux invités à la Cala di Volpe. Une seule trouva preneur.

Samuel Schreiber qui, en arrivant, avait loué la limousine de l'hôtel, réveilla le chauffeur qui s'était endormi dans un fauteuil du hall. Quinze minutes plus tard, la voiture le déposait devant sa villa. Il pénétra dans le vestibule de marbre. Il monta les marches de l'escalier en demi-cercle. La chambre principale se trouvait au bout du couloir. Schreiber ouvrit la porte, espérant ne pas être déçu. Il ne le fut pas.

Elle était là, elle reposait endormie, abandonnée dans son sommeil. Schreiber la contempla sans un mot. Puis il la réveilla. Malgré la mauvaise humeur dont elle fit preuve, il voulut lui faire l'amour. Et cela dura plus longtemps que jamais.

Le lendemain, un peu avant 8 heures, la limousine l'attendait devant la porte de la villa Svizzera – un nom que Carole lui avait donné. Il alla retrouver Zwiebach et Pietro dans la suite-loft située en haut de l'hôtel. Pietro lui présenta Vincente Bacigalupi. Ce visage lui disait quelque chose. Puis la mémoire lui revint. Santa Margherita. Vincente faisait partie des convives lors du déjeuner.

Au ton enjoué de Pietro et de Vincente entre eux, il sembla évident à Schreiber que le gros Italien était le numéro deux de l'organisation du Sarde. Il était déjà au courant de l'opération et il avait apporté un plan de Bâle. Il connaissait bien la ville car le port fluvial était une des plaques tournantes du trafic de cigarettes. Zwiebach examina le plan et montra à Vincente l'itinéraire que Black suivrait tous les matins entre sa prison et le bâtiment où avaient lieu les interrogatoires. Puis Vincente demanda à l'avocat de lui donner tous les renseignements possibles sur Mme Black, depuis son aspect physique jusqu'à sa boisson favorite. Il sembla particulièrement intéressé par ce que Zwiebach lui dit sur ses compétences financières et la façon dont elle avait géré personnellement l'argent du ménage. Puis il écouta attentivement les charges qui pesaient contre Black. L'avocat lui facilita la tâche en lui remettant une copie de la liste des opérations frauduleuses effectuées par l'Américain et établie par le lieutenant Schmidt. Copie que lui avait faxée un certain maître Läckerlin, d'une façon toute confraternelle.

Enfin, Vincente voulut savoir quelles étaient les formalités douanières sur l'aéroport privé de Zurich. Quand il sut qu'elles étaient réduites au minimum, il parut soulagé.

A midi, la limousine de l'hôtel les emmena jusqu'au petit aéroport où le Gulfstream de Pietro les attendait. Les deux Suisses et Vincente embarquèrent. Dans l'avion, deux hommes avaient déjà pris place à l'arrière. Ils ne se présentèrent pas et ne bougèrent pas de tout le vol.

Arrivés à Zurich, Zwiebach et Schreiber prirent des taxis qui les conduisirent à leurs bureaux respectifs. Les trois Italiens se rendirent en limousine jusqu'à la gare, où ils montèrent dans le premier train pour Bâle.

En sortant de la Bahnhof, Vincente jeta un coup d'œil sur sa gauche. Comme prévu, il aperçut l'hôtel Euler. Satisfait, il demanda à Alberto de leur trouver un taxi. Alberto connaissait lui aussi Bâle. Il y avait travaillé, ayant surtout fréquenté le quartier chaud, situé de l'autre côté du Rhin, dans le «Kleinbasel», le petit Bâle. Le quartier comptait un nombre impresionnant de bars et quelques dizaines de bordels, désignés sous le nom pudique de salons de massage. Le Kätzchenhaus était son lieu de prédilection.

Il y avait cinq «chambres d'hôte» au premier étage. Alberto en réserva trois. La tenancière ne lui demanda aucun papier d'identité ; elle exigea par contre qu'il lui verse immédiatement cinq mille francs suisses d'avance. Cette somme ne représentait que le prix des chambres. Les services de ses «accompagnatrices» devaient leur être réglés directement.

Vincente rechigna à utiliser l'une des chambres. Elle n'était ni de son goût ni de son standing. Pour ce genre «d'opération» il aimait disposer d'une des luxueuses cabines de l'*Artémis*. Enfin, cela aurait pu être pire. La chambre avait une douche. En Suisse, il semblait que même les maisons de passe respectaient l'hygiène.

Il prit une longue douche et s'habilla avec soin. Il portait une cravate Hermès nouée sur une chemise blanche, un pan-

270

talon gris et une veste assortie. Devant la glace (la chambre ne manquait pas de miroirs), Vincente se dit avec satisfaction qu'il avait plus l'air anglais qu'italien. Pour compléter l'allure, il se munit d'une serviette en cuir patiné.

Dans la rue, l'Italien héla un taxi et se fit conduire à l'hôtel Euler. Il traversa le hall d'un pas assuré et se dirigea directement vers le bar. Là, juché sur un tabouret, il commanda en anglais un Pimms.

Le barman lui répondit dans la même langue et, à en juger par son accent, Vincente devina qu'ils étaient compatriotes.

— Vous êtes né ici ? lui demanda-t-il.

— Non, dans une petite ville du nord de l'Italie. Je travaille à l'hôtel Euler depuis vingt ans.

— Alors, vous avez dû voir défiler des tas de gens importants.

— De temps en temps. Mais ici, c'est pas Genève. Là-bas, ils ont les Nations unies et donc beaucoup de conférences internationales. A Bâle, c'est différent.

— Vous avez quand même la Banque des règlements internationaux.

— C'est juste. Elle se trouve tout près, en face de l'hôtel. On a donc des tas de banquiers qui viennent au début de chaque mois. Ils sont si tranquilles et si discrets que la majorité des gens de Bâle ne les remarquent même pas.

— Les Américains descendent-ils ici quand ils assistent aux réunions de la BRI ?

— Oui. Et ceux-là viennent toujours au bar.

— Alors, vous devez connaître Charles Black ?

— Bien sûr, répondit le barman, qui, soudain sur ses gardes, ajouta : Pourquoi me posez-vous la question ?

— Parce qu'on a beaucoup parlé de lui dans les journaux, cette semaine.

— Je sais bien. On l'a mis en prison. A moins de un kilomètre d'ici. Je ne comprends pas. Il m'a toujours semblé être un type à la hauteur. Sa femme aussi est charmante. Vous les connaissez ?

— Non, seulement lui. Je n'ai jamais rencontré sa femme. D'ailleurs, j'aimerais bien faire sa connaissance. Au fait, vous pouvez peut-être m'aider. Pour vous, je me montrerai reconnaisssant.

Vincente attendit que ces mots fassent leur effet. Puis il passa à la langue italienne. Il ne lui fallut pas longtemps pour apprendre que la *signora* était en ce moment même à l'hôtel et qu'elle avait l'habitude de descendre au bar vers 18 heures.

De fait, elle fit son apparition à 18 h 05. Impossible de se tromper. Elle correspondait de la tête aux pieds au portrait que Zwiebach avait tracé : une femme superbe, à peine la cinquantaine, grande, bien bâtie, portant un tailleur qui ne pouvait être que du Chanel et, au bras, un sac Vuitton. Quand Vincente entendit la serveuse commander au barman une vodka arrosée d'un jus de citron, il fut certain de son fait. Une certitude confirmée immédiatement par un léger signe de tête du barman, lui indiquant que le sujet de leur discussion antérieure était arrivé.

Vincente lui laissa cinq minutes. Puis, saisissant sa serviette en cuir, il se jeta à l'eau.

– Veuillez m'excuser, vous êtes bien Mme Charles Black ?

Le coup d'œil qu'elle lui lança en aurait réfrigéré plus d'un.

– Je ne pense pas vous connaître.

– C'est exact. Nous avons un ami commun. Pour être franc, il m'a parlé de vos ennuis. Il m'a demandé de vous aider. Il m'a donné ceci.

Vincente sortit de la poche intérieure de son blazer la liste que Zwiebach lui avait remise. C'était la copie du document établi par le lieutenant Schmidt totalisant les bénéfices, transaction par transaction, attribués à Black. Le total s'élevait bien à 455 931 000 dollars. Il lui tendit la feuille de papier.

Sally ressentit un tel choc qu'elle devint livide. Puis elle regarda l'inconnu avec une telle férocité qu'il crut qu'elle allait le frapper.

– Où avez-vous pris ça ? demanda-t-elle d'une voix sifflante.

– D'un ami commun à qui j'ai promis de ne pas divulguer l'identité.

– Que me voulez-vous ?

– Seulement vous demander de m'écouter. Je veux aider votre mari.

— Vous êtes avocat ?

— Oui, mais je ne viens pas en tant que tel. J'ai appris ce que vous font les avocats suisses. Je pense que vous avez besoin d'une autre forme d'assistance.

Vincente sentit qu'il avait touché une corde sensible.

— Asseyez-vous, dit-elle.

Elle l'examina attentivement tandis qu'il prenait place en face d'elle.

— Vous n'êtes pas suisse, n'est-ce-pas ?

— Non. Italien.

— Comment vous appelez-vous ?

— Mon nom ne vous dira rien.

— Comme vous voulez. De quoi vous occupez-vous ?

— D'aider les gens qui ont des ennuis.

— Comment ?

— Dans votre cas, faire sortir votre mari de prison et lui fournir un moyen de transport pour gagner la destination de son choix.

Étonnée, Sally se tut un instant. Puis elle reprit :

— En admettant que vous disiez vrai, pourquoi vous mêler de cette affaire ?

— L'argent.

— Au moins, vous n'y allez pas par quatre chemins.

Elle examina une seconde fois son interlocuteur.

— J'ai l'impression de rêver, dit-elle.

— Vous avez sans doute autant de mal à croire que votre mari est en prison et qu'il risque d'y rester trente ans.

— Vous semblez parfaitement au courant des ennuis de mon mari.

— Oui. Nous préparons soigneusement nos dossiers.

— Parce que vous faites ça souvent ?

— Oui, assez souvent.

— Vous en avez la preuve ? demanda-t-elle après un moment de réflexion. Qui avez-vous aidé ? Quand ? Comment ?

— Je ne parle pas à la légère. Et avant de poursuivre, je dois savoir si vous êtes intéressée. Du moins théoriquement.

— Théoriquement ? Pourquoi pas ? dit-elle avec précipitation.

— Bien.

Il ouvrit sa serviette et en sortit deux dossiers.

– Commençons par une affaire récente. Vous connaissez le nom de Robert Vesco ?

– Évidemment. Mon mari a passé sa vie dans la banque.

– Vous n'ignorez donc pas que Vesco est en fuite et qu'il est recherché par les autorités suisses et américaines.

– Elles n'ont jamais pu mettre la main sur lui. Il s'est réfugié à Cuba.

– C'est exact. Castro l'a ensuite jeté en prison.

– Je m'en souviens.

– Alors, vous devez aussi vous souvenir qu'après la mort de Castro, Vesco s'est enfui de Cuba. Sur son yacht.

– Il est mort en mer, quand son yacht a explosé, non ?

– Pas exactement. Le yacht a explosé. Mais il n'est pas mort.

Vincente ouvrit un des dossiers et en retira trois photos. Il en étala une sur la table, face à Mme Black.

– Vous le reconnaissez ?

– Oui.

C'était le portrait d'un vieil homme fatigué, qui cependant à coup sûr était Robert Vesco. Il était allongé sur un transat et lisait un journal. A l'arrière-plan, on distinguait les structures d'un yacht.

– Bon. Maintenant, jetez un coup d'œil à ce deuxième cliché. Pouvez-vous lire ce qu'il y a d'écrit sur le journal ?

Sally saisit la photo et la regarda attentivement. Malgré le faible éclairage du bar, elle put discerner le nom du journal, le gros titre et le cliché qui illustrait l'article. C'était le *Miami Herald*. Le cliché représentait un Robert Vesco plus jeune et le gros titre annonçait : «Vesco meurt en mer.» Vincente donna à Sally la troisième photo. C'était la même scène, le même transat, le même vieux Robert Vesco. En outre, il y avait un homme à côté de Vesco.

L'homme qui était assis en face d'elle au bar de l'hôtel Euler.

– Incroyable, avoua Sally en examinant une nouvelle fois la photo. N'avez-vous pas peur de me la montrer ?

– Où est le risque ? Ce n'est qu'une photo !

– Attendez une minute. Je me souviens parfaitement qu'on a retrouvé des morceaux de l'épave du yacht de Vesco.

– Oui.

– Alors, à qui appartenait le yacht sur lequel ces photos ont été prises ?

– A nous, répondit Vincente.

– Vous voulez dire que vous avez un aussi gros yacht ?

– Oui.

– Où est son port d'attache ?

– En Méditerranée.

– Me serait-il possible de le voir ?

– Certainement. Donnez-moi le nom de n'importe quel port.

– Disons Nice.

– Quand ?

– On est jeudi soir ! Eh bien, dimanche.

– Ça devrait être possible.

Sally Black s'enfonça dans son fauteuil et, pour la première fois depuis l'intrusion de l'Italien, elle s'empara de son verre. Elle le finit d'une traite.

– Reprenons les choses au début, dit-elle. Vous prétendez qu'un ami de Charlie vous a envoyé.

– Je n'ai jamais dit qu'il m'avait envoyé. Il m'a seulement demandé de vous aider.

– Comment est-il possible qu'un ami de Charlie vous connaisse, vous ?

– Vous m'avez dit que votre mari avait passé sa vie dans le monde financier. Avant de travailler pour le gouvernement américain, il était l'un des dirigeants d'une importante banque d'affaires. Il était donc en relation avec des gens riches et puissants partout dans le monde. Et il a sûrement dû en aider quelques-uns à un moment ou à un autre. L'un d'eux, aujourd'hui, veut aider votre mari.

– Pourquoi donc insiste-t-il pour conserver l'anonymat ? demanda Sally d'un air méfiant.

– Je vois que cela vous chagrine, dit Vincente, mais c'est ce qu'il désire. Du moins pour le moment. Il prendra contact avec votre mari dès que l'opération sera terminée.

– Comment voulez-vous être payé ?

– En espèces. Ou par virement à la banque de notre choix.

– Combien ?

– Trois millions de dollars. La moitié d'avance. Cela vous semble-t-il raisonnable ?

Le prix était bien inférieur à celui qu'ils exigeaient en général. Toutefois, pour des raisons que Pietro di Cagliari avaient gardées pour lui, c'était le montant que Vincente devait demander. Sally n'avait d'ailleurs pas paru surprise. Et elle n'avait rien répondu.

Aussi Vincente enchaîna :

– Vous avez peut-être envie d'en savoir plus sur nos activités. Vous connaissez sans doute certains personnages que nous avons aidés. Pas tous, cependant.

– Inutile, répondit Sally. Ça ne changerait rien. Si vous avez inventé toute cette histoire, vous avez aussi bien pu truquer les photos. Me montrer ce yacht-là dans des délais aussi brefs, c'est une autre affaire.

Elle se tut tandis que Vincente replaçait les photos dans sa serviette. Il laissa traîner sur la table la feuille de papier où était résumées les opérations frauduleuses de Charles Black.

Sally s'en saisit et dit :

– Je ne comprends toujours pas comment vous avez pu vous procurer ce document.

– Il a dû circuler parmi les gens qui sont partie prenante dans l'affaire de votre mari.

– Alors, ce serait une de ces personnes qui se cache derrière tout cela ?

– Ce n'est pas ce que j'ai dit. Pourtant, à l'évidence, certaines banques sont dans le coup. Tout ce que je peux vous révéler, c'est que votre bienfaiteur connaît des banquiers dans ce pays, tout comme votre mari. Cela n'a rien de surprenant.

– Bon, dit Sally. Maintenant, en admettant que nous acceptions votre aide, quel délai envisagez-vous ?

– Le plus tôt sera le mieux. Aujourd'hui, nous savons comment procéder. Inutile d'attendre que les choses changent.

– Ne pouvez-vous pas agir seul ? dit-elle.

– J'ai recruté des aides, répondit Vincente.

– Ils se trouvent déjà à Bâle ?

– Oui. Mais j'ai aussi besoin de vous.

– Vous voulez parler de l'acompte ?

– Pas seulement.

– De quoi alors ?

– Vous devrez être sur place lorsque nous aurons votre mari. Pour vous assurer que c'est bien lui et personne d'autre. Des photos ne suffiraient pas. Nous avons besoin d'être absolument sûrs.

– Je comprends. Vous avez donc déjà un plan précis ?

– Oui. Du moins pour la première partie des opérations. L'évasion de votre mari. J'y reviendrai dans un instant. Quant à la seconde partie, elle dépend de vous et de votre destination finale. Je pense d'ailleurs qu'il serait bon que je vous en parle dès maintenant, en toute franchise. Car votre vie en sera changée du tout au tout.

– D'accord. Commençons par la première partie du plan.

Pendant les quinze minutes suivantes, Vincente parla sans interruption. Quand il eut terminé, Sally ne lui posa qu'une seule question :

– Combien de temps ai-je pour prendre ma décision ?

– Comme je vous l'ai dit, le plus tôt sera le mieux.

– Comment prendrai-je contact avec vous ?

Il réfléchit un instant avant de répondre :

– La gare est juste en face. Elle dispose d'un immense buffet d'où les gens entrent et sortent sans arrêt. Nous pourrions nous y retrouver demain, pour le petit déjeuner. A 7 h 30 ?

– J'y serai.

Vincente se leva et, à la surprise de Sally, lui fit un baise-main. Comme seuls les Italiens savent le faire.

Puis il s'en alla.

36

Cinq minutes plus tard, Sally était remontée dans sa chambre. Son premier réflexe fut de prendre le téléphone et d'appeler quelqu'un pour lui demander conseil. Mais qui ? Dan Lash, leur avocat de Washington ? Avant même de l'appeler, elle sut ce qu'il lui dirait.

Leur fille ? C'était une bonne idée. Restait à savoir si la police de Bâle n'écoutait pas ses communications... Connaissant la façon de procéder des Suisses, elle était à peu près certaine d'être sur table d'écoute. Et puis, à quoi bon demander l'avis de Laura. Elle serait morte d'inquiétude si elle savait que la situation de son père était sans espoir.

Sans espoir. Sally se répéta ces deux mots. Bien sûr, elle pouvait chercher un nouvel avocat et demander à Dan Lash de l'épauler. Cependant, au bout du compte, cela ne changerait rien à l'affaire. Il fallait bien qu'elle regarde les choses en face : il y avait ces fichues «preuves». Elles envoyaient directement Charlie aux travaux forcés. Et il n'y manquait ni la date de chaque transaction, ni le montant des bénéfices. Certes, leur avocat de Zurich avait trafiqué les livres. Et sans nul doute, il les avait trafiqués avec la complicité de la Banque générale de Suisse.

Mais allez le prouver. C'était la parole de Charlie contre celle des Suisses – ce qui signifiait que son sort était déjà fixé. Il était clair comme de l'eau de roche que dans ce pays, si l'*establishment* le désirait, un étranger était condamné d'avance.

En outre, les Suisses n'étaient pas les seuls à vouloir la peau de Charlie. Les Américains et les Anglais étaient du même côté. Que faisaient ses anciens collègues de la Fed ? Sir Robert Neville, que Charlie tenait en si haute estime ? Sir Robert était passé à l'ennemi et les gens de la Fed ne prenaient même pas Dan Lash au téléphone.

A qui aurait-on encore pu avoir recours ? Qui restait-il pour les aider ? Jusqu'à maintenant, une seule personne : ce mystérieux Italien et sa proposition.

Disait-il vrai ? Si c'était un escroc, il fallait avouer qu'il avait inventé une bien belle histoire en peu de temps. Et le yacht ? Si elle avait insisté pour le visiter, que se serait-il passé ? Et la feuille qui résumait les malversations prêtées à Charlie, comment se l'était-il procurée ? Et l'histoire de Robert Vesco et des photos ? C'était peut-être son instinct féminin, mais plus elle y pensait et plus elle était convaincue que l'Italien avait vraiment fait « disparaître » Vesco.

Alors, devait-elle accepter sa proposition ? Après tout, qu'avaient-ils à perdre ? Si les choses tournaient mal, elles ne seraient toutefois pas plus graves que les ennuis de Charlie avec les autorités suisses. Au pire, ces dernières le condamneraient à quarante ans de prison au lieu de trente. De toute façon, il serait mort avant.

Elle aussi aurait du souci à se faire. Elle savait que les Suisses manquaient de galanterie quand il s'agissait de banques et de grosses sommes. Elle se retrouverait sans doute en prison. Et alors ?

Sa décision était prise : le dernier mot resterait à Charlie. Un seul problème : comment lui en parler sans que la police l'entende ? L'après-midi même, elle avait pu rendre visite à Charlie, entre 16 et 17 heures. L'entrevue s'était déroulée dans le bureau du jeune lieutenant de police. Il avait continué à travailler tandis qu'elle et son mari s'étaient installés à la table de conférence. Ils avaient parlé à voix basse, mais elle n'avait pas réussi à se rendre compte s'il entendait ce qu'ils se disaient.

Au moment de partir, le lieutenant lui avait suggéré d'apporter un en-cas le lendemain pour permettre à Charlie de déjeuner avec elle. Il s'agissait peut-être encore d'une illustration du régime de la douche écossaise. Ou bien, c'était possible, ce policier était tout de même un brave garçon qui cherchait à leur être agréable.

Elle était sortie inquiète de son tête-à-tête avec Charlie. Pendant leur discussion, elle avait senti que le calme apparent de son mari dissimulait une rage froide. On l'avait interrogé toute la journée, trois heures le matin, deux heures l'après-midi. Les questions n'avaient porté que sur un seul point : où avait-il caché l'argent ? Ce qui faisait de lui un vulgaire malfrat. A la fin du premier interrogatoire, celui du matin, le procureur général était apparu brièvement. Il n'avait rien dit, se contentant d'écouter. Son air narquois reflétait son mépris pour le prisonnier.

Comment Charlie supporterait-il le dégoût général qu'il inspirait lors d'un procès public, relayé dans le monde entier ? Il en sortirait exsangue.

Pour tenter de lui remonter le moral, elle lui avait dit qu'elle cherchait un bon avocat suisse qui oserait affronter tous ces salauds et qui tenterait de savoir qui était à l'origine du guet-apens. D'un ton sarcastique, il lui avait simplement répondu :

– Je te souhaite bien du courage, ma chérie.

Ainsi, elle pouvait déjà deviner la décision que Charlie prendrait quand elle lui parlerait de la proposition. Elle regarda sa montre. Il était vingt heures. Il lui fallait avaler quelque chose car la journée du lendemain serait dure. Elle avait vu un fast-food près de la gare. Elle n'avait été qu'une seule fois dans sa vie dans ce genre d'établissement, et encore, pour faire plaisir à Laura. Et elle s'était juré de ne jamais recommencer. Ce soir, pourtant, l'idée de manger un plat suisse lui donnait la nausée. Elle voulait de la nourriture américaine, même si c'était immangeable.

Elle se couvrit et sortit de l'hôtel. Le hamburger, les frites, le ketchup furent à la hauteur de ce qu'elle attendait. Atroces. Au moins, c'était américain. En rentrant, elle repensa au pays d'accueil que l'Italien lui avait demandé de choisir. Le Paraguay ne serait qu'une étape. Leur destination finale ne pouvait être que les États-Unis, leur vrai territoire.

Une fois couchée, Sally se rendit compte qu'elle reprenait courage. Sa courte promenade lui avait fait du bien. Elle sentait qu'elle avait de nouveau les idées en place. Elle s'endormit à 21 h 30.

37

Lorsque le lendemain matin, à 7 h 30 précises, Sally Black pénétra dans le buffet de la gare, elle fut surprise par l'affluence. Il devait y avoir au moins deux cents personnes qui prenaient toutes le même petit déjeuner : café au lait, petits pains, beurre et confiture.

Cela lui demanda cinq bonnes minutes, mais finalement elle le repéra. Il était assis au fond de la salle, dos au mur. Il se leva quand il la vit approcher et l'aida à s'asseoir. On aurait dit un Anglais sur le point de partir pour un week-end à la campagne.

– Vous êtes superbe, ce matin, dit-il. Vous avez dû passer une bonne nuit.

– C'est vrai. J'ai également fait mon choix. Je veux passer à l'action.

Elle avait décidé de ne pas impliquer Charlie dans la décision. Si les choses tournaient mal, ce serait sa faute à elle, pas celle de son mari.

– Êtes-vous bien sûre de vous ?

– A cent pour cent.

– Parfait. Je vais commander nos petits déjeuners. Que voulez-vous prendre ?

– Comme tout le monde.

– Ils appellent ça un café complet.

Vincente fit signe à un garçon, qui les servit rapidement.

– Quand voulez-vous que l'opération ait lieu ? demanda l'Italien.

– Aussi vite que possible. Quoi qu'il en soit, auparavant je dois vous verser une partie de la somme convenue.

– D'où l'argent viendra-t-il ?

– D'une banque de New York.

Il consulta sa montre.

– Là-bas, il est 2 heures. A quelle heure les banques ouvrent-elles ?

– Vers neuf heures.

– Il sera 15 heures ici, dit Vincente en fronçant les sourcils.

– Oui.

– Vous ne devez pas téléphoner de l'hôtel. Il vous faudra revenir ici. Avez-vous une carte de téléphone d'AT&T ?

– J'en ai une, oui.

– Dans le hall central, vous trouverez des cabines téléphoniques. Elles acceptent ce genre de carte. J'ai vérifié.

– L'acompte s'élève à un million et demi de dollars, on est bien d'accord ?

– Tout à fait. Faites-le virer en urgence. Insistez pour qu'il arrive à destination dans l'heure.

– Où ?

– Dans une banque aux Caraïbes. Je vous ai noté tous les renseignements.

Il sortit de sa poche un morceau de papier.

– Tenez. Il faut que vous me le rendiez ensuite.

Elle le prit et se leva.

– Attendez une minute. J'ai besoin de connaître l'emploi du temps de votre mari pour la journée.

Elle se rassit.

– Je pense qu'ils vont continuer à l'interroger.

– De quelle heure à quelle heure ?

– Jusqu'à maintenant, c'était le matin de 9 heures à midi et ensuite de 14 à 16 heures.

– Entre-temps, ils le ramènent à la prison pour déjeuner ?

– En principe oui, mais pas aujourd'hui. Ils m'ont autorisée à le retrouver à midi dans le bâtiment où on l'interroge. Ils m'ont suggéré d'apporter un en-cas pour que nous déjeunions ensemble. Je compte lui parler du plan à ce moment-là.

– Ensuite, après le déjeuner, vous vous en irez et l'interrogatoire continuera.

– Je le suppose.

– Et à la fin de l'interrogatoire, à 16 heures, on le reconduira au Lohnhof ?

– Je crois. Cependant, hier, puisque je l'ai vu entre 16 et 17 heures, on ne l'a ramené qu'après. Aujourd'hui, comme j'ai rendez-vous avec lui pour le déjeuner, l'interrogatoire devrait se terminer à 16 heures. C'est à prendre au conditionnel, je ne peux en être certaine.

– Je n'aime pas les probabilités, dit Vincente après avoir consulté à nouveau sa montre. Écoutez... Nous allons changer un peu les choses. Pourriez-vous essayer de joindre votre banquier dès maintenant ?

– Au milieu de la nuit ?

– Oui.

– J'ai son adresse personnelle. Cependant son numéro de téléphone pourrait être sur liste rouge.

– Et vous risquez de le réveiller.

– Ce n'est pas grave. Il doit avoir l'habitude d'être dérangé en pleine nuit. Lorsque mon mari travaillait pour Whitney Brothers, on l'appelait à toute heure, même la nuit, de Hong Kong ou d'Istanbul. Les gens oubliaient le décalage horaire. Charlie ne leur en voulait pas.

– Vous, les Américains, vous travaillez dur.

– Connaissez-vous les États-Unis ?

– J'y suis allé deux fois, à Miami et à New York.

– Ça vous a plu ?

– Oui, mais je préfère l'Italie.

– Irons-nous en Italie ?

– On ne s'y arrêtera pas, on ne fera qu'y passer.

– Et ensuite ?

– Sans doute la Sardaigne.

– Et après ?

– L'Afrique. La Tunisie.

– N'est-ce pas un détour ?

– Pas vraiment. Bizerte n'est qu'à deux cents kilomètres de la Sardaigne.

– Avec le yacht ?

Vincente se mit à rire.

– Vous allez plus vite que moi, dit-il.

– Et pour les passeports ?

– On a tout ce qu'il faut pour s'en occuper. Nous aurons seulement besoin de photos de vous et de votre mari. D'ailleurs nous aurons le matériel pour ça aussi.

– Cela se fera après l'évasion ?

– Oui, tout de suite après.

– Où allons-nous atterrir ?

Vincente lui parla de la «planque» de Kleinbasel puis regarda encore une fois sa montre.

– Plus j'y réfléchis et plus je pense que vous devriez téléphoner dès maintenant à New York. Moi aussi je dois passer un coup de fil, pour prévenir mes hommes. Juste un instant, je m'occupe de l'addition.

Après être allé régler la note, il conduisit Sally jusqu'aux cabines téléphoniques situées à gauche de l'entrée de la gare.

Grâce à une opératrice internationale, celle-ci obtint rapidement le numéro de John Wright. Au bout de cinq sonneries, quelqu'un répondit. Sally reconnut immédiatement la voix de l'homme qui avait remplacé Charlie au poste de vice-président de Whitney Brothers.

– John, dit-elle, c'est Sally Black à l'appareil. Je suis vraiment désolée de vous déranger à cette heure. Il s'agit d'une affaire urgente qui concerne Charlie et moi. Nous avons besoin que vous nous aidiez.

– Sally, répondit-il, où êtes-vous ?

– En Suisse.

– Écoutez, j'ai appris ce qui vous arrive. Je ferai tout ce qui est en mon pouvoir pour vous aider.

– Je vous en remercie. Voici ce dont il s'agit. En arrivant à la banque ce matin, j'aimerais que vous transfériez un million et demi de dollars sur un compte d'une autre banque.

Après un court silence, John Wright dit :

– Facile. Je vous demanderai simplement de m'envoyer un écrit à la banque. Vous connaissez l'adresse ?

– Le 1, World Financial Center, c'est ça ?

– Oui. Le code postal est le 10281.

– On est vendredi. Je vais vous rédiger un ordre. Je m'assurerai qu'il vous parviendra lundi matin. Il est essentiel que le virement soit effectué dès votre arrivée à la banque. J'ai besoin d'en avoir la confirmation aujourd'hui même. C'est de la plus haute importance.

Nouveau silence.

– D'accord, Sally, dit le banquier avec réticence. Quel est le nom de la banque à créditer ?

Sally lut le bout de papier que Vincente lui avait remis.

– La Banque des Caraïbes pour le commerce et la finance, compte S-1111. Cet établissement est aux îles Turks et Caïmans.

– Vous êtes sûre de ne pas vous tromper. Je n'ai jamais entendu parler de cette banque.

– Non, je sais exactement ce que je fais, dit-elle d'un ton glacial.

– Très bien, Sally. Je prends des risques pour vous, mais ce n'est pas grave. Répétez-moi les coordonnées de la banque. Je vais les noter.

Sally s'exécuta. Puis elle le remercia chaleureusement. En raccrochant, sa main tremblait.

Lorsqu'elle émergea de la cabine, Vincente l'attendait tout à côté.

– Vous vouliez que je vous le rende, dit-elle en lui tendant le morceau de papier.

– Merci. Tout s'est bien passé ?

– L'argent sera viré aujourd'hui.

– Parfait. Nos affaires peuvent commencer. Voici ce que je me propose de faire. J'ai...

– Avant tout, demanda Sally en l'interrompant, ne voulez-vous pas attendre la confirmation de l'arrivée des fonds ?

– Non, je vous fais confiance. Tout comme vous me faites confiance. Ce que j'apprécie beaucoup.

Sally le regarda, surprise.

– La réciproque est vraie, dit-elle.

– Merci. Il est temps que vous m'appeliez par mon prénom. Vous pouvez dire Vincent, quoique je préfère Vincente.

– Moi aussi.

– J'ai prévu que l'on vienne nous chercher ici dans un quart d'heure.

– Qui va venir ?

– Deux de mes collègues. Ils ont une voiture.

– Ensuite ?

– Nous irons sur la Barfüsserplatz, où nous laisserons la voiture.

– Et puis ?

– Nous traverserons la place en diagonale et nous prendrons un vieil escalier appelé le Leonardsgässli. Il mène à la Heuberg.

– C'est la rue où se trouvent les bureaux du procureur. Je sais l'adresse par cœur : 21, rue Heuberg.

– Votre mari y passe chaque fois qu'il doit sortir de la prison. En fait, l'escalier débouche à mi-chemin entre la prison et le bâtiment du procureur.

– C'est là que vous allez libérer mon mari ?

– Oui.

– Cet après-midi, quand on le ramènera en cellule ?

– Non. Maintenant. A neuf heures.

– Mais... je n'aurai pas eu le temps de le prévenir. Je vous l'ai déjà dit.

– J'y ai pensé. C'est trop risqué. Ils écoutent sûrement toutes vos conversations. Et ils les enregistrent, même.

– Et mes affaires ? Je les laissées à l'hôtel.

– Vous avez bien dû garder avec vous votre passeport et votre portefeuille ?

– Oui.

– Alors, laissez tout le reste.

– Enfin, je...

Sally ne termina pas sa phrase.

– Vous avez raison, reprit-elle. Cela me fait simplement un choc de savoir que nous passons déjà à l'action.

– Ça va quand même, non ? demanda Vincente en la dévisageant.

– Même si je suis secouée, je tiendrai le coup.

– Vous êtes bien sûre de vouloir continuer ?

– Oui.

– Tant mieux, parce que nous allons avoir besoin de vous.

– Pour identifier Charlie ?

– Entre autres.

Il regarda les chaussures de Sally.

– Serez-vous capable de courir avec ce que vous avez aux pieds ?

– Pas sûr. Des semelles en caoutchouc seraient plus appropriées.

– Savez-vous s'il y a un marchand de chaussures près d'ici ?

– Oui. A côté du fast-food qui se trouve près de la gare.

– Bien. En dix minutes, pouvez-vous vous en acheter une nouvelle paire ?

– Oui, si la boutique est déjà ouverte.

– En Suisse, elles ouvrent de bonne heure. Allons voir. Je vous attendrai devant.

Le magasin venait juste de lever son rideau et Sally était la seule cliente. En un temps record, en houspillant la vendeuse, Sally obtint satisfaction. Elle ressortit du magasin, ses chaussures neuves aux pieds.

Vincente l'attendait devant la vitrine. Dès qu'il la vit, il sourit de toutes ses dents.

– Neuf minutes ! Seule une Américaine pouvait battre un tel record. Allons patienter devant la gare.

Ils étaient à peine arrivés qu'une Fiat noire s'arrêta au bord du trottoir. Deux jeunes types costauds étaient assis à l'avant. Vincente ouvrit la portière arrière et poussa Sally à l'intérieur. La voiture redémarra aussitôt. Le policier chargé de la circulation qui se trouvait là n'eut même pas le temps de réagir.

Vincente s'adressa en italien au chauffeur. Puis il se tourna vers Sally.

– Tout va bien ? demanda-t-il.

– Oui. Je m'inquiète tout de même un peu. Êtes-vous certain que tout se passera bien ?

– Tranquillisez-vous. Ce matin, à l'aube, alors qu'il n'y avait personne dans les rues, mes équipiers et moi-même avons tout répété. Nous savons ce que nous faisons. Nous sommes des professionnels, pas des amateurs. Alors, à partir de maintenant, fiez-vous à moi. D'accord ?

– O.K.

Vincente se pencha vers le chauffeur et le guida. Cinq minutes plus tard, ils débouchèrent sur une vieille place, au centre de la ville. Elle était dominée par une grande église médiévale, la Barfüsserkirche, devenue le Musée historique de Bâle. L'ancien parvis ne marquait plus le seuil du lieu de méditation des moines cordeliers qui avaient donné leur nom à l'église, c'était maintenant un parking. A cette heure matinale, de nombreuses places restaient disponibles. Vincente fit garer la voiture.

– *Perfetto,* dit-il.

Puis, toujours en italien, il s'adressa à l'homme assis à la droite du chauffeur. Celui-ci se pencha en avant et ouvrit un sac de voyage posé entre ses pieds. Il en sortit un premier Beretta 9 mm. Il jeta un coup d'œil sur le parking pour s'assurer que personne ne pouvait le voir et il tendit l'arme à Vincente. Puis il en donna un autre au chauffeur et garda un troisième pistolet pour lui.

Vincente vérifia le Beretta. Satisfait, il le glissa dans la poche de sa veste en tweed. Les deux autres Italiens n'avaient pas son élégance presque britannique. L'un et l'autre portaient des surplus militaires, et de larges lunettes de soleil dissimulaient leurs yeux. Ils avaient les cheveux coupés en brosse. Un passant les aurait pris pour des Italiens qui auraient cherché à crâner et leurs déguisements guerriers l'auraient peut-être amusé. Sally se souvint à ce moment-là de ce que Vincente lui avait dit : « Nous sommes des professionnels. »

Vincente consulta sa montre.

– *Cinque minuti,* dit-il.

Alors, les deux hommes assis à l'avant allumèrent des cigarettes et tous patientèrent en silence. Tout juste cinq minutes plus tard, Vincente tapota le dos de ses collègues.

– *Andiamo,* dit-il à Sally.

La Barfüsserplatz s'animait et les trams s'y succédaient sans discontinuer. La plupart des gens qui en descendaient se dirigeaient vers l'étroite Gerbergasse, une rue bordée de boutiques de luxe. Quand Sally avait découvert Bâle elle avait pris l'habitude de venir y faire du lèche-vitrine. Elle avait même réussi à y traîner Charlie à l'occasion.

Cette fois, Charlie n'était pas à côté d'elle. Dès qu'elle fut sortie de la voiture, Vincente lui saisit fermement le bras et lui fit traverser le parking, puis les voies du tramway jusqu'à la Gerbergasse. Ils se mêlèrent à la foule des employés de bureau qui allaient travailler. Au bout de cinquante mètres, il lui fit signe de s'arrêter devant une élégante bijouterie. Sally la connaissait. Elle y avait acheté un bracelet en or pour Laura. Pendant quelques instants, Vincente prit l'air de celui qui admire les montres en vitrine. La boutique faisait le coin de la rue et d'un étroit passage, le Leonardsgässli.

Vincente entraîna Sally dans ce passage peu fréquenté qui, à ce moment, était désert. Les deux porte-flingues les suivirent.

Une fois encore, Vincente vérifia sa montre. Il s'adressa à Sally, pour la première fois depuis qu'ils avaient quitté la voiture.

– Dans deux minutes, nous allons commencer à monter les marches. Quand nous serons arrivés en haut de l'escalier qui débouche sur la Heuberg, je veux que vous vous placiez derrière moi. S'ils respectent l'horaire habituel, vous verrez apparaître dans cinq minutes votre mari, escorté par un ou deux gardiens. Une fois que vous serez absolument certaine que c'est bien votre mari, vous me le direz. Puis vous descendrez quelques marches afin de ne pas être visible de la rue. C'est très important. En effet, si votre mari vous reconnaît, automatiquement, il réagira. Et les gardiens réagiront à leur tour. Toute l'opération pourrait finir en fumée. Vous m'avez bien compris ?

– Et si mon mari ne se manifeste pas à l'heure prévue ?

– Nous patienterons cinq minutes. Puis nous repartirons.

Vincente se tut. Il semblait compter les secondes.

– Allons-y, dit-il finalement.

L'escalier était étroit et humide. Il paraissait dater d'il y a mille ans. Il était flanqué de maisons moyenâgeuses aux murs aveugles. Ces maisons étaient occupées par quelques-unes des familles qui régnaient sur la ville depuis au moins aussi longtemps. Arrivés à mi-hauteur, Vincente fit un geste et tous s'arrêtèrent. A leur gauche, une grille ouverte donnait sur une petite cour. Au milieu de la cour, une fontaine. Derrière la fontaine, un vieux lampadaire. Dominant le tout, une maison dont les volets étaient fermés. Vincente enregistra tous ces détails et, rassuré, continua l'ascension. Deux marches avant le sommet de l'escalier, il stoppa. Sally, se souvenant de ses instructions, se plaça derrière lui. En se penchant légèrement en avant, elle découvrit la Heuberg dans toute sa longueur. Elle réussit même à distinguer la grille ouverte qui donnait sur la cour de la prison. Nerveuse, elle se retourna : l'escalier était désert. Soudain, Vincente aboya un ordre qu'elle ne comprit pas. Les deux Italiens vinrent immédiatement se placer derrière Sally. Elle se força à coller son corps contre Vincente et à regarder la Heuberg. A cet instant, deux hommes sortirent de la cour de la prison. L'un d'eux était Charlie.

— C'est lui, murmura-t-elle à l'oreille de Vincente.

Il fit un bref demi-tour, et volontairement ou non, il posa une de ses mains sur l'épaule de Sally et l'autre sur son sein tout en la plaquant contre le mur.

— Ne regardez pas et ne bougez pas tant que nous ne serons pas de retour.

Nouvel ordre aux deux Italiens, et les trois hommes montèrent les dernières marches. Ils émergèrent dans la Heuberg. La rue était étroite. Elle avait été fermée depuis des années à la circulation, seuls les véhicules de livraison avaient le droit de l'emprunter. Ce matin, il n'y avait personne. Ni piétons, ni camions. Seulement deux amoureux qui surgirent de la droite et qui, après avoir hésité, empruntèrent l'escalier. Ils jetèrent un regard surpris sur Sally ; toutefois, ils ne s'arrêtèrent pas.

Sally était encore traumatisée par la soudaine brutalité de Vincente.

— Pour qui ce crétin se prend-il ? murmura-t-elle entre ses dents.

Désobéissant aux ordres, elle grimpa les dernières marches et regarda dans la rue. Elle vit Vincente et ses deux collègues marcher tranquillement à la rencontre des deux hommes. Même de loin, Sally reconnut la silhouette élégante et la démarche sportive de Charlie. Son gardien était plus petit que lui. Il flottait dans un uniforme verdâtre. Il avait le teint pâle, ce qui n'avait rien de surprenant, vu sa profession. Apparemment, il ne portait pas d'arme. Et Sally fut soulagée de constater que Charlie n'avait ni menottes ni entrave aux pieds.

Ensuite, tout se déroula très vite.

Vincente et ses aides, toujours du même pas tranquille, croisèrent Charlie et le gardien par la gauche. Ils passèrent à l'action. Les deux jeunes Italiens saisirent le garde par-derrière, l'un par la gauche, l'autre par la droite. Ils le maintinrent comme dans un étau tout en le soulevant de terre. En même temps, Vincente se saisit de Charlie, le retourna ainsi qu'une crêpe et lui dit quelques mots. Sally vit seulement que Charlie hochait la tête. Vincente le relâcha et les deux hommes avancèrent dans sa direction. Tout d'abord, le gardien fit mine de résister, puis, après avoir reçu un coup de poing dans les côtes, il suivit Vincente et Charlie sans faire d'histoires.

Sally sortit de l'escalier. Aussitôt qu'il la vit, Charlie se mit à courir à sa rencontre. Quand elle fut dans ses bras, elle lui dit :

— Tout va bien. J'ai tout organisé. On va se tirer d'ici.

— Ne perdons pas de temps, répondit-il.

Vincente emprunta l'escalier, suivi de Charlie, de Sally et des deux hommes de main, qui tenaient le gardien. L'Italien s'arrêta devant l'entrée de la cour à la fontaine. Selon le plan qu'ils avaient répété, les deux jeunes Italiens traînèrent leur prisonnier jusqu'à la fontaine. Là, l'un d'eux sortit son Beretta. Au lieu de s'en servir pour abattre le garde, il se servit de son arme comme d'une matraque et l'assomma. L'homme tomba à terre. Ils le tirèrent jusqu'au pied du lampadaire. De l'une de ses poches, l'un des deux hommes sortit un rouleau de fil de fer qu'il utilisa pour lier les pieds et les mains du garde, puis il le ficela au lampadaire avec une corde. Pendant ce temps-là, l'autre le bâillonna avec du ruban adhésif. Ils l'étendirent sur le sol et s'assurèrent qu'il n'était pas visible depuis l'escalier.

La scène n'avait pris que trente secondes. Ils retraversèrent la cour et se retrouvèrent dans l'escalier. Tout s'était déroulé comme prévu. Vincente félicita ses aides en leur donnant à chacun une grande claque dans le dos. Puis il se tourna vers Sally :

— On va se dépêcher de descendre l'escalier, puis nous marcherons en douceur vers la voiture. D'ici là, personne ne parle. D'accord ?

— On vous suit, lui répondit Charlie.

Il prit la main de Sally et la serra si fort qu'elle eut mal. Et il la regarda droit dans les yeux.

— C'est de la folie, ma chérie. Pourtant tu dois avoir raison, il n'y avait pas d'autre moyen. Ça va peut-être même marcher.

Quelques minutes plus tard, ils prirent place sur la banquette arrière de la Fiat. Jusqu'à maintenant, personne n'avait rien remarqué. Pas de sirène, pas de voiture de police, pas de flics courant en tous sens. Rien. Vincente grimpa dans la voiture le dernier.

— *Lentamente,* ordonna-t-il au chauffeur.

— Où allons-nous ? demanda Charlie.

— Dans un bordel, répondit Sally.

Quand elle vit sa grimace, elle pouffa de rire. Malgré lui, Charlie l'imita.

— D'abord les oubliettes, et maintenant la maison de passe, dit-il. Quelle est la prochaine étape ?

— La fin du cauchemar, répondit Sally. Dans trois jours, on aura quitté la Suisse. Vincente, c'est bien ce qui est prévu ?

— Oui, répondit Vincente sèchement. Mais d'abord, il nous faut arriver jusqu'à notre première étape.

Charlie contempla longuement ce Vincente qui était assis à la droite de sa femme. Puis il regarda Sally. Elle devina ce à quoi il songeait, les questions qui lui brûlaient les lèvres ; toutefois, elle se contenta de fixer la nuque du chauffeur. Il comprit qu'il devait se taire pour le moment.

La voiture traversa le centre de la ville, emprunta le

Mittlerebrücke qui enjambait le Rhin et déboucha dans le Kleinbasel. Toujours aucune sirène, ni voiture de police.

— Nous y sommes presque, dit Vincente.

Changement complet de décor : les élégantes vieilles rues avaient laissé la place à une artère bordée d'hôtels décrépis, de restaurants bon marché et de salons de massages. Ce n'était pas aussi sordide que les quartiers chauds d'Amsterdam ou de Hambourg, mais on sentait qu'on pouvait acheter ici un plaisir brutal, de la drogue ou une nuit mouvementée. A cette heure matinale, les néons étaient éteints et il n'y avait pas encore de prostituées sur les trottoirs. Seulement quelques vagabonds qui dormaient sous des portes cochères.

La Fiat tourna brutalement à droite et s'engagea dans une rue étroite.

— Ralentis, ordonna Vincente.

Le chauffeur continua plus lentement sur cinq cents mètres et gara la voiture.

Vincente s'adressa à nouveau à ses deux passagers :

— Vous voyez l'enseigne lumineuse *Kätzchenhaus* sur l'autre trottoir ? C'est là que nous allons. La porte franchie, vous pénétrerez dans un vestibule sombre et étroit. Un rideau masque l'entrée de la partie principale de l'établissement. Au fond, il y a un escalier. Allez-y directement et montez les marches. Nos chambres sont au premier étage. D'abord, cependant, je vais inspecter les environs. Attendez ici que je vous fasse signe.

Vincente sortit de la voiture. Sally et Charlie le virent marcher lentement le long du trottoir. Une camionnette de livraison apparut ; elle ne s'arrêta pas. Vincente continua encore une vingtaine de mètres, regarda à droite et à gauche et traversa la chaussée. Il se trouvait devant la Kätzchenhaus. Il entrouvrit la porte, sans pour autant pénétrer à l'intérieur. Il recula de quelques pas et inspecta une fois de plus les parages. Puis il fit signe aux occupants de la voiture.

— Allons-y, dit Charlie.

Il ouvrit la portière qui donnait sur la chaussée. Sally se prépara à le suivre. Soudain, un taxi surgit derrière eux.

Charlie n'eut que le temps de se plaquer contre la Fiat tandis que le taxi le frôlait, le chauffeur donnant de grands coups de Klaxon et l'injuriant au passage.

Imperturbable, Charlie se pencha pour aider Sally à sortir de la voiture.

— Ces cons de Suisse veulent vraiment ma peau, tu ne crois pas ?

— Bientôt, ils ne pourront plus l'avoir, répliqua-t-elle.

Vincente les entraîna pour franchir le seuil. Il faisait sombre à l'intérieur, ainsi qu'il les avait prévenus. Une femme qui devait avoir la cinquantaine se tenait dans la pénombre.

— Ah ! c'est vous, dit-elle à Vincente d'une voix vulgaire.

Elle dévisagea Sally et Charlie.

— Vos amis ?

— Oui. Je crois que nous étions d'accord pour trois chambres. Ils occuperont la troisième.

La maquerelle toisa Sally et Charlie.

— Où est Alberto ? demanda-t-elle.

— Il gare la voiture.

— C'est avec lui que je me suis arrangée.

— Je sais, mais...

— Je veux lui parler.

— Pas de problème.

— En attendant, faites entrer vos amis.

Elle tira le rideau et fit pénétrer les visiteurs dans le saint des saints. La pièce, quoique sombre, contenait un bar et cinq alcôves fermées par des tentures. La maîtresse des lieux les conduisit jusqu'à l'une des alcôves, dont elle entrouvrit la portière. A l'intérieur, Charlie et Sally découvrirent une table et un divan recouvert de velours rouge.

— Installez-vous confortablement, dit-elle.

Vincente semblait tout à coup un peu soucieux.

— Restez ici un moment, finit-il par dire aux deux Américains. Je vais attendre Alberto au bar.

— Vous craignez des ennuis ? demanda Sally.

— Non. Juste une question d'argent.

— Combien ?

— Ne vous inquiétez pas. J'ai plus qu'il n'en faut.

– Devrons-nous attendre ici longtemps ?

– Jusqu'à demain matin.

Soudain, il y eut un bruit de voix à l'autre bout de la pièce. Deux filles venaient de descendre. Voyant la tenancière, elles s'avancèrent vers elle.

– *Salü*, Betty, dirent-elles tout en dévisageant Vincente.

– Non, les filles, dit la maquerelle. Il est là pour affaires. Allez donc vous préparer du café.

L'une des filles, une grande brune au teint mat, portait une robe de chambre qui pouvait venir d'un bazar d'Istanbul ou du Caire. L'autre était de type asiatique. Elle était vêtue d'une robe en soie, fendue des deux côtés. Malgré l'heure matinale, elles étaient particulièrement apprêtées. Avant de se diriger vers la machine à café, elles jetèrent un bref coup d'œil en direction de l'alcôve où Charlie et Sally s'étaient assis.

– Désirez-vous aussi du café ? s'enquit la femme.

– Avec plaisir, répondit Sally.

La tenancière invita les filles à leur en apporter et, se tournant vers Vincente, elle lui dit :

– Allons donc discuter au bar. On peut sans doute s'arranger entre nous.

Pour la première fois depuis leurs retrouvailles, Charles et Sally étaient seuls.

– Qui est-ce ? demanda Charlie.

– Je ne sais pas exactement. Un Italien. Il prétend qu'il a été envoyé par quelqu'un que tu connais, quelqu'un que tu aurais aidé quand tu étais chez Whitney Brothers. Je lui ai déjà versé un million et demi de dollars. Et jusqu'à maintenant tout s'est bien passé.

– Vraiment très bien, acquiesça Charlie.

– Alors, tu ne crois pas que j'ai commis une horrible erreur ?

– Non, pas du tout.

– Que va-t-il arriver s'ils nous attrapent ?

– Je me retrouverai en prison. C'est tout. Le procureur avait l'intention de m'enfermer pour trente ans. Et c'était joué d'avance : les tribunaux m'auraient condamné au maximum sans poser la moindre question. L'évasion était la seule issue.

Mais j'ai du mal à croire que je me suis réellement évadé. Car j'y avais songé.

— Je voulais t'en parler avant... Il m'a dit que nos conversations étaient enregistrées.

— Il a sûrement eu raison... J'ai quand même besoin d'en savoir plus. Tu m'as dit qu'il avait été envoyé par un ami que j'aurais eu quand je travaillais pour la Whitney.

— Oui, tout en refusant absolument de me révéler son nom.

— Dois-je insister, à ton avis ?

— Essaie toujours. Au point où nous en sommes, ça ne peut plus rien changer.

— Tu veux dire que nous sommes entre leurs mains, que ça nous plaise ou non ?

— C'est tout à fait ce que je pense.

— Comment t'a-t-il persuadée de marcher dans cette combine, mis à part l'histoire de ce soi-disant ami ?

— Il m'a convaincue qu'ils étaient des professionnels. Il a souvent fait évader des gens.

— Que veux-tu dire ?

— Il gagne sa vie en faisant « disparaître » des gens riches ou compromis qui sont placés dans une situation désespérée. Il agit pour l'argent, purement et simplement. Il m'a donné quelques exemples de leurs réalisations.

— Qui ?

— L'ancien Premier ministre italien, Bettino Craxi. Ils l'ont sorti d'Italie la veille du jour où il devait être arrêté pour corruption passive. Ils l'ont emmené en Tunisie, d'où les autorités refusent de l'extrader. Et puis Robert Vesco. Ils l'ont sorti de prison à Cuba, l'ont embarqué sur son yacht. Puis ils ont fait sauter le bateau et ont récupéré Vesco sur leur propre yacht. Vincente m'a montré des photos. Ils se sont également occupés de Robert Maxwell. Il ne s'est pas noyé, ils l'ont fait disparaître lui aussi. Je sais que tout ça peut paraître tiré par les cheveux, mais il y a une heure tu étais encore en prison, et nous sommes ici.

— J'aurais agi de la même façon que toi. Alors, avançons, maintenant. Il t'a dit où nous irions ensuite ?

– D'abord en Italie. Puis en Sardaigne et en Tunisie. Ensuite ce sera à nous de décider.

Sally s'arrêta brusquement. Les deux filles revenaient. L'une avec deux grands bols de café, l'autre avec un plateau supportant des croissants, du beurre et de la confiture.

– Attention ! dit l'Asiatique, le café est bouillant.

– Merci, merci beaucoup, dit Sally.

Comme elles restaient plantées là, Sally leur fit la conversation :

– Vous êtes ravissantes toutes les deux, d'où venez-vous ?

– Mon amie est née en Iran. Moi, je suis du Cambodge. Vous connaissez mon pays ?

– Oui, j'ai été avec mon mari à Phnom Penh et nous avons visité les temples d'Angkor. C'était magnifique.

– C'est ce qu'on dit. Je n'y suis jamais allée. Vous êtes américains ?

– Oui.

Le retour de Vincente mit fin à ce petit dialogue.

– Tout est arrangé, dit-il. Dès que vous aurez fini, vous pourrez monter dans vos chambres.

Il se tourna vers les deux filles et leur lança d'une voix sèche :

– Je suis sûr que vous avez des tas de choses à faire. Alors, si vous voulez bien nous laisser...

L'Iranienne fit une sorte de grimace et fut sur le point de répliquer quand son amie la saisit par le bras. Elles s'éloignèrent. Vincente les suivit des yeux jusqu'à ce qu'elles eurent disparu.

– Vous leur avez parlé ? demanda-t-il à Sally.

– Nous n'avons pas eu le choix. Elles étaient charmantes.

– Je n'ai pas aimé l'attitude de la grande brune, dit Vincente. Sortons d'ici avant que quelqu'un d'autre ne surgisse. Suivez-moi.

L'escalier débouchait, au premier étage, sur un étroit couloir à peine éclairé. Leur chambre était principalement occupée par un grand lit. Le reste du mobilier consistait en une table, une lampe, une chaise, une commode et un petit placard. Une porte donnait sur une minuscule salle de bains où trônait un semblant de jacuzzi.

— Bienvenue au Ritz, dit Charlie.

— De toute façon, intervint Vincente, nous n'allons pas rester longtemps. Nous avonc croisé trop de gens. Je n'avais pas prévu cela.

— Alors, quand partons-nous ? demanda Charlie.

Vincente regarda sa montre.

— Il n'est que 9 h 30. Pensez-vous qu'ils se soient déjà aperçus de votre absence ?

Charlie réfléchit avant de répondre :

— Qui sait ? L'emploi du temps que je suivais n'était pas très strict. Personne n'a noté l'heure de mon départ chaque fois que j'ai quitté la prison, sauf le premier jour. Ils ne vérifiaient pas non plus l'heure de mon arrivée.

Satisfait, Vincente sourit.

— Ainsi, en théorie, il est possible que votre gardien soit arrivé en retard ce matin, ce qui aurait décalé votre transfert. Et ça n'inquiéterait personne. Du moins pendant un certain temps.

— C'est mon impression.

— Pourtant, tôt ou tard – sans doute très bientôt – quelqu'un va se demander ce qui se passe. Toutefois, il leur faudra encore du temps avant de se rendre compte que vous avez disparu. Et ils ne pourront savoir comment vous vous êtes enfui. Ils ne retrouveront pas le gardien avant des heures. En tout cas, ils s'attendront à ce que vous vous soyez dirigé directement vers la frontière pour passer en France ou en Allemagne. Comme vous le savez, les deux frontières ne sont qu'à quelques kilomètres d'ici. Tout ceci vous paraît-il sensé ?

— Oui.

— Cela devrait nous donner une bonne demi-heure d'avance pour partir aussi loin que possible dans la direction opposée.

Sur ce, les deux jeunes Italiens apparurent à la porte. Vincente leur donna de nouvelles instructions en italien. Ils partirent précipitamment.

— Bien, dit Vincente. Nous déguerpissons tout de suite. Ils ont garé la voiture à deux cents mètres d'ici. Ils vont la chercher. Je ne veux pas que la maquerelle ou l'une de ses grues voient la marque de la voiture. Ils nous attendront au prochain croisement. Nous prendrons ensuite l'autoroute en direction de Zurich.

– Entendu, approuva Charlie.

Ils sortirent en file indienne, sans rencontrer âme qui vive. Vincente s'arrêta sur le seuil et jeta un coup d'œil dans la rue : pas de tenancière ni de filles. Ils s'éloignèrent rapidement de la maison close. Ils avaient tout juste atteint le croisement lorsqu'ils virent la Fiat avancer vers eux.

– Dès qu'elle s'arrêtera à notre hauteur, nous monterons en vitesse, dit Vincente.

Quelques instants plus tard, le trio était assis sur la banquette arrière, Vincente derrière le chauffeur. Cette fois-ci, il n'émit aucun conseil de prudence. La voiture traversa en trombe Kleinbasel et se retrouva sur l'autoroute. Pendant dix kilomètres, ils longèrent le Rhin.

Vincente vérifia l'heure pour la énième fois.

– Il est maintenant 10 h 15, dit-il. Dans quelques minutes nous arriverons à la sortie de Rheinfelden, où un pont enjambe le Rhin. L'Allemagne est en face. Beaucoup de trafic passe par ce poste frontière et la surveillance est à peu près inexistante. Quand ils commenceront à vous chercher, c'est là qu'ils regarderont en premier. A l'heure qu'il est, ils ont dû s'apercevoir de votre fuite.

Les kilomètres défilèrent. Personne ne parlait, ni les Italiens ni les Américains. Ils ne croisèrent aucune voiture de police. Ils dépassèrent sans encombre la sortie de Rheinfelden.

– Et d'un, dit Vincente. Cependant, il y a encore un poste frontière à la hauteur de Stein-am-Rhein. Nous le longerons dans une vingtaine de minutes. Ensuite, nous serons hors de danger.

Ils dépassèrent Stein-am-Rhein sans voir ni police, ni barrage. Les trois Italiens se détendirent et allumèrent une cigarette.

– Vous pouvez vous reposer, dit Vincente à ses deux passagers. Dormez si vous le voulez. Le trajet sera long, entre sept et huit heures avant d'arriver à notre destination.

– Qui est ?

– Pontresina. Vous savez où c'est ?

– Pas très bien.

Sally fronça les sourcils en entendant la réponse de Charlie. Bien sûr qu'il connaissait Pontresina. Quand il travaillait à Londres, ils allaient souvent skier à Saint-Moritz, qui n'est qu'à deux kilomètres de Pontresina, dans le val d'Engadine. Ils passaient également souvent l'été à Zernez, à trente kilomètres de Pontresina. Ils descendaient dans un petit hôtel dont le propriétaire était devenu un ami de Charlie. Les deux hommes aimaient à pêcher dans les torrents de montagne. De New York, ils étaient même venus à Zernez deux ou trois fois.

Si Charlie avait décidé de jouer les idiots, il devait avoir une raison.

– Pontresina est proche de Saint-Moritz, poursuivit Vincente, dans le val d'Engadine. Je connais cette région par cœur. Ma famille y fait des affaires depuis des années.

– Je croyais que vous étiez italien, dit Sally.

– C'est exact.

– Et je croyais que les étrangers avaient du mal à travailler en Suisse.

– Chère madame, lorsqu'on possède des relations, rien n'est impossible. Et ça vaut pour la Suisse.

Charlie donna à Sally un petit coup de coude dans les côtes.

– Bien sûr, dit-elle. Puis-je descendre la vitre ?

– Oui.

L'air chaud et doux du début de l'été envahit la voiture et chassa l'odeur de fumée. Charlie se pencha par la fenêtre et respira profondément. Le paysage était superbe.

– Tu sais, dit-il, s'il n'y avait pas les Suisses, ce pays serait merveilleux.

Ils n'étaient qu'à vingt kilomètres de Zurich lorsqu'ils croisèrent deux voitures de police toutes sirènes hurlantes.

– Je n'aime pas ça, dit Vincente.

– On ferait peut-être mieux de quitter l'autoroute, suggéra Charlie.

— Non. Dans dix minutes nous serons loin de Zurich. C'est de là que la police venait. Plus on s'éloignera de Bâle, mieux ce sera. Je crois que nous avons encore de l'avance sur eux. Mais plus tellement.

Soudain, un hélicoptère volant à basse altitude surgit au-dessus de l'autoroute. Il se dirigeait vers Bâle.

— *Più presto,* indiqua Vincente au chauffeur.

Le compteur grimpa jusqu'à 160.

— Que chacun regarde de son côté par la vitre, nous devons être vigilants, ordonna Vincente.

Pendant le quart d'heure qui suivit, il ne cessa de jeter lui-même des coups d'œil derrière eux par la lunette arrière. Ils dépassèrent la sortie de Zurich et se dirigèrent vers Coire.

— Bon, dit Vincente, on peut ralentir, maintenant.

— Eh bien ! dit Black, vous avez l'air de savoir ce que vous faites.

— Charlie, c'est pour ça que vous me payez, répondit Vincente en souriant de toutes ses dents.

C'était la première fois qu'il l'appelait par son prénom.

— Au fait, poursuivit l'Italien, j'ignore si votre femme a eu le temps de vous mettre au courant de notre accord. Arrivé à destination, vous devez me verser l'autre moitié de la somme.

— Vous voulez dire en Tunisie ?

— Non, ici, en Suisse.

— Pas de problème. On se conformera à ce qui a été décidé entre ma femme et vous.

Sally allait intervenir quand elle changea d'avis. Elle se contenta de dire :

— Oh ! j'allais oublier. J'ai promis à mon banquier de New York de lui envoyer la confirmation écrite des instructions que je lui ai données ce matin au téléphone. Je lui ai certifié qu'il aurait ma lettre lundi matin.

— Vous ne m'en aviez pas parlé, dit Vincente.

— Je n'en ai pas eu le loisir, répliqua Sally. Je le connais. Il attendra de l'avoir reçue avant de débloquer d'autres fonds. N'est-ce pas, Charlie ?

– Oui, il est comme ça. Plutôt prudent.

– Vous allez devoir poster votre lettre dès aujourd'hui, dit Vincente. Les postes sont fermées pendant le week-end, en Suisse. Et les compagnies de messagerie privées telles que la Fed Ex ne sont pas présentes dans des endroits comme Saint-Moritz. Laissez-moi réfléchir.

– Arrêtons-nous à Coire, proposa Charlie.

– Comment connaissez-vous Coire ? s'inquiéta Vincente d'une voix tendue.

– Je n'y ai jamais mis les pieds. J'ai seulement vu le panneau indicateur.

– Vous savez, dit Vincente après quelques instants de silence, en fait c'est une bonne idée. Nous allons nous arrêter à Coire. Cela ne nous prendra qu'une vingtaine de minutes, et ce n'est pas un trop gros risque. Personne ne pensera à venir vous y chercher. Vous pourriez même sortir de la voiture et accompagner votre femme.

La poste se trouvait à quelques pas de la gare, non loin d'une papeterie. En raison de l'affluence des vacanciers, le parking était plein. Vincente changea d'avis.

– Madame Black, je vais descendre avec vous. Pendant ce temps, votre mari restera dans la voiture qui fera un petit tour du pâté de maisons. C'est encore plus sage.

Suivi de Sally, Vincente pénétra dans la papeterie et acheta du papier à lettres, des enveloppes blanches et un stylo. Puis, toujours précédant Sally, il entra dans la poste et se dirigea vers une table inoccupée.

– Dépêchez-vous d'écrire, dit-il.

– J'ai oublié le nom de cette banque aux Caraïbes.

– Je vais vous le noter. Je vais vous inscrire également où virer le second paiement.

C'était un compte qu'il avait ouvert dans une banque de Saint-Moritz en utilisant un faux passeport et un faux nom.

Elle lui tendit le stylo et le bloc et il commença à écrire.

Quand il eut fini, elle rédigea la lettre suivante :

M. John Wright
Whitney Brothers & Pierpont
1, World Financial Center
New York, NY 10281

Cher John,

Suite à notre conversation téléphonique, je vous confirme l'ordre de retirer de notre compte la somme d'un million et demi de dollars à virer à la Banque des Caraïbes pour le commerce et la finance aux Turks et Caïmans.

Je vous prie d'autre part de prélever sur notre compte un million et demi de dollars supplémentaires et de les virer au compte 783522 de la Société bancaire suisse à Saint-Moritz, Suisse. Je vous appellerai lundi pour confirmation.

Avec mes amitiés,

Sally Black

Elle tendit la lettre à Vincente. Celui-ci la lut.
– Ça va ? demanda Sally.
– Est-il indispensable que vous lui téléphoniez lundi ?
– Sans cela, il ne le fera pas.
– Ah bon ! dit-il d'une voix peu convaincue.
Il relut la lettre.
– Vous avez oublié de la dater. Faites-le et signez-la.
Sally s'exécuta.
– Maintenant, écrivez l'adresse du destinataire, ainsi que votre propre adresse aux États-Unis.
Il prit la lettre, la plia, la mit dans l'enveloppe, qu'il cacheta.
– Attendez-moi ici.
Il fit la queue au guichet des envois express par avion et revint au bout de dix minutes.
– J'en ai eu pour une fortune... Enfin, soyez tranquille, je

ne vous demanderai pas de supplément ! Sortons, maintenant, et allons attendre la voiture.

En raison des embouteillages, ils durent faire le pied de grue pendant une dizaine de minutes avant de voir la Fiat s'arrêter devant la poste.

Une fois installé, Vincente donna de nouvelles instructions au chauffeur. Ils quitteraient la grande route et se dirigeraient vers la montagne, pour se rapprocher de l'Italie par Tiefencastel, Bivio puis le col du Juliers et le val d'Engadine.

Dès qu'ils furent sortis de la ville, ils empruntèrent une route secondaire qui se mit à grimper à travers la forêt de sapins. A mi-côte, ils passèrent devant un restaurant dont la terrasse était remplie de randonneurs.

— J'imagine que vous avez faim, dit Vincente, cependant, au point où nous en sommes, il serait stupide de s'arrêter.

Bientôt, la route ne fut plus qu'une succession de virages en épingle à cheveux et leur moyenne chuta à 20 km/h. Quand ils eurent franchi le col du Juliers, à plus de deux mille mètres d'altitude, Vincente annonça :

— Nous n'en avons plus que pour une heure.

Peu avant 16 heures, ils atteignirent Saint-Moritz. Au centre de la ville, une voiture de police et deux policiers stationnaient à un croisement.

— Ne les regardez pas, avertit Vincente.

Les occupants de la voiture obéirent. Ils tournèrent à la prochaine intersection sans être suivis, puis descendirent vers Saint-Moritz Bad et passèrent devant le Palace Hotel, où les familles princières et les millionnaires de tous pays se retrouvaient l'hiver pour skier, ou l'été pour se reposer.

A deux kilomètres de là, ils arrivèrent à Pontresina, au fond de la vallée. A la sortie de la ville, la Fiat tourna à gauche et prit un petit chemin. Au bout de cinquante mètres, le chauffeur coupa le moteur devant un chalet de deux étages dont les balcons en bois étaient fleuris de géraniums. Un grand garage jouxtait la maison. Derrière s'élevait une vaste grange.

— Nous y sommes, annonça Vincente. Sains et saufs.

Charlie descendit de la voiture, après y être resté enfermé durant les sept dernières heures. Il contempla les montagnes et le ciel bleu et avala un grand bol d'air frais. Pour la première fois en une semaine, il se sentait un homme libre.

— C'est beau, non ? demanda Vincente. Et vous verrez, l'intérieur est encore mieux.

A ce moment, une femme âgée sortit sur le pas de la porte.

Vincente se dirigea tout de suite vers elle.

— C'est une cousine de ma mère, dit-il en guise de présentations. Elle s'occupe de la maison et cuisine à merveille. Elle ne parle qu'italien. Si vous avez besoin de quelque chose, faites-le-lui comprendre par gestes. Ça marchera. Il s'adressa à la femme en italien.

— Elle va vous conduire à votre chambre, qui a une salle de bains attenante, dit-il à Charlie et à Sally. Je vous suggère de vous reposer pendant une heure. Nous dînerons vers 18 heures. Quelqu'un viendra frapper à votre porte pour vous prévenir. En attendant, j'ai des choses à faire.

La chambre, située au deuxième étage, était claire et spacieuse. Typiquement suisse, elle avait des rideaux de dentelle blanche, un grand lit recouvert d'un édredon de plumes, deux chaises en bois sculpté. Sur une commode, une bouteille de vin blanc, un tire-bouchon et deux verres.

— J'ai envie d'une douche, dit Charlie. Puis nous boirons un verre de vin. Ensuite on fera une sieste. On parlera de choses sérieuses après le dîner. D'accord ?

Lorsque l'on vint frapper à leur porte, ils dormaient encore. Ils descendirent un quart d'heure plus tard. Du vestibule, ils entendirent des bruits de voix. Ils pénétrèrent dans une grande salle, à la fois salon, salle à manger et cuisine. Un petit feu de bois brûlait au fond de la pièce, pour l'ambiance. Les trois Italiens se tenaient debout, le dos aux flammes. Ils s'étaient changés et avaient enfilé le costume des gens de la montagne : chemise de laine, pantalon de velours bouffant, bottes en cuir. Ils avaient chacun un verre à la main.

— Bonsoir monsieur, bonsoir madame, fit Vincente avec une emphase jouée. Nous sommes prêts à fêter l'événement.

La vieille femme contourna le comptoir qui séparait la cuisine du reste de la pièce et leur apporta un plateau sur lequel étaient posées deux coupes de champagne.

Sally et Charlie se servirent. Puis Charlie s'adressa à ses hôtes :

— J'aimerais vous remercier tous les trois pour ce que vous avez fait. L'organisation et l'exécution de cette évasion ont été menées de main de maître. Ma femme et moi-même vous en serons éternellement reconnaissants.

Puis il leva son verre et ajouta :

— *Grazie. Grazie tante.*

— Et maintenant, passons à table, dit Vincente.

Si la vaisselle était ornée de paysages de montagne, la nourriture fut typiquement italienne. Une ravissante fille vêtue d'une blouse et d'une jupe paysannes passait les plats. Les hors-d'œuvre auraient pu figurer sur la carte des meilleures maisons de Rome. La salade avait un parfum de Ravenne et les pâtes un arôme milanais. La pièce de résistance fut un steak à la florentine.

Le vin coula à flot. Les pichets étaient remplis aussitôt qu'ils se vidaient. Le vin blanc était un valtelina blanc, le rouge un épais valpolicella.

— On croit rêver... dit Sally en forçant sa voix pour être entendue de son mari malgré le chahut des trois Italiens. La nourriture est délicieuse et les vins sont remarquables. Tu crois qu'ils les passent en fraude ?

— Pourquoi dis-tu ça ? demanda-t-il.

— Parce que c'est leur autre profession, la contrebande. Ils font du trafic de cigarettes avec l'Italie.

— Pourquoi ne les questionnes-tu pas ? Ils ont l'air assez éméchés.

Sally tapota l'épaule de Vincente qui bavardait en italien.

— Nous avons une ou deux questions à vous poser, dit-elle. Comment allez-vous nous sortir d'ici et nous faire entrer en Italie ? Et quand ?

Il répondit en cherchant quelque peu ses mots :

— Nous resterons ici jusqu'à lundi, peut-être mardi, le temps que les choses se calment. Le passage dépendra du temps. S'il fait toujours beau, nous irons à pied. Nous connaissons les chemins. S'il fait mauvais, nous irons en voiture ou en camion.

– Dans ce cas, on risque de nous demander des pièces d'identité.

– Pas de ce côté-ci. Normalement, ils ne vérifient jamais rien. Et nous nous en assurerons. Peut-être du côté italien, à Madonna di Tirano.

– Et nous aurons besoin de passeports.

– Vous en aurez.

– Quand ça ? On devait d'abord obtenir des photos d'identité. Vous m'aviez dit que vous étiez équipé pour vous en charger.

– C'est exact. Vous ne me croyez pas ?

Sally se tut.

Vincente se tourna vers les deux jeunes types et aboya un ordre. Celui qu'il appelait Alberto se leva d'un bond et quitta la pièce. Vincente s'adressa alors à Charlie.

– Vous ne pouvez pas être habillé ainsi pour la photo. Venez avec moi. Je vais vous donner d'autres affaires.

Vincente fixa Sally.

– Ce que vous portez ne convient pas non plus. Vous devriez mettre une blouse comme celle de la servante. Je vais lui dire d'aller vous en chercher une dans sa chambre. Et faites quelque chose avec vos cheveux. De différent, de moins sophistiqué. Enlevez votre maquillage. Ayez l'air plus simple. Essayez de ressembler à une Suissesse.

Vincente se leva et alla parler à la fille, qui était derrière le comptoir. Puis il fit signe à Charlie et à Sally. Ils suivirent l'Italien et la servante jusqu'au premier étage.

– Attendez-moi ici, leur ordonna Vincente.

Il revint quelques instants plus tard avec une chemise et un pull de grosse laine.

– Essayez-les là-haut. Ils doivent être à votre taille. Nous avons à peu près le même gabarit. Ensuite, redescendez ici. Vous verrez que nous sommes bien équipés, comme je l'ai assuré à votre femme.

La servante, revenue sur ces entrefaites, tendit timidement à Sally une ravissante blouse brodée qu'elle ne devait porter que dans les grandes occasions. Puis elle regagna le rez-de-chaussée avec Vincente.

– Tu l'as bien manœuvré, pour les passeports, dit Charlie à sa femme lorsqu'elle le rejoignit dans leur chambre.

– Plus vite on les aura, mieux ça sera.

– En tout cas, Vincente veut te montrer qu'il est un homme de parole.

– Ce n'est pas pour me faire plaisir ni par sens de l'honneur. Il fait ça pour le fric, ne l'oublions pas. Si je ne pouvais appeler New York lundi prochain, il ne toucherait pas son million et demi de dollars. Il veut que la somme soit virée à son compte à Saint-Moritz.

– Je ne te comprends pas très bien, dit Charlie.

– Je l'ai spécifié dans la lettre que j'ai envoyée à John Wright. Mais je t'expliquerai plus tard. Préparons-nous pour les photos avant qu'ils ne soient trop ivres pour faire la mise au point.

Quand ils redescendirent dans la grande salle, les Italiens avaient installé un appareil photo sur un trépied.

– Je dois vous expliquer, dit Vincente, que nous disposons d'un laboratoire photo dans la cave. Nous nous occupons d'import-export. Cela nécessite des documents officiels. Parfois, nous sommes obligés de les fabriquer. Roberto est un véritable expert.

Roberto ne perdit pas de temps. En cinq minutes, il prit les photos d'identité et disparut au sous-sol. Vingt minutes plus tard, alors que les autres en étaient au dessert, il réapparut. Il tendit à Vincente deux passeports de couleur bleue ornés d'une croix blanche sur fond rouge. Vincente ouvrit le premier, regarda Sally, vérifia le passeport à nouveau et hocha la tête en signe d'approbation. Il fit de même avec Charlie.

– *Bene, molto bene,* dit-il à l'adresse de Roberto.

Vincente se leva et, singeant la démarche d'un maître d'hôtel de grande maison, remit un passeport à Sally et l'autre à Charlie.

– Bien fait, non ? demanda-t-il tandis que les Américains les examinaient. Ils sont authentiques. Ils ont seulement été volés, d'après ce qu'on m'a dit. Nous les avons achetés à des gens dignes de confiance avec qui nous sommes en affaires depuis longtemps. Hier, je leur ai passé la commande et ils les ont livrés cet après-midi. Ça n'a pas été bon marché, croyez-moi. Enfin, tout ce qu'il nous restait à faire, c'était de changer les photos. Qu'en pensez-vous, madame Black? N'êtes-vous pas une vraie *hausfrau* suisse? Et vous Charlie, qui va vous soupçonner après cela d'être un célèbre banquier américain? Vous avez tout d'un guide de montagne.

Sally se pencha sur l'épaule de son mari et regarda la photo.

– C'est vrai! Il a raison.

Puis elle s'adressa à Vincente:

– Pourquoi des passeports helvétiques? Pourquoi pas du Paraguay ou de ce genre de pays, n'est-ce pas plus utile?

– N'importe qui peut se procurer un passeport paraguayen. Le gouvernement les vend à tous ceux qui peuvent se les payer. Et toutes les polices des frontières le savent. Un passeport suisse équivaut à une Rolls Royce. Pour en posséder un, il faut être citoyen helvétique et il n'y en a que six millions. C'est un passeport que l'on respecte.

Regardez-les de près, continua Vincente. Ils portent des visas pour l'Australie, le Brésil et même les États-Unis. Un passeport ne sert à rien sans visas. Les gens qui nous les ont procurés sont des as. Ils contrefont tous les visas qu'on veut. Vous voyez, madame Black, nous sommes de vrais professionnels. J'ai l'habitude de tenir parole et je ne perds pas de temps. Bien sûr, on aurait pu faire mieux avec les noms...

Black découvrit qu'il s'appelait dorénavant Hans Zurbriggen et que Sally répondait au doux prénom d'Anne-Marie. Ils habitaient Saas Fee, une station de villégiature du Valais.

– Je crois que ceci mérite un toast. Et j'ai juste ce qu'il faut.

La servante apporta une vieille bouteille sans étiquette et cinq petits verres.

– A la santé de monsieur et madame Zurbriggen. Longue vie à eux.

Il avala d'une traite l'eau-de-vie et tous l'imitèrent.

311

– Qu'est-ce que c'était ? demanda Sally lorsqu'elle eut repris sa respiration.

– De la grappa, répondit Vincente. Réservée aux hommes et aux femmes de caractère. Encore un peu ? J'en possède encore de la plus vieille et de la plus forte.

– Avec plaisir, répondit Sally, tandis que Charlie lui jetait un coup d'œil inquiet.

Elle la goûta, et s'arrêta là. A 22 heures, les Italiens avaient fini la bouteille. Ils avaient quitté la table et se tenaient tant bien que mal debout devant la cheminée.

Charlie et Sally étaient restés assis et buvaient à petites gorgées leur troisième tasse de café.

– C'est l'heure, dit Charlie.

– D'accord, dit Sally, mais attends encore une minute.

Les passeports étaient étalés sur la table. Elle jeta un coup d'œil vers les Italiens, et, constatant qu'ils ne la regardaient pas, elle fit glisser les passeports dans son sac. Elle se leva, imitée par son mari.

– Attendez ! ordonna Vincente.

Sally se figea sur place.

– Je vais allumer la télévision. Le bulletin de 22 heures va commencer. Nous en sommes peut-être les vedettes.

Le présentateur apparut sur l'écran. Il parlait allemand. Il fut d'abord question d'événements en Jordanie, puis de la Chine. Ensuite un portrait plein cadre de Charlie Black, suivi d'images de la Réserve fédérale de Washington. Puis de nouveau un portrait de Charlie.

– Que dit-il ? demanda Sally.

– Attendez, un instant, j'écoute.

Lorsqu'un journaliste présenta des images de Martina Hingins, la championne nationale de tennis, Vincente alla éteindre le poste.

– Voilà. Ils ont dit que votre mari s'était évadé. Ils ont expliqué qu'il était l'ancien chef de la Fed et qu'il était accusé de fraudes massives. Son évasion est un mystère. Le gardien qui le surveillait n'a pas été retrouvé. On pense qu'il était son complice. On recherche activement les deux hommes dans le monde entier. C'était tout.

312

La froide réalité faisait prosaïquement son retour. Sally ne put s'empêcher de regarder son mari : il serrait les mâchoires, signe qu'il était en colère.

– Montons, dit-elle à Charlie.

Ce disant, elle fit face à Vincente :

– Merci pour le dîner et tout le reste. La journée a été longue. Veuillez nous excuser.

38

– Tu n'es pas trop fatiguée ? demanda Charlie.

– Si, mais il faut qu'on parle. Je ne sais pas si c'est à cause des nouvelles à la télévision, mais je suis inquiète. Appelle-ça de l'intuition féminine si tu veux, en tout cas j'ai la désagréable impression que quelque chose ne tourne pas rond. En fait, je n'ai pas trop confiance en ces types. Vincente, qui se permet de t'appeler Charlie comme si vous étiez les meilleurs amis... Tu ne trouves pas qu'ils en font un peu beaucoup ?

Sally préféra passer sous silence le geste choquant que l'Italien avait eu à son égard dans l'escalier, à Bâle.

– Moi aussi, je sens que quelque chose n'est pas net. Si on reprenait cette histoire au début ? Il faut que nous sachions ce qui ne va pas dans mon évasion, elle me paraît trop bien réussie.

– Bon. Par où commence-t-on ?

– D'abord, mets-toi à l'aise pour parler. Si tu es épuisée, allonge-toi donc. Je vais m'asseoir là, sur une chaise à côté du lit.

Sally Black enleva ses chaussures, arrangea les oreillers et s'allongea à demi, tournée vers son mari.

– Tu as fait la connaissance de ce Vincente au bar de l'hôtel Euler, jeudi dernier. Exact ?

– Oui.

– Comment a-t-il su que tu y serais ?

– Je l'ignore. Ton mystérieux ami lui a sans doute dit que nous descendions toujours à cet hôtel.

– Admettons, quoique cela me semble tiré par les cheveux. Comment sut-il qui tu étais en te voyant ?

– Cela m'a paru à moi aussi très bizarre. Ce jeudi après-midi, après notre rencontre chez le procureur, je suis rentrée à l'hôtel et j'ai décidé de boire un verre. Au bar, je me suis assise directement à une table. Il devait être au comptoir, à m'attendre. Il a peut-être interrogé le barman, qui me connaît ; le jour de mon arrivée, il m'a reconnue du premier coup d'œil. Il se rappelait même ma boisson favorite. Donc, si Vincente lui a demandé où j'étais parmi les personnes présentes, il a dû me désigner à lui.

– Mmm... Plausible. Ainsi, il s'est approché de ta table et il s'est présenté comme l'ami d'un ami qui, par gratitude, pour me remercier de services passés, l'aurait envoyé vers toi offrir ses services de sauveteur professionnel ?

– C'est ce qu'il m'a raconté, en tout cas.

– Un peu alambiqué, non ?

Tout à coup, Sally se prit le visage à deux mains.

– Oh ! j'avais oublié le principal.

– Quoi donc ?

– Je ne voulais même pas le laisser s'asseoir à ma table, jusqu'à ce qu'il sorte ce document de sa poche : une copie de la liste de toutes les opérations frauduleuses qu'on t'attribue. Oui, la liste que le procureur nous a montrée mercredi après-midi qui, à elle seule, devait t'envoyer en prison pour trente ans. Quand Vincente me l'a fait lire...

– Comment diable se l'était-il procurée ?

– Je me suis posé la question. Tout d'abord, j'ai cru que la police me tendait un piège. Mais dans quel but ? Ça n'avait aucun sens. Ensuite, j'ai pensé que ton soi-disant ami était une personne proche des milieux de la haute finance helvétique et qu'il était dans le coup. Sans doute quelqu'un de la Banque générale de Suisse. C'est ce qui m'a traversé l'esprit. Après tout, les chiffres des opérations proviennent de là, je ne me trompe pas ?

– Non. Tu as raison, ils ne pouvaient venir d'ailleurs.

Charles Black garda le silence pendant une minute.

— On bute là sur le plus fort de toute l'affaire, reprit-il : les transactions financières ont bien eu lieu. Le contraire n'est pas possible. La Générale aurait été incapable d'inventer tout ça. Il y a eu trop de traces écrites, trop de bordereaux pour chacune des opérations... Non, cette partie est vraie. Et la banque a dû fournir à la police tous les détails des transactions. Ce qui a permis au jeune lieutenant de dresser ce récapitulatif. Je suis sûr qu'il en a communiqué une copie à la Générale pour vérification. Et de là...

— De là à ton « ami » qui, lorsqu'il en a eu connaissance, est arrivé à la même conclusion que toi, à savoir que les dés étaient pipés et qu'il valait mieux abandonner la voie légale.

— L'histoire commence à s'enchaîner de façon logique... bien, continuons. Jusqu'à ce stade, l'explication de Vincente tient le coup.

— Ensuite, je lui ai prié de s'asseoir. Il m'a alors fait état de ses « références » : Vesco, Maxwell, le Premier ministre italien ; ceci, je te l'ai déjà raconté. Non... attends ! J'ai cependant omis un petit détail. Ils utilisent toujours un yacht. J'ai demandé à le voir et Vincente m'a proposé de me le faire visiter dimanche dans le port de mon choix. J'ai mentionné Nice. Puis, lorsque j'ai été convaincue qu'il ne bluffait pas, je lui ai dit que c'était inutile. Enfin, on a parlé d'argent : trois millions de dollars, dont la moitié d'avance. Je n'ai pas discuté.

— Ensuite ?

— Il m'a expliqué comment il comptait te sortir de prison. Il a insisté pour que cela se fasse le plus tôt possible : il disposait de gens à Bâle prêts à passer à l'action. Je lui ai demandé un certain temps pour réfléchir et il m'a suggéré que l'on se retrouve dès le lendemain à la gare. C'était ce matin, tu te rends compte ! Tout s'est passé si vite...

— Tu as donc été au rendez-vous et vous êtes aussitôt venus me chercher.

— Pas tout à fait. D'abord, j'ai dû m'occuper de faire virer le premier million et demi de dollars. J'ai téléphoné à John Wright depuis une cabine au buffet de la gare. Je l'ai réveillé

317

en pleine nuit. Il s'est d'abord montré plutôt récalcitrant, et finalement a accepté.

– Je comprends qu'il ait hésité. Je devais être à la une de tous les journaux de New York.

– Il n'y a pas que cela. Wright a eu un mouvement de réticence quand il a été question d'envoyer les fonds dans cette banque des Caraïbes.

– Sally !... Répète-moi s'il te plaît ce que tu viens de dire ?

– John Wright hésitait à virer une telle somme dans une banque des Caraïbes qui lui était inconnue.

– Une seconde, dit Charlie en se levant brusquement.

– Tu as une idée ?

– Je suis peut-être en train de devenir parano, mais ce flic m'a accusé d'avoir planqué l'argent *dans une banque des Caraïbes.*

– Tu te souviens du nom de la banque ?

– Il ne me l'a jamais donné. C'était si absurde que je ne le lui ai même pas demandé. A dire vrai, il existe une centaine de banques aux Caraïbes et la moitié d'entre elles ne font affaires qu'avec des escrocs.

– Attends ! cet après-midi, quand j'ai envoyé la lettre de confirmation à John Wright, Vincente m'a communiqué pour la deuxième fois le nom de cette banque, que j'avais oublié. Je l'ai noté sur un morceau de papier.

Sally se redressa pour fouiller dans son sac.

– Le voici, je l'ai. C'est la Banque des Caraïbes pour le commerce et la finance. Elle est située aux Turks et Caïmans.

– Je comprends maintenant que les Suisses soient incapables de récupérer l'argent.

– Que veux-tu dire ?

– Je parie qu'il a bien atterri là-bas ! s'exclama Charlie, maintenant presque en colère. Schmidt disait donc la vérité... A un détail près : ce fichu compte n'est pas le mien !

– Calme-toi... Si c'est leur compte, pourquoi l'ont-ils utilisé à nouveau ?

– De cette manière, ils ont fait d'une pierre deux coups. Ils nous ont soutiré de l'argent et m'ont enfoncé encore davantage. Les Suisses ont désormais la preuve formelle que je – ou plutôt nous – vidons nos comptes aux États-Unis avant que les autorités américaines n'aient gelé nos avoirs, pour les transférer sur un compte douteux aux Caraïbes. Un compte auquel personne en dehors de nous n'a accès, un compte sans procuration.

– Si tu as raison, cela implique...

– ...que les gens qui m'ont fait évader sont les mêmes que ceux qui m'ont piégé. Bon sang ! on dirait bien que c'est cela, Sally.

– Alors, pourquoi te faire sortir de prison ?

– Pour mettre fin à l'enquête et éviter un procès public qui aurait pu m'innocenter, au moins en partie ! Cela ouvrirait la voie à de nouvelles investigations qui risqueraient de confondre les vrais coupables.

– Qu'arriverait-il, au point où nous en sommes, si la police te mettait la main dessus et te renvoyait en prison à Bâle ?

– Vincente et ses hommes ne permettraient pas que j'aie la vie sauve.

– Mon Dieu ! dit Sally, maintenant, j'ai vraiment peur.

Il la prit dans ses bras. Elle tremblait.

– Écoute, ne te mets pas dans des états pareils. On va trouver une solution.

Sally craquait. Elle commença à pleurer.

– J'ai une excellente idée. On s'en va. Nous fichons le camp.

– Mais, ils ont déjà dû prévoir qu'à un moment ou à un autre, on allait percer à jour leur petite combine. Ils ont sans doute pris des mesures pour parer à cela.

– Possible. Il n'y a là rien de certain. En tout cas, ils ne l'ont pas fait ce soir. Ils veulent à coup sûr nous saigner à blanc avant que nous réagissions.

Elle essuya ses larmes.

– Tu as raison. Je ne t'ai pas encore dit où allait la seconde partie de l'argent : Vincente a exigé qu'elle soit virée sur un compte à Saint-Moritz.

– Je jurerais que ce million et demi de dollars va tout droit dans sa poche. Tu peux me croire, il ne partira pas d'ici avant d'avoir touché la somme. Et ce n'est qu'un début. Lors de notre prochaine étape, sans doute la Sardaigne, il exigera encore un million et demi, qu'il versera aux Caraïbes sur le compte de ses patrons. Et ainsi de suite. Ils nous tiennent et ils le savent. A la fin, quand nous n'aurons plus un sou, alors seulement ils nous feront disparaître. D'une façon définitive. C'est d'ailleurs le sort qu'ont subi sans aucun doute tous les autres, ou presque.

— Que veux-tu dire ?

— D'abord, ils se sont chargés de les faire libérer. Puis ils les ont pressés comme de vulgaires citrons, ainsi qu'ils ont commencé à le faire avec nous. Ensuite...

— Ensuite, ils les ont assassinés, tout bonnement. Oh ! mon chéri, tu crois qu'ils vont nous tuer ?

— Tu ne penses tout de même pas que Vesco et Maxwell coulent des jours tranquilles au Paraguay ?

Sally recommença à trembler nerveusement.

— C'est la raison pour laquelle il faut qu'on parte d'ici tout de suite, reprit Charlie.

— Oui, mais comment ?

— A cette heure-ci, ils sont ivres morts, au point de ne pas s'apercevoir avant demain matin que tu leur as dérobé les passeports. Et sûrement aussi incapables d'imaginer que nous pourrions leur fausser compagnie dans la nuit.

— Où irons-nous ?

— J'ai mon idée là-dessus, ne t'inquiète pas.

— Quand partons-nous ?

— Il faut s'assurer en premier lieu qu'ils dorment.

Charlie entrouvrit la porte de leur chambre. D'abord, il n'entendit rien. Puis soudain, un cri, le gloussement d'une fille suivi d'un fou rire. La voix de Vincente qui venait du premier étage. Une porte qui claqua. Et à nouveau, le silence.

Au bout de cinq minutes, Charlie referma à clé.

— J'imagine que Vincente est en train de prendre du bon temps avec la servante dans l'une des chambres du premier étage. Mais nous ne savons pas si les autres sont couchés. On va donc patienter quelques heures en tendant l'oreille, pour être certains qu'ils dorment tous à poings fermés. Ensuite, nous sortirons, et il faudra compter sur notre bonne étoile !

– Et en attendant ?

– Couchons-nous.

Ils s'allongèrent afin d'économiser leurs forces. Ni l'un ni l'autre ne purent trouver le sommeil. Vers minuit, ils sursautèrent en même temps. Quelqu'un, de l'autre côté de la porte, tournait la poignée et cherchait à entrer. Sans succès toutefois, à cause du verrou. Ensuite, le bruit de pas s'éloigna.

Sally prit la main de Charlie et finit par s'endormir bientôt. Elle se réveilla en l'entendant dire :

– C'est l'heure. Ne fais pas de bruit. Prends tes chaussures à la main.

Ils se vêtirent à la lueur de la lune. Puis, Charlie ouvrit la porte avec d'infinies précautions et ils descendirent pas à pas l'escalier plongé dans le noir, en évitant de heurter les murs. Au premier étage, quelqu'un ronflait. Ils n'entendirent rien d'autre.

Un peu plus bas, Charlie fit craquer une marche. Ils se figèrent instantanément sur place. Aucune réaction de leurs « hôtes ». Ils continuèrent à descendre.

Au rez-de-chaussée, la grande pièce était vide. Charlie ouvrit le loquet de la porte d'entrée et sortit. Sally l'imita.

– Remettons nos chaussures, murmura Charlie en arrivant à la route.

Ce fut en se penchant que Sally les vit : deux bicyclettes adossées au garage. Elle les désigna. Elles n'avaient pas de cadenas.

– C'est maintenant ou jamais, dit-elle.

Ils s'emparèrent des vélos et descendirent jusqu'au centre de Pontresina.

– Et ensuite, Charlie ?

– Tant qu'il ne fait pas jour, on ne peut se risquer à rouler sur la chaussée. Des gens pourraient nous apercevoir et prévenir la police. Mieux vaut nous cacher.

Ils se dissimulèrent à l'abri de la station du téléphérique et n'en bougèrent qu'à l'aube.

– On va à Saint-Moritz Bad, décida Charlie. Ce n'est qu'à deux kilomètres et la route est plate. Tu ne te fatigueras pas. Arrivés là-bas, on abandonnera les bicyclettes devant la petite gare.

Une fois sur place, ils ne montèrent pas dans le train qui allait partir pour l'Italie. Ils choisirent un des autobus jaunes du service des Postes qui, en véritables omnibus, s'arrêtaient dans chaque village jusqu'à la frontière autrichienne.

– On va jusqu'au terminus ? demanda Sally.

– Pas tout de suite. On s'arrêtera d'abord à Zernez.

– Pour rencontrer ton copain pêcheur ?

– Tu as deviné.

– Tu penses qu'il va nous aider ?

– C'est ce que nous allons voir.

39

A Zernez, ils furent les seuls à descendre. L'autocar s'arrêta devant l'Alpenrosen, unique véritable hôtel de la petite ville. Le bus repartit aussitôt, alors que les deux Américains pénétraient dans l'établissement. C'était propre, simple, bon enfant. Il n'y avait personne à la réception. Charlie appuya sur la sonnette.

Un homme bien bâti surgit aussitôt. En voyant les voyageurs, il leur fit un grand sourire.

— Monsieur et madame Black, quelle heureuse surprise !

Il secoua fortement la main de Sally et étreigna Charlie en lui donnant une grande tape amicale dans le dos. Sur ce, il passa derrière le comptoir et examina son registre.

— Je me rappelle quelle était votre chambre : la 17, dit-il. Voyons... elle est libre. D'ailleurs l'hôtel n'est qu'à moitié rempli, la saison n'ayant pas encore débuté. Peut-être désirez-vous choisir une autre chambre ?

— Non, non, cher Primus, la 17 est parfaite, répondit Sally.

— Bon. Vous pouvez rester aussi longtemps que vous le désirez. Où sont vos bagages ? Je vais vous aider à les porter.

Charlie et Sally se regardèrent.

— Nous n'avons pas nos valises, dit Charlie. C'est toute une histoire. Il a fallu que nous venions jusqu'ici les mains vides.

— Ah ! ce genre de choses arrive tout le temps. Les compagnies d'aviation sont de pire en pire. Ne vous tracassez pas. En attendant qu'on vous rende vos bagages, je peux vous prêter tout ce que vous voudrez.

Primus s'adressa à Sally :

– Madame Black, il vous faut d'autres vêtements. Vous ne pouvez pas faire de la montagne dans cette tenue ! Ne bougez pas, je vais chercher Ingrid.

Ingrid apparut quelques instants plus tard, vêtue de l'ensemble noir et blanc qui ne la quittait jamais.

– Ils vont prendre la 17, comme d'habitude, dit Primus. Ils ont perdu leurs affaires. Trouve-leur quelque chose à se mettre.

Ils prirent possession de leur chambre, pas très différente de celle qu'ils avaient occupée à Pontresina. La fenêtre donnait sur une petite église blanche au premier plan, un pré où paissait un troupeau de vaches et, plus loin, le manteau de pins noirs sur les montagnes qui brillaient au soleil.

– Oh ! Charlie, dit Sally, si nous pouvions seulement rester ici un mois sans bouger ! Et se réveiller un matin en ayant oublié tous les affreux événements de la semaine dernière...

On frappa à la porte. Ingrid entra, suivie d'une servante plus jeune qu'elle. Les deux femmes avaient les bras chargés de vêtements.

– Choisissez ce que vous voulez, dit Ingrid. Ils viennent d'être repassés. Si vous avez besoin de chaussures de marche, elles sont en bas. Nous avons aussi des bottes, si vous désirez pêcher, monsieur Black.

Quand Sally se retrouva seule avec son mari, elle paraissait surprise.

– Personne ici n'a donc la moindre idée de ce qui nous est arrivé ?

– On dirait. Cette partie de la Suisse est plutôt repliée sur elle-même. Les gens préfèrent parler leur dialecte romanche plutôt qu'allemand. Primus Spöl ne se soucie guère de ce qui se passe à Genève, à Zurich ou à Bâle. Ils ne doivent pas lire de journaux. Et s'ils regardent la télévision, ils se branchent sur les chaînes italiennes. On a donc peu à craindre des autochtones. Il faudra se méfier, en revanche, des touristes. De toute façon, je sais qu'on peut s'en remettre à Primus. Tu comprends pourquoi j'ai voulu venir ici ?

– Je sais qu'il t'aime beaucoup. Tu l'as toujours traité en ami. Au fait, comment a-t-il pu hériter d'un prénom pareil ?

– Je le lui ai demandé il y a quelques années. Eh bien ! comme c'était l'aîné, on l'a appelé fort logiquement Primus, ce qui veut dire «premier» en latin. Le deuxième a été baptisé Secundus et ainsi de suite.

Sally changea soudain de sujet :

– On ne va pas pouvoir demeurer éternellement ici. Comment et où allons-nous partir ? demanda-t-elle.

– Je ne sais pas encore.

– Tu penses que Vincente et sa garde rapprochée vont nous trouver ?

– Ils vont faire tout leur possible, c'est sûr.

– De quelle façon ?

– Ils vont poser des tas de questions un peu partout. A la gare, au chauffeur du car, etc.

En rangeant les différents vêtements dans l'armoire, Sally trouva une carte de la région sur l'une des étagères.

– Tiens, voilà qui pourrait nous être utile.

Charlie l'étudia quelques instants.

– Je crois que nous n'avons pas beaucoup de choix, dit-il. Soit nous choisissons la route sud qui mène en Italie, soit nous continuons à remonter la vallée de l'Inn vers l'Autriche, comme nous l'avons fait entre Pontresina et Zernez. Si Vincente arrive à suivre, c'est dans cette direction qu'il nous cherchera. L'Italie est sans doute la meilleure solution.

Sally se pencha sur la carte.

– La frontière italienne n'est qu'à quarante kilomètres. On pourrait y aller à bicyclette.

– Tu veux rire ! Il faut passer un col à plus de 2 000 mètres. Oublie le vélo. Et la voiture : on peut difficilement en louer une à Zernez. Il n'y a pas de train. Reste le car.

– Ou Primus. Il possède une voiture et il est guide de montagne. Nous devons saisir cette opportunité.

– D'accord avec toi.

– Comment vas-tu lui en parler ?

– Je suis en train d'y réfléchir. Au fait, combien d'argent te reste-t-il ?

Sally alla chercher son sac et le vida sur le lit.

— Il ne me reste plus que 320 dollars et 510 francs suisses en espèces. Heureusement, j'ai davantage en chèques de voyage. J'ai appris à ne jamais m'aventurer hors des États-Unis sans une bonne provision.

— Combien ?

— 6 380 dollars.

— Bravo ! Tu es la meilleure.

— Mais si on les utilise, la police retrouvera notre trace.

— Ça leur prendra un temps fou. Ce n'est pas ça qui m'inquiète.

— Qu'est-ce donc ?

— La lettre que tu devais envoyer à John Wright.

— Et alors ?

— Il la recevra lundi. S'il n'a pas de tes nouvelles comme promis, il se sentira sans doute dans l'obligation de prévenir les autorités américaines. Ensuite...

— ...elles préviendront les suisses.

— Tout juste.

— Dois-je lui téléphoner ?

— Non. On ne peut l'impliquer davantage.

— Alors ?

— Attendons jusqu'au déjeuner. Primus viendra sûrement à notre table pour nous proposer d'organiser une partie de pêche. A ce moment-là, j'aviserai. Je lui parlerai.

Dans la salle à manger, il n'y avait que deux autres couples. Des Suisses qui ne les regardèrent même pas. Sally, tout en lisant la petite carte, se pencha vers Charlie.

— Au sujet du gardien, tu crois qu'il est toujours ficelé sous le lampadaire ?

— J'y ai pensé. Ne t'inquiète pas. En ce moment, les nuits ne sont pas trop fraîches. Il va sûrement à peu près bien.

Ils demandèrent de la viande des Grisons et de la salade de pommes de terre. Ils venaient de finir lorsque Primus s'approcha d'eux.

— Vous permettez que je prenne le café avec vous ?

— Avec plaisir.

— Je vois que vous avez trouvé de quoi vous habiller, dit-il à Sally. Personne en vous voyant ainsi ne penserait que vous êtes américaine.

Il se tourna vers Charlie.

— Je suis désolé d'avoir à vous apporter de mauvaises nouvelles.

A leurs mines déconfites, il s'empressa d'ajouter :

— Non, rien de grave. Je vais m'absenter pendant deux semaines. Comme chaque année au mois de juin depuis trois ans. Vous ne pouviez pas être au courant, puisque vous n'êtes pas venu depuis au moins six ans. Avant mon départ, je vais essayer de vous trouver un autre guide.

— Quand partez-vous ?

— Très tôt demain matin, alors qu'il fera encore nuit. Vous ne devinerez jamais où je vais.

Un grand sourire éclairait son visage.

— En Alaska, dit-il.

— Surprenant ! Et pourquoi si loin ?

— Pour pêcher. On trouve là-bas les plus beaux coins de pêche du monde. Et les paysages sont absolument fantastiques.

— Voilà qui est merveilleux, dit Sally en s'efforçant de ne pas montrer sa déception. Quand même, n'est-ce pas hors de prix ?

— Pas en prenant un vol charter.

— Quel genre de charter ? demanda Charlie.

Sally reconnut dans sa voix les inflexions tendues du chasseur suivant une piste.

— Sur la Balair, une filiale de la Swissair. De la mi-juin à la mi-août, il y a un vol hebdomadaire entre Zurich et Anchorage, qui part à midi.

— Comment vous organisez-vous ?

— En groupe. Nous sommes douze, surtout des hôteliers et des guides, certains avec leur femme. Nous passons par une agence de Zuoz, un peu plus haut dans la vallée. D'autres petites délégations viennent du Liechtenstein, du Tyrol, d'Italie et de Bavière. Nous avons tous deux points communs : nous adorons la pêche et nous parlons allemand.

– Et ça suffit pour remplir un charter ? s'enquit Charlie.

– En général. Demain, ce n'est cependant que le premier charter de la saison ; il ne sera pas plein. Les vacances n'ont pas vraiment commencé. Reste que c'est la meilleure époque pour le saumon. Des millions de poissons quittent l'océan pour remonter les rivières. Il faut le voir, c'est extraordinaire.

– Je n'ai jamais assisté à un tel spectacle. En fait, je ne suis jamais allé en Alaska.

– Alors, vous avez vraiment raté quelque chose.

Charlie se tut quelques instants.

– Vous savez, reprit-il, ça peut vous paraître dément, mais je crois que nous aimerions assez, tous les deux, nous joindre à votre groupe. Vous me montrerez sur place comment attraper les saumons, comme vous m'aviez montré la pêche à la truite.

– C'est une idée fantastique, surenchérit Sally.

Primus en resta quelques instants muet de surprise.

– Vous êtes vraiment sérieux ?

– Absolument.

– Il faut savoir que vous ne pourrez pas profiter des tarifs charter.

– Ce n'est pas grave.

– Il faudra également que je m'assure que l'hôtel où je descends chaque année a encore de la place.

– Pourriez-vous leur téléphoner et leur demander ?

– Bien sûr. Quelle heure est-il en Alaska ?

Sally fut la première à trouver la bonne réponse.

– Il y a entre neuf et dix heures de décalage. Il doit donc être là-bas entre 3 et 4 heures.

– Vous êtes vraiment sûrs que vous voulez venir avec moi ? demanda Primus une fois encore.

– Oui, répondit Sally.

– Bon, alors je vais appeler l'agence de voyages et vérifier s'il y a toujours de la place dans l'avion. Si ça marche, je téléphonerai ensuite à l'hôtel. Vraiment, ajouta-t-il après une pause, il faut être américain pour faire une chose pareille ! Vous m'épatez !

Primus se leva de table. Charlie l'imita et dit à Sally :

— Tu devrais peut-être monter te reposer. Je te rejoins dans un moment.

Elle le regarda et obtempéra.

Un quart d'heure plus tard, Charlie rejoignait Sally. Elle s'était allongée dans un transat sur la terrasse.

— Alors, ça s'est passé comment ?

— Je lui ai avoué que nous avions des ennuis. Si jamais quelqu'un posait des questions à notre sujet, je lui ai demandé de dire qu'il ne nous avait jamais vus.

— Il le fera ?

— Oui. Il m'a regardé d'un drôle d'œil, mais il le fera.

— Et pour l'Alaska ? Tu as eu l'air de sauter sur l'occasion.

— Je suis sérieux, ceci est notre meilleure chance. Si jamais on arrivait en Italie ou en Autriche, que ferions-nous ensuite ?

— Je n'en sais rien. Tout ce que je veux, c'est quitter la Suisse.

— Moi aussi. Au moins, l'Alaska, c'est l'Amérique. Nous savons comment les choses fonctionnent, là-bas. Sur place, on trouvera peut-être une solution. Si je dois être arrêté, je préfère que ce soit aux États-Unis, où j'ai une chance de pouvoir prouver mon innocence, plutôt qu'en Suisse.

Une heure après, Primus frappa à la porte. Charlie alla lui ouvrir tandis que Sally restait sur la terrasse.

— Monsieur Black ?

— Entrez donc.

— Vous avez bien fait de m'avertir. Quelqu'un de la région, un Italien, est venu demander après vous. Comme je vous l'avais promis, j'ai simplement dit que je ne vous avais pas vu. Vous-même, est-ce que vous le connaissez ?

— Oui, je crois. J'ignore son nom de famille. Son prénom est Vincente.

— Monsieur Black, je peux vous dire qu'il s'agit d'un homme dangereux, très dangereux.

— Je le sais. Voilà pourquoi nous sommes venus nous cacher ici, en comptant sur votre discrétion.

– C'est un contrebandier, comme toute sa famille. Et de la pire espèce. Ils font tout un trafic bien trouble avec l'Italie. J'ignore comment vous êtes tombés dans ses griffes mais, face à un tel personnage, je ferai tout mon possible pour vous aider, votre femme et vous.

– Merci, Primus. Voulez-vous en savoir plus sur toute l'histoire ?

– Non, c'est inutile. En tout cas, pas maintenant. L'agence de voyages m'a rappelé : il y a de la place dans l'avion. Je n'ai pas encore téléphoné à l'hôtel ; quoi qu'il en soit, vu la situation, je pense que l'endroit où vous dormirez n'a pas tellement d'importance.

– Ça nous est même complètement égal, en fait. Il ne nous reste qu'à aller à l'agence prendre nos billets. A ce sujet, nous n'avons pas nos *vrais* passeports avec nous. Je dois vous dire tout de suite que si ça risque de vous causer des ennuis, je suis prêt à renoncer à ce voyage. Je ne veux pas que vous soyez mêlé à cette affaire.

– Ne vous inquiétez pas. L'important est que vous ayez des passeports valables. Donnez-les-moi, je vais m'occuper de tout. Et ne sortez pas, je n'ai aucune confiance dans les intentions de ce Vincente. Par précaution, dites à votre femme de ne pas rester sur la terrasse. Ne descendez pas non plus pour dîner. Je vous ferai monter votre repas.

40

Quand les Black descendirent à la réception, à cinq heures du matin, il faisait nuit noire. Un minibus stationnait à l'extérieur. Primus les attendait sur le pas de la porte.

— Tout est arrangé, dit-il. J'ai vos billets d'avion, et voici vos passeports. Je vais m'occuper des bagages qu'Ingrid vous a prêtés hier soir. A Anchorage, vous vous achèterez d'autres vêtements. J'ai finalement eu l'hôtel Arrowhead. Ils ont de la place, mais ne pourront vous garder que quinze jours.

— Parfait, dit Charlie.

— Le reste du groupe est déjà dans le minibus. Je leur ai raconté que vous étiez nés ici et que vous aviez vécu en Amérique. Ce qui explique que vous ne parliez pas allemand. C'est arrivé à quelques-uns, dans la région. Avez-vous des questions avant que nous ne partions ?

— Non. Primus, nous ne savons pas comment vous remercier.

— Inutile. Entre pêcheurs, il faut se serrer les coudes.

Le montagnard avait réservé les deux sièges derrière la chauffeur pour Charlie et pour Sally. Le minibus démarra. Au fur et à mesure qu'on approchait de Zurich, Sally se sentit respirer plus librement. Elle laissait derrière elle le val d'Engadine et Vincente.

— Tu verras, dit Charlie pour la rassurer complètement, les formalités à l'aéroport seront réduites au minimum. Il suffit d'enregistrer les bagages, passer par la salle de transit et attendre d'embarquer. En groupe, c'est très simple. Un responsable s'occupe de tout et distribue à chacun sa carte d'embarquement.

Tout se produisit comme Charlie l'avait prévu. A 11 h 30 précises, ils franchirent la porte de l'Airbus. Personne n'avait fait attention à eux. Les sièges n'étant pas numérotés, ils préférèrent s'installer à l'arrière de l'appareil. A midi, l'avion quitta l'aire de stationnement. Quelques instants plus tard, il décollait.

– Charlie, s'écria Sally, nous avons réussi ! Je suis si heureuse, j'ai presque envie de pleurer !

– Ne te retiens pas...

Elle lui caressa la main.

– Le pire est passé, non ? insista-t-elle. Les Suisses ne pourront jamais te renvoyer en prison ?

– Non. Mais ils vont essayer. Je parierai qu'à cet instant, ils se démènent comme des diables pour me mettre le grappin dessus.

– J'espère seulement qu'ils ont retrouvé leur gardien !

41

A deux heures du matin, dans la nuit de samedi à dimanche, le fonctionnaire qui avait été chargé d'escorter Charlie était découvert ligoté à un réverbère. Un chien errant qui faisait sa tournée nocturne avait trouvé là cet homme l'empêchant d'accéder à ce qu'il considérait comme un élément essentiel de son parcours et s'était mis à aboyer avec fureur. Les voisins, réveillés en sursaut, appelèrent la police. Les chiens n'ont pas le droit d'aboyer la nuit, en Suisse.

Emmené d'urgence à l'hôpital, le gardien avait été placé en observation. Il ne souffrait que d'un choc à la tête et d'une légère déshydratation.

Il n'était pas au bout de ses peines. A huit heures du matin, le lieutenant Schmidt, accompagné de quatre mastards, commença à l'interroger. Un interrogatoire musclé. On l'accusait de complicité d'évasion. Ses blessures, la façon dont il avait été ficelé derrière la fontaine n'étaient qu'une grotesque mise en scène. Combien avait-il reçu du riche banquier américain ? Où l'Américain se cachait-il et où avait-il l'intention de se réfugier ?

Le gardien répéta inlassablement sa version de l'histoire. Il avait sorti son prisonnier de sa cellule peu avant neuf heures. Ils étaient à mi-chemin entre la prison et le bureau du procureur quand c'était arrivé. Ils l'avaient pris complètement par surprise. Trois hommes, trois Italiens, croyait-il. Ils l'avaient saisi au milieu de la rue et l'avait traîné jusqu'au haut des marches du Leonardsgässli, où une femme les attendait.

On l'avait ensuite mené de force jusque dans la petite cour où l'un des hommes l'avait assommé d'un coup de revolver. Oui, il était sûr qu'il s'agissait d'une crosse de revolver. Il s'était évanoui. Un point c'est tout.

Pas de témoins ? lui demanda-t-on. «Comment le sauraisje ?», répondit-il. Tout était arrivé si vite. Ses agresseurs avaient-ils parlé entre eux ? «Oui, quelques mots d'italien.» Rien en anglais ? «Non.» Comment la femme était-elle habillée ? «Très bien, comme une femme riche.» Quel âge ? «La cinquantaine.» Belle ? «Oui.»

A 11 h 30, le lieutenant Schmidt mit fin à la séance. Le procureur général désirait le voir dans son bureau. Il l'y attendait, de fort mauvaise humeur.

— Alors, qu'est-ce qu'il raconte ? attaqua-t-il tout de suite.

— Nous nous sommes trompés, répondit Schmidt. Je suis persuadé que cet homme est innocent. Le coup a été monté de l'extérieur et c'est la femme de Black qui en est l'instigatrice. Je vais vous expliquer ce qui m'a amené à cette conclusion.

Lorsqu'il en eut terminé, le procureur demanda :

— Ainsi, vous êtes certain que c'est un travail de professionnels ?

— A 100 %.

— Et que tout mène à Mme Black ?

— C'est cela, acquiesça le lieutenant. Elle a laissé ses affaires à l'hôtel Euler : ses vêtements, son maquillage et même son répertoire téléphonique. Elle n'a emporté que son passeport et son sac à main. Ainsi, soit elle pensait revenir à son hôtel, soit elle est partie à l'improviste.

— J'imagine qu'elle avait rendez-vous avec quelqu'un.

— Probablement les Italiens. Elle aura été dépassée par les événements.

— Elle a dû toutefois les rencontrer bien plus tôt.

— Sans doute, et à plusieurs reprises.

— Où ont-ils pu se voir ?

— Avant même d'avoir appris ce que le gardien nous a dit, nous avions interrogé tous les chauffeurs de taxi de la ville.

En vain. Je ne pense pas qu'elle connaissait assez bien Bâle pour prendre le tram. Et elle n'a pas loué de voiture. Elle a donc dû fixer ses rendez-vous soit à l'hôtel, soit à proximité. Il nous faut retourner voir le personnel de l'hôtel et poser les bonnes questions : qui a vu Mme Black et à quel moment ? Idem pour les restaurants et les bars des alentours.

Le procureur fut sur le point de perdre patience.

— A quoi cela nous servira-t-il, s'ils sont déjà sortis du pays ?

— Cela élargira notre champ d'investigation. Nous avons déjà délivré un mandat d'arrêt à Interpol au nom de Charles Black. Nous allons faire la même chose pour sa femme. Et si l'on nous fournit une bonne description de ces trois Italiens, ou au moins de l'un d'entre eux, nous avertirons les postes frontières de les avoir à l'œil.

— Vous ne pensez pas que les Black peuvent déjà être à l'étranger ?

— Ce n'est pas sûr. Si le coup a été monté par des pros, ce qui me semble évident, ils ont peut-être décidé de se mettre au vert pendant quelque temps. Ils ont sans doute une planque quelque part. Ces types doivent parfaitement connaître le terrain. Sinon, ils n'auraient pu se volatiliser ainsi après l'évasion. On commence à avoir une idée de qui ils sont et de leurs intentions. A nous de renforcer la surveillance à nos frontières, avec l'Italie surtout.

— Je vais m'en occuper après notre entretien. Mais un point me paraît trouble. Comment Mme Black a-t-elle pu d'elle-même organiser tout cela ?

— Je me suis posé la même question. Il doit y avoir un maillon important qui nous manque, dans cette affaire.

Dimanche, à Pontresina, Vincente faisait face à une question semblable : où Charlie Black et sa femme avaient-ils disparu ? Il était 12 h 30 à la montre-bracelet de l'Italien. Les Black s'étaient évaporés voilà plus de vingt-quatre heures. Et il y avait plus grave. Vincente n'avait toujours pas osé prévenir le Sarde.

Il espérait de toutes ses forces ne pas avoir à le faire. Si seulement il pouvait remettre la main sur ces damnés Américains, il pourrait poursuivre son plan de « mise à l'écart » du couple Black. Sauf pour son million et demi de dollars : autant l'oublier. Car s'il les rattrapait, elle n'appellerait jamais New York. Enfin, ils avaient dû comprendre toute la combine de leurs pseudo-sauveteurs et ils voulaient maintenant la déjouer. Il fallait donc qu'il s'occupe d'eux.

Vincente était persuadé qu'ils étaient toujours dans les parages. Il avait interrogé un des gardes-frontières qui l'avait assuré qu'il n'avait vu personne qui ressemble de près ou de loin aux Américains. Et comme ce garde était grassement payé toute l'année par Vincente pour fermer les yeux sur différents trafics, on pouvait être sûr que l'information était fiable : il avait dû faire du zèle. L'Italien avait téléphoné à tous ses amis et la réponse avait partout été la même : pas d'Américains.

Vincente se résolut à réexaminer tout le chemin à la loupe et à s'arrêter à tous les hôtels, toutes les auberges le long de l'itinéraire du car pour tenter de les trouver.

A la même heure, Samuel Schreiber, Hans Zwiebach et leurs épouses s'asseyaient à la terrasse de l'hôtel du Grand Dolder, sur les hauteurs de Zurich. C'était un déjeuner de fête, mais seuls les deux hommes le savaient. Ils célébraient la fin d'une aventure qui, si elle s'était développée sur le plan judiciaire, aurait pu avoir des conséquences désastreuses pour eux. Ils savaient depuis vendredi que Black s'était évadé. Ils en avaient discuté discrètement et, sur ce, avaient décidé de déjeuner à quatre le dimanche.

Ils étaient tous sur leur trente et un, car ils sortaient du culte protestant. Les Zwiebach s'étaient rendus à la Frauenmünster, la paroisse où leur famille se voyait réserver le même banc depuis des siècles. Les Schreiber quant à eux étaient allés dans un petit temple de quartier. Comme c'était la première fois en trois mois, Samuel s'étant souvent absenté pendant les week-ends, Emma en avait remercié le Seigneur, espérant que ce jour marquait un nouveau commencement. Samuel, de son côté, s'était montré reconnaissant envers le ciel de la tournure qu'avaient pris les événements sur le plan financier. La fuite de Charles Black venait de mettre fin à bien des tracas. Le banquier pouvait à nouveau envisager de mener une vie des plus agréables, où il pourrait profiter des charmes de sa toute nouvelle fortune. Et de ceux de Carole.

Après un déjeuner bien arrosé (même Emma avait accepté un cognac), les deux couples s'étaient séparés. Et c'est dans leurs résidences respectives qu'ils avaient regardé le journal de dix-neuf heures à la télévision. L'évasion de Charles Black fit la une de cette édition. Son gardien se prêtait à une longue interview. La police annonçait que les recherches s'étendaient maintenant à toute l'Europe. Et les autorités suisses avaient demandé à la justice américaine sa collaboration.

42

Au même moment, les deux fugitifs dormaient, bercés par le ronronnement de l'appareil qui survolait les étendues désolées du Grand Nord. Sally ne se réveilla que quelques heures plus tard, quand une hôtesse la prévint de l'imminence de l'atterrissage à Anchorage.

Sally tapota tout doucettement l'épaule de Charlie. Celui-ci ouvrit les yeux. Il semblait un peu perdu.

— Tout va bien, lui dit-elle, on est presque à la maison.

Lorsqu'il eut recouvré ses esprits, elle lui demanda :

— Crois-tu que les autorités américaines te feraient arrêter si on te reconnaissait ?

— Je le crains. Au vu des documents que les Suisses leur auront communiqués, les Américains vont prendre très au sérieux ce délit d'initié. Surtout mettant en cause un président de la Fed. S'ils m'attrapent, ils vont me jeter sans délai derrière les barreaux. Et aucune chance qu'ils me laissent sortir sous caution.

Sally et Charlie restèrent avec leur groupe à l'intérieur du terminal. Ils avaient à passer par les fourches caudines du service de l'immigration.

— Nous prenons la file des non-résidents, dit Primus.

— Nous aussi, ajouta Charlie d'une voix blanche.

L'attente fut longue. Quand ce fut le tour de Charlie, celui-ci remit à la préposée leurs deux passeports suisses. Elle consulta son ordinateur. Cela lui prit plus de trente secondes. Les deux fugitifs se décomposaient dans l'attente.

– Bienvenue aux États-Unis ! finit-elle malgré tout par dire. Au suivant.

La douane ne fut ensuite qu'une simple formalité. Primus les attendait au milieu du hall.

– L'avion pour le lac Iliamna doit partir dans trois quarts d'heure. Notre groupe a des réservations depuis longtemps sur ce vol régional. Les gens de l'hôtel Arrowhead m'ont dit qu'ils essayeraient de vous trouver des places à vous aussi. Comme c'est un petit appareil, mieux vaut cependant nous en assurer tout de suite.

Une heure après, Sally et Charlie décollaient à bord d'un Sea Otter, type d'hydravion qui pouvait se poser aussi bien sur l'eau que sur terre. L'appareil prit rapidement de la hauteur, pour se dégager des montagnes couvertes de neige qui entouraient la capitale. Puis, il survola un paysage d'une étonnante beauté : les neiges éternelles du volcan Iliamna, qui culminait à plus de trois mille mètres.

Au-delà, ce n'était qu'un plateau désertique : ni route, ni chemin de fer, ni aéroport, à l'exception de quelques pistes d'atterrissage caillouteuses au nord du lac Iliamna. C'est sur l'une d'elles que le Sea Otter se posa, vers sept heures.

Primus, le premier à descendre, fut accueilli par Dan, le propriétaire de l'Arrowhead, qui se précipita à sa rencontre.

– Ah ! mon cher Primus ! tu fais bien d'arriver. J'ai de bonnes nouvelles pour toi. Tu as de la chance, les saumons sont au rendez-vous. Ils ont commencé leur remontée hier. Si tu as envie de commencer la pêche sans tarder, tu ne vas pas être déçu.

Puis Dan serra la main des autres membres du groupe, qu'il connaissait déjà. Charlie et Sally étaient demeurés discrètement à l'écart. Primus intervint.

– Dan, je t'ai amené deux recrues de choix. Je t'en ai parlé au téléphone. Je te présente Charlie et Sally.

– Bienvenue au pays des dieux, dit Dan, en serrant la main des nouveaux venus. Notre hôtel est simple, mais on y sert la meilleure nourriture de tout l'Alaska. Alors, ne perdons pas de temps.

Les voyageurs se serrèrent dans une Range Rover, tandis que leurs bagages étaient chargés à bord d'une camionnette.

— Vous êtes sur la seule route à trois cents kilomètres à la ronde, expliquait Dan tout en conduisant. Elle s'arrête au bout de dix kilomètres, et elle n'est que cailloux. Ce petit lac, à droite, s'appelle le lac de l'École. Le bâtiment en bois rouge est l'école ; la seule de la région. Les Indiens et les Esquimaux y envoient leurs gosses. Tenez, on arrive à leur village. De simples cabanes et des séchoirs pour fumer le saumon. Ils en mangent toute l'année. Enfin, on y est presque... Voilà l'anse de l'Aigle, où sont garés les avions. Ah ! et voici l'hôtel, entouré de bungalows. Avant d'arriver, je dois vous mettre en garde contre les ours. L'Alaska en est rempli. Des ours bruns. Ils sont grands, plutôt affamés en cette saison, et dangereux. Ne vous éloignez jamais de l'hôtel sans un fusil. Si vous ne savez pas tirer et que vous vouliez vous promener, dites-le-nous, nous vous fournirons un guide.

Hilda, la femme de Dan, se chargea de conduire Sally et Charlie jusqu'à leur bungalow. Elle les informa :

— Primus m'a dit que vous étiez trop fatigués pour venir dîner. Je vous comprends. Et vous n'avez sûrement pas très faim après ce que vous avez dû avaler dans l'avion. Demain matin, le petit déjeuner est servi jusqu'à dix heures. Reposez-vous bien. Et n'oubliez pas ! Si le soleil de minuit vous donne envie de sortir, restez près des bungalows. Les ours, eux, n'ont peut-être encore rien mangé.

Peu avant 10 heures le lendemain, quand ils pénétrèrent dans la salle à manger, elle était déserte. Un copieux petit déjeuner les attendait sur le buffet. Ils venaient de se servir lorsque Dan fit son apparition, accompagné d'un jeune homme d'une vingtaine d'années.

— Les autres se sont levés vers huit heures, ce matin, dit Dan. Comme je pensais que vous auriez envie vous aussi d'aller tenter votre chance avec les saumons, je vous ai amené Bill. Il vous guidera. Pendant les vacances d'été, il nous aide. Le reste de l'année, il fait l'instituteur. Il est né et a été élevé ici : il connaît le lac Iliamna par cœur.

Bill s'avança et serra timidement la main de Charlie et de Sally. C'était un Indien élancé, aux cheveux noirs et au teint foncé. Sa démarche était athlétique.

— Avez-vous déjà pêché par ici ? demanda-t-il.

— Non, répondit Charlie, mais j'ai pêché la truite toute ma vie.

— C'est déjà ça. Il faut une technique spéciale pour le saumon. Je vous la montrerai. Rien de sorcier !

— Auparavant, il faut les équiper, dit Dan. Ils ont chacun besoin d'un coupe-vent, de cuissardes et de cannes à pêche. J'ai tout fait préparer pour nos hôtes sur le ponton. Prenez la camionnette. Ce n'est qu'à moins de un kilomètre d'ici.

Sur place, deux canots automobiles étaient amarrés le long des piles de bois fichées dans l'eau.

— On va prendre plus le petit, dit Bill. Je vais vous aider à vous installer.

Après les avoir fait s'asseoir à l'arrière, l'un en face de l'autre, Bill revint chercher les cannes, la boîte contenant les hameçons, un filet, une couverture, le panier du pique-nique et son fusil. Il mit le moteur en route.

— Tenez-vous bien !

En dix secondes, le canot atteignit les 30 km/h. Ils remontèrent la rivière sous un soleil éclatant. Pourtant, il faisait froid ; ils prenaient par moments une bourrasque de vent glacé au visage.

— Nous en avons pour trois quarts d'heure avant d'arriver aux rapides, annonça Bill. C'est là que nous débarquerons.

A mi-chemin, Bill tendit son doigt vers le ciel.

— Regardez les aigles pêcheurs. Il y en a des centaines qui nichent dans les arbres. Ils ont donné leur nom à la petite baie et à la rivière.

A midi, l'Indien coupa le moteur. Il sauta dans l'eau avec ses bottes pour amarrer le canot au tronc d'un sapin.

— Faites attention, les pierres sont très glissantes et l'eau des rapides est glaciale. Je vais vous montrer le chemin.

Il leur fallut près d'une demi-heure d'une marche épuisante à contre-courant pour atteindre une plate-forme rocheuse, lieu de pêche idéal.

– Je suis désolé, dit Bill, il n'y avait pas d'autre chemin. Vous verrez que cela en valait la peine. Asseyez-vous sur l'un des rochers et reprenez votre souffle. Je vais retourner au bateau chercher le reste du matériel.

– Sally, ça va ? demanda Charlie quand Bill se fut éloigné.

– Je survis. Je sais maintenant pourquoi j'avais raison de ne jamais vouloir t'accompagner à la pêche. Et dire qu'il va me falloir revenir par le même chemin...

– En tout cas, on se sent loin de tout.

– C'est vrai qu'en plus, ici, les gens autour de nous ont l'air aimables, sympathiques même. Rien à voir avec ceux que tu vois d'habitude. Je fais allusion à tes anciens collègues de la Fed. Et bien sûr à ceux de la BRI. Ainsi qu'à ton merveilleux avocat de Washington. La seule personne qui nous ait donné un coup de main – et encore, à contrecœur –, ça a été John Wright.

– Je sais. Je me suis demandé qui pourrait être l'homme qui me fasse encore suffisamment confiance pour m'aider à sortir de ce bourbier. Ce devrait être quelqu'un d'assez haut placé pour avoir ses entrées partout. Pas un Suisse, évidemment.

– Et tu as une idée ?

– Je crois.

– Qui est-ce ?

– Écoute, je préfère ne pas te le révéler, pour ne pas te donner de faux espoirs. Je te le dirai si ça marche.

– Comme tu voudras.

Leur guide revint bientôt, les bras chargés. Il étendit la couverture sur une petite plage de sable de rivière entre les rochers et demanda :

– Y a-t-il un volontaire pour commencer ?

– Vas-y, Charlie, répondit Sally. Je préfère te regarder, d'abord.

Elle s'étendit sur la couverture.

– Bien, dit Bill à Charlie. Voyez votre canne. Elle est plus longue et plus souple que pour la pêche à la truite. Comme appât, on utilise également une mouche. L'important est de bien choisir la couleur de l'hameçon. J'en ai des rouges, des jaunes et des bruns. Il faut attirer l'œil du saumon à la seconde même où sa tête passe devant l'appât. Sinon, il ne mord pas. Suivez-moi.

Il fit quelques pas dans la rivière et s'arrêta à l'endroit où un fort courant agitait la surface de l'eau.

– Regardez !

L'eau était transparente. Le fond n'était qu'à un mètre seulement. Soudain, Charlie les vit. Des dizaines et des dizaines de saumons, serrés les uns contre les autres, remontant le courant. Rang après rang, ils ressemblaient à une armée en marche.

– Incroyable, murmura Charlie, je n'ai jamais rien vu de tel !

– Allons-y, dit Bill.

L'Indien lança sa canne d'un coup sec du poignet et l'hameçon s'enfonça dans l'eau. Rien ne se produisit. Il fit un deuxième essai, sans résultat. La troisième tentative fut la bonne. Le fil frémit, se tendit. Comme un éclair argenté, le saumon bondit hors de l'eau. Puis il retomba dans la rivière et tenta de s'échapper. Une fois encore, le magnifique poisson fit un saut largement au-dessus de la surface. Bill releva alors sa canne. Le saumon essaya encore de s'enfuir, mais on voyait qu'il se fatiguait. A cet instant seulement, Bill commença à mouliner.

– Passez-moi l'épuisette, demanda-t-il à Sally.

Elle se leva et la lui tendit. L'Indien revint sur la rive, retira l'hameçon et se tourna vers le couple.

– On va laisser les saumons dans une petite mare. Quand nous en aurons terminé, je les viderai et les préparerai pour n'en conserver que les filets. A vous, maintenant, Charlie !

Ce n'est qu'à sa onzième tentative que Charlie prit son premier saumon. Ensuite, en deux heures, il en pêcha neuf autres, et Bill tout autant. Ils durent alors s'arrêter, ayant atteint leur quota pour la journée. L'Indien prépara les poissons et les deux pêcheurs prirent le chemin du retour, accompagnés d'une Sally frigorifiée.

Après qu'ils eurent emprunté le canot, une fois dans la camionnette, Charlie s'adressa à Bill :

– J'aimerais vous demander quelque chose.

– Quoi donc ?

– Je sais que vous êtes instituteur. Votre école dispose-t-elle d'un ordinateur ?

– Oui, nous avons un PowerMac.

– Avec un modem ?

– Intégré, oui.

– Vous pouvez vous brancher sur Internet, alors ?

– Bien sûr, je l'utilise tout le temps. Le gouvernement a fourni à toutes les écoles des régions rurales des ordinateurs et des modems. Nous en avons trois. Les enfants les adorent. Ils ont l'impression de ne plus se trouver isolés, d'être en contact avec le monde entier.

– C'est vraiment une excellente chose, dit Sally.

– Je suis bien d'accord. En ce moment, avec les vacances, les gosses ont d'autres occupations, alors si vous avez besoin d'un de nos ordinateurs, ne vous gênez pas. Vous n'avez qu'à me demander.

– D'accord, je vais vous dédommager.

– Pas question. Ici, les habitants savent ce qu'ils doivent au tourisme. Si donc je peux vous faciliter la vie, je serai heureux de le faire. Voulez-vous que je vous montre l'école ?

– Avec plaisir.

L'unique salle de classe aurait pu aussi bien être celle d'une école de Californie ou de New York : mêmes pupitres, même appareil de projection, même mini-laboratoire de chimie.

– L'État d'Alaska s'occupe bien de ses jeunes, remarqua Sally.

– C'est vrai, dit Bill. C'est pour cette raison que je suis revenu au village après avoir terminé mes études à l'université de Seattle.

Il leur désigna les trois ordinateurs.

– Ils sont en réseau et reliés à une imprimante laser. Nous avons la dernière version de Word et Netscape. Vous savez vous servir d'un Mac ?

– Oui.

– Quand voulez-vous l'utiliser ?

345

– Ce soir si possible, répondit Charlie. Je dois joindre l'Europe. En raison du décalage horaire, il faudrait que je travaille vers minuit.

– Facile. Comme à cette époque de l'année il ne fait jamais nuit, les gens font des tas de choses à des heures bizarres. Je vais vous donner une clé. Vous pourrez entrer ou sortir quand bon vous semblera. Au fait, notre adresse « e-mail » est : « iliamna@alaska.com ». Le mot de passe est *« sockeye »*. Encore une chose : à cause des ours, vous devrez venir en voiture. Je demanderai à Dan de vous laisser la camionnette. Je suis sûr qu'il acceptera.

Sur le chemin de l'hôtel, Sally demanda à Bill :

– Comment fonctionne le téléphone ?

– Les appels passent par l'aéroport. Pour des raisons de sécurité, les autorités ont installé une liaison avec Anchorage par ondes radio, puis par câble téléphonique jusqu'au village et à l'hôtel.

Pendant le dîner, Charles Black demeura particulièrement silencieux. A la fin du repas, Dan vint à leur table.

– Nous laissons toujours la clé de contact sur la camionnette. Qui la volerait, et pour aller où ? Servez-vous-en quand vous voudrez.

Quand ils furent de retour dans leur bungalow, Charlie manifestait une certaine nervosité.

– Arrête de faire les cent pas, dit Sally. Va donc à l'école pour commencer à utiliser ce fameux ordinateur.

– Et toi ?

– Je vais me coucher. Je suis crevée. Cette marche dans la rivière m'a anéantie. Et puis, tu seras mieux seul. Travaille bien, mon chéri.

43

A vingt-trois heures, alors que le soleil n'avait pas cessé de briller, Charlie Black s'assit devant l'un des ordinateurs. Il pressa le bouton de démarrage du Mac, dont le disque dur commença à ronronner.

– Voyons si j'arrive à trouver leur adresse, murmura-t-il pour lui-même.

Il se brancha sur le Netscape Navigator, et la page d'accueil de Yahoo ! apparut. Il pointa le curseur sur « Recherche » et tapa « Remailers anonymes ».

Ce genre de « boîte postale » était devenu illégal, mais Charlie se souvint qu'il en existait encore une en Iran. Elle était protégée par le gouvernement et à l'abri des tribunaux internationaux. On avait en effet accusé ces relais de servir à des organisations de pédophiles.

L'écran afficha bientôt l'adresse « e-mail » que Charlie désirait : « an@anon.teheran.ir. ».

Il la nota sur un bloc et rechercha l'adresse de la Banque d'Angleterre. Une dizaine de codes apparurent. Il choisit le principal : « bankeng@ukfinancial.com. ».

Reste le plus difficile, se dit Black. *Comment leur expliquer l'affaire ?*

Pendant tout le voyage et lors de la partie de pêche, il avait eu le temps de passer en revue son étrange aventure, depuis le début jusqu'à la fin. Et la réponse à ses interrogations lui était venue.

On lui avait montré tous les documents concernant les opérations financières qui figuraient sur la liste. Cependant, on n'avait jamais mentionné la source du dépôt de garantie qui avait servi à la première opération...

Il passa au programme Word et se mit à écrire :

A: an@anon.teheran.ir.
De : iliamna@alaska.com
Objet : à renvoyer à sir Robert Neville,
bankeng@ukfinancial.com

Cher sir Robert,
Ceci est un message de Charles Black. Je me vois contraint d'utiliser cette curieuse méthode de liaison avec vous pour d'évidentes raisons de sécurité. J'espère que vous ne vous en formaliserez pas. Je vais essayer d'être aussi bref que possible.

J'aimerais commencer par vous assurer que toutes les accusations portées contre moi en Suisse sont fausses. Quand j'ai eu l'occasion de m'enfuir, si j'en ai profité, c'est qu'il ne me restait pas d'autre choix pour pouvoir ensuite clamer mon innocence. Néanmoins, j'ai de bonnes raisons de croire que les personnes qui ont organisé mon évasion sont les mêmes que celles qui ont effectué les opérations financières frauduleuses au sein de la Banque générale de Suisse. Elles se sont aussi servies de mon nom comme couverture et ont ensuite voulu m'impliquer encore davantage. J'ai réussi à leur fausser compagnie et suis maintenant en sécurité.

Une seule personne a pu être en liaison avec la Banque générale de Suisse, les fraudeurs et moi-même. Il s'agit de maître Hans Zwiebach, l'avocat de Zurich, qui détenait la procuration sur mon compte B et sur celle de son client. A un certain moment, lui ou son client a dû décider d'utiliser mon compte pour leurs opérations. J'en arrive au cœur de l'affaire.

On m'a fourni une liste de dates, de lieux, de types de transaction et de bénéfices pour chaque transaction. J'ai appris que c'était une équipe travaillant sous vos ordres et à l'aide de vos ordinateurs qui avait fait le relevé de ces transactions. Après avoir longuement réfléchi à la question, il m'est apparu qu'il y manquait une opération cruciale : d'où est venu le premier dépôt de garantie nécessaire à la première opération ?

Celle-ci a eu lieu il y a quatre ans, le 4 décembre, et a engendré un bénéfice de cinquante millions de dollars. J'estime qu'il a fallu un dépôt de garantie d'environ vingt-cinq millions. Je n'avais pas utilisé mon compte à la Banque générale de Suisse depuis des années, son solde devait s'élever à mille francs suisses à peine. Je répète donc : d'où était tirée la somme virée à mon compte pour financer une telle opération ? Je soupçonne qu'elle provenait d'un autre compte, également géré par Zwiebach.

En tant que banquiers, nous savons qu'il en existe une trace écrite à la Banque générale de Suisse. Je vous demande seulement de charger votre équipe de la Banque d'Angleterre de retrouver cette trace. Ceci a une importance cruciale pour moi. Si leur recherche est couronnée de succès, je serai lavé de tout soupçon.

Si vous voulez prendre contact avec moi, vous pouvez le faire en m'envoyant un e-mail à l'adresse ci-dessus, qui transmettra.

Je vous en remercie,

Charles Black.

Avant d'envoyer sa lettre, Black désira la relire. Il l'imprima et la parcourut attentivement trois fois. Satisfait, il appuya sur le bouton « envoi ».

Quinze minutes plus tard, l'ordinateur émit un signal sonore indiquant qu'un message venait d'arriver :

« Votre lettre a été retransmise. Votre adresse anonyme est : *an57q4anon.teheran.ir*. Votre mot de passe : *x3533.* »

Charlie imprima sa lettre et la page qui contenait son adresse. Enfin, il les effaça de la mémoire de l'ordinateur.

En rentrant dans sa chambre, il découvrit Sally assise dans leur lit.

— Je pensais que tu dormais, dit-il.

— Tu plaisantes ! Alors que tu étais en communication avec ce mystérieux correspondant, si essentiel... Ça a marché ?

– Je crois que oui. En tout cas mon message est en route.

– Dis-moi qui en est l'heureux destinataire.

Cette fois-ci, il répondit :

– Sir Robert Neville.

– Je comprends que tu l'aies choisi, dit-elle au bout d'un moment. C'est un homme honnête. Et que lui as-tu écrit ?

– Tiens, lis donc.

Il avait sorti de sa poche le document imprimé.

– Tu vois comment j'en suis venu à cette conclusion ?

– Oui. Enfin, qu'est-ce qui te fait dire que l'argent n'est pas venu de cette banque des îles Turks et Caïmans ?

– Je n'en sais rien. C'est juste une intuition.

– Et si tu te trompes ?

– Alors, on est cuits. Les autorités apprendront un jour ou l'autre que tu as transféré de l'argent là-bas et ils y verront une preuve supplémentaire de ma culpabilité. Sally, tu n'y es d'ailleurs pour rien. On n'avait pas d'autre choix.

– Que se passera-t-il s'ils s'en rendent compte ?

– Je n'en sais fichtrement rien.

Black semblait épuisé.

– Viens te coucher, dit Sally. Tu ne peux rien faire de plus. Tout dépend maintenant de sir Robert.

44

Le courrier électronique de Charles Black fut sur le bureau de la secrétaire de sir Robert Neville à dix heures, mardi matin. Elle le relut deux fois, hésitant à le transmettre à son patron. La Banque d'Angleterre n'était pas à l'abri des plaisantins qui envoyaient aux institutions leurs messages fantaisistes. La jeune femme cependant avait suivi l'affaire Charles Black. Les journaux du dimanche en étaient remplis. La veille, elle avait dû passer de nombreux appels à sir Robert en provenance de Suisse. Au téléphone, ils en avaient sûrement discuté. Elle finit par conclure que ce message était authentique. Elle entra dans le bureau de sir Robert et le posa simplement devant lui, comme elle l'aurait fait de n'importe quel message. Il n'y prêta pas attention. Il était plongé dans le *Financial Times*.

Cinq minutes plus tard, il l'appela.

– Je veux parler à Derek Hambro. Tout de suite. Quand vous l'aurez trouvé, dites-lui de monter ici au triple galop.

Quand le jeune Anglais entra, sir Robert ne lui dit même pas bonjour. Il se contenta de lui tendre le message.

– Lisez ça !

Hambro s'exécuta.

– Qu'en pensez-vous ?

– Je suis sûr qu'il provient bien de Charles Black, même s'il nous cache où il se trouve.

– A quoi le voyez-vous ? Expliquez-vous !

Il fallut un moment à Hambro pour faire comprendre à sir Robert les subtilités de l'Internet.

– Ainsi, Black peut se trouver n'importe où ?

– Exactement. Et nous pouvons le joindre quand nous le voulons.

– Je n'y aurais pas pensé ! Comment savez-vous de telles choses ?

– Les gens qui blanchissent de l'argent utilisent ces «remailers anonymes» pour dissimuler leurs traces. Ça fait partie de ce que je rencontre quelquefois dans le cadre de mes attributions.

– Si vous croyez que ce message est bien de Charles Black, que suggérez-vous que nous fassions ? D'abord, les allégations de Black ont-elles un sens ?

– Au sujet du dépôt de garantie ?

– Oui. Quel était le montant du dépôt de garantie dont Black disposait avant la première transaction ? Vous vous en souvenez ?

– Oui, parfaitement. Vingt-cinq millions de dollars.

– D'où provenaient-ils ?

– De nulle part. Ils étaient là. Nous avons supposé que ces millions émanaient de transactions légitimes que Black avaient faites du temps où il était chez Whitney Brothers.

– Il affirme qu'il n'avait pas utilisé son compte depuis des années et qu'il n'y avait laissé que mille francs suisses.

– Oui, c'est du moins ce qu'il prétend.

– Quel intérêt aurait-il à nous mentir ?

– Bonne question.

– S'il nous dit la vérité et si l'argent provient d'une autre source, il devrait en exister des traces écrites, non ?

– Bien sûr. Cependant, vu la façon dont l'affaire se présente, je doute fort que les autorités suisses nous aident à les découvrir. La Banque générale de Suisse ne lèvera sûrement pas le petit doigt.

– A moins qu'elle n'en reçoive l'ordre.

– Vous connaissez le procureur général. Je le vois mal donner un tel ordre. Tout ce qu'il veut, c'est retrouver Black, le ramener en Suisse et le faire condamner à perpétuité.

– Vous avez malheureusement raison. Ce Wassermann m'a téléphoné trois fois pour m'assurer qu'il faisait tout ce qu'il pouvait pour mettre la main sur Black. Ainsi, même si Black nous dit la vérité, on ne peut rien faire pour l'aider, c'est ce que vous pensez ?

— Quelqu'un pourrait nous apporter sa collaboration, dit Hambro, après un moment de réflexion. S'il le veut, il en a les moyens.

— Qui est-ce ?

— Le lieutenant de police de Bâle chargé de l'affaire à la brigade financière. J'ai travaillé avec lui depuis le début et nous nous entendons très bien.

— Eh bien ! Derek, appelez-le.

— Tout de suite, *sir* ?

— Pourquoi attendre ? Ma secrétaire a son numéro dans le dossier.

— Dois-je lui parler du message de Black ?

— Non, bien sûr, dites-lui seulement que j'ai revu le dossier et que l'histoire du premier dépôt de garantie me tracasse. Rien de plus. Vous allez utiliser mon téléphone, haut-parleur ouvert.

A la fin de sa conversation avec Schmidt, Hambro demanda au jeune lieutenant :

— Paul, dites-moi, pensez-vous que sir Robert ait raison de soulever ce problème ?

— J'avoue que j'aurais dû chercher dans cette direction, concéda Schmidt. En fait, j'avais l'intention d'avoir une entrevue avec la personne qui s'est occupée du compte de Black à la Banque générale de Suisse. Je n'en ai pas eu le temps, en raison des événements : l'évasion, etc.

— Comment s'appelle cette personne ?

— Urs Stucker. Il a pris sa retraite au début de l'année. Il habite Zurich.

— On pourrait peut-être aller le voir ensemble. Je serais heureux de revenir à Zurich.

— Pour tout vous dire, je pars pour Zurich dans une heure. On nous a signalé que des hommes qui correspondaient à la description de ceux qui ont aidé Black à s'évader ont rendu une voiture de location à l'agence Hertz de l'aéroport de

Zurich. J'emmène des policiers avec moi pour vérifier les empreintes digitales.

– Je suggère de nous retrouver à l'aéroport. Quand vous en aurez fini, nous pourrions aller voir Urs Stucker tous les deux.

Schmidt réfléchit un assez long moment à cette proposition.

– Mmm... d'accord. Toutefois, cela ne doit rien avoir d'officiel. Et j'aimerais que ça reste confidentiel pour l'instant.

– Nous sommes du même avis. Sir Robert aussi, à n'en pas douter.

– Je vais essayer de joindre Urs Stucker et je vous rappelle.

– Parfait. En attendant, je vais demander les horaires d'avion pour Zurich.

45

A l'autre bout de la planète, dans une ville d'Alaska, un homme se présentait à la réception d'un grand hôtel de tourisme pour louer une chambre. Son périple l'avait mené de Zurich à New York puis à Seattle, et enfin jusqu'ici, à Anchorage.

On lui donna satisfaction. Quelques minutes plus tard, il s'étendait sur son lit et débouchait la bouteille de scotch qu'il avait achetée au *duty-free* de Zurich. Il s'en versa une grande rasade et vida la moitié de son verre d'une seule traite. Il était sur la bonne piste, content de lui, même si les choses s'étaient présentées d'une manière assez facile ces dernières heures.

Vincente, en effet, après ses vaines recherches du samedi, avait décidé dimanche soir de retourner à l'hôtel Alpenrosen de Zernez. Pour éviter de tomber sur ce Primus dont il avait remarqué la veille l'attitude fermée, voire hostile, il s'était dirigé directement vers le café du village. Il y rencontrerait forcément des gens du cru puisque c'était le seul débit de boissons alentour.

Effectivement, ils étaient trois au comptoir à bavarder en romanche, dialecte que Vincente pratiquait. Ils parlaient pêche. A un moment, le nom de Primus surgit dans la conversation. Vincente en profita pour intervenir :

— Veuillez m'excuser, dit-il, mais je vous ai entendu parler de Primus. J'étais venu lui demander quelque chose. Est-il là ?

– Vous n'avez pas de chance, répondit un des trois hommes, il est parti pour quinze jours. Pêcher en Alaska. Qu'est-ce que vous lui voulez, si on peut savoir ?

– C'est au sujet des deux Américains qui étaient ici. Ils ont oublié quelque chose au café où je travaille, à Saint-Moritz. Mon patron m'a demandé de leur rapporter.

– Et quoi donc ?

– Une pendule de chez nous, toute neuve. Je l'ai dans ma voiture.

– Vous les avez ratés. Ils sont partis ce matin avec Primus pour l'Alaska.

En homme habitué aux coups du sort, Vincente dissimula parfaitement sa surprise.

– Je pourrais peut-être la leur faire parvenir. Vous savez où ils sont, en Alaska ?

– Attendez, je vois qui pourrait vous renseigner, dit un autre homme. L'agence de voyages de Zuoz. Elle a organisé le séjour du groupe. Je le sais, car j'ai failli en faire partie l'année dernière. Mais ça coûtait trop cher.

Le lendemain matin, Vincente se présenta à l'agence dès l'ouverture des portes. Il ne lui fallut qu'un quart d'heure pour tout savoir sur l'hôtel Arrowhead, le lac Iliamna et sur la façon de s'y rendre. Cinq heures plus tard, il embarquait à Zurich pour New York.

Avant de prendre l'avion, il avait fait une démarche capitale. Il avait appelé le Sarde. Il était, à ce stade, dans l'impossibilité de faire autrement. D'une façon ou d'une autre, son patron apprendrait la fuite des Américains. Il allait au moins pouvoir lui annoncer qu'il était en route pour corriger l'erreur. Les instructions du Sarde furent claires et précises :

– Je veux que tu t'occupes d'eux le plus vite possible. Et dorénavant, quoi qu'il arrive, tu m'appelles toutes les douze heures. Est-ce clair ?

46

Derek Hambro et Paul Schmidt arrivèrent chez Urs Stucker le mardi à seize heures. C'était une modeste maison, débordante de meubles rustiques, qui sentait le renfermé. Le vieil homme venu les accueillir sur le pas de la porte leur parut nerveux.

Ils pénétrèrent à l'intérieur. L'ancien banquier les fit asseoir dans les profonds fauteuils de son salon.

– Comme je vous l'ai dit au téléphone, commença Schmidt, M. Hambro, qui m'accompagne, fait partie de la Banque d'Angleterre et travaille sur l'affaire. Cela ne vous dérangerait-il pas que notre entretien se déroule en anglais ?

– Pas du tout, dit Stucker. En fait, lieutenant Schmidt, je crois savoir la raison de votre visite. Depuis que vous m'avez appelé la semaine dernière en me demandant un rendez-vous, je m'attendais à ce que vous me contactiez à nouveau. Mais j'imagine que l'évasion de cet Américain vous a donné beaucoup de travail.

– C'est exact. Enfin, nous voici.

– Pour discuter des contrats sur l'or, n'est-ce pas ? Ceux dont nous avons fait passer les opérations d'un compte sur un autre ? C'était il y a quatre ans. Je m'en souviens parfaitement. Vous voyez, là, ce superbe humidificateur à cigares ? Il a dû coûter au moins deux mille francs suisses. On me l'a livré quelques jours après mon intervention sur les livres comptables. Il était rempli de Partagas. Le mot qui les accompagnait, tenez ! il est toujours à l'intérieur de la boîte, était signé par maître Hans Zwiebach.

Hambro et Schmidt se regardèrent sans faire aucun commentaire.

— Je n'avais jamais commis chose pareille jusque-là..., poursuivit Stucker, et je n'ai jamais recommencé, croyez-moi. Cela m'a tourmenté depuis le jour où j'ai appris l'arrestation de cet Américain.

— Continuez, je vous prie, dit Schmidt.

— Eh bien ! si nous reprenons depuis le début, la première opération a été un virement de cinquante millions de dollars en provenance d'Italie. Il émanait d'une banque de Milan, pour être versé sur le compte général de Zwiebach.

— Et ensuite ? demanda Hambro.

— Une semaine plus tard, Zwiebach m'a appelé pour me demander de transférer vingt millions sur un compte B qu'il venait d'ouvrir et de les investir dans l'or. Cela n'avait rien d'inhabituel. Nombreux sont nos clients qui achètent des lingots. Là, c'était pourtant différent. Il voulait *des contrats à terme* sur l'or. Vous savez, monsieur, puisque vous travaillez à la Banque d'Angleterre, combien ces transactions comportent de risques. Cependant, Zwiebach a insisté. Je l'ai mis en rapport avec un de nos jeunes opérateurs. Un garçon bien, très capable. Il vient d'être fichu à la porte. Il m'a téléphoné, il est très amer.

— Ainsi, vous avez acheté des contrats sur l'or pour ce nouveau compte. Êtes-vous sûr que Zwiebach venait de l'ouvrir ?

— Absolument. C'est même l'une des raisons pour laquelle je m'en souviens d'une façon si claire. Il s'agissait d'un nouveau compte établi spécialement pour spéculer sur les produits dérivés. Nous avons viré à New York vingt millions de dollars en dépôt de garantie et acheté des milliers de contrats, en spéculant à la hausse.

— Qu'est-il arrivé ?

— Au début, les prix ont monté ; puis ils se sont effondrés à un niveau bien inférieur au prix d'achat. Nous avons reçu de New York un nouvel appel de garantie et nous avons viré encore cinq millions de dollars. Zwiebach a alors semblé paniquer et nous a demandé de faire l'inverse. Couvrir nos contrats d'achat, prendre notre perte et utiliser ce qui restait des cinquante millions de dollars pour acheter à la baisse. C'était de la folie.

– Et alors ?

– L'or s'est s'effondré.

– Dans quelles conditions, d'après vous ? demanda Hambro.

– Parce que, un ou deux jours plus tard, la Fed a relevé ses taux d'intérêt alors que des petits malins s'attendaient à une baisse.

Hambro et Schmidt échangèrent un nouveau regard.

– Ensuite ?

– J'ai reçu un autre appel de Zwiebach. Il m'a dit qu'il y avait eu une confusion entre deux de ses comptes B. Les deuxièmes achats auraient dû transiter par un vieux compte qu'il détenait depuis des années. J'ai deviné qu'il se passait des choses anormales, cependant j'ai fait ce qu'il me demandait.

– ...

– Zwiebach nous a dit de nous couvrir. Nous lui avons obéi. Vous savez ce qu'il est advenu ? Le compte a été bénéficiaire de cent sept millions de dollars. Zwiebach a voulu que je vire ces bénéfices sur un compte dans une banque des Caraïbes dont je n'avais jamais entendu parler.

– Dans les îles Turks et Caïmans, non ? demanda Schmidt.

– Exact. Je vois que vous êtes au courant de tout ça. Nous avons transféré les bénéfices en gardant toujours cinquante millions de dollars en liquide à Zurich.

– Vous les gardiez dans le « vieux compte » ? s'enquit Hambro.

– Oui. C'est devenu peu à peu une sorte de routine. Après les contrats sur l'or, nous avons utilisé ce compte pour d'autres opérations. Elles concernaient en général les devises à terme ou les produits dérivés sur les taux d'intérêt. Nous avons toujours gagné de l'argent. A chaque fois, nous avons transféré les bénéfices aux Caraïbes. Et nous avons, quoi qu'il arrive, gardé cinquante millions ici, en liquidités. Du moins jusqu'à l'année dernière, quand nous les avons virés aux Turks et Caïmans. Ce qui est arrivé par la suite, je l'ignore. J'ai pris ma retraite.

– Ce « vieux compte » appartenait-il à l'Américain ? dit l'Anglais.

— Je savais seulement que c'était un compte B, au nom de Zwiebach. J'imagine que vous avez découvert qui se cachait derrière. Et c'était Charles Black, n'est-ce pas ?

— C'est bien cela, répondit Schmidt. Pourtant, ce que vous venez de nous dire, nous l'ignorions.

— Je n'ai pas cessé de penser à cette affaire depuis que vous m'avez téléphoné, poursuivit Stucker. Maintenant, écoutez-moi bien. Je suis persuadé d'une chose. L'Américain n'a rien à y voir. *Hans Zwiebach a utilisé son compte comme couverture.*

Ces mots firent l'effet d'une bombe.

— Tout a été manigancé pour le nouveau client, continua Stucker. Celui qui a envoyé les cinquante millions de Milan. Celui pour qui Zwiebach a spéculé sur l'or. Celui pour qui un compte a été ouvert aux Caraïbes, afin que l'argent soit hors de portée des autorités helvétiques au cas où les choses tourneraient mal – ce qui s'est finalement produit. C'était un plan froidement calculé et qui a été exécuté sans pitié. Je m'en suis fait le complice. Et je le regrette affreusement.

Stucker à ce moment se tassa, disparaissant presque dans son fauteuil. Il semblait anéanti.

Le lieutenant Paul Schmidt se redressa et s'approcha du vieil homme.

— Ne vous en voulez pas. En vous exprimant devant nous, vous venez d'atténuer votre erreur d'il y a quatre ans. *Herr* Stucker, seriez-vous d'accord pour répéter devant un tribunal ce que vous venez de nous révéler ?

— Oui, murmura celui-ci dans un souffle.

Les adieux furent brefs. Dès que Hambro se fut assis dans la voiture de Schmidt, il laissa libre cours à sa colère :

— Nom de Dieu, Paul ! s'exclama-t-il, comment avons-nous pu passer à côté de tout ça ?

— Nous ne sommes pas remontés assez loin. Personne ne nous y obligeait. Nous avions suffisamment de preuves. Et celles-ci nous offraient un coupable.

— Ce n'est pas tout, dit Hambro. Je ne veux pas nous chercher des excuses, mais les documents en notre possession ne remontaient qu'à six mois après les opérations sur l'or. Nous étions de nous-mêmes allés chercher plus haut. Nous n'avons rien trouvé, et vous savez pourquoi ? Toutes les interventions sur l'or sont passées par New York et non pas par Londres.

Les deux hommes demeurèrent silencieux pendant un moment, digérant tout ce qu'ils venaient d'apprendre.

— Et maintenant ? demanda finalement Hambro.

— Je connais mon patron, répondit Schmidt. Il ne m'écoutera pas tant que je n'aurai pas de preuves écrites pour étayer les dires de Stucker. Après vous avoir déposé à l'aéroport, je vais prendre une chambre d'hôtel ici. Demain matin, je commencerai par appeler le président de la Banque générale de Suisse. Quand je le verrai, j'obtiendrai les preuves que nous cherchons.

— Ce qui veut dire que vous êtes persuadé comme moi que Charles Black a été piégé, c'est ça ?

— Tout à fait.

— Si ce n'est Black, qui est-ce, alors ?

— Zwiebach est dans le coup, en tout cas.

— Je suis de votre avis sur ce point. Qui d'autre ?

Schmidt hésita avant de répondre :

— Attention ! nous pénétrons dans une zone dangereuse.

— Que voulez-vous dire ?

— Votre hypothèse de départ est toujours valable. Ces opérations ont été magouillées par quelqu'un au courant des décisions prises par la BRI, au début de chaque mois.

— Vous voulez insinuer que si ce n'était pas le président de la Fed, c'était un autre gouverneur de banque centrale ?

— ...

— Combien de ces gouverneurs Zwiebach connaissait-il ?

— Je sais cela. Deux.

— Seulement deux ?

— Oui. L'un était son client, Charles Black. L'autre était l'un de ses anciens camarades de classe, depuis l'école primaire jusqu'à l'université. Ils sont toujours les meilleurs amis du monde. Quand l'affaire a commencé, j'ai fait une brève enquête sur Zwiebach. C'était inutile. Il est de notoriété publique à Zurich que Zwiebach est sans doute le plus proche ami de Schreiber.

— Alors, ce serait Schreiber !

— Il n'y a pas d'autre hypothèse sérieuse. Oui, Samuel Schreiber, le très respectable gouverneur de la Banque nationale de Suisse.

— Enfin, il n'a pas pu avancer les cinquante premiers millions de dollars, n'est-ce pas ?

— En effet. C'est le chaînon manquant. Celui qui a mis les fonds au départ doit être un Italien. Les cinquante millions provenaient d'Italie. Les trois hommes qui ont fait évader Charles Black étaient à l'évidence italiens. Nous en avons eu la confirmation aujourd'hui. Deux Italiens ont rendu une Fiat noire à l'agence de la société Hertz, dimanche. Nous avons vérifié. Des empreintes digitales de Black se trouvaient dans la voiture.

— On dirait que Zwiebach a trouvé un nouveau client italien très compréhensif.

— C'est aussi mon impression.

— Et le président Schreiber a aidé son camarade à lui faire gagner de l'argent.

— Des sommes astronomiques...

— Mon Dieu ! fit Hambro d'une voix qui doutait, comment allez-vous vous débrouiller pour prouver tout cela ?

— Nous allons bien voir. D'abord, il faut épingler Zwiebach. Il parlera.

— Qu'allez-vous dire à la presse ?

— Rien du tout. Je laisse cela au procureur général de Bâle. Et tel que je le connais, il va imposer le secret sur toute l'affaire tant qu'il n'aura pas en main de quoi inculper Zwiebach et ses complices. Mon rapport va lui causer un sacré choc, car la réputation de l'*establishment* suisse risque d'en prendre un sacré coup.

Schmidt eut une petit sourire en coin alors qu'il disait ces mots.

— Et pour Charles Black ? Ne devrait-on pas l'avertir ?

— Non. Je dois d'abord en parler au procureur. De toute façon, si Black doit patienter encore quelques jours, il ne va pas en mourir.

47

Ce même mardi, à 8 heures, Vincente pénétrait dans le magasin d'articles de sport et de chasse situé en face de son hôtel. Il en ressortit une demi-heure plus tard muni de bottes en caoutchouc, d'un couteau, d'un fusil Enfield 383 de gros calibre et d'une boîte de balles. Le vendeur l'avait assuré qu'il pourrait, avec ce matériel, abattre un ours à cent mètres. Vincente s'était également procuré une carte détaillée de la région du lac Iliamna. Il prit un taxi pour l'aéroport.

Sur place, il commença par téléphoner au Sarde. D'après le bruit de fond, le Sarde devait dîner sur la terrasse de la Cala di Volpe. Il lui fit part de son plan et l'assura qu'il le rappellerait dans douze heures. Le Sarde émit un vague acquiescement et raccrocha.

Louer un petit hydravion et son pilote lui fut aussi facile que d'acheter un fusil. En quelques minutes, Vincente put disposer d'un appareil pour la journée.

— Le vol va durer environ deux heures, annonça le pilote à son passager dès que celui-ci eut bouclé sa ceinture. Comme à cette époque il ne fait jamais nuit, vous pourrez encore profiter d'une bonne journée de pêche.

— C'est tout le temps dont je dispose, répondit Vincente. Je dois retourner en Argentine demain matin.

— J'ai un canot gonflable pour embarquer et débarquer de l'avion. Au fait, savez-vous exactement où vous voulez vous poser, sur le lac Iliamna ?

— Oui, du côté de l'hôtel Arrowhead. Vous savez où il se situe ?

– Bien sûr, j'y vais très souvent.

– Un de mes amis y séjourne. Je veux lui faire la surprise ! Et m'offrir par la même occasion une partie de pêche.

Les deux hommes ne s'adressèrent guère la parole pendant le vol. Le pilote s'informa de la pêche en Argentine et Vincente inventa une réponse plausible. Lorsque l'appareil se posa dans l'anse de l'Aigle, près de l'hôtel où trois autres hydravions étaient déjà amarrés, le pilote se tourna vers son passager.

– Je vais aller me renseigner pour savoir où sont partis pêcher les vacanciers de l'hôtel. Les autres pilotes ou les gosses qui trempent leur ligne du bord du ponton pourront sans doute me l'indiquer. Restez dans l'avion.

Il prit le dinghy et rama jusqu'à la rive. Quelques minutes plus tard, il était de retour.

– J'ai eu de la chance, dit-il. Les gosses les ont vus partir. Ils étaient une dizaine à embarquer dans un gros canot automobile. Ils se sont dirigés vers les rapides de la rivière de l'Aigle.

L'homme déploya une carte et montra l'endroit à Vincente.

– Pour surprendre mon ami, dit l'Italien, nous pourrions nous poser ici, sur le lac Pike. (Vincente désignait une tache bleue sur la carte.) Ça me paraît n'être qu'à cinq cent mètres environ de la rivière de l'Aigle. Et je vois qu'il y a là un sentier.

– Je comprends, vous voulez faire le reste à pied. Quand votre ami va vous voir arriver alors qu'il vous croit en Argentine, il risque d'avoir une crise cardiaque !

L'idée semblait amuser le pilote.

– Il y a tout de même un petit problème, précisa-t-il. La région est infestée d'ours.

– Ne vous en faites pas. J'ai un fusil et, croyez-moi, je sais m'en servir.

– O.K. C'est votre vie, après tout.

Ils décollèrent, pour survoler pendant près de dix minutes la région à trois cents mètres d'altitude.

– Je les vois ! s'exclama le pilote. Ils sont sur la rive ouest. Il vous faudra traverser la rivière à gué. Je vais essayer de les compter. J'y suis : neuf hommes et une femme. Et voici leur canot. Tenez-vous bien, je descends droit sur le lac !

364

Quelques instants plus tard, l'hydravion se posait près du sentier. Vincente chaussa ses bottes et prit son fusil.

– Le trajet va vous prendre au moins trois quarts d'heure. Quand pensez-vous être de retour ?

– Dans deux heures, peut-être un peu plus. Ensuite, soit j'irai pêcher, soit je retournerai à l'hôtel avec mon ami. On verra.

– Rien ne presse, on a toute la journée. Je vais en profiter pour faire une petite sieste.

Vincente débarqua du dinghy et prit le sentier. Le terrain étant plat, il marcha d'un bon pas. Il se demanda si les Black seraient là. Dans le cas contraire, il retournerait à l'hôtel Arrowhead et les surprendrait dans leur chambre. Il n'aurait pas à utiliser son fusil. Le couteau de chasse ferait l'affaire.

Le sentier se mit à monter. Vincente se retrouva au sommet d'un petit promontoire dont l'à-pic lui permettait d'observer le groupe de pêcheurs. Il s'allongea à plat ventre et inspecta les environs. Les rapides commençaient à une cinquantaine de mètres en dessous de lui.

Ils étaient de l'autre côté de la rive. Dix en tout, comme le pilote le lui avait dit, éparpillés sur une centaine de mètres le long de la rivière. Vincente se concentra sur un groupe de quatre personnes en aval. Parmi eux, il reconnut Charles Black. Sa femme, aussi, et Primus et un inconnu qui ne semblait pas être suisse. Ces deux derniers étaient les plus proches de lui. Ils étaient occupés à vider des poissons et à en lever des filets. Dix mètres plus bas, Sally Black était assise sur une couverture. Elle lisait. Son mari était le plus excentré. Il était dans l'eau et ramenait un saumon.

Vincente chargea son fusil. Il venait de prendre sa décision. Abattre d'abord Charles Black, puis ce salaud de Primus et enfin, Mme Black. Ensuite, déguerpir.

Il ne se pressait pas. Il ajusta calmement son tir à travers la lunette, jusqu'à ce que la tête de Charles Black soit au centre du viseur.

A ce moment-là, il appuya sur la détente.

48

Était-ce le décalage horaire, le manque d'entraînement de Vincente ou la nouveauté pour lui de l'arme qu'il utilisait ? Ou bien était-ce tout simplement le fait qu'à l'instant précis où le coup de feu fut tiré, Charles Black se pencha pour saisir le saumon ? La balle manqua complètement Charles Black ; elle ne frôla même pas sa cible.

Sally poussa un cri strident en entendant la détonation et en voyant son mari qui paraissait vaciller, courbé au-dessus de l'eau.

En amont de là, Primus et Bill avaient eu le même réflexe : ils se saisirent chacun de leur fusil, qu'ils avaient adossé à une pierre à portée de main.

— Planquez-vous derrière un rocher, cria Bill, tout en montrant l'exemple.

Charles Black se mit à avancer cassé en deux, presque à quatre pattes dans l'eau peu profonde. Sally, le voyant faire, l'imita. Ils entendirent une deuxième détonation. Personne ne fut touché. Au moment de la troisième détonation, ils avaient tous trouvé refuge derrière des rochers.

— Qui est-ce qui tire ? demanda Primus.

— Un fou, répondit Bill. Ou quelqu'un d'ivre.

— Vous pensez qu'il a quelque chose à voir avec l'avion qui nous a survolés ?

— Possible.

— Vous l'avez repéré ?

— Il doit se trouver au sommet de la falaise. J'ai aperçu le sommet de son crâne lorsqu'il a tiré pour la troisième fois.

367

– Il va continuer ?

– Sûrement.

– Que peut-on faire ?

– Il faut le descendre avant qu'il ne nous descende. Vous tirez bien ?

– Oui. J'étais bon en Suisse à l'armée, grâce à notre entraînement militaire régulier, répondit Primus.

– Pas moi, mais lui non plus. Il nous a ratés déjà trois fois.

– Oui, il doit avoir un problème de parallaxe. Mais il va vite s'apercevoir de la façon dont il peut compenser.

– Alors, essayons d'en finir, conclut Bill. Je vais me lever et tirer sur lui aussi vite que possible. Pendant ce temps, visez soigneusement le point où le sentier atteint le haut de la falaise. C'est là que je l'ai vu. Quand il se redressera pour tenter de m'atteindre, abattez-le.

– D'accord. Quand vous voulez.

Trente secondes s'écoulèrent dans le plus grand silence.

– Maintenant, cria Bill en se mettant debout et en commençant vivement à tirer.

Primus, qui avait appuyé le canon de son fusil contre un rocher, visa avec soin. Un canon d'arme à feu et une tête d'homme apparurent tout à coup sous le soleil au-dessus de la falaise, de l'autre côté de la rivière.

Une seule balle sortit du fusil de Primus.

On entendit un cri. Le tireur avait disparu.

– Vous l'avez eu, dit l'Indien.

– Oui, on dirait... J'ignore si je l'ai blessé gravement. Que faire, maintenant ?

– Le traquer. Attention, un animal blessé est un animal dangereux.

– Je vais demander du renfort, dit Primus.

Il hurla de toutes ses forces :

– Rolf ! Jakob ! Sepp !

Les trois hommes répondirent à l'appel. Il s'ensuivit un dialogue en romanche auquel Bill ne comprit mot.

– Alors ? demanda-t-il.

– Ils sont prêts à nous aider. Ils ont des fusils et, à l'armée, ils étaient de bons tireurs. A mon signal, nous allons traverser les rapides.

Primus attendit cinq secondes et fit signe d'avancer.

Les cinq hommes, portant leur arme à bout de bras, passèrent la rivière à gué. Ils avaient de l'eau jusqu'à la taille, mais personne ne leur tira dessus. Une fois arrivés près du sommet du promontoire, ils s'accroupirent.

– Restez à l'abri, dit Bill. Je vais inspecter les environs.

Trois minutes plus tard, il leur fit signe de le rejoindre.

– Regardez, il y a des taches de sang. Et le tueur a disparu.

– Que décidez-vous ? demanda Primus.

– On va le poursuivre en se déployant le long du sentier et suivre la trace sanglante.

Soudain, ils entendirent dans le lointain le vrombissement d'un avion qui décollait.

– Il nous échappe ! s'écria Primus.

– Impossible, dit Bill. Le bruit venait du lac Pike. Il faut au moins trois quarts d'heure à un homme en bonne santé pour l'atteindre à pied. Notre homme a dû arriver dans cet avion et le pilote, en entendant la fusillade au loin, a probablement préféré prendre le large.

– Notre tueur est donc toujours dans les parages.

– Oui. Il va nous falloir ouvrir l'œil. Il a perçu le bruit de l'avion qui décollait et il sait qu'il aura maintenant du mal à s'enfuir.

– Que va-t-on faire du reste du groupe ? Tous ceux qui comme Black et sa femme sont venus pêcher avec nous ?

– Vous allez rester ici pendant que je redescends les avertir de la situation, répondit Bill. Je vais leur dire de rentrer à l'hôtel et d'appeler la police d'Anchorage. Et de nous renvoyer le canot.

Quelques minutes plus tard, l'Indien était de retour. La chasse à l'homme reprit. Le terrain était broussailleux et les rochers offraient de nombreuses cachettes.

Primus fut le premier à le repérer, à cinquante mètres de lui. Il était assis par terre, le dos contre un rocher. Il saignait de la tête et sa veste était rougie. Son fusil était posé sur ses genoux.

Au moment où Primus le vit, Vincente l'aperçut lui aussi. L'Italien se leva en titubant, épaula et il tira, tira, tira encore.

Primus tomba sur le sol. Il n'avait pas été touché. Deux coups de feu éclatèrent près de lui, et Primus aussi fit feu. Bill, Rolf et lui avaient tiré à peu près en même temps. Vincente s'écroula, mort avant d'avoir touché le sol.

Sur sa dépouille, ils trouvèrent des munitions, un couteau de chasse, un portefeuille et un passeport argentin établi au nom de Raoul Tescari, ingénieur à Buenos Aires.

Primus vit bien que ces documents étaient faux. Il avait reconnu Vincente Bacigalupi. Devait-il mettre les autres au courant ? Comment leur expliquer, alors ? Fallait-il leur dire que Vincente traquait Charles Black ? Qu'il l'avait cherché à Zernez ? Que Charles Black lui avait confié à lui, Primus, qu'il avait de graves ennuis ? Qu'en décidant d'aider Black, il était désormais impliqué dans cette tentative de meurtre ? Et dans la mort de ce soi-disant ingénieur...

Tant pis pour la pêche au saumon. Primus résolut de rentrer en Suisse le plus vite possible et surtout de taire tout ce qu'il savait. Il ne mettrait personne au courant, pas même les Black.

Bill décida de transporter le corps jusqu'au lac Pike, où la police viendrait le récupérer. Là, il attendrait les autorités. Pendant ce temps, Primus et ses amis regagneraient leur hôtel.

49

Tandis que le groupe de Primus dînait en commentant avec animation les événements de la journée, il était sept heures du matin en Sardaigne. Pietro di Cagliari s'était installé dans son bureau au dernier étage de sa villa. Il attendait un coup de téléphone qui n'arrivait pas. Alors que les heures s'écoulaient, ce silence lui parut de mauvais augure.

A Zurich, au moment où maître Zwiebach pénétra dans son cabinet, la sonnerie du téléphone retentit. Avant même de décrocher, un pressentiment analogue l'envahit. Au bout du fil, Lothar Zopf, président de la Banque générale de Suisse, lui tint des propos peu agréables :

— Je viens de recevoir un appel de Paul Schmidt, de la brigade financière de Bâle. Il s'occupe toujours de l'affaire Black. Je dis toujours, car l'enquête a rebondi. J'en ignore le motif. J'avais cru que l'évasion de Black avait tout arrêté. Que se passe-t-il ?

— Ils ont peut-être retrouvé Black, répondit l'avocat.

— Non. Je le lui ai demandé. Ce n'est pas la raison.

— Qu'est-ce que ça peut être, alors ?

— Cela tournerait autour de transactions sur des contrats à terme sur l'or. Schmidt m'a dit qu'elles étaient passées par un de vos comptes B, un nouveau compte que vous veniez d'ouvrir, et que vous les aviez faites ensuite transférer sur un autre compte, celui du désormais célèbre Charles Black. Je n'ai pas très bien compris où il voulait en venir. Vous allez peut-être pouvoir me l'expliquer.

371

— Qui l'a mis au courant ? demanda Zwiebach d'une voix presque inaudible.

— Un de nos anciens directeurs, celui avec qui vous aviez l'habitude de travailler, d'après Schmidt. Il s'appelle Urs Stucker.

L'avocat ressentit une violente douleur à l'estomac.

— Vous m'entendez ? demanda Zopf.

— Oui.

— Schmidt est déjà arrivé à Zurich, il est en route pour venir me voir. Je vais être obligé de lui fournir ce qu'il me demandera. Que recherche-t-il ?

— Écoutez ! Ça remonte à des années. Je vais devoir fouiller dans mes archives.

— Faites-le tout de suite. Je ne veux pas que l'enquête soit rouverte. Compris ?

Et pour cause. La banque, en faisant du *front running* et en profitant de soi-disant tuyaux de Black, ce qui était illégal, avait gagné bien plus d'un demi-milliard de dollars.

— Je vais m'en occuper sur-le-champ, assura Zwiebach.

— N'y manquez pas. Et rappelez-moi plus tard dans la journée. Compris ?

— Très bien, cher ami, dit Zwiebach.

Il n'avait appelé personne ainsi depuis bien longtemps.

Le banquier raccrocha.

Sonné, Zwiebach resta avachi dans son fauteuil, le combiné encore à la main. Puis il composa le numéro direct du gouverneur de la Banque nationale de Suisse.

— Samuel, dit-il, c'est Hans à l'appareil.

— Je suis en réunion. Sois bref.

— On a un pépin. La police a découvert les transactions sur l'or. Lothar Zopf m'a prévenu à l'instant. Des enquêteurs vont venir à son bureau inspecter les livres. Il m'a cité le nom d'Urs Stucker. Je vais être obligé d'avertir Pietro.

— Rappelle-moi après lui avoir parlé.

— D'accord, dit Zwiebach.

Il composa le numéro de la villa de Pietro di Cagliari en Sardaigne. On décrocha immédiatement. C'était Pietro lui-même.

– Vincente ? Tout va bien ?

– Vous vous trompez, vous deviez sans doute attendre un autre appel. Ici, c'est Hans Zwiebach, à Zurich.

– Ah ! Qu'y a-t-il ?

– Nous avons des ennuis.

L'avocat répéta ce qu'il venait de dire à Samuel Schreiber.

– Pourquoi rouvrir l'enquête maintenant ? demanda Pietro. A-t-on retrouvé Black ?

– On m'a dit que non.

– Étrange. Écoutez, il faut que nous nous voyions tous les trois le plus tôt possible. Je vais vous envoyer mon avion à Zurich. Vous viendrez ici pour discuter. Et vous serez de retour vers minuit, de façon à ce que personne ne sache que vous avez quitté la Suisse. D'accord ?

– En ce qui me concerne, ça me va. Mais je dois demander à Samuel.

– Dites-lui que j'y attache une grande importance.

– Comptez sur moi.

– A propos, Hans, apportez-moi tout le dossier. Je veux l'examiner en détail.

– Je le ferai.

– Très bien. Alors on se verra ici dans cinq heures.

Zwiebach et Schreiber prirent chacun un taxi pour se rendre à l'aéroport. Ils venaient d'arriver lorsqu'un pilote privé s'approcha d'eux :

– Seriez-vous maître Hans Zwiebach ? demanda-t-il d'une voix aimable.

– Oui, et voici M. Samuel Schreiber.

– Bien. Nous sommes prêts à décoller. Avez-vous des bagages ?

– Non, seulement une mallette, et je préfère la conserver avec moi.

– Parfait. Suivez-moi, je vous prie.

Quinze minutes plus tard, le pilote recevait l'autorisation de décoller. Le plan de vol précisait que la destination de l'appareil était Paris. En vol, deux stewards servirent une francfort-frites et de la Löwenbrau aux deux uniques passagers.

373

Moins d'une heure plus tard, l'avion commençait à survoler la Méditerranée. Zwiebach et Schreiber se détendirent dans leur fauteuil. Ils fermèrent les yeux. Les deux stewards qui s'étaient installés à l'arrière de l'appareil, les observaient avec attention.

Les deux hommes se levèrent et s'avancèrent vers eux.

Ils étaient armés de revolvers.

Les deux passagers reçurent simultanément une balle dans la tête. Ils moururent sur le coup.

L'un des stewards alla frapper à la porte de la cabine de pilotage. L'avion se mit à perdre de l'altitude.

Les tueurs ouvrirent le compartiment à bagages. Ils en sortirent deux grands sacs, deux toiles imperméables, un rouleau de grosse corde. De l'armoire à provisions, ils retirèrent deux parpaings, qu'ils enfermèrent avec les corps dans les sacs. Ils les entourèrent des toiles imperméables qu'ils avaient étalées sur le sol et en firent deux gros paquets, ficelés soigneusement. Pendant ce temps, le pilote avait stabilisé l'appareil à cent cinquante mètres d'altitude. Aidés du copilote, les deux stewards pesèrent de toutes leurs forces sur la porte de l'avion. Les trois hommes s'étaient attachés pour éviter d'être aspirés dans le vide. Quand enfin ils eurent réussi à ouvrir la porte, ils balancèrent les corps à la mer.

Lorsque l'avion atterrit en Sardaigne, Pietro l'attendait sur la piste. Un des stewards lui apporta la mallette.

— Tout s'est-il bien passé ? demanda Pietro.

— Vos ordres ont été exécutés.

Le Sarde était content de lui. Assis confortablement à l'arrière de la voiture qui le ramenait à la Cala di Volpe, il feuilletait les seules preuves au monde de l'existence de son compte Q 178-5997. Les autres documents – ceux du transfert d'origine des cinquante millions de dollars d'Italie à Zurich –, il s'en était occupé il y a longtemps. Voilà quatre ans, les frères de la loge de Milan s'étaient assurés qu'ils avaient été détruits. En leur absence, les deux seules personnes qui auraient pu l'incriminer gisaient désormais au fond de la

Méditerranée. Restait Vincente. Il semblait avoir disparu dans les étendues désertiques de l'Alaska. Si jamais il réapparaissait, il faudrait l'éliminer lui aussi.

Pietro se sentit invulnérable. Ses bénéfices lui paraissaient en sécurité.

Cependant, une chose demeurait encore en suspens : Carole, la maîtresse de Schreiber. Elle habitait la propriété jouxtant la sienne. Il irait lui rendre une petite visite, ce soir. Il espérait bien y passer la nuit, la première d'une longue série.

Ce ne serait que tribut payé au vainqueur.

50

A Zurich, l'alerte ne fut donnée que le lendemain matin. Les épouses des deux hommes qui n'étaient pas rentrés coucher la veille avaient téléphoné aux bureaux de leurs maris pour s'avoir s'ils étaient venus travailler. Les deux secrétaires leur dirent la même chose : elles ne les avaient pas vus depuis l'heure du déjeuner. Alors, où étaient-ils ?

La secrétaire de Zwiebach reçut un peu plus tard un second appel. C'était Paul Schmidt, qui voulait absolument parler à l'avocat. Informé de sa disparition, il la prévint de son arrivée imminente.

Schmidt appela le procureur général depuis le bureau de Zwiebach. Il lui fit part des derniers rebondissements de l'affaire. De nouvelles preuves, fournies par la Banque générale de Suisse, démontraient d'une façon nette que Black avait été piégé par Zwiebach. Toutes les transactions illégales dont on avait accusé l'Américain avaient été faites pour un autre client de Zwiebach, dont le compte portait le numéro Q 178-5997. Ce dont il avait besoin dorénavant pour boucler l'enquête était le nom de ce mystérieux client, qu'il trouverait dans les dossiers de l'avocat.

Ces dossiers reposaient avec Zwiebach au fond de la Méditerranée.

Schmidt en vint à mettre en cause Samuel Schreiber, le meilleur ami de l'avocat. Le procureur général lui coupa la parole :

— Vous êtes devenu fou ? hurla-t-il dans le téléphone.

Arrêtez tout ! Ne parlez à personne avant de m'avoir vu. Je vous veux dans mon bureau dans les deux heures.

Une heure et cinquante minutes plus tard, Schmidt pénétrait dans le cabinet du procureur général. Celui-ci lui fit signe de s'asseoir. Wassermann était en train de parler au téléphone avec son collègue de Zurich. Il raccrocha au bout de dix minutes.

– Vous avez dû entendre ce que nous nous disions. Samuel Schreiber a disparu, lui aussi. La police de Zurich est en train de perquisitionner chez lui et à son bureau. Au fait, je suis désolé de vous avoir arrêté tout à l'heure. Je crains que vous n'ayez eu raison au sujet de Schreiber. J'espère maintenant que l'on va trouver des preuves solides pour étayer vos soupçons.

L'après-midi, les enquêteurs découvrirent dans le coffre personnel de Schreiber un dossier contenant les relevés du compte S-2222 qu'il détenait à la Banque des Caraïbes pour le commerce et la finance. Le dernier solde faisait état d'un crédit de quarante-cinq millions de dollars. Quand le procureur général en fut informé, il téléphona à sir Robert Neville à la Banque d'Angleterre.

51

Ce mercredi matin, Charles et Sally décidèrent de ne pas aller pêcher. Après leur petit déjeuner, ils préférèrent retourner dans leur chambre pour se détendre ou lire. Les événements qui s'étaient déroulés sur la rivière de l'Aigle les avaient secoués. Logiquement, cela ne les concernait pas. Après tout, ce n'était pour eux qu'un Argentin pris d'une crise de démence qui avait fait feu. Quoiqu'il ait d'abord visé Charlie.

Ils laissèrent leur groupe s'embarquer sur le canot pour une nouvelle partie de pêche. Seul Primus resta à l'hôtel. Il déclara aux deux Américains qu'il devait passer des coups de téléphone en Suisse.

Une heure plus tard, Primus annonça au propriétaire de l'hôtel qu'il était obligé de retourner d'urgence dans son pays. Il avait déjà réservé ses places d'avion. Il était désolé, mais c'était un cas de force majeure.

A 19 heures, Charles annonça à Sally qu'il voulait aller à l'école vérifier s'il avait reçu quelque chose à son adresse «e-mail». Sally décida de l'accompagner et ils prirent la camionnette.

Assis devant l'ordinateur, Charlie vit bientôt apparaître sur l'écran le message fatidique : «Vous avez du courrier !»

– Viens voir, dit-il à Sally qui regardait les dessins accrochés aux murs.

Le message émanait de «bankeng@ukfinancial.com». Il était rédigé ainsi :

Les autorités helvétiques viennent de m'informer qu'elles ont retiré toutes leurs accusations portées contre vous, avec leurs excuses. De nouvelles preuves ont démontré que Hans Zwiebach avait utilisé votre compte pour des transactions illégales, en collaboration avec Samuel Schreiber. L'un et l'autre se sont volatilisés. Des mandats d'arrêt internationaux ont été délivrés à leur encontre.

Téléphonez-moi si vous désirez des renseignements complémentaires ou si vous avez besoin de mon aide. Tous mes vœux les plus cordiaux pour vous et pour votre épouse.

Sir Robert Neville.

Sally se jeta dans les bras de Charlie.

— Tu as réussi ! Mon brillant mari a réussi, comme toujours !

— Grâce à l'aide de sa femme, dit-il. Merci, Sally.

— Attends une seconde ! Et si c'était un piège pour te faire sortir de ta cachette ?

Charlie s'écarta de Sally.

— Il doit être un peu plus de 23 heures à New York, non ?

— Sans doute, pourquoi ?

— C'est l'heure où le *New York Times* publie son édition du matin sur Internet. Si ce que dit sir Robert est vrai, le journal doit en parler. Je vais vérifier.

Il se rassit devant l'ordinateur et pianota sur le clavier : « http ://www.nytimes.com ».

Quelques secondes plus tard, la première page du journal apparut sur l'écran. Un des titres annonçait : « L'ancien président de la Fed lavé de tout soupçon. »

L'article reprenait les informations contenues dans le message de sir Robert.

— Tu sais, Sally, j'ai toujours eu le pressentiment que Schreiber était dans le coup. Je n'ai jamais pu me fier à lui.

— Et maintenant, quelle est la suite du programme ?

— D'abord, on appelle Laura. Puis on rentre à San Francisco. Ensuite, Washington va entendre parler de moi. Et je n'ai pas l'intention de laisser en profiter celui qui a gagné, en se servant de mon nom et, par-delà ma personne, du gouvernement américain, un demi-milliard de dollars, qu'il a placé dans une banque bidon des Caraïbes.

– N'oublie pas le million et demi de dollars que j'ai versé là-bas.

– Ne t'inquiète pas, j'y veillerai.

– Allons-y.

De retour à l'hôtel, ils commencèrent par appeler leur fille et lui annoncèrent qu'ils arriveraient le lendemain. Puis ils s'occupèrent de réserver des sièges d'avion. Dans la salle à manger, ils cherchèrent Primus. Ils pouvaient désormais lui raconter toute leur aventure et le remercier de son aide. Ils furent surpris d'apprendre qu'il avait regagné la Suisse de toute urgence. Enfin, ils réglèrent leur note.

Avant de s'endormir, Sally dit à Charlie :

– Tu sais, nous méritons de prendre de vraies vacances. Reposantes.

– Avec plaisir. Où veux-tu donc aller ?

– J'ai trouvé à l'hôtel un magazine de voyages et ça m'a donné une idée.

– Raconte.

– Finalement, nous ne sommes pas allés en Italie, tu sais.

– J'aurais pensé que tu n'avais plus jamais l'intention d'y mettre les pieds.

– J'ai changé d'avis. J'ai lu qu'il y avait un endroit divin en Sardaigne. Un ravissant hôtel qui a pour nom Cala di Volpe – ça veut dire le « repère des loups ». Allons-y après San Francisco ! On pourra cette fois se faire enregistrer à l'hôtel sous nos vrais noms.

– Bon, d'accord. Mais auparavant, il faut que je m'occupe de certaines affaires.

52

Charlie n'avait jamais vu leur nouvel appartement de San Francisco. Quand ils avaient vendu leur maison de Georgetown à Washington, il avait fait entièrement confiance à Sally. Après tout, elle était née en Californie et connaissait bien cette ville magnifique.

Dès qu'elle lui fit visiter les différentes pièces, en commençant par le vestibule en marbre, il tomba amoureux de cette bâtisse et de tout ce qu'elle contenait. Il s'était à peine assis dans le salon, d'où la vue panoramique sur la ville et la baie était à couper le souffle, qu'elle revint avec sur un plateau deux flûtes en cristal et une bouteille de dom pérignon.

– Trinquons, dit-elle.

– A ma merveilleuse femme, à notre nouveau nid, à notre nouvelle vie, dit-il en levant son verre.

Après avoir dîné dans l'un des meilleurs restaurants français de San Francisco avec leur fille Laura, Charlie déclara qu'il voulait se coucher de bonne heure. Une longue journée l'attendait.

Il passa son premier coup de téléphone à 5 heures, soit 14 heures à Bâle. Il se souvenait que le lieutenant Schmidt déjeunait d'un sandwich à son bureau. Celui-ci décrocha à la première sonnerie.

– Lieutenant Schmidt à l'appareil.

– Charles Black.

Après un moment de silence, le policier reprit :

– Que puis-je vous dire, monsieur Black ? Nous nous sommes trompés. Nous en sommes désolés.

– Vous n'avez fait que votre devoir. Aujourd'hui, j'ai besoin de votre aide. Juste un petit coup de main.

– Si c'est dans mes cordes, ce sera avec plaisir.

– D'abord, savez-vous qui était derrière toute cette affaire ?

– Non. Son dossier a disparu avec maître Zwiebach. Et les documents de la banque de Milan d'où provenaient les fonds se sont également évanouis.

– Je peux peut-être vous aider. Je connais quelqu'un qui est en contact avec notre inconnu. Il m'a sorti de prison. Son prénom est Vincente. Il habite une grande maison à la sortie de Pontresina avec sa famille. Ils sont italiens. Vous pouvez demander son nom à Primus Spöl, le propriétaire de l'hôtel Alpenrosen de Zernez. Il en sait long sur lui.

Charles Black aurait préféré ne pas mêler Primus à cette histoire, mais, pensait-il, il ne pouvait plus faire de tort à son ami.

– Je vous en remercie, dit Schmidt. Dès que nous en aurons terminé, je préviendrai la police locale.

– Bien. J'apprécierais que vous me teniez au courant si vous avez du nouveau. Mon numéro de téléphone à San Francisco est le 415-950-4141.

– O.K., j'ai bien noté.

– J'ai encore un autre petit service à vous demander. Je désire connaître les numéros de comptes en cause de cette banque des Turks et Caïmans. Et je veux savoir le montant des sommes qui ont été virées sur ces comptes depuis Zurich, au cours des dernières années.

– Dans ma position, cela m'est difficile...

– Allons donc, mon jeune ami ! vous me devez bien cela. J'insiste pour que ces renseignements me viennent de vous. J'en ai de plus besoin dans l'heure, et par écrit. Voici mon numéro de fax : 415-950-4142.

– Bien, monsieur.

– Je vous en remercie à l'avance.

Lorsque Black eut raccroché, il s'aperçut que ses mains

tremblaient. Le choc d'entendre une fois encore la voix du policier qui l'avait interrogé sans ménagements psychologiques.

Le fax lui parvint vingt minutes plus tard. Après l'avoir lu, il appela sir Robert.

— Comme je suis heureux de vous entendre, Charles. J'ai cherché à vous joindre, mais personne ne savait où vous trouver. Où êtes-vous ?

— A San Francisco. Dans notre nouvel appartement.

— Vous allez bien ?

— Oui, et Sally également.

— Voilà qui est parfait.

— Sir Robert, reprit Black, je vous téléphone pour deux raisons. Premièrement, pour vous remercier d'avoir réagi aussi vite et avec autant d'efficacité à mon message.

— Vous aviez raison au sujet du dépôt de garantie. Je ne comprends toujours pas comment nous n'avons pas suivi cette piste dès le début. J'en suis désolé.

— Je comprends. Ce qui m'amène à la seconde raison de mon appel. La personne qui est derrière toute cette affaire — et le mystère est loin d'être résolu à ce qu'il paraît — détient toujours non seulement son capital d'origine, mais aussi les bénéfices astronomiques qu'elle a retirés des diverses opérations frauduleuses.

— Je suis au courant et cela nous met en fureur. Malheureusement, vous et moi connaissons tous les deux la situation. Les fonds se trouvent dans une de ces maudites banques des Caraïbes, nous ne pouvons pas mettre la main dessus.

— Que voulez-vous dire par « nous » ?

— La Banque d'Angleterre.

— Pourtant, les îles Turks et Caïmans appartiennent à la Couronne britannique ?

— C'est exact. Toutefois, elles sont seulement politiquement sous régime britannique. La reine nomme le gouverneur général.

— Et c'est le gouvernement britannique, non la reine, qui donne ses instructions au gouverneur.

– Précisément. Nous, la Banque d'Angleterre, ne pouvons lui demander quoi que ce soit.

– Cependant, le gouvernement britannique, représenté par le gouverneur général, possède bien des pouvoirs en matière financière ?

– Certainement. C'est notre gouvernement qui a incité ces îles à devenir une version tropicale de la Suisse afin de créer de la richesse dans la région. Le secteur bancaire est ainsi devenu une des principales sources de revenus de ces îles. L'inconvénient, c'est qu'une partie des banques se livrent à des trafic illégaux.

– Voulez-vous dire que si l'on arrivait à convaincre le gouvernement britannique que certaines opérations illégales ont dépassé la mesure, il serait en son pouvoir d'intervenir ?

– Oui. Mais comment y parvenir ? J'ai déjà essayé, en vain.

– Le gouvernement américain pourrait sans doute peser dans la balance. Après tout, dans le cas qui nous intéresse, les intérêts américains ont été lésés à travers la Fed.

– Si vous pouvez agir dans ce sens, je vous épaulerai de toutes mes forces.

– Et les Suisses ?

– Cette affaire les embarrasse tellement qu'ils sont prêts à faire n'importe quoi pour collaborer avec les Américains.

– Y compris les banques d'affaires suisses qui, elles aussi, ont été lésées ?

– Elles obéiront aux autorités helvétiques, répondit sir Robert. En tout cas, si vous arrivez à persuader notre gouvernement de récupérer les fonds détournés et de les déposer à la Banque d'Angleterre, nous nous efforcerons de déterminer les pertes de chacun et de les indemniser.

– Très bonne idée, dit Black. Je vais m'en occuper tout de suite.

– Bonne chance. Comme je vous l'ai dit, je vous soutiendrai jusqu'au bout.

– Merci, sir Robert.

Charles Black était aux anges quand il raccrocha. Son prochain appel serait pour Arthur Lake, son successeur intérimaire à la tête de la Fed. Toutefois, il avait encore un peu de temps devant lui. Il décida de se faire du café. Une opération compliquée, car il ignorait dans cette maison où se trouvaient et la machine et le café.

Il lui fut bien plus difficile de joindre Arthur Lake. Au point que Black se demanda si celui-ci refusait de lui parler. En fin de compte, Lake prit la communication.

— Charles, je suis ravi de t'entendre ! Personne ici n'a cru un mot de ce que les Suisses racontaient. Nous n'avons simplement pas pu intervenir ! L'affaire était devenue politique. Nous avions les mains liées.

— Eh bien ! je t'appelle justement pour dénouer une situation qui ne peut durer. Quelqu'un s'est permis d'utiliser des renseignements obtenus par fraude de la Fed pour s'enrichir de façon illégale. Il a ainsi gagné près d'un demi-milliard de dollars. Je sais où se trouve cet argent. J'ai le nom de la banque et les numéros des comptes.

— Attends une minute, Charlie. Je connais aussi bien que toi cette banque. Et tu sais comme moi que nous n'avons aucun pouvoir pour récupérer l'argent.

— J'en suis conscient. Un homme cependant peut faire quelque chose : le président des États-Unis.

— Que veux-tu que je fasse ?

— Obtiens-moi un rendez-vous avec lui. Je me charge du reste.

— Tu sais, il est très occupé.

— Écoute, après ce que je viens de subir, c'est le moins qu'il puisse faire.

— D'accord. Quand veux-tu le voir ?

— Le plus vite possible. Disons, lundi prochain.

— Tu m'en demandes beaucoup... Enfin, je m'en occupe immédiatement. Au fait, dit-il en changeant de sujet, comment va Sally ? Elle a réussi à tenir le coup ?

— Elle a été formidable. Elle a été tout le temps à mes côtés et de mon côté. C'est d'ailleurs bien la seule.

Arthur Lake rappela Charles Black une heure plus tard. Le président les recevrait le lundi suivant à dix heures du matin.

Le président fut tout sourire lorsqu'il accueillit Charles Black.

— Je vous remercie de me recevoir si vite, dit Black.

— Nous vous devions bien ça. Asseyez-vous et dites-moi ce que je peux faire pour vous. Et laissez-moi d'abord vous dire que j'ai été tenu au courant de toute l'affaire et que j'en ai été outré.

Black passa dix minutes à expliquer son plan au président.

— Tout ce que vous venez de me dire me paraît parfaitement logique, dit le président. Je vais avoir une conversation avec le Premier ministre britannique le plus tôt possible. S'il est d'accord pour agir, je lui demanderai de collaborer avec votre ami de la Banque d'Angleterre.

La réunion était terminée.

Le gouverneur général des Turks et Caïmans était légèrement excentrique. Il avait l'habitude de se rendre à ses bureaux dans une limousine noire et blanche, un ancien taxi londonien reconverti, orné du blason local : un homard et un pélican entouré de flamants roses.

Le lendemain de la conversation entre le président des États-Unis et le Premier ministre britannique, sa voiture ne s'arrêta pas devant ses bureaux. Elle continua jusqu'à la Banque des Caraïbes pour le commerce et la finance. Là, deux agents de police l'attendaient. Les trois hommes pénétrèrent dans la banque et le gouverneur demanda à rencontrer le directeur, Werner Weber.

L'ex-banquier suisse était au bord de l'affolement quand il accueillit ces visiteurs imprévus. Son état empira lorsque le gouverneur général, au lieu de serrer la main qu'il lui tendait, lui remit un commandement tout ce qu'il y a d'officiel.

— Au nom de Sa Majesté la reine et de mes pouvoirs de ministre de la Justice de ces îles, je vous prie instamment de suivre les instructions portées sur ce mandat. Sinon, je n'aurais pas d'autre choix que de fermer cette banque et de vous mettre en prison.

Une heure plus tard, les correspondants de la BCCF à Londres reçurent l'ordre de transférer à un compte spécial de la Banque d'Angleterre la somme de 597 426 435 dollars. Le compte S-1111 détenait plus d'un demi-milliard de dollars tandis que le compte S-2222 présentait un solde créditeur de quarante-cinq millions. Zwiebach n'avait pas de compte aux Caraïbes. Sa part avait toujours été virée à son compte général à la Banque générale de Suisse, d'où elle s'était envolée.

Weber demanda un reçu et il l'obtint.

Selon les termes d'un accord confidentiel entre les gouvernements des États-Unis, de Grande-Bretagne et de Suisse, la Banque d'Angleterre accepta de transférer de ce compte spécial au compte de Sally Black à la Whitney Brothers la somme d'un million et demi de dollars. La Banque d'Angleterre se chargea par ailleurs de tout mettre en œuvre pour indemniser les différentes victimes des délits d'initié. Vu la complexité des transactions, cela risquait de prendre beaucoup de temps. Le solde probable serait versé à l'UNICEF pour venir en aide à l'enfance malheureuse.

Il était minuit passé lorsque Charles et Sally Black regagnèrent leur appartement de San Francisco. A ce moment, le téléphone sonna. Inquiets, ils se regardèrent. Charlie décrocha.

— Le lieutenant Schmidt, à l'appareil. Je suis désolé de vous déranger si tard, je n'ai pas réussi à vous joindre auparavant.

— Nous arrivons de Washington. Que se passe-t-il ?

— Nous avons suivi votre piste au sujet de Vincente Bacigalupi. La maison a été abandonnée et sa famille a disparu. Par contre, nous en savons un peu plus sur ce qu'il est advenu de lui. Vincente est mort. Il vous avait suivis en Alaska dans le but de vous supprimer, vous et Mme Black. Et c'est lui qui a été tué. Primus nous a raconté toute l'histoire. Je pense que la police de l'Alaska prendra contact avec vous pour certaines vérifications.

Ainsi, c'était Vincente ! Cela semblait logique qu'il n'ait pas lâché prise jusque-là.

— Avez-vous du nouveau sur le mystérieux organisateur ? demanda Black.

— Non. Tous les dossiers ont disparu. Schreiber et Zwiebach se sont envolés dans la nature. Vincente a été tué. La secrétaire de Zwiebach est la seule personne qui pourrait nous dire quelque chose. Les récents événements lui ont flanqué une dépression nerveuse. Elle se souvient vaguement que ce client était italien. Il n'était venu qu'une seule fois au cabinet de l'avocat. On en est donc au point mort. Je sais du moins que vous avez récupéré l'argent.

— Oui.

Soudain, Black en eut assez. Il avait envie de tourner la page.

— Merci de votre appel, lieutenant. Je vous souhaite bonne chance.

Et Black raccrocha.

Le lendemain matin Charlie dormit tard. Il ne se réveilla que lorsque Sally lui apporta du café, à dix heures.

— Chéri, dit-elle, te souviens-tu de ces vacances dont je t'ai parlé ?

— Bien sûr, tu voulais aller en Italie.

— En Sardaigne. Eh bien ! tout est arrangé, je voulais te faire la surprise : nous partons demain.

53

Deux jours plus tard, les Black dînaient sur la terrasse de la Cala di Volpe. Pietro di Cagliari, cintré dans un costume blanc immaculé, fit son entrée, escorté de deux superbes créatures. Comme à son habitude, il avait jeté un coup d'œil discret sur le registre des réservations de la salle à manger. Un nom avait vivement attiré son attention. En passant devant la table des Black, il les regarda avec attention, puis leur tourna le dos.

— Tu connais ce couple ? demanda Carole.

— Non, répondit Pietro. Il est évident qu'ils ignorent eux-mêmes qui je suis. Et je pense qu'il est préférable d'en rester là.

Thomas DRESDEN, *Ne te retourne pas*
Lisa GARDNER, *Jusqu'à ce que la mort nous sépare*
Karen HALL, *L'Empreinte du diable*
Jean HELLER, *Mortelle mélodie*
David IGNATIUS, *Le Scoop*
Iris JOHANSEN, *Bien après minuit*
Jonathan KELLERMAN, *Le Nid de l'araignée*
Anne McLean MATTEWS, *La Cave*
Susanna MOORE, *A vif*
Christopher NEWMAN, *Choc en retour*
Robert POE, *Retour à la maison Usher*
Nancy Taylor ROSENBERG, *Justice aveugle*
Nancy Taylor ROSENBERG, *La Proie du feu*

Cet ouvrage composé
par D.V. Arts Graphiques à Chartres
a été achevé d'imprimer sur presse Cameron
dans les ateliers de Brodard et Taupin
à La Flèche (Sarthe)
en août 1998
pour le compte des Éditions de l'Archipel
département éditorial
de la S.A.R.L. Écriture-Communication.

Imprimé en France
N° d'édition : 137 – N° d'impression : 6818U-5
Dépôt légal : août 1998